U0452403

海昏

HaiHun

雷克斯 著

陕西新华出版
太白文艺出版社·西安

果麦文化 出品

目录

第一章	墨书柿子金	1
第二章	银釦贴金动物纹漆笥	23
第三章	子母虎玉剑璏	49
第四章	青铜豆灯	73
第五章	玉舞人	99
第六章	青铜蒸馏器	127
第七章	《筑墓赋》尺牍	157
第八章	龟钮银印	181
第九章	熊形玉石嵌饰	217
第十章	错金银盖弓帽	265

第十一章	错金四神当卢	295
第十二章	三马双辕金鼓乐车	333
第十三章	鹗钮玉印	373
第十四章	玉具鎏金青铜三尺剑	395
第十五章	堁墩山	451
尾声		466
番外		470
后记		487

第一章 墨书柿子金

汉代金饼,因形似干柿而得名。

海昏侯墓金饼每枚重一汉斤,约合现代半斤,墨书小字记有献金人、爵位、年份、重量。

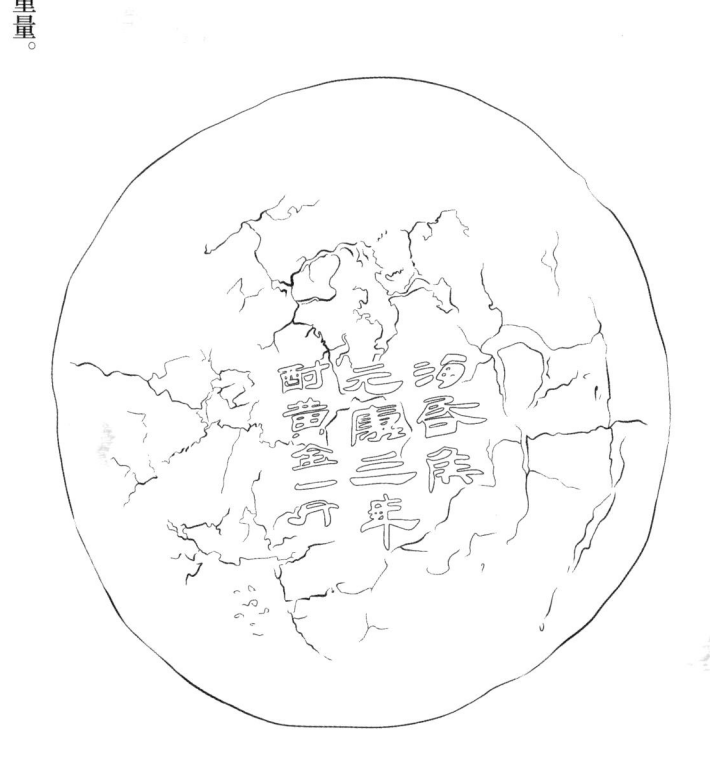

阳篇

公元 201 年·建安六年

一切都起源于这枚小物件。

这时候,它正以均匀的速度,在上升、下落,上升、下落。上升时,跳进夕阳的残晖里,反射出温润的金光;落下时,稳稳停在一只手的指尖上,碰撞出不属于自然界的"叮""叮"脆响。

手的主人,是一位披甲将领。他伏在林里,眼睛看着不远处一棵油杉。树姿雄伟,枝叶繁茂,高十余丈,从密林中一枝独秀地蹿出,像只手臂,托着摇摇欲坠的落日。因其树冠密不透光,在树下反而形成了一片草木稀疏的空地,像是天然围合的庭院。

像这样的树,少说也上百年树龄,要是在中原,早就被刀锯斧钺了,长不到这般景象。也只有在这偏远的豫章郡北部,逶迤葱郁的横岭之中,才有像这样的环境。但这里也因此成了山越乱民、盗贼流寇的盘踞之地。

这片狭长的山林正夹在荆、扬二州之间,如果顺着将领目视的方向翻过山去,就到了荆州江夏郡的范围。在这样的势力交界处,两方兵力互有掣肘,所以两州流民不仅汇聚于此,还修筑屯堡,高起城楼。日暮时分,林中有袅袅炊烟飘起,并不出自普通村落,而都来自那些横行法外的寇匪居处。

将领埋伏在这里,却不显得紧张,嘴巴里衔着苇草,一手撑着树干,另一只手灵活地抛掷着那泛着金光的小物件。

离他所等待的时刻,至少还得一个时辰。

他听见微弱的足音,并不来自前方,而来自身后的林中。是自己人。他目不转睛,一动不动。在周围百丈范围内的林子里,另外埋伏着的五十名精锐看他没动静,也保持沉寂,继续和阴影融为一体。

这是一种绝对的信任,哪怕背后传来虎啸狼嚎,只要将领不下令,他们就不会有所动作。

太阳完全沉了下去,部下终于走出林子。左右两员精干士兵,只着一领两当铠防护胸前背后,是便于急行的配置,中间却夹着一位白衣平民,粗布短褐,看起来未及弱冠,但身材颀长,肌肉结实。

两名士兵彬彬有礼地把布衣送到,朝将领一拱手,就悄无声息地退下了,仿佛生来就是在林中活动的野兽。

而年轻士子看见将领,既不恐惧,也不惊讶,只是低声说:"在下布衣刘基,见过吕司马。"

将领笑了笑,将之前抛掷的小物件飞快地握在掌中,把嘴巴里的苇草"噗"一声吐掉,然后向刘基一拱手:"看来他们给你介绍过了——汝南吕蒙,现在是讨虏将军帐下的别部司马,主要为少主抓山越。不用担心,我从十五岁开始就跟这些山贼打交道,他们撅起屁股,我就知道他们要放什么屁。所以这片地方、这个时间,我保你没有危险。"

他也是第一次认识刘基,这士子一路上肌肉僵硬,明显是怕的,但表情、声音都控制得很好,看来是个年少沉稳之人。

他挥挥手,招呼刘基到自己身边坐下,自己也席地坐下。

刘基心里微微放松了一点儿,但脸上还是没有表情。他是个读书人,不像士兵般耳聪目明,所以凑近了才发现这位军司马圆脸、微胖、胡子稀疏,比自己年长不了多少。刘基自己十七,估计对方也才弱冠不久。

吕蒙被刘基一番打量,却好像没有留意到一样,只忙着在盔甲兜里掏东西,终于,摸出三张烧饼来。"吃了吗?"他一边问,一边把其中两张饼塞到刘基手上。

刘基差点儿没反应过来,只能顺手接过:"来得突然,确实还没有。"

其实说"突然",那还是比较委婉的说法。当时还是下午,刘基照常在地里料理瓜果蔬菜,一只手里还攥着书简,时不时看上两眼,背上几句。突然就有两名士兵——就是后来带他到这里的两位——踩在垄上,说吕司马有请。刘基其实并不知道谁是吕司马,但两名士兵仪容严整、兵甲肃然,一方面对他毕恭毕敬,另一方面,又几乎是不由分说地把他送上马,一路往北骑马入林,又在密林山路上长途跋涉,才最终来到这里。

刘基平日里只吃两顿饭,从清晨至今,肚里早已空空荡荡,所以既来之则安之,拿起饼就大嚼起来。饼皮薄而酥脆,夹着肉馅,居然还是温的。

"这边的饼虽然好吃,但不顶饿。如果是你们青州的大饼,抹上酱，夹上肉块，吃下两个，打一整天仗也不成问题。那滋味，真是让人想想就垂涎。"吕蒙一边吃得满嘴都是，一边含糊地说。

听见"青州"二字，刘基两三下咽掉口中的食物，端正姿势，问出一直想问的话："我一介草民，既没有功名才名，也不擅武术兵器。司马何以特意将我带到这荒山野岭来？"

吕蒙笑了笑，两只手在裤子上随意擦了擦，然后拍着刘基的肩膀说："欸！先不说别的，你当然不是普通的白衣。这一点我们都清楚。你是大汉齐悼惠王刘肥之后，故扬州牧、振武将军刘正礼之嫡长子。在将军不幸病殂后，你主动分兵、散财、白身守孝。三年后与族弟隐居乡里，躬耕读书，乡里只知道你为人善良、品行端正，却不知道你原来身世显赫。"

这几句话终于戳到了刘基心里最敏感的部分。

他立即站起身来，沉着声音，说："既然吕司马对在下了解得这么仔细，应该知道，家父和孙家虽然曾经有睚眦，但仙去以后，回乡安葬等事宜正是孙将军帮忙操持的。包括我们寓居于此，也是得了孙家的庇护。所以往事诸般已经过去，我只愿苟活于田垄之间，照荫好幼弟、妇老，绝无他念！吕司马这番动作，一定是有什么误会。"

刘基的父亲名为刘繇，是正统的大汉宗室大臣，历任扬州刺史、扬州牧。当时整个扬州山头林立，孙策从袁术处借兵，横扫江东，将刘繇赶到豫章，又接连击败王朗、严白虎等人，被表为讨逆将军，封吴侯。刘繇最终在豫章病逝，当时刘基才十四岁。

昔时宗室大族的浮华，一朝散尽。刘繇本是青州东莱郡人，家老、宗长皆不在扬州，加上战乱离丧，自他殁后，家里竟然没有一个说得上话的老人。

刘基最记得的，是那些跟随父亲辗转数年的将校们，在一个晚上，全部坐在刘家的院子里。月色惨白，一地流银，将校们像一个个石礅，将院子拦得密不透风。

刘繇手下部曲繁多，各自掌兵，合有万人之数。他们聚在一起，既可以胁迫刘基做任何事情，也可以投靠天地间任意一股势力，甚至可以把刘基的头割下来，当作献给某位新主子的礼物。

但他们说，刘扬州虽然有点儿迂腐，却持心公允、清廉正直，对大家毕竟是有恩的。如果刘基愿意继续，那就带着大家一起投奔荆州刘表。如果顺利，当个县令、太守，问题不大；哪怕部曲真的被刘表拆分、侵吞，刘表也得给刘基几分面子，让他在襄阳任个公职。

不管怎么说，总有机会找姓孙的报仇。

刘基最终没有那么干，而是遣散了所有部曲，甚至将家里的财货都分了出去，让他们自己决定未来怎么走。

治军的事情他不太懂，也没有争雄、纵横之心，那金雕玉砌、恢宏秀丽的楼房，已经在他眼前塌了。他也不像其他人那样，觉得孙家有着速亡之象——确实，他们肆虐江东，横加杀戮，刘基以前认识的世家公子们无不破口大骂。但也许，汉室这座破房子，就是迂腐老旧，就需要这样凶猛的雄狮去震塌，去摇碎，才有崩塌后重生的可能。

其实他也自嘲：说白了，还是懦弱。对他而言，身边人安安稳稳地保住性命，比那些治国安邦的远大理想要重要得多。

于是他安分守己,先是严格按照礼制守孝三年,然后就带着一家人隐居乡里,闭门自守,断绝交游。不仅自己,也不让任何子弟参赞功名。为的,就是能在孙家势力下安安稳稳地度过余生。

去年,孙策遇刺暴亡,少主孙权继位,一时四方震动。饶是如此,刘基也没有去关心任何事情,包括那位十九岁的江东新主,他也只是略有耳闻。

没想到,孙家还是要赶尽杀绝!

见他突然站起,吕蒙却只是笑着,抬着眼,饶有兴趣地问:"是吗?公子觉得,我有什么误会?"

"我在来的一路上,也不是没有打听。"刘基镇定心神,说,"虽不涉官场,这豫章郡里大小官职,我多少还是有所耳闻,但吕司马的名号,确实不常听说。你的士兵告诉我,大人这位别部司马,手底部曲仅不到千数,但尽皆精锐,而且直属讨虏将军,自由行动于江东诸郡,不受各地太守、都尉管制。"

"大体没错,但数量不对。"吕蒙纠正道,"就我所做的事情,就连底下将士,也不能知道我准确的兵力数量。"

"既然如此,大人负责的只能是孙将军个人所忧,而且秘不外宣之事。我想,我这个扬州牧的后人,虽然毫无威胁,但也许正是这样的一件事。司马如果在这里将我刺杀,只需要简单推说是山越所为,即可死无对证。"

刘基缓缓咽下口水,继续说:"否则,既然此时此地不会出现山越,大人就没有必要埋伏在这里。"

沉默。

吕蒙似乎想了好一阵子,或者说,对着刘基的脸观察了好一阵子，然后突然站起来。他的身高比起刘基其实还矮半分，但两臂粗实，腰背鼓起。月华初上，碎步林间，在逐渐笼合的漆黑夜色里，这身影就像能把刘基吞没。

"好吧。"他像低吟一样说。

随着他轻轻摆手，四周林子里突然传出大量枯枝残叶碎裂的声音。其实每个士兵都只走了一步，干脆利落，但在满目漆黑里，声响迭出，就像突然张开了巨大的包围网，将吕蒙和刘基缚在中间。刘基甚至想不明白他们是怎么看见吕蒙指挥的，但转眼间，林里风里已经布满白森森的目光。他还听见"咔吱咔吱"的微响——那是长弓拉开的时候，弓身形变颤抖的声音。

居然有这么多人。

无论是走来的时候、谈话的时候，还是吃饭的时候，他都完全没觉察到周围隐藏了这么多士兵。

太多了。

也……太多了吧？

刘基想到了什么，突然心中澄明。他没有说话，也没有打出手势，而是骤然俯身，腰臀往下一沉，重新坐在地上。

这下又把吕蒙逗笑了。年轻的军司马两手一叉，问他："这次又是什么意思？"

"人太多了。"刘基苦笑着说，"如果是为了杀我，大人甚至不需要带任何士兵，一人即可。劳烦这么多弟兄，一定是为了别的目的。"

"哈哈哈！还不错。"吕蒙是压低声音笑的，但看得出来，他确实很高兴。他做了另外一个手势，干脆而凌厉的足音再次响起，各处士兵在转瞬之间归位。就像有人用帷幔将这片林子一把罩起，树木之间重新变得肃静、孤寂、深不见底。

吕蒙用手指一点刘基的麻布长裤："我不是瞎说，你其实挺适合行伍的。明明已经两股战战，但上半身愣是可以保持不动，目不斜，脸不红。光这种素质，就足以当个什长、佰长。"

"无论是出仕还是参军，在下均无兴趣。况且，我不是已经坐下了吗？"刘基叹一口气，说。他毕竟才十七岁，虽然涉世不浅、命途多舛，终究没法完全做到喜怒不形于色。一旦明白没有危险，颤抖的双腿突然就泻了力气。既然吕蒙这般反应，就说明这次确实不是冲着他而来，至少，是不用担心把命丢在这苍林之间了。

但这也说明，这一非常奇怪的夜晚，也许才刚刚开始。

"吕司马，请向草民说实话吧——到底需要我做什么事情？"

吕蒙举起右手，手指灵活地翻动，指间旋转出一枚饼状的小物件。哪怕是在细碎而黯淡的月光下，刘基依然能看见它反射的光。"接住。"吕蒙说着，把它抛到空中。

刘基稳稳接住，展开手掌一看，是一枚小小的金饼。

毕竟从小在宗亲家庭长大，刘基一着手，一过眼，本能地觉得：这金饼成色很好，大抵是纯金打造，重约十六分之一斤，也就是一两。在月光下细视，金光温润，捶打精细，不是平的一片，而是外侧一周比较厚，中间薄，微微凹下去，像一只极浅的碗。

刘基说："这是柿子金，因为形状像个柿饼。在本朝王侯、公卿当中，一般是作为赏赐、馈赠之用，像这样一两大小的，也可以直接流通。但据我了解，自桓、灵以来，党锢之祸、黄巾之乱、群雄并起,纷扰数十年,这样的物件已经很少见了。"

"最近在豫章、鄱阳、庐江郡多地,出现了少量这样成色的金饼——不只这种,也有大家伙,一斤重的,价值巨万,我也不能带在身上。拿到它们的人想要出手,必须经过商人。不是我瞎说,江东范围内叫得上名的大小商人身边,几乎都有我们的桩。所以顺藤摸瓜,也拷打了一些人,知道了今晚在这里,会有一桩交易。"

"那为什么还找我?"

"我们都是粗人,没人懂这些稀罕玩意儿。"吕蒙坦诚地说,"有人向我举荐了你。你也不用有压力,要是没碰上什么疑难之处,那就权当互相认识,交个朋友。"

刘基把柿子金举着,凑在灌木叶子托着的一片月光里,仔细地看着什么。同时嘴里喃喃道:"所以说,你们是怕有人用这些钱货来策动叛乱?"

"普通人手里拿不出这种东西。江东本土豪族,识相的、不识相的,都已经被削得差不多了。商家,是我们自己的人。所以只能从外面来。刘表的手段我们见多了,不太像,更往北走,能把手伸到我们这里的,最有可能的是当朝司空曹操。他刚刚在官渡以弱胜强,大败袁绍,血冲颅顶,看哪儿都想一口吞下。提前往南方埋下伏线,也不奇怪。"

他看一眼,见刘基还在研究,就继续说:"自从讨逆将军早亡,少主继位,那些蠢蠢欲动的势力立马跳出来了,庐江、庐陵、丹阳、白眼狼、阴沟贼,一个接着一个。在这个时候,如果这些金饼真是曹操悄悄弄过来的,我们就一定得弄明白他想干什么,钱到了谁的手里……你看了这么久,看什么呢?"

刘基抬起头来，一寸月色恰巧落在他的眼睛上，映出点点晶光。他两只手指捏着柿子金，伸到吕蒙面前，说："吕司马可能真想对了。曹司空大本营在兖州，这金上有墨字，我看了很久，正是兖州的一个地名：昌邑。"

阴篇

公元前 74 年·元平元年

一切都起源于这枚小物件。

这时候,它被握在一只汗津津的手里,随着急促的步履,上下颠簸不已。

这个人应该是不擅于急行的。那时还是二月,峭寒未减,他身上裹着裘衣锦绔,但脸上、眼睑上汗珠密布,大气吞吐,脸涨得发红。虽然如此,但一双细缝眼睛紧紧盯着前路,牙关咬紧,身躯绷直,腰腹紧锁,哪怕是在急喘之中,也还是保持着昂首挺胸的仪态。这就显示出一种标准范式般的士人做派。

见他气势汹汹地风卷而来,街上的百姓有些喊一声"见过郎中令",有些叫他"休急,小心脚下",还有人唯恐躲避不及,小心翼翼地闪开了——动作还不能太惊慌,要是被看出行为失仪,又少不了日后被一顿说教。

在这昌邑国都里,上自国相公卿,下至苍头布衣,无不认识这位名唤"龚遂"的儒生。一方面因为他不仅喜说"之乎者也",还对天上飞的、地上跑的、怪力乱神、妖魔邪祟无一不晓;另一方面则是因为他跟年轻昌邑王的闹剧,一天天地,不仅在宫里,还在这街头巷尾、大庭广众之下上演,给城里百姓带来独一份的欢乐。

这不,龚遂手里攥着的、被汗水泡得濡湿的金饼,是他刚刚从大街上捡来的。

一枚金饼,一两足秤!状若干柿!金光灿灿!题墨刻字!就那么明晃晃地被丢在路中央。

更有意思的是,百姓虽然看见了,却没有人捡,反而围在周遭,翘首以待,就等着这位大嗓门的郎中令闯过来——果然,没一会儿他就赶到了,看见地上的金饼,大骇,惊呼,俯身一只手捡起,另一只手往脸上一抹,飞汗如雨。

"诸位父老,小王爷此番又在何处?"

龚遂在人群中,虽然焦急,但正冠、拱手的礼节依然做足。

有人压着声音嘟囔:"恁大的王了,还叫小王爷啊?"

"大王五岁称王,郎中令看着他一节节长起来,十四年了,可不得叫小王爷吗?"

百姓里有人憋着笑,而更多人则是把路让出来,十几只手同时指向一个方向——那条路的尽头车马嘈杂,人声鼎沸,"叮叮当当"的敲打声,汉子叫嚷声,协同发力时的号令声此起彼伏。不消说,那是城里走贩、工匠聚集的商市。

龚遂两眼一黑——他并不觉得是身体或精神疲惫导致的,而是觉得天昏了一下。王不良行则日晦,太阳一定是感应到昌邑王的恶行,才会用云层遮蔽自身。再抬头看,正好有一群鸟从城墙上飞过。二月未尽,哪来这么多鸟?这都是不吉之兆啊。要是再不制止,那天狗食日、星辰逆乱,都是有可能的!

心念及此，他连忙拨开众人，急匆匆往商市方向跑去。

"一！"

"二！"

"三！"

汉子们的齐声大喊，一声声如浪袭来。在一片挤着看热闹的膀爷们的头顶，砖砌高台上，笼着一团汗雨蒸出的云雾，里面裹着六个动作划一、同进同退的赤膊工匠。站最外首的是个少年，同样也是光着膀子，上身赤条条的，疏于曝晒，小骨架，窄肩膀，身形肤色都和其他人迥异。但肌肉结实，青筋凸起，正和其他工匠一起，一次次推动着比人还高的鼓风装置。围观大汉们每喊一声，少年和铁匠一起发力，汹涌热浪顷刻间自高炉里涌出，仿佛有形的手，能将人推出十步之外。

少年却笑得畅快，一边推，一边还喊："郭工！这新炉子，能不能！"

还没等他喊的郭姓工匠回答，底下一帮人就喊开了：

"能——！能——！"

"来，继续撒！"

身后一个身形比较瘦小的苍头连忙说："王爷，这都是宫里上好的朱砂，这样用是不是不合适……"

"少废话！"少年一句话差点儿唾到苍头脸上，"大伙儿既是为孤冶金，用宫里的东西怎么了？上次做的金饼为什么被孤退回来？就是因为这些东西下少了，铁精铜魄滞郁未销，所以色泽粗糙，质地生硬。拿出这昌邑国，就是给我们丢人。撒！"

得了他的允许，那位郭工一只巨手往漆木筲里一抓，将大把赤澄澄的砂粒撒进火炉，又加了硫黄、硼砂，动作娴熟干练，只如娘子做汤一般。但是在那釜子里的，却不是肉菜，而是一泓融化的太阳。

矿物撒下去后，表层慢慢浮起银的、红的、黑的杂质，被鼓风机吹开，落进四周炉灰里，只剩下越来越纯粹的金水，耀着比太阳更夺目的光，哪怕要把眼睛烫瞎了，也叫人忍不住多看几眼。

年轻的昌邑王眼里却不是黄金——他目光穿过白练横江似的雾气，从一只冶金炉看向另外一只，看见那边已然完成，几个人正把土釜扛着放到地上。正中央那浑圆的金饼，温度稍稍下降，显出细细的波浪状的褶皱来。

他拍拍旁边的工匠，把位置重新让出来，同时吩咐郭工别再加药矿，再加就过了，会把金饼变得太刚硬。然后喝退挡道工匠，走向已经成型的金饼——虽然只有几步，他却走得不快，一步深一步浅。

他从小就行步不便，所有人都知道，立马给他让出路来。

到了釜边，他一手把金饼钳到秤子上细看。它必须正好是一斤之数，多一丝、少一丝都不行。少了，就从碎料里抄一薄片金叶，一锤锤给它敲打到金饼上；多了，就用剪子、锉子去掉一些。等这些都做完了，一枚完整的柿子金才算成型。

这也是为什么柿子金并不是通体光滑的，尤其是中间凹下去的部分，除了有冶炼时留下的波纹，还有着增增减减的痕迹。

昌邑王正拿锤子敲打着金饼，忽然听得人群骚动，里头工匠们却都没了声音。抬首，就看见商市外挤进来一个墨色服装的官员。

一组玉佩悬在腿边,在人缝里衣裾间,碰得叮当乱响,这完全有违君子之道,扰得龚遂心绪不宁。于是一只手稳住吊绳,另一只手像游蛇似的拨开人海,屏住心神,竖起耳朵,只顾在乱哄哄声浪里寻那"叮叮当当""吭哧呼哧"的打铁声。

他不常到这三教九流之肆,没走几步,感觉身上手上湿漉漉沾满了汗,坨坨黏着,散出鲍鱼似的臭味。

他心里念叨,为人还是躁急了,早该带着士兵来,轰开一条路;又转念一想,小王爷最厌恶刀兵,要是带军撞进来,又不知他会率性做出什么事情。正思想着,突然觉得一阵热浪卷来,满头满脸,登时又沁出一珠珠咸腥汗豆。

他顾不上抹脸,提腿蹦跳几下,越过人墙,便看见一方直属官家的金铁工坊。那些工匠见着他,都停了手,无措,闪缩,直想把"无辜"二字刻在脑门上。

再细看,就是一少年赤着上身、手举铁锤,正和自己对上了视线。

昌邑王刘贺,是武帝刘彻之孙。他奶奶是孝武皇后李夫人,就是李延年"北方有佳人,绝世而独立,一顾倾人城,再顾倾人国"歌中所唱的那一位。祖孙一脉相传,生得刘贺一张阴柔面容,即使是寻常时候,也露出一种低眉顺目似的神情。他出生时,胎位不正,落得一条总是乏力的右腿,走路一瘸一拐,更显出零落低微的样子。

五岁的时候,其父刘髆病逝,谥号取了个"短寿夭折"的"哀"字,就是昌邑哀王。于是刘贺就摇摇晃晃地,被仆役们披上斩缞冠服——最重的一种丧服,不修边的粗麻刺得他号啕大哭。后从天子使臣处受玺绶，诸侯王赤绶长达二丈一尺，粗绳子捆小肉粽，缠得他站不直、走不稳，两侍臣一左一右把他挟上王座，从此就称了王。

龚遂远远看着刘贺，诸般往事闪过。万万没有想到的是，当年那个年少失怙、伶仃孤苦的王，现在竟然变成了这样一尊无法无天的煞神。"咚"的一声，龚遂双膝砸在地上，脸上刹那间涕泗横流。"我的王啊——！"

他这一哭，工坊前的人一下子让开一条道。

"王啊！千金之子，坐不垂堂，王爷怎么能亲临这祝融肆虐之地？圣人治国，农桑为本，工商为末，王爷怎么能亲为这工匠贱末之事？'君君，臣臣，父父，子子'，王爷和贩夫力奴小人杂处，君不君，臣不臣，逆天犯顺，阴阳缪盭，妖孽必生啊！"

他一边哭喊着五经、诗书、董仲舒"天人感应"学说，一边膝行上前。

在泪眼蒙眬里，龚遂看见刘贺先是丢下铁锤，脸涨红，有些茫然，又似乎在思考。等他跪到跟前，突然换上一张亮堂堂的大笑脸，说："龚老勿急，孤这不是在做最要紧的事情吗？你来看看今年这酎金，金色剔透，质若凝脂，更胜于往年。今年祭高祖，献酎饮，龚老可以不用担心了！"

龚遂还有一箩子圣人之言，被刘贺堵住，一时语塞，便从掌心里捞出金饼来："小王爷也知道这是酎金！《礼记》有云，'天子饮酎'，于是八月祭祖，诸王列侯均要献酎、奉金，以助庆典。所以这酎金可不一般，是要致祖宗、上天听的。可臣为什么在地上捡到这金饼呢！这让列祖列宗怎么看，怎么想？"

刘贺三两步拐到龚遂面前，接过金饼，低眉顺目说道："不就是因为酎金意义重大，才不能像这般糊弄吗？元鼎五年，一百零六位诸侯王因为酎金不足而遭夺爵，正是因为侍奉先祖不尽心，不忠不孝，难以垂范。这件事龚老忧心，孤亦忧心。于是躬自研究，制得新高炉二顶，又迫不及待来此尝试。诸工匠为酎金呕心沥血、竭尽心力，郎中令切勿责怪——"

刘贺一边说，一边摇头，看似痛心疾首，实则话里东拉西扯，就是不提自己的问题。这情形，龚遂已经再熟悉不过了。他常觉得，这年轻的王爷就像一坨沙包，任你捶打，也任你哭骂，他看似软软地全盘接受，回头却松松皮囊，又恢复成原来的样子。

很多时候，两人一番话密密聊下来，你也不知道他是懂了没懂，是真不懂，还是假不懂。就拿酎金来说：确实，那是进献祖先的供品，马虎不得。但武帝以酎金的名义，夺爵一百零六人，其紧要目的，还是削藩、扩权。所以成色虽然重要，却是适度为好，不然，又可能引起别的疑心。

"王爷仁孝之心，臣下明白，但早在三年前，昌邑国酎金成色已是国之一等，其他诸侯国皆望尘莫及。这一年年下来，王爷仍是花大力气于此，甚至亲自锤炼，这实非为王之道……"

这话里春秋，要是别的诸侯，肯定能听得明白。可是——

"唉，龚老此言不妥。仁孝之心，进无止境，怎么能说已经够了呢？"昌邑王一口打断他的说教，同时伸手去扶。

龚遂心里哀叹一声，看着他光着的上身，汗水淋淋淌成江河，腰间还别着价值连城的螭纹龙首玉带钩，就硬挺着不肯起来。

刘贺便不勉强，往身后一摆手，喊："衣来！"苍头立马把王服给他披上。扣衣带的时候,带钩一松一紧,玉石迸裂,一看便是冶金时不知被什么东西碰坏的。他却还是不急不恼,摘下带钩递给下人,又接过一只嵌宝石青铜带钩,这才把衣服穿戴整齐。

完了再去扶龚遂,龚遂泪也流尽了,礼节也尽了,终于起身。同时哑着声音说:"小王爷,快随老臣回宫去吧。"又朝刘贺身后的一众侍官喝道:"吾王起驾,尔等还等什么,速速开道!"于是骤起纷扰,百姓原来围着议论的、观看的、流涕的、偷笑的,一哄而散。

刘贺叹一口气,又回头看看炉子,看看刚冶出来的金块。他不介意出入三教九流坊市,不介意湿漉漉地穿厚重的王袍,不介意被这些老臣子还当小孩一样教诲,却可惜没能看到这次柿子金成型。

虽然,这些金子过不多时还是会到他手上;虽然,要是酎金成色还是不满意,他可以换人,笞人,杀人,把工坊一个个夷灭。可他没心思考虑这么多事情。不是不忍,也不是不愿——仅仅是没那工夫。

当他把脸侧过去,避着郎中令,避着侍官、工匠、百姓,那女子般阴柔恭顺的面容忽然就不见了。只看见一双灼灼烧着的眼,就像把火箱中的祝融请出,盛瞳仁里,密密地燎动着焦急和欲望。

刘贺从很小时,见他父亲封了棺、入了墓,墓石隆隆闭起,便开始意识到一件事,那就是:自己性非愚笨,非轻狂,也不是不谙世事。仅仅是自己所思所想所欲,和其他人、和芸芸众生,都有所区别而已。

他摩挲着衣带下的玉佩组,上面穿着一只指甲大小的琥珀卧虎，血色，张口，瞠目，心里渐渐安定。一眼看时，那龚遂指挥着郎官杂役在整收，工匠们抓紧完成收尾工作，未烧尽的木炭丢进水里，晒干了可以复用；坊市时辰将尽，士兵持戈进场驱逐，那收拾不及的瓜果滚到地上，散成泥水一摊。再一眼看时，只觉得人、摊铺、烟尘、坊墙都淡去了，夕阳沉在云里，让夜幕早早升腾起来。在夕照和紫夜的中间，横着一只荒诞的赤狗，也是血色，张口，瞠目。

刘贺的出神突然被打断，诸般物事回归，龚遂又跪在地上，嘴里大声念着谶纬卜辞。再看天上，赤狗还在，原是一大团火烧似的云，自东向西，轮廓鲜明。狗屁股后头，拖着三条长尾；狗嘴巴前头，追着一颗大星如月。

龚遂流干的眼泪又涌出来了，哭得捶胸顿足，嘴里不停说着"大凶，大凶"之类的话。"太白散为天狗，为卒起。卒起见，祸无时，臣运柄。祥云为乱君。"在他眼里，那只赤犬已经向昌邑国冲将下来，满城荒草，白骨盈野，再也无人可以阻止。

刘贺一手紧紧握着血珀老虎，另一只手松开，任刚拿回来的金饼再次滑落地面。谁爱要谁拿去吧。他满眼倒映着红光，心里想，早该不顾群臣议论，把观星台建起来，这事情明天就可以干，不，今晚就能开始干。他又想，不知道离龚老说的大凶还有多久——他的柿子金、玉舞人、漆木盒，还来得及造出来多少？

第二章 银釦贴金动物纹漆笥

该漆笥集西汉时期斫木胎、夹纻胎、银釦、贴金、髹漆、绘彩等工艺于一体,百伎千工,奢靡华贵,胜于金玉。

阳篇

公元 201 年·建安六年

一阵夜风卷起，挟着杉树樟树的气味，掠过刘基的鼻尖。这样让人心旷神怡的空气，在乱世里是奢侈品，难得一闻。刘基只希望不要杀人。一旦有人流血，血腥气就会填满他的鼻子和胸腔，黏的，铁的，锈的，又把他拽回隐居之前的光景里。

子时，在油杉底下碰头的两伙人出现了。一首是吴地商队，十人，布衣，低低说着本地土话，拖一辆牛车。另一首是从山那边翻过来的，四人，帻巾，黑衣，钳马衔枚，警惕地举火看着四周。两边见了面，商人一方似乎有点儿意见，压着声音发出议论。黑衣人一边却不怎么说话，只让一个看起来地位比较低的人上前接洽，其他人还防备着周边。

两方谈得一阵，黑衣人似乎强势，商人屈服，散开了，过去查看他们系在马上的行囊。看起来，那些行囊里便是他们要交接的东西。

吕蒙像之前一样，只一摆手，士兵便疾风骤雨一般从林中现身，弓弦拉满，矢露寒芒，从四面八方瞄准了两边人马。

"放下兵器！""跪在地上！"一声声断喝在漆黑中连环炸响。分不清有多少人，但明眼人都知道，这不可能抵抗得了。商队那边没什么犹豫，布衣的立马就跪下了，负责护卫的也赶紧卸了刀弓。黑衣人倒是兀立不动，但还没来得及进一步动作，一矢破空飞来，就把站最前头那马的脖子射了对穿。马惨叫着扑倒，骑士在泥地上砸出小坑，马屁股的行囊撞在地面，发出似钱币碰撞哐当当的声响。

"快吧，下一箭就是人了。"吕蒙说道，又做一手势，另一批士兵从树后出现，横刀缓缓逼近。黑衣人互相递过眼色，便也卸了兵器，下马，却不跪，只站在行囊旁边。

吕蒙又说："你们也不用藏着口音不说话。会从那方向像你们这样鬼鬼祟祟过来的，只有荆州刘景升的人，或者是曹司空的人。荆州江淮人士和扬州长期杂处，只要稍加留意，音调便相差无几，也没有必要在这虚与委蛇。所以我想，你们大抵是曹司空治下兖州过来的人吧。"

黑衣人沉默片刻，却喊一句："这么说话，不累吗？"

"确实像是中原人士。"刘基悄声说道。吕蒙凛神，示意他留在树后，自己现身走到距黑衣人十步远处，从缓坡上，淡淡看着空地里十多个人。

"好。"黑衣人里领头的说道，"既然大人想知道这里装着什么，那就看看吧……"

"等等等等等等！"突然却有第三个声音跳出来，原来正准备交易的商人伏在地上，磕头如捣蒜，对吕蒙哀求道："请官爷一定要明察，我们还什么事情都没干，东西没碰过，什么都不知道，放了我们吧……"

被射倒的马离他不远，血柱飞溅，染了他半脸猩红。

形势急转直下，他脑子却还是清醒，知道一定是对面的黑衣人带的东西触了霉头。趁着现在关系还浅，货物没见到，还有一丝机会可以脱身，于是拼命求情。另外几人也跟着反应过来，拿出吃奶的力气，磕头声响成一片。

"急什么？"吕蒙怒斥一声，"原本的计划是什么？快说！"

"有人出一大笔钱，让我们把几个人和他们的东西运进建昌城。其实这事情不太复杂，衣服一换，身份造假，塞点儿钱，跟着商旅就进去了。官爷勿恼啊，但豫章郡这里什么情况，官爷肯定比我更了解，漫山遍野都是宗贼、渠帅、流民，衙署正想着法子招安呢，这点儿小偷小摸的事，没么多人追究。"

"为什么要这么多人？"

"人多一点儿，好混进来其他人。钱不好挣啊。"

"进城之后呢？"

"只管带进，落脚、找人等一概不管。"

"雇你们的杨大已经在我们手上。隐瞒是没有用的。"

"当然，当然！我们真的什么都不知道，官爷明鉴！"

黑衣人首领却咧开嘴笑了："确实跟他们没什么关系，让他们滚吧。"

商人的脸一瞬间变得煞白：他不说倒还好，这样一说，更加脱不清干系了。

"让你说话了吗！"吕蒙话音刚落，一枚飞矢已经插进黑衣人跟前一尺处的地上，箭柄还在兀自颤抖。吕蒙以手势指挥，几名士兵围将过去，将商人队伍赶到一起，先行带走。看见士兵靠近的时候，他们吓得鬼哭狼嚎，但士兵仅仅是用刀驱逐，并未下杀手。唯独有一位哭号得厉害，半天站不起来，被士兵狠狠甩了一嘴巴。

刘基不过是来帮忙的，没怎么着急，只盼望不要有人丢掉性命。当吕蒙的士兵围住商人时，他本以为不行了，没想到，士兵仅仅是将所有人的双手缚住，几个人串在一起，便赶着他们往来路折返。在这乱世里，不杀人，比杀人更不容易。

黑衣人首领也说："听闻江东孙家如狼似虎，杀人如麻，今天看起来，倒不实然。"

吕蒙默然不应。只是他手底士兵已经围住四人，更逐步靠近，即将拿下他们。

终于，还是有变故。

黑衣人首领看似和吕蒙遥遥对话，刹那间，却伸手擒住离他最近一名士兵的手臂，手一推、一扯，士兵立即失去平衡向他倒去。黑衣人于是夺过长刀，抵住那士兵的脖颈，将他挟持。另外三个黑衣人却没有这般动作，又失了先机，所以要么后撤被堵住退路，要么被两三把刀剑指着钉在原地，已无反抗可能。

一边挟持对方一名人质，一边锁住对方三个同伙——明明是一面倒的局势，却突然泛起了涟漪。

"你们不要着急！我们绝对逃不出去，只是想让这位大人耐心听听我们的说法。"黑衣人首领一边挟着人质，一边盯着吕蒙，却看见这位年轻的将官就像片未经风的湖水，平潭镜影，刚才发生的事情，连一丝皱褶也不曾留下。刘基远远地也看见了——吕蒙说刘基冷静，但现在他才知道真正冷静的军人是什么样子。

吕蒙说的话，却还是粗鄙不文："有屁快放。"

黑衣人一愣，再不思索，一手便将身旁的行囊撕开。麻绳脱落，布袋"哗"一下落下，全是小的碎的金饼金角，也有铜钱，叮叮当当在地上散开。看得旁边士兵一下子失了神，林子里也溢出微微的角弓咯吱声，怕不是拉弦的手都松了几分。

"后面还有些丝绢、铜器、药材……我不太懂的玩意儿。我们运的就是这些东西。"

吕蒙看得清楚，地上的金饼就是他早前拿着的那种，顶上还有一块大的，黄澄澄，柿饼状，表面布满蜂窝纹。

"拿这些东西来，做什么？"

"一小部分是自己的，我们几兄弟到了江东，就没打算回去，那玉环、灯、铜钱是盘缠。大部分东西，有人托我们送给一个人——你们这儿的一位官。"

"谁送的？送给谁？"

"送出的人，我们不打诳语，是司空府。有印简为证。"

吕蒙一怔："曹操？"

"至少一定有司空大人的首肯。"

"曹操让你们送的，允许你们留在扬州不回去？"

"家里早就没人了，剩我们几条贱命，入不得司空的计较……至于送达与否，他们似乎自有方法得知。"

"给谁？"

黑衣人首领舔舔嘴唇，眼睛扫一遍另外三个人，然后压着声音说道："司马大人答应把我们放了，便说。如果听完以后，还要送，我一人送去；如果不送了，那一切就跟我们无关，我们在江东苟活而已。无论如何，东西我们都不要了。"

"吕司马。"吕蒙手下一个小领队忽然说，"我看这几个人鬼鬼祟祟，惹人生疑，还是赶紧杀了吧！"

这么长的埋伏时间里，除非主将命令，他的部曲从来不多说一句话，现在却突然建言。吕蒙侧眼一看，只觉得那个佰长的眼里幽幽的，冒着青光，虽然掩饰，却忍不住往金饼的方向看。光那地上一摊，已经是寻常兵卒一辈子也拿不到的财宝。更重要的是，他们远在城外，对面又是异乡来客，背景不明，完全处在法外地带。在这里杀人越货，哪怕是军队，也很难指摘。

果然，另一边，也有一位士兵说了："你，过去，把那边的包袱也打开。"他拿刀身朝其中一位黑衣人肩上沉沉一拍，几近杖打，对方只能踉跄着听命。

"你也去！"还有更多士兵在叫唤。

未顷，几个布包都已经在地上摊平。诸般物什其实不多，但在过半的夜色里，都显得熠熠生辉。寻常人都能认出来的，有丝绸两匹，青铜熏炉一只，豆灯一只，玉佩、玉环、玉璧数枚，盒子，奁子，件件数来，有一二十件东西。

"腌臜东西，这几个是什么人，竟有这么多宝物？一定是图谋不轨！"那佰长恶狠狠说完，竟一脚把身边的黑衣人踹倒在地，又踩上两下。其他士兵也纷扰："快杀了！""留不得他们！"还有人说，既已拦截下来，根本就不需要知道原来要送给谁了。

如果从高处俯视，会发现这支精锐小队，忽然变得有些混乱，像一朵逐渐弥散开的云。围着展出的财宝，所有人似怒似喜，似惊似恐，保持一段距离，却又被牢牢吸附在周围，嗡嗡嚷着，失去了原本的秩序。

"你们别乱来，这人的命不要了吗！"黑衣人首领也紧张，刀在士兵的脖子上又紧了紧，快要嵌进肉里。连那士兵自己也慌起来，喊着让同僚停手，却没有一点儿效果。

这时候，人命已经不重要了。

吕蒙的声音，终于压下来："大家跟随吕某这么久，应当知道，好处都是大家的。但杀不杀，什么时候杀，这里只有我说了才算。"话语并不激昂，却将士兵们闹哄哄的声音削去一半。他们依然贪婪，却停住了刀兵。

但能控制多久？

——他没有把握。

这是江东军制的特点决定的。孙策早期依附袁术，只带千余兵马南下，几年之间，席卷江东，之所以动作这么快，就是因为他没有完全凭借自己去筹兵募粮、扩大势力，而是放任大小将领、宗帅、豪强加入，各自领兵，各凭本事。所以直到现在，在豫章、鄱阳、丹阳各郡，将领各自扫荡山越、平叛乱、讨豪族，缴获的兵员资粮大部分都可以留下自用，只需拿小部分上缴地方。

猛虎虽强，唯有四爪；狼豕分食，众数百千。这就是孙家虽然横行杀戮，人心惶惶，却始终能保持脆弱平衡的一个原因。

吕蒙就是这里面的一只狼——目前还是不太起眼的一只。原因很简单，他的部曲继承自姐夫邓当，原来就是别部司马编制，仅仅是很小一支。后来蒙孙权垂青，让他吞并了另外几支部曲，才有现在的状态。但吕蒙没有家底背景，兵卒吃穿用度，唯有依赖功绩和掠夺,这里面掠夺还占得多数。

像这种法外之地的不明人士,身怀重宝,后无靠山,简直是肉已经掉进豺狼嘴里,就算是主人也很难让它们吐出来。

但它们毕竟还没有吃。就这一点儿顾忌,已经能看出来吕蒙和其他将领的不同。

就在这微妙悬置的关口,却是刘基打破了局面。

"诸位兵官先别急着动手,财宝虽贵,干不干净倒是另说。"

他主动从藏身处走出来,一介布衣之身,片甲未穿,但声音朗朗。

还是佰长先说话:"公子这意思,金子还能有不干净的?"

刘基肯定道:"自然会有。要是由龙纹花穗荒帷罩着,金银锦帛罗绮裹着,受那青龙、白虎、朱雀、玄武四神护佑,长期和金身共置,甚至覆在四体七窍之上,那是不是能说——不洁?"

士兵里当然有人没听懂的,但也有有见识的人,低低传几句话,便有人惊呼一声:"这些……难道是明器?"

话刚出口,在月过中天的夜里,紫林莽莽,忽然就只能听见此起彼伏的呼吸声。

"公子,请……请把话说清楚。"有胆子壮的,低低说出。

"看玉是比较明显的。"刘基从士兵手里接了支火把,快步走到摊开的宝物旁边,以火光虚指其中一块翠绿色的玉璧,"这片玉璧上布满整齐的谷纹,'谷所以养人',五谷丰登,天下丰饶,所以谷纹玉璧规制崇高,常常作为王公子男的葬玉使用。玉可保尸身不腐,死者前胸后背以及其他部位用这样的玉璧覆盖,再用织物编联,就如一件玉甲。你们想象一下,这枚玉璧被扒下来之前,那贵胃的尸身还是新鲜的；扒下来的时候，才在眼皮底下腐化成泥。"

最后一段刘基没见过，现编的，为了强化描述效果。他跟吕蒙交换一个眼神，见吕蒙表达感谢地微微点头，但同时，脸色也有点儿发青。

自有汉以来，神鬼之说不绝如缕，上至君王，下至黎民，蔚然成风。毕竟前有高祖斩白蛇而起，后有武帝因巫蛊之事前后株连数万人，要说完全不相信，也绝非易事。虽然丧乱以来，"天师"倒了，人祸横行，杀人有如屠狗，但要说挖坟掘墓、背弃祖宗的事情，仍然会让一般老百姓心里发凉。

"至于其他这些，青铜器、漆笥，既然放在一起，大体也是同类。上面一般有字，要是仔细看看，不难判断。"

"那，那，就算其他的都是，金子总没什么问题吧？这金子难道也能看出来历？"佰长犹不死心，从牙缝里颤颤地挤出一句话来。

"我刚才也一直在想这个问题。"刘基一边说，一边看那几个黑衣人。他们就像是被打蔫了一样，没什么反应，只有首领还在紧紧控制着人质，却对他的话不置可否。

"我想的是，这黄金是不是长得有点奇怪？一面光洁下陷，显然在熔铸时是一体成型；另一面却是凹凸不平，碎块嶙峋，像经过了增补剪裁。会变成这副模样，只有一种原因，就是这金饼的重量必须不多不少、恰如其分，为此甚至不惜多次返工。大汉以孝治天下，唯有王侯将相，祭祀先祖，才会有这样繁复的要求。"

刘基略微停顿，然后才字字落下："这奉天祭祖所用的足赤黄金，今日现身于此。更可能是代代流传下来的呢，还是被生挖出来的呢？"

士兵们终于渐渐安静下来。但如果说原来的安静是纪律肃然，那现在，倒不如说有种噤若寒蝉的意思。汉人笃信魂灵，诅咒故事又听得不少，只觉得幽幽地有东西飘在各色金银物件上，似乎冷不丁地，便会在人耳边吹气。

但是惧又生怒，所以当吕蒙答应黑衣人不杀他们的时候，几个士兵瞠目结舌，却又不敢发作，只是紧紧盯着自己的长官。吕蒙却不理，让黑衣人把人质放了，弃了刀，跪坐于地，将最后的疑团和盘托出。

曹操到底要将这些明器送给谁？

黑衣人递上一卷贴身的竹简，蜡封未动，上面确实盖着司空府印。吕蒙原本就判断这事情和曹操有关，这下便做了准。但这大大方方留着印戳在上面，送来的财物又出乎意料，带了一层阴冥气息，这就和原本预想的私底收买、暗中策反，有点儿微妙的差异。

要不要把信简拆开来看，就看黑衣人给出个什么答案。

与之同时，刘基却在细细查看那些送来的东西。他本出身贵胄，这些器物和他的距离总比平民百姓要近一些；加上性情简易，又多经变故，别人害怕的东西，他自己不一定有感觉。最重要的是，这里头至少有一件别人都没太留意到、他却特别留心的物件。吕蒙把他找来，大概也是因为这一点儿浅薄的见识。

寻常百姓都知道金银稀罕，但时值乱世，却没几个人亲眼见过更加贵重的漆器。"一杯棬用百人之力，一屏风就万人之功"，"百里千刀一斤漆"，制漆之事，无论是原料、用人、工序、巧艺，都靡费甚巨，尤胜金玉。而在这些展出的物件里，就有一枚银釦贴金动物纹漆笥。

贴金做成山岭斜木、奔鹿走兽的形象,银钿收边装饰,漆色烁然,盒体坚实轻盈。刘基从未见过这种级别的漆器,知道它价值连城,但他终究是物欲淡泊,他更关心的,还是里面有没有装着东西。毕竟有识者就会明白,其他东西都只是陪衬,这盒里装着的,才是关键所在。

打开来,却是只有一味药材:当归。

另一边,黑衣人和别部司马计较妥当,正襟危坐,沉沉托出一句回答,却让吕蒙和刘基两人,分别心里都起了波澜。

他说:"司空府指名道姓,让小人把这些东西送给建昌都尉——东莱太史慈。"

阴篇

公元前74年·元平元年

宫墙里向来是无聊的。好处是，宫里总有说不完的稀奇古怪的事，让贵的贱的高的低的囚徒们，总有无数的舌根可嚼。

春三月，最是一年好时节，昌邑宫城上却见得群鸟乱飞。初是杂鸟，而后以乌鸦居多，宫人都松一口气。但自从干鹊云集，乌鹊大相争斗，死体坠于檐庭，聒噪不休，让人忌惮得不敢出门。

三月末，一宫人起夜，见一狗头人身的家伙在宫里穿行。狗头亮白，譬如朝云，身躯矮小，状若侏儒，一晃而过。一时间，痰盂紧俏，大批被买入宫城。

四月，昌邑王座上一夜之间，沾染无名血污。寅时宫人发现时，血还温着，淌下的痕迹还鲜明，正在那后背中央。郎中令龚遂对这件事的原委绝口不提，只是引经据典，宣布这是史无前例的大凶之兆，力主昌邑王斋戒沐浴、约束自身。

末了，宫里最近又流传起一个新的话题。这风言风语看似无根，却于隐秘处飞速生长、蔓延，在掩着嘴、压着声吐出来的字句里，变得越来越客观，越来越真实，似乎人们用百家饭，共同供养出一只新的鬼来。

这鬼是万万不能提的，但又那么吸引人，刺心辣肺，让它一旦成长起来以后，就把那些鸟的、狗的小事统统掩盖过去。

它最紧要的关窍，只有一句话——

昌邑王，似乎可能要当皇帝了。

消息传到刘贺耳中的时候，他正在研究漆器的夹纻胎。夹纻胎是漆器器身的一种制作工艺，原来，器身一般是用精良的木材来制作，战国《韩非子》中"斩山木而财之，削锯修其迹"，说的就是选择优质山木来制作漆器胎身。但木头再好，也显得偏重。如果再加上银釦贴金诸般装饰，到入得了刘贺的眼，那就厚重得不适于随身携带。

有需求，就有方案。在昌邑王不顾众臣反对的大力鼓动之下，漆工研制出不用木材而是用苎麻布来做胎体的方式，坚实程度相当，质地却薄而轻盈。简单来说，他们先用泥膏制成胎胚，用苎麻布层层裹裱，紧密黏合，等成型、阴干之后，取走胎胚，再用一二十道工序去强化胎体，才能形成标准的夹纻胎。其流程繁复，用工巨大，都不在昌邑王的考虑范围之内。他只想还有没有什么方法，能让它变得更有意思一点儿，毕竟这种方式，限制比木材少多了。比如——做成三四五个层层嵌套的子母盒？

他随意地坐，一手拿着个未上漆的胎底，桌上摆着另外几种材质，怀里躺着只已成型的银釦贴金动物纹漆筒，盒盖开着，他从里面拿地黄来吃。因为自幼身体不佳，又懒得听各方大臣唠叨，刘贺就说了：汤药麻烦，把要吃的药材放盒子里，随时吃。

正在嚼地黄的时候,他从沉迷其中的个人世界里走出,听见旁边侍臣们说:"宫里到处传说,大王真有可能要当皇帝了!"

"不可能的。"另一人冷冷地反驳前一人,"当今圣上年富力强,岁数和大王相差无几,怎么会有你说的事情?"

"这正是问题所在。我听说皇上虽然年轻,却贵体欠安,久在龙榻,所以才有那上官桀、桑弘羊、长公主等人胆敢谋逆。要是皇上金安,加之大将军霍光忠心耿耿,哪里会有那么多祸事?"

"那都几年前的事了,现在还拿出来说。"第三个人啧啧鄙夷,"近年来霍大将军持政公允,海晏河清,四夷宾服,一点儿换代的迹象都没有。你再这样嚼舌根,早晚被人拉去砍了。"

"但皇上确实久不露面。我听说,春日籍田,下地亲耕,也是大将军代理。"

"可不是还有别的王爷吗?故昌邑哀王有好几位兄弟,他们辈分更高。"

第一个人被堵得应答不上,红着脸,反将一军:"我看你就是不想大王好!我一心只盼大王英姿勃发,不仅庇护这昌邑国,还能去往更大的天地。你倒行啊,没一句好话……"

几人从座上闹得站起,又插话,又推搡,渐成一出荒诞闹剧。

刘贺听得厌烦,沉沉说道:"你们闹归闹,要是像上次一样打得出血,沾王座上,那郎中令要怎么惩治,孤都不插手。"

话音落下,房子里顿时没了声音。一方面是因为上次确实闹大,要不是龚遂心里跟明镜似的,睁一只眼闭一只眼,治起罪来怕可以株连十几二十个人;另一方面则是因为昌邑王平常沉浸在自己世界里,很少去说他们,但一旦说了,就毫无回旋余地。

其实刘贺也知道这些人没什么价值。里头什么人都有，郎官、太监、匠人、奴隶，无非是围在身边，巴巴跟他讨骨头吃。但要说这半夜里还能陪着，给房子里添点儿人气的，也只有这么一些人。那些正经大臣们，都是因循圣人之言，日兴夜寐，调理阴阳的，哪怕忠心，也不可能半夜跟着他在宫里胡闹。

这是刘贺一个小小的特异之处——从五岁开始，他就不太需要睡眠了。

所以在他身边，总嗡嗡飞着一群佞臣。在龚遂他们眼中，这些人不仅有害，而且恶臭，他们只在打更的时候才出没，做种种荒腔走板的事，就像具化的晦气、沉气、瘴气，引诱着王，毒害着王，使其夜不能寐。

只有刘贺自己明白：只是因为自己睡不着，心里烧着火，才引来这么多小鬼聚在身边。

只有他们才能夜夜响应刘贺的要求，放歌纵酒，斗鸡走狗，设想奇珍，赶制器物。

二月，天上现赤狗，大星如月；二月，他们就在王宫后院搭起一观星台。不讲规，不讲法，不讲理，哐哐当当日敲夜打，闹得后宫里人神俱愤，但就是给弄了出来。昌邑王把该罚的人罚了，然后在星台上观察斗牛，又着人做了一批团龙纹彩绘棋盘——六龙嬉戏，白云苍狗，满盘星斗。

所以刘贺是从来不听这些人说什么的。

唯独当皇帝这件事，"当皇帝"这三个字，去到哪儿好像都能扎下根来。

五月，一卷书简从长安未央宫，送到昌邑王宫。

仍然是在子夜，昌邑王仍是在看漆筒，但这次看的是贴金。南方丹阳郡传来的新技术，能把金片捶打至蝉翼一样薄，剪成花鸟鱼虫各种形状，无不神肖。

把长安书简亲自送到王宫的，是中尉王吉。他在屋外通报姓名的时候，屋里的群小突然像惊弓之鸟，甚至未及告退，就已经从后门作鸟兽散。

就连刘贺也正襟危坐，收敛了神色。

在子夜的烛光里，王吉就像是飘进来的。他本一张天生的哀脸，长手长腿，黑袍黑甲，又鲜少沐浴阳光，就变成了一副黑无常似的模样。

中尉负责王城戍卫工作，所辖乃从宫墙至城墙之间，宫内并不受其管制。正常来说，刘贺和他的扈从们都应该与中尉没有太多纠葛。但前面说到，刘贺打小不喜睡眠，十余年里，漫漫长夜，宫中不管是人，还是一草一木一砖一瓦，他都早已看腻。所以多年来，他曾无数次在子夜以后偷开宫门，甚至翻越宫墙，以期在城里完成更多的事情。

出宫以后，除昌邑王外，将其余人无论高低贵贱一应依法查办的人，就是中尉王吉。无论是入狱、笞刑还是斩首，王吉毫不手软，无数宫内宵小出了宫墙，都落入他的手中。

昌邑王国整体而言风气尚佳，白天的危机，尚不如王在夜间偷走出宫来得严重。所以王吉才被迫成了昼伏夜出之人，每夜盯着宫里宫外的动静。

城里小童甚至编了一首曲儿："白日粪，犹能纵；夜间王，不得藏。"说的就是龚遂和王吉。

王吉带来的,从来只有坏消息。

这次却不同。

唯独这次,昌邑王脑子里嗡嗡的,不再有往日的戏谑,也没法顾左右而言他。他看见王吉手上的书简,上面封的是金漆,金漆上是帝印。前月在耳朵里扎了根的三个字,那地底吟着哦着捂着叹着的句读,忽然破土而出,撑满了整个房间。

王吉伏地,刘贺亲手启封,解带,展开。

书简上就一段话:

"制诏昌邑王:使行大鸿胪事少府乐成、宗正德、光禄大夫吉、中郎将利汉征王,乘七乘传诣长安邸。"

对于身在大汉宫廷的人,无论是王吉,还是荒诞不经的刘贺,这两句话,都足够了。

它表明两个信息:一,当今天子、武帝少子刘弗陵,已经崩了;二,刘弗陵无子,昌邑王刘贺将为他奔丧,然后继承大统。

王吉是个很拎得清的人。

几百年后,琅琊王氏能发展为名震天下的大世家,跟他这位先祖的性格,也是密不可分的。

比如夜间抓人。宫里围在昌邑王身边的那些佞臣,出得宫外,犯了什么错,王吉该怎么罚就怎么罚,不看一点儿情面。但是昌邑王也在其中,甚至带头冲撞,他罚不了,没权力,那就当作一点儿也没看见。他绝不会像龚遂那样,又哭又跪,闹得满城皆知。

没必要。他只想好好当个中尉而已。

比如这次送书简。

确实，有生以来，他从未奢想过自己能担当如此重要的角色，能送出如此锚定乾坤的书简。但这也只是职责而已，他负责戍卫，深夜皇使抵城，临时开门，必须有他的首肯。入宫送信，也是他自己最为妥当。这样一来，他便成为除昌邑王外最早知道这个消息的人。

但这并不意味着，他要因这消息而雀跃、狂喜。

他甚至不想完全被牵扯进去——书简读完，他寻个由头，便退出去了。

但从他呈上这份书简开始，就像在几百里干草地上擦亮了一点儿火星，须臾之间，疯狂的热潮就蔓延了整座昌邑王宫。

刘贺看见书信是在子时一刻；到第一声鸡鸣之前，王宫里已经有超过一半人在收拾行装。

饶是昌邑国平常再没有规矩，王吉也没想到——去当皇帝这件事情，居然也能闹得满城皆知！

谁是第一个说漏嘴的，这时候追究已经没什么意义了。兴许，就是昌邑王本人。结果是，他那些侍臣苍头们用史无前例的速度，将这个消息传遍宫墙内外，并且还带着一种强烈的暗示，一种澎湃的号召：

昌邑王本次进宫不是一个人去，是一群人去。

谁能跟他到得长安，谁就能有十辈子享不尽的荣华富贵！

这世间，千百般鬼神，也抵不过一个"利"字。

王吉更加没有想到的是，昌邑王宫里那些小鬼们，平素习惯了刘贺的节奏，竟然在第二天中午的时候就已经把车驾舆乘准备好了。等王吉气喘吁吁赶到王宫广场，那里已经宝马香车满路，乌泱泱聚集了几十号人，还有更多人不断从宫廷各方蚁聚而来。

王国上下核心官员，比如相、傅、九卿，都尚在混乱当中；鸡鸣狗盗之辈，却一个个志得意满、眉飞色舞，仿佛康庄大道已经铺开。

仓促之间，王吉唯一能阻止昌邑王启程的理由，只有丧服——无论从名义上，还是从实际流程上讲，昌邑王进宫的首要目的还是为天子奔丧。大汉以孝道治国，子为父、臣为君治丧，必须穿上最高规格的丧服，焚香、祷告、哀悼、祭奠，然后才谈其他。

事实上，朝廷把书简寄过来的目的，根本不是让刘贺启程。制诏明确写了：指定几位大臣，乘七辆驿传马车，前来长安——换句话说，那只是一封预告。预告的目的，就是为了让昌邑王国赶紧准备好相关物事。比如，上面提到的丧服、丧仪用具；比如，七辆马车就限定了同行者数量，人选必须确定，其余人等也需要安排；再比如，此去以后，王国必然要交接，也有大量的事情需要梳理妥当。

这些事情，本该昨晚就跟刘贺说清楚。

现在想这些已经来不及了。如今之计，只有拦下车舆，让昌邑王下令赶制丧服，至少争取两三日时间，再作考虑！

可当他刚拜在殿下，昌邑王刘贺已经走到跟前。虚影晃过，王吉抬头，只见刘贺已经穿上了斩缞，惨白的，粗粝的，生麻刺硬邦邦杵着，穿在身上，像刀戳斧斫似的。

这件斩缞有点儿小，有点儿旧——王吉觉得，这也许是刘贺五岁时穿过的那件。

那时候，他穿得跟只小兽似的，斩缞一半长出来拖在地上；现在，他穿得滑稽，半截腿露在外边。

也许刘贺把这件丧服藏了十四年，只是为了悼念。

也许，他是为了等一个几乎不可能的机会。

可从来没有人发现过他有这种想法！

穿着斩缞，按律是不能说话的。刘贺确实沉默着，但整个人漾在一种腾跃的氛围里，甚至没看见王吉，而是快步穿过广场，乘上队伍最前端的马车。然后二话没说，宫门轰然开启，驷马齐鸣，那辆铺满白绢素缟的王车，已驾了出去。

是夜，为了这一生不见之大变局，"白日龚"和"夜间王"极其罕有地坐在了一起。

"子阳（王吉字），今天早上，我们还在昌邑；现在，已经到了定陶。一百三十多里路啊，古之兵法，'五十里而争利，其法半至；三十里而争利，则三分之二至'，我们比急行军还要命！"

"少卿（龚遂字）先喘喘，擦擦汗，你的眼睛快睁不开了——呵，是原本的大小。少卿说得无误，晚炊时清点人数，计有三分之二人散在路上，死马相望于道。"

"那是当然的，小王爷坐的乘传，是大汉最快的驿传体系，谁能追上啊？九卿、十三曹，不顾身家性命追着的长官、老吏们，多半被甩在后头了；那些跟得最紧的人，反而正是平日里陪小王爷斗狗游猎之徒。真的是小人当道，小人当道啊。"龚遂沉沉说着，眼角抽动，登时便像是要哭出来。

"少卿勿急，你我二人尚且能奋身至此，其余百官只要有心，想必也能排除万难。"

王吉说到"有心"的时候，语气滞顿一下，正是意有所指。龚遂听得清楚，用衣袖抹抹眼角，便也换了一副神情，并缓缓地，把灯燎得更亮了一些。

"少卿。愚以为此次入京，不是鹏程千里，不是登堂入室，而是死生之地，存亡之道，不可不察。"王吉将基本判断平平托出，但作为一贯的忠臣，却是惊雷之语。

龚遂便缓缓说道："喏。所以我原以为，你不会来。"

"非常之时，非常之道，所以想和少卿联手。"

"子阳和我，譬如阴阳，譬如刚柔，譬如曲直。怎么合作得来？"

"首先，你怎么看这次诏令？"

"圣上无子，太子悬置，选谁，唯有顾命大臣大将军霍光说了才算。"龚遂未曾迟疑片刻，显然思虑已久，"昔武帝择储，选得艰难，十年光景，几万人性命搭进去，才选出如今的君臣相宜。因为有这些前事，武帝六子中，只余广陵王刘胥有机会继承大统。可是广陵王已是壮年，以吾之心，度大将军之心，想必更盼望如圣上当年般的鱼水之谊：圣上八岁登极，大将军辅政至今，恩威并著，门生故吏广布天下——再这么来一次，岂非佳话？"

王吉心下认可，却把他绵绵密密一堆话，拆成一句白话："也就是说，大王即便践祚，也该垂拱而治，唯大将军之命是听，没错吧。"

龚遂沉默以应。

王吉犹不松口："倘若大王依然轻狂如故，把昌邑王国里的诸般事迹，到长安城里再上演一次，这所有随行之人，是否难辞其咎？你我，又将何以自处？我敢断言，等我们到得长安城郊，玺书上那些官员还没来得及出城呢——真是给了大将军一份好大的见面礼。"

其实王吉所言，龚遂何尝没有想过？只是狂奔一百三十多里，魂不附体，根本想不出个所以然。呜呜然沉吟到最后，只能叹出一句："小王爷啊……"

"对情势既有共识，现在万事皆虚，其实只看少卿和我，到底想要什么。"

龚遂一怔："什么意思？"

王吉并不解释，但以两指指向自己："在下出身琅琊王氏，本自微末，举孝廉后，几经波折，蹉跎数年，才补授当得一个县官。能到今日这个位置，已经远超昔日所想。所以平生所愿，不过是修身齐家、开枝散叶，护荫一方四角小院，让后人不至于像我一样辛苦而已。以此为指南，则侍奉一位王、一位天子、另一位天子……其实都没有太大区别。"

"人说子阳为人拎得清，现在，我是明白了。"龚遂苦笑。

王吉却是正色道："但时移世易，今日留给我的只有三条路：第一，如果留在昌邑国，王位未定，而且王国命运全系于长安，等同于把前程性命拱手让人，此为智者所不为也；第二，如果一心侍奉我王，前面提到的问题，我自问回答不了。"

"那，第三条路？"龚遂问。

"第三条，就是我们两人携手，既要斡旋在这件事里，又能保住性命，还要在将来攀上一株新的梧桐木——这样的一条路。"

如果是在其他任何时间、任何地点，说这样的话，都会被龚遂一口唾骂回去。但偏偏是此时此地，这么多铺垫下，他沉默了。

王吉便继续："要这样做，我们二人必得竭尽全力，不断对昌邑王提出劝谏，让朝廷皆知。当然，少卿有少卿的本事，在下有在下的方法，不必取同。"

对于这一点，龚遂却是自矜："不需中尉指点，老臣本已有肝脑涂地、死而后已的劝谏之心。"

"但这只是第一步。接下来，才是关窍所在。"王吉压低声音，烛光跳在苍白的脸上，倒是亮的少，暗的多，就像是阴阳纵横的山脉。连带他说的话，也像是月下石上漫流的泉水，渗出丝丝点点寒气。

"这样做，岂非背叛我王？"龚遂失声道。

"我绝不为难少卿做违背本心的事情；同样，也请少卿不要检举在下。"

"难道没有别的办法了吗？"

"所以我说，少卿，端的看你到底想要什么。"

有些人的真话，说出来，便是普通得没什么弯弯绕绕的，比如王吉。

而有些人的真话说出来，却像句假话，或者像是笑话。

龚遂思虑良久，终于一字字说出："吾平生所愿……愿为圣人之道。"

"既然如此，那大事上孰是孰非，少卿想必明白。"王吉坦然，便即起身，"夜深了，明日各自寻法子拖慢大王的步伐，不然，我们都得累死在路上。"

"是得想想。得想想……"龚遂坐在原地不动,犹自陷在沉思里。等王吉将要离开的时候,他才含糊地说出一句:"是啊,每个人活到水落石出处,总不过为一点儿念头、一点儿执拗而活。可是,小王爷到底想要什么呢?"

"老臣愚钝,实在是——想不明白啊。"

第三章 子母虎玉剑璏

玉剑璏镶嵌于剑鞘，用于贯带系剑。上有高浮雕和田玉螭虎一对，一大一小，母子相望，似在悠游嬉戏。

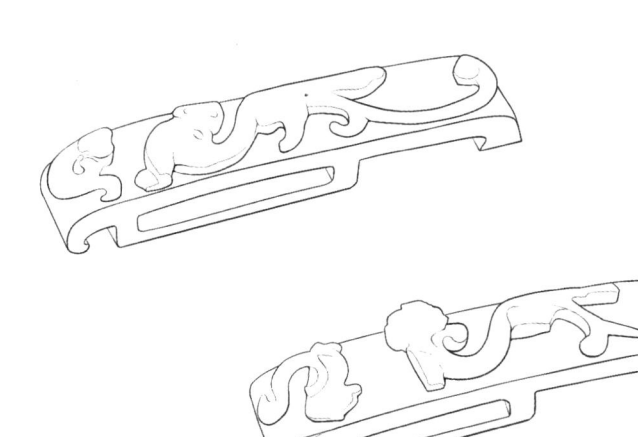

阳篇

公元 201 年·建安六年

刘基刚开始听说"太史慈"这几个字的时候，只当他是个侦察兵头领。毕竟那是父亲刘繇说的："为父手下张英、樊能，在淮扬小有根基，眼下用之，只当是鹰犬而已。太史子义和我们是同乡，确实英勇矫健，但毕竟出身微寒，不习学术，领别队侦骑可以，独当一面很难。唉，要是为父手下能有一些像樊子昭、和洽那样的名士儒生，一定有不一样的景象。"

"可他们都说，儒生只能空谈，不会上阵杀敌啊。"十一岁的刘基道。

"这就是为父要教你的东西。"刘繇慈爱地笑着，把佩剑拿起来，横在面前，"今逢乱世，譬如刀剑满地，但无论是铜剑铁剑，是三尺、五尺还是七尺剑，那都是搏杀之用，但见血光而已；但如果用圣王之道，大义教化，就像为父这把玉具剑一样，就不仅仅是兵器，而是王器，可以祭宗庙，献祖先，取长生——完全不一样了。"

那时候刘基已经知道父亲其实不爱治政，更恶刀兵，平生最享受的时光，就是跟许劭一起品评人物。许劭名声巨大，曾主持"月旦评"，给年轻时的曹司空评出一句"治世之能臣，乱世之奸雄"。据说当时曹操还很高兴，但后来世道确实乱了，这句话也就变了一种滋味。许劭不愿当官，杨彪、陶谦，谁的面子都不给，最后却举家迁到了父亲这里。父亲大喜过望，拉着刘基兄弟并郡内大小名士，大摆筵席十天半月，生怕有人不知道此事。

既然能把许劭那样的人给吸引过来，那父亲的相人本事，应该也是很厉害的吧。十一岁的刘基，自然是这么想，也是这么相信着的。

可刘基少年习武，到校场上和什长、佰长、校尉聊天，却又听出个不一样的印象。

在军人口中，谁提起太史慈，都得竖起个大拇指："那可是个英雄哇！"

甚至有人故意找他，说："少主公啊，我们弟兄几个都觉得，州牧现在这样用子义兄，是不是有点儿太屈才了？我们见过这么多将领，能跟那凶神似的孙策相比的，也只有我们子义兄。要不，少主公找个时间，跟州牧大人再说说？"

"可那时候我忙着读书习武，哪有心思去说？再者，说了父亲也不见得会听。"刘基一边回忆，一边无奈地说。

"所以说，太史都尉在故扬州牧手下的时候，一直没得到过重用。替州牧可惜啊，据说，他一投入孙将军麾下，即受重用，风头一时无两。这不，连曹司空也给他送东西来了。"说话的人就是那个黑衣人头领，刘基现在知道他叫王祐。"这么算下来，公子也算是建昌都尉以前的少主公了。可听这意思,您一直没见过他?"

"还是见过的,主要有两次。"刘基淡淡道,"那已经是后话了。"

王祐见他不愿细谈,也不纠结,笑笑说:"先前还在疑惑为什么那位官爷请公子和小人一起过来,这么一谈,原来确实是有些渊源的。"

他早就看出刘基不是军旅出身,似乎仅一白衣,但看他对那些器物的了解程度,却像是某世家大族的子弟。就这么个特殊身份的人,突然被吕蒙指定过来,陪着自己去见建昌都尉,这就让人很是犯嘀咕。

所以一路上借闲聊之机,东拉西扯,才终于聊出一点儿眉目。

其实刘基自己,原本也没想会参与到这个程度。

当时,"太史慈"三个字一出来,情况就变得有点儿微妙。对于别部司马吕蒙来说,从军阶上,他远在建昌都尉之下,又身在建昌辖内,理当受太史慈支使。所以虽然查出是曹操送来的东西,因为对象是上级将领,他也不能擅自把东西扣下来。他甚至不太方便亲自给太史慈送过去——毕竟从身份上,吕蒙还有直属于孙权的这一层意思,要是这样见面,说不定就会传递出一种主公不信任建昌都尉、着人暗中调查的含义。

其实曹操的"当归"已经很明白了,就是延揽的意思。太史慈无非需要表个态而已。这时候吕蒙去了,反而可能节外生枝。

这些想法都是刘基自己在路上琢磨出来的。其实,吕蒙当时只是说自己还有其他任务,会派兵护卫王祐,将物件送达;同时想请刘基帮忙再跑一趟:

"不是我想打扰刘公子隐居,但实在没有更合适的人选,你看是不？我们粗人看不懂这么多门道，万一建昌都尉有需要，公子还能帮上忙。再说了，公子和都尉应当有旧，趁这个机会聊上一聊，不也正好？"

要是其他人，刘基确实已经拒绝了——但是这个人，虽然有可能惹来麻烦，他却不得不去见一见。

说话间，两人所乘马车已经嘎吱嘎吱摇进了建昌城。王祐所带财宝都装在车内，以掩盖闲人耳目。外首则有吕蒙的几名士兵，既是护卫，也为看守。领头的曲长名叫吕典，大概是吕蒙同族的亲戚。刘基往城上看，只觉得建昌城虽然属于山越盘踞争战之地，但城墙修葺及时，井然如新，上沿士兵防守紧密，调度有方。街道上往来行人也不少，坊市喧闹，鼻子里还能闻到面汤早点香味，实在是乱世里难得的一点儿烟火气息。

算下来，太史慈任建昌都尉已经两年多，正跨过了孙策、孙权兄弟交接班时期。这个都尉下辖建昌、海昏等六县兵事，在两县都有处所。只是因为海昏贼乱更加严重，太史慈驻扎在建昌的时间暂时还多一些。

刘基心下一动，对王祐说："要不，我们先去寻点儿吃的？一宿奔波，外头的兵官也该饿了。"

王祐愣了一下，连忙应允。刘基和吕蒙的部曲商量了一下，大家都没有意见，便把车头一拐，折向城里坊市的方向。到得坊外，车马就不能入内了，所以留两名士兵守备，其余人进去寻吃。刘基细细问清楚留守二人想吃什么，才进去。

几人饿了一夜，在坊市里略略转得一圈，便找了一家粉铺坐下。豫章郡河湖密布，稻米丰饶，米粉是一大特色。拌上油、酱、葱花、姜末，撒一点儿芝麻咸菜，登时飘香扑鼻。刘基久在郊野生活，饮食尚俭，难得进一趟城，便到馆子来吃上一碗。只可惜没能把弟弟们带上。可惜之余，又点上一碗鱼羹，鱼是在近旁彭蠡泽中当日捕的，切碎之后放一点儿酒，快速炒过，再加姜丝、葱末、蛋花，勾芡煮熟。一口喝下去，温软绵密，鲜香爽利。

这头刘基喝得舒服，另一头，王祐嗦粉也嗦得起劲。刘基见了，问他："吃得习惯？"王祐道："走南闯北，什么都吃。"

刘基说："我是东莱人士，十岁到扬州的时候，很是吃不惯米面，总觉得小里小气，吃完还是虚。现在倒是离不开了。"

"那我得早一点儿适应。"王祐说，"毕竟下半辈子，不想回北方去了。"

王祐吃完把碗一放，看着碗底的油沫子，低低道："也不知道他们安顿得怎样了。"

刘基知道他惦记着另外三个黑衣人，便说："吕司马既然答应给他们安排进城，应当无碍。"在林子里商量妥当后，王祐和他三位同伙分头行动：王祐和刘基一起继续送东西，另外三人由别的士兵带着进城，找县官安顿。吕蒙做事情，和刘基以前了解的孙家军官都不太一样——不仅给他们留了命，还帮忙安置。当然，他想，这样或许也便于监视。

刘基又给他点了一碗汤，然后问："你前面称呼他们为'兄弟'，是族兄弟，还是仅仅一起做事？"

"可不是亲戚。他们几个又蠢又冲动，要不是我早就说了任何时候不准说话，可能咱们早就打起来了。"王祐咧嘴笑，说的是骂句,态度却跟谈起亲兄弟差不多。"我们几个粗有一点儿拳脚功夫,便帮官爷们跑点儿散差,什么事情都干,但都是鸡毛小事。"

"你们不属军队?"

"当然不属于,我们哪有那个本事。"

刘基也不追问,片刻后,又悠悠问道:"那,你们此前知道那些东西是明器吗?"

王祐还是笑:"公子别把我们看这么高,仅仅是跑腿做事的,哪敢知道那么多。要是我们早就知道,那半夜里,不得吓出尿来?"

"哈哈,就是问问而已,没什么。"刘基说,"可你之前说,行囊里有一部分东西是自己的,有一盏灯,对吧?虽然已经被司马大人收走了,但我想提醒一下:那个也是一件明器,还是前朝的,可不常见。"

正好这时候汤到了,王祐便去端,又觉烫手,呼哧呼哧好一阵子,才讪讪地回答:"是吗?这事情,我们几个还真不知道……公子该不会看错了吧?就那玩意儿?要真是这样,我们也不知道该说松一口气,还是该说损失惨重了……"

饮食事毕,闲话聊完,又给留守士兵带了汤饼,一行人便重新出发。在当时的大汉县治里,行政和军事二者分离,在江东,就是县令和都尉两套体系。县令有的是正统衙署,都尉则不止管辖一县,也不和官府杂处,而是自有一处行营所在。询问之下,才知道建昌都尉在建昌县里没有建衙,而是在武库附近,简单辟了几间房子,相互打通,便把都尉的办公理事和饮食起居一并应付过去。

他们到了地方，只见武库修得巨大，又有强兵把守，就像一座独立的堡垒；在库墙阴影下，灰色院落围了几间低矮房屋，几乎要让人忽略过去，那就是太史慈的所在。

"这还真是不常见。要不是官爷们说的，我就觉得走错地儿了。"在等吕典进去沟通的当口，王祐说。

刘基摇头道："对太史将军来说，这倒是挺符合我的记忆。"

"怎么说？"

"你知道那种心里面没有一点儿锦衣玉食享受的人吗？"

"嗤，"王祐下意识地就滋了一口气，"公子别笑小人，但这我可不信。"

"太史子义就是那样的人，要不怎么会有人说他是英雄呢？我父亲帐下的那些老兵油子，可没有对其他任何人说出过这两个字。"

"公子说过，他侍奉故扬州牧的时候，不受重视，想必也没什么享受的机会。所以才给你这种感觉吧？"王祐阅人半生，自然不可能被刘基三两句话说服。

刘基还是摇头："那是你不清楚他早年的事。"

"父亲说他出身寒微，确实寒微啊——在我们东莱那海尖尖上，从小他父亲就丢下家跑了，孤儿独母艰难度日。在他们那个地方，像他那样的人，浩浩天地里只有两个海可以选：要么，是宦海，当官；要么，是沧海，打鱼。

"你要是见了面，就会明白：他是个只要站在面前就能让你折服的人。这一点倒和孙策孙讨逆将军是挺像的。虽然没读书，但他很快就在郡曹里当上小吏，为郡守跑腿——总比贱业好多了吧？但他却一心念着郡守有恩，为他不惜得罪州府，结果虽然成事，却不得不只身躲避到辽东。"

王祐犹不在意："那也不过是个吏职，算得上什么？"

"这只是第一次。后来，他又以白丁之身，干了一件闻名天下的事——单骑拯救孔北海。短时间里说不细致，但你可以想一想：孔北海，一郡之长，受乱贼围城，束手无策。你是个布衣，从前唯一当过的只是吏职，手底没领过一个兵。你虽然从未见过他一面，但出于道义，单枪匹马杀进去，单枪匹马杀出来，又转斗五百里，为他借得三千救兵。他人用兵，都是五百一千逐步练起来；而你用兵，如臂使指，无师自通，就此为北海郡解了重围。"

"第一次，只是吏职；第二次，是否值得拜个将军？"

这次，哪怕王祐也惊讶了："那按公子的说法，他难道没有接受？"

"真实情况，我们以前也没人说得清楚。但结果是很明白的——他什么也没要，照样是一白身回东莱去了。"

"那他，他做这么多事情……为什么呢？"

"所以说，世上总有想法不同的人。一般人理解不了，也不能说他们是假的，对不？"刘基悠悠道。

他想起六年前在城墙上，远远看见一骑士在城外原野上飞马疾驰，速度之快，远超以往见过的任何将兵。他便问父亲那是谁，刘繇眯眼看清，说，那就是太史子义。他又说，放纵骑马之娱，像野兽般在大地上狼奔豕突，为圣人所不齿，所以他觉得太史慈难成大器。可当时刘基看了很久，却突然有了忤逆父亲的想法，在他眼里，太史慈飞奔于天地间，亭台、城郭、郡界，似乎都视如无物，正是最自由的一等人。

而父亲,却像是一尊牢笼。

所以,怎么能不再见上一见?

不为父亲昔日的所为,也想看看——他今日的活法。

可没想到,还没这么容易。两人也聊了不少时间,却始终不见吕典出来;终于现身,却说:太史将军今日不在,请我们暂住几日,由都尉府功曹安排。显然,吕典也没有预料到会吃这个闭门羹,各种法子争论了一番,脸上还留有愠色。

"吕司马的意思是要当面交付,所以,还请二位留些时日,我们会着力催促。"吕典道。

刘基、王祐也无他法,只能遵照安排在建昌城里住下。没想到安顿的地方不在别处,就在那围起来的建昌都尉府内,西首几间厢房里。功曹说,太史将军没用几位杂役,房间平素都是空的,只有辖内各军往来的时候,才时不时有人来住上一住。

刘基没想到耽搁的时间越来越长,只能请吕典帮忙,差人捎一封信回家给弟弟们。其实刘基平日起早贪黑,虽住一个屋檐下,常也见不到弟弟们几面,但毕竟耽留在外,还是有一点儿牵挂的。

这么做的时候,推己及人,他便让王祐也给几位同伴写了封信,同样拜托吕典送去。他的信是要检查的,内容倒是简单:"平安。人未至,留居。"

俟后几日,吕典仍每天往都尉府跑,王祐被看在屋里,倒是只有刘基四下无事,可以到处溜达。只言片语慢慢拼凑起来,他大概了解了目前的格局:

建昌城距离荆扬交界比较近,是豫章郡扼北安南的关窍所在。

城池被太史慈重新调整过，北枕江水，西南、东南两角分别撑着城角山、盘山，地势险固，易守难攻。基于这座城池四下扫荡，现在周边山越已经成不了气候，荆州刘表的手也很难伸得进来。

难题还在东边。海昏城的贼患依然严重，城外山林里、河泽间，大的宗贼部落，甚至能聚拢上万人。城里城外本来可能是一脉连枝，现在却互为夙仇，宗亲相残、父子相逼，也不鲜见。但听街头巷尾闲言，都说有太史将军在，贼患消除只是早晚的问题。有人说他箭术如神，能在百步之外直取贼首；也有人说他营造得法，几座堡垒慢慢将宗贼逼到山穷水尽之地，用不了多久，他们就会不战而溃。

听得越多，刘基越为太史慈感到高兴。

虽然绝不表露出来，但刘基对孙氏的态度，还是比较复杂；却唯独对于太史慈投靠了孙家一事，他只觉得合适和应该。

可转眼几日过去，太史慈仍然没有出现。

刘基身为耕读之人，比较留意时节。三伏天已过，秋分之前，忽来了秋老虎。那天早上起来，便觉得太阳厉害，天气闷热，燥出一身薄汗。他还想着可能要叮嘱家里割稻之事，刚迈出门，就看见吕典匆匆赶到。他也冒了一额头水珠，却不仅仅是因为热，还未站定，一句话已经跟跄跌出：

"刘公子，那送东西的家伙，房间空着，人不见了。"

阴篇

公元前 74 年·元平元年

再次穿起斩缞，刘贺便重回了昔日的情境。那生麻秆子一根根戳在手臂上，就像是五岁时的小手，轻轻抓住了自己。

父亲刘髆，已经是个面目模糊的人了。人们常说武帝六子，个个不同。嫡长子刘据引发了轰轰烈烈的巫蛊之事，前后坐连数万人；刘闳早夭；刘旦汲汲于权位，使者被武帝直接斩于阙下；刘胥顽劣，天下共知；少子刘弗陵，八岁登极，便是当今圣上。每个人的故事都足够让说书人侃上几天的。唯独这第五子刘髆，没什么周折，也没什么说头，大家只记得他有个倾国倾城的母亲李夫人，却不记得这平庸的儿子。

这是对于外头。而对于家里，父父子子，他也不是个值得记忆的父亲。对刘贺这个独子，他似乎不太爱，也不太恨，按部就班养大。等刘贺有记忆的时候，他已经成了一个病恹恹的药罐子。

最有意思的是什么呢？

是从刘贺懵懂初开时开始，他父亲刘髆，就在给自己选殉葬用的东西。

那大汉皇室毕竟是天之骄子，赤帝血脉。生前死后，都是与上天相呼应的。活着的时候要万千邑供养着，死后也要锦衣玉食，当个快活神仙。所以从继位当天开始，不管是皇帝，还是公侯伯子男，都得开始修墓。堂堂墓室修好之后，诸般明器也断然不能马虎。

可刘髆毕竟年轻，早年浑浑噩噩，好像尽在听他人摆布，到疾病奄然而至的时候，却手忙脚乱，急着要给自己选好物外物、身后身。

那时的刘贺，正是需要父亲陪伴的年纪，而刘髆眼前，也只有这么两件大事：一边是叫着嚷着拔节似生长的新生儿，一边是陪着自己百代千秋投胎转世的阴间器。而刘髆毫不犹豫地选择了后者。所以在那段时间里，刘髆的病榻前，像皇家工坊似的，摆满了金银珠玉，满堂宝气，连人下脚的位置都没有。两侧内官太监恭谨站着，日日夜夜，捕捉他在迷糊间蹦出的丝缕灵感，比如：用哪件不用哪件明器，哪件放西首，哪件放东室，再造一批什么东西……

刘贺生下来就一腿残畸，那时还不到五岁，由宫女搀着站在门外，看那满室繁华就像一堵高不可越的墙，将父子亲情拦在外边。

可那又有什么用呢？

那其实也是在刘贺懵懵懂懂称了王以后，花了很长时间，才慢慢意识到的。这宫里头的内官外臣，包括外戚，都把父亲——现在叫昌邑哀王——当傻子，他临末时搜刮制作了那么多宝物，根本没几件真的被殉葬进了王墓里！那毕竟都是金灿灿的钱财啊，旧王昏聩早夭，新王少不更事，不正是下手的好时机？倒是那些粗制滥造的、被指明了不要的,把墓室填得满满当当。

他们想着昌邑王当年才几岁,又看得不仔细,哪里记得那么清楚,有时候便谈起其中一两件珍品,有时甚至公开摆在堂上,只当是朝廷赏赐。可刘贺偏偏记得:那些形制,那些雕花,那些纹饰——就是关于他父亲的所有东西。

他们就像豺狼野狗一样,将一位王的身后身,分食殆尽!

在这十多年里,用正当律法也罢,用轻狂不讲理的方法也罢,那些曾经夺走他父亲明器的人,都已经被处理干净了。

到最后,他们都不知道真实的原因——甚至有人只觉得,这大王,真是个疯子。

有什么关系呢?

他全心全意地沉迷在金玉器里,不理政,不淫乱,不营造,就是敦促着百工巧匠,做出一批批全国顶级的精美器物来。哪怕为此被官员劝着谏着哭着骂着,他也不开杀戒,甚至不做反驳。

有什么关系呢?

刘贺只要不再重蹈他父亲的覆辙——

有时候,刘贺觉得自己从来就不认识刘髆这个人。

有时候,他却觉得自己和刘髆融为一体——在他眼前,又何尝不是只有两件大事?

一边是新生儿,一边是阴间器。

一边是不计日夜、不顾规矩、疯狂地享受活着,一边是堆金积玉、雕龙画凤、周密地谋划着死去。

大汉人的生死观,说穿了也就两行字:事生犹如事死,事死犹如事生。

简单来说,生前死后的世界都是相似的,你带得了多少东西去,在那边就能生活得多好。带的东西能跨越百代千秋,那三魂七魄就能打败时间。

这白驹过隙的一辈子,实在是太狭隘了。只有那无人知晓的身后世界,才能让人着魔得挪不开眼睛。

所以"当皇帝"这个事情,对其他人来说,可能有一百种一千种不同的意味和抱负。但对于刘贺而言,它只意味着一种别处绝对没有的好处:一种全天下独一份的活法,以及全天下独一份的葬礼。

此等好事,他可等不及了。

再回到出发当日。

穿着斩缞走出广场的时候,其实刘贺看见了百官,看见了龚遂,也看见了王吉。王吉拜在那里,看那姿势,就知道他想说什么:

大将军昨晚送来的玺书,意思并不是让我们出发,而是要准备……

玺书内容的首要意义,应该是治丧,所以我应该沉重哀悼,动辄痛哭,缟衣、素食,以彰孝道……

甚至说,我们不应该就这么答应启程,而是要着人写一篇华丽的回复,先推脱一次、两次、三次,让大将军及百官固请,才顺天应命,终于启程……

他们要说的这些东西,刘贺都知道,也都理解。但要真按这些方法和模式来做，疯狂的到底是自己，还是参与其中一起演一出大戏的所有人呢？所以干脆当听不懂、没看见，也省得去解释。

说白了，刘贺的人生蓝图里，只有他自己。像龚遂、王吉这样的大臣，他虽然知道他们忠心耿耿，但实在照拂不上。再说，其实他们的才能本就超越昌邑王，要是自己想明白了，各寻出路，天高任鸟飞，刘贺也是不介意的。

至于说智力欠缺，又自认为找到了飞黄腾达机会的人，比如车驾后陆陆续续跟来的几百名侍从，刘贺其实一句话也没对他们说过，只像看戏一样，看他们自己领悟、自己相信、自己拼了命追来。这难道是昌邑王的责任吗？他们自己长着腿、骑着马，一天狂奔一百三十五里，难道不是个人选择吗？

怀着这样的想法，刘贺带领车队，第一天疾驰一百三十五里至定陶，第二天八十里，以后每天行程都在五十里以上。后面一定是比开始时慢的，但除了因为体力不支，他也留意到了：龚遂和王吉似乎故意在路程中找碴儿，以降低队伍行进速度。

比方说，刘贺只是穿了斩缞，但王吉劝谏说，丧仪上还需要很多别的道具，比如竹杖。竹杖为什么是必需品？还是彰显孝道的目的，因为要凸显奔丧者伤心，走不动路，只能拄杖前行。于是刘贺就差人去买，四处搜索，买回来一根积竹杖。然后龚遂又出现了，拦着车，大说一通积竹杖不合礼制，是小孩子玩物，轻佻不尊重之类的道理，总之，买不到合适的竹杖，队伍就不能前进。

又比如说，队伍前后人马众多，泥沙俱下，这刘贺本来也知道。小人出行，是非一定不少，但本来只是自己或者相关主管的事情，龚遂却咬着不放，非要让昌邑王停下来，查个水落石出才能走。昌邑王指定人员去查办，王吉又不服，毕竟是深谙王城律法，一番车轱辘话说下来，意思只有一个：王还是不能走。

刘贺刚开始也很烦躁，但过不多时，却释然了，只是看看他们演戏。

他想明白了：收到诏书第二天就出发，加上他们的行进速度，已经完全超过大汉朝廷能反应过来的时间。即便他们有意捣乱，也不过是稍慢一点儿，还是不影响大局。

而且，"白日龚"和"夜间王"居然能联合起来做点儿事情，还有点儿出乎意料。所以干脆静观其变，他还是像平常一样，随他们说教，左耳朵进右耳朵出——这种低眉顺目的样子，时间长了，也分不清到底是不是自己真实的模样了。

从昌邑国至长安超过一千五百里，昌邑王五月出发，五月到达，途经定陶、济阳，经过浚仪上驰道，在宽五十步的帝国第一大道上飞驰；又穿过雒阳、弘农，即将抵达霸上。昔日高祖刘邦先入咸阳，还军霸上，所以霸上就是西入长安的最后一站。也是从那里开始，昌邑王将换乘舆车——乘舆车乃皇帝专属，由六马牵引，天子驾六。

从那一步开始，一切都将发生翻天覆地的改变。

在那之前的最后一个晚上，中郎令龚遂，还有一件不得不做的事情。

龚遂再一次用衣袖擦擦额头上的汗珠，他已经决定，在完成任务之后要去沐浴一番。连日里风驰电掣地急行军，疲劳加上焦虑，他又是个汗出如浆的体质，身上早已散发出让人不悦的气味。不过，君子必须懂得香道，他虽然没有空闲沐浴，却一直留意用香，白天佩双份的香囊，晚上也不忘给衣服熏香。可明日在霸上就要举行郊迎仪式了，大汉九卿之一的大鸿胪韦贤将亲自迎接。这是龚遂第一次拜见这么高级别的官员，不能再用香囊糊弄过去，必须认真沐浴，严整衣冠。

他其实最喜欢这种礼乐规制之事，别人觉得麻烦，他却越品越有滋味。高祖刘邦一统天下后，依然和臣子打成一片，是儒生孙叔通为他重建礼仪制度，整顿朝纲，下肃上尊，才让高祖说出一句"吾乃今日知为皇帝之贵也"。龚遂毕生所愿，也希望做出类似的事情。

可惜，现实却是，摊上了昌邑王这么一位小王爷。

奔走上京的这段时日，他反复劝谏刘贺，一方面是为了和王吉在暗地里配合，降低队伍行进的速度；另一方面，也是因为确实看不过眼。

就好像队伍行经弘农县的时候，刘贺手底下那些斗鸡走狗的侍从们，平日里习惯了不睡觉，就趁夜盗了一名良家妇女回来，藏在传舍里，也不知道是准备自己享用还是想献给昌邑王。那天夜里，龚遂和王吉聊完事，各自归去歇息，正好发现传舍的一间偏房里传来女子呜呜的声音。

把人放出来之后，龚遂热血上脑，登时就要去找昌邑王。他想明白了：几个侍从这么明目张胆，无非是因为他们仅仅留宿一夜，第二日接着飞驰几十里，把女孩偷了运走，叫天不应叫地不灵，弘农县官员肯定追查不得，其他地方更无处申冤。女孩只能白白毁了一辈子。他去找昌邑王，并不是因为认定了这事情是刘贺下的旨意，而是因为他已经无数次痛哭涕零地说过，小王爷身边全是小人，他们不能留，也不该留。

可刘贺还是一副沙包似的软糯模样，问一句，只说不知；要惩罚，只说但听郎中令的话。

其实龚遂也曾经想过：难道自己一辈子，就要侍奉这么一个人吗？

可要是为臣不忠，哪怕是换了一个英主，自己又有什么资格去申圣人之道呢？

可王吉却似乎已经下定了决心。

在龚遂去找昌邑王质问的同时，王吉也赶往他处，却是找了长安来的使臣——写在玺书上的行大鸿胪事少府乐成。他们出发的时候，使臣们还没到，是在路上碰见的，把使臣吓了一跳。大鸿胪代表的是大汉朝廷，当他知道了强抢民女这种罪行，昌邑国相安乐及其他臣属就必须严加查办。所以在众人的一致裁决下，犯事的侍臣被枭首，这桩罪行也被公开。

龚遂知道王吉的用心——

如果是龚遂自己请王处置，这事情就在私底下悄悄抹灭了。

但要是告知大汉朝廷的使臣，使臣必定是大将军的耳目，那这桩事件，就必将成为霍光对昌邑王刘贺的一个印象。

王吉已经在为日后的事情铺路了。

但正因为这个，龚遂决定这次瞒着王吉。至少目前，他还没有下定决心割舍掉那位小王爷。

那么，一个重要的考验，也是进长安的第一道关卡，就摆在龚遂的面前：

昌邑王为天子奔丧，到得长安城，必须痛哭失声。不是流几滴眼泪就行的，必须哭天抢地，不能自胜，直到哀尽而止。

可能对于天底下任何一位王爷而言，这件事都再简单不过了：无论是真哭假哭，真眼泪假眼泪，就这么半天时间，一定是可以哭出来的。更不用说对于有一定儒学教养的君子了，君臣父子，国君和父亲必然是一体的，既是天下共主，也是天下共父。为父奔丧，只要不是禽兽之属，都能哭得出来。

可对于昌邑王，龚遂不需要特意去问，就明白——他哭不出来。

最重要的是，他甚至不会去假哭。虽然龚遂至今依然不明白为什么，但他就是能预见那样一个场景——满朝文武乃至平民百姓，都期盼着他大彰孝道、按部就班地完成这一仪式，皇城内外鸦雀无声，众目睽睽之下，他安静地乘舆车驶了过去。

这件事情，王吉或许已经接受了，甚至乐见其成，但龚遂却不能。

所以，他正孤身潜入昌邑王所住的传舍。已经到了离皇城不远处，传舍也修得精致，修竹鱼池齐备，只是龚遂无心欣赏。他只看大局：王榻在东厢，西厢空置，用于存放刘贺的行囊与随身器物。龚遂知道，平日里王不喜睡眠，哪怕白天车行几十里，一般士卒都不一定能经受得了，他却依然可以彻夜清醒，带着旁的一些半醒半睡的犬马扈从，就在这西厢里摆弄各种物件。

但这个晚上，西厢是黑的。这是龚遂早安排下的铺垫：正因为前面发生了种种乱事，更有不少是夜间作怪，所以在接近霸上以前,龚遂就通过连篇累牍的劝谏和上书,请求昌邑王收敛自身,遣散夜间陪侍的各种杂臣。终于在这个时候,昌邑王没有再让其他人进他的传舍房间。

内廷守卫是郎中令的本业,所以进入传舍对龚遂而言并不是难事。唯一需要担心的,就是昌邑王本身。

龚遂见西厢黑着,东厢却点着灯,灯影映出一个人跪坐在厅室的形象,想来昌邑王虽然没有玩伴,却依然是不睡觉的。幸好,他没有如往常一样,连房间也不回。龚遂细细查看以后,心下一安,便以钥匙开了厢门,闪身踏进那黑漆漆的房间。

燎亮一枚豆形灯,微弱火光下,龚遂看出一室的樟木箱子。红棕色,大小错落,散着清凉的樟脑香气,让这房间变得不像卧室,倒像是王宫里的藏库。箱子都是平平伏在地上,没有层叠,显然是为了便于拿取,这也让龚遂的行动轻松了很多。他用行灯细细扫过箱面,没有发现记号,再看边缘,铜环空荡荡的,未上锁。

龚遂沉沉吁出一口气,就近打开第一只箱子。便看见大大小小近十只铜鼎整齐码着,侧旁散放着一些皿、杵、勺、筷之类的小件,显然,这不是什么礼器,就是做饭熬汤用的炊器。龚遂本想安慰自己,昌邑王长期服药,这也许是做药汤用的,却没法解释为什么有这么多。其实有一个更直白的理由:奔丧期间须要茹素,无论是驿站还是传舍都不敢破例,那这些炊器,显然是他和侍臣们在夜里"开小灶"用的。龚遂连忙合上箱盖,深呼吸几口,按捺住要去劝谏的心情。现在不是着眼小事情的时候了!

他再打开第二个箱子,凑近一看,灯火如豆,里面的器物依然闪出熠熠金光。那是一只博山炉,青铜基底,鎏金技艺,炉体正像一盏比较深的豆形灯,炉盖高而尖,镂空,片片雕成云山雾罩的意象,里面还能看清飞禽走兽。这博山炉精美异常,而龚遂既雅好香道,又笃信鬼神,对海上博山的传说还心有向往,所以很是看了一阵子,才依依不舍地合起箱盖。

他又在各个箱子间找寻了好一段时间,并不是因为安放复杂,仅仅是因为太过琳琅满目,就让他看花了眼。每个箱子里都是一类物件,比如漆器、马蹄金、印、镜、席镇等。昌邑王笃好器物,这事情龚遂比谁都了解。但真的这么看过来,还是让他心潮澎湃,既觉得饱尝人间工艺之美,又痛心疾首于劳民伤财。

在那满心天人交战的时刻,他再推开一箱,微光之下,不经意间却闪出一张笑吟吟的恶鬼脸来,把他吓了一大跳,几乎让豆形灯坠地。喘得好一阵子气,念罢各种驱鬼通神咒语,又确定箱子里没跳出什么东西来,他才缓缓回到箱子边,眯着细缝眼,再次细看。

原来是一件玉佩。

这玉佩大概只有昌邑王能做得出来。那是一只似人又似熊的裸身怪兽,单膝跪坐在地,一手捂住心口,一手贴在耳边,就像是在墙根儿偷听什么。它有着张凶狠的鬼脸,嘴巴却歪歪扭扭地大笑着,露出不规整的门牙。只消看着它,你就能想象到一桩阴谋正在酝酿。

这只稀奇古怪的玉佩,就躺在玉器物件的最上方,所以正好被龚遂撞见。

总算看清楚后,他好生顺了几口气,这才从心底高兴起来:"终于找到了。"于是将那怪兽玉佩移放到别的箱子上,又埋首在玉器堆中细细查找。玉器玲珑小件居多,一一翻看过去,除了佩、环、璧等主要的形制，也有小型挂件，还有的就是玉具剑的部件。

大汉不论王公还是重臣，在重要场合，都要佩玉具剑，以彰显君子气度。寻常玉具剑自然是完整的，包含玉剑首、玉剑格、玉剑璏、玉剑珌，中间则是青铜剑或百炼铁剑。但也有一些玉具剑的部件会分离开来，单独成为藏品，原因也很简单——那不是作为佩剑，而是作为明器使用的。

明器有规格限制，王以上才可以用完整的玉具剑来殉葬。对于位阶不足的人来说，只能将其中一部分带进墓里。

可是，龚遂正在寻找的玉具剑部件，曾经确实属于一位王。却因为种种原因，最终没有跟他一起下葬，而是落入他人之手，后来经过好几年的兜兜转转，才最终回到了那位王的儿子手上。

那是一枚子母虎玉剑璏。剑璏是将剑和腰带连接起来的部件，长方形，后部有孔，一大一小两只老虎浮雕在玉石上，呼啸生风，触感冰凉。

龚遂将这枚玉剑璏握在手心里，摆好其他玉件，合起箱盖。又看了看还躺在外面的怪兽玉佩——要将它放回去，时时陪在昌邑王身边，他总觉得内心不安，于是长叹一口气，衣袖窸窸窣窣地响着，将那枚玉佩也拢了进去。

为人臣者，送君一程。龚遂想，明天，说不定就是最后一程路了。

第四章 青铜豆灯

豆形油灯,灯盘外侧刻有铭文『昌邑籍田烛定第一』。

籍田礼是西汉重大祭典活动,天子、诸侯下田亲耕,祈求五谷丰登。

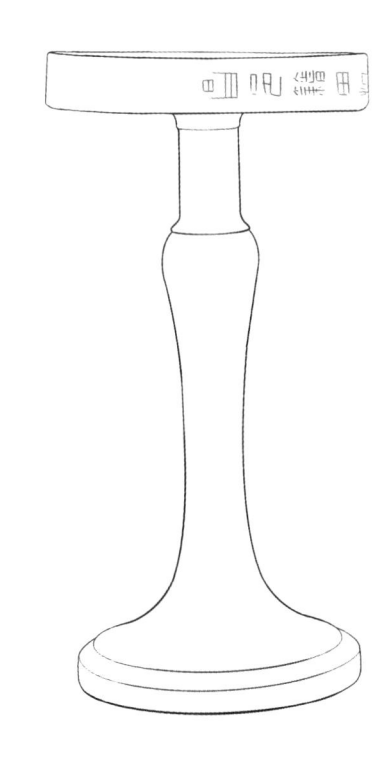

阳篇

公元 201 年·建安六年

王祐悄无声息地离开了，只留下一间朴素的空房，在秋老虎的威逼下闷着一股热气。

他和刘基、吕典几人都住在都尉府的偏房里，官府日夜有人守卫，吕典便没有全程安排人盯着。他想，毕竟要送的物件都拿到了，那送信人，怎么也掀不出波澜来。没想到，却偏偏出了岔子。

刘基静静看着人去楼空的房间，额头上又蒸出一层薄汗。他问："那些宝物都还在吗？"

吕典点头："东西都被我们部曲看护着，一件也没丢，也不知道他一个送信的跑哪儿去了。"

"他那三个同伙呢？在城里住下了？问过了吗？"

"那边是部曲同僚去找县令安排，和我们不在一条线上，现在派了人去问，还没回报。"

根据王祐之前说过的内容，他在建昌城里人生地不熟，唯一认识的就是那三个人，除了他们那儿，还真想不出有什么别的地方可去。可如果只是为了去见一见他们，大可不必在夜间脱身，况且，前两天才刚送了信过去。

刘基心中疑窦丛生，先是来到几日还未见到太史慈，然后又是王祐的失踪，就像有只无形的手在推着他这个田舍农夫往前深入。可是，这样下去他就不得不和孙家发生更多的联系，那是他早已决定不再涉足的地方。

他转念一想，无论是寻踪还是抓人，吕典一定比自己要专业得多，于是决定什么都不做，而是转头出府门外去寻点儿吃的。在隐居时，他每天吃两顿饭，早点尤为重要，而且只有填饱了肚子，他才好思考自己接下来到底要不要抽身。

没想到，才上了街道，还没转进坊市，他就觉察到行人闹哄哄的，人们或急或缓，都往同一个方向走去。他扶了扶身边一位走得慢的老阿婆，顺势问她："怎么了，是出什么事了吗？"

阿婆脸上也分不清是恐惧更多，还是八卦更多，只是压着声音跟他说："这城里出命案啦，也不知道会不会又是那外头的宗贼所为。"

"什么时候的事？你们怎么好像知道得这么快？"

"应该就是昨天晚上吧，咋不知道呢？那几个人才刚搬进来，盯着防着的人可不少。你不是本地人吧，虽然有太史将军庇护，但我们豫章人可都长了心眼儿——担惊受怕多了呀。"

后面几句话刘基听得都不太仔细了，意志只停留在"刚搬进来"几个字上。他有种略微荒诞的感觉，想，该不会真这么巧合吧？然后就谢过阿婆，立即拔腿奔去。

等他赶到的时候，县府官差、吕典的部下都已经到了。一座青砖黑瓦曲尺式小房，一间主屋连着一间廊屋，没有畜圈。外头密密围了几层百姓，官府已经在轰人了，但一时半会儿散不去，还是得吕典的人帮忙开路，刘基才挤得进去。

自吕司马派人来找他的那个不寻常的夜晚以来，虽然万分不愿，他终于还是见到了死人。浓重黏稠的血腥气沉在屋子里，他太熟悉了，以前跟着父亲转战扬州，虽然不上前线，但不论是战后的城池、村庄还是荒野，都见了不少这样的场景。在那些人间炼狱里，他却总是记得其中的活物，比如啃食尸体的野狗，丧旗般插满了废墟的乌鸦，还有黑云似的吵闹的苍蝇。在这房间里，前两种活物都没有，但苍蝇已经铺了一片，在三具尸体上嗡嗡叫着。

吕典用剑在尸体边上扫，将苍蝇驱逐开，然后仔细查验。毫无疑问，他们就是跟着王祐到来的三个人，都已经脱了帻巾黑衣，换上朴素的麻布短褐，看起来和这座城里生活的其他百姓没什么不同。可还没来得及在城里扎下根来，就已经丢了性命。

"三个人都是被一刀毙命，手法很凌厉。两个人没来得及反抗，只有这个跑了两步，所以刀伤在背后，几乎把脊骨都砍断了。"吕典闷声说出检查结论，刘基觉得字字在脑海中搅拌，喉头泛起酸味。要是吃过东西，这会儿就该吐出来了。

两人出了房子，大口喘息几次，将胸腔里的血腥气味尽量吐出，然后吕典才说出他的疑惑："现在看来，失踪的王祐最有可能是凶手，他和三人相熟，下手机会多，比较可能一击即中。"

刘基错愕："几天相处，我还真不觉得王祐是这种人。"

吕典点点头："但这也是有疑点的。毕竟是一人对抗三人，哪怕偷袭，风险还是很大。"

"曲长的疑惑是，如果是熟人所为，他可以选择更有把握的方式，比如下毒？"

"对。"吕典回头看向房子，回忆屋内陈设，"桌上豆灯，灯油已经烧尽，应该是夜里点着灯被杀害了，后半夜一直燃着。桌上没有杂物饮食，只有三个杯子，如果是王祐过来坐了一段时间，那应该有招呼的痕迹——当然，不排除他把自己的痕迹处理掉的可能性。但从凶手的刀法来看，我认为更像是匆匆到那儿，趁着三人还没反应过来，就暴起攻击。"

"可如果是这样的话……那王祐，就不一定是凶手了？"

"甚至有可能，王祐也是本来要被杀害的对象之一，所以他才跑了。"

本来王祐失踪，同伙三人又在同一夜遭人杀害，他定是有着头等嫌疑，但经过吕典三两句分析下来，却悄然勾勒出案情的另外一种走向。刘基想，吕蒙安排的这支部曲不像是在战场一线冲阵的士卒，但尸体查检、线索推理却很专业，倒像是廷尉府底下的曹吏。看来他对这次送信还是留了一些心眼儿。

吕典的神情变得更加凝重。刘基明白他的担忧：要是按这样推理，会有计划同时杀掉四个人的，基本只有司空府。原因有二：第一是他们身份败露，物件也迟迟未能送达，要当作任务失败处置；第二是他们决定留在江东，相当于背叛兖州。在这两种前提下，杀人灭口，也不是说不过去。

"王祐是从建昌都尉府里跑掉的，府里的守备难道都不知道？"

"已经问过守备，都说没有看见，真是见鬼了。"

吕典显然也想到了这一层，向刘基说："我们先和县府沟通，让他们保护现场，处理后事，然后再去找一次都尉府。要是守备里居然有人隐瞒，那问题就很严重了。"他这样说，是因为现场并没有看见都尉的官兵。因为如果是寻常县内仇杀事件，应该归属县府管辖；但要是牵扯到曹操势力渗透，甚至能在建昌城里神不知鬼不觉地杀人，那就定然属于太史慈的职责范围了。

"那么，王祐的下落有头绪了吗？"

吕典摇摇头："目前还没什么线索。来之前，身上已经搜干净了，房间里什么也没留下。这里是战争前线，宵禁非常严格，夜里没有行人可以目击。"

刘基点头，同时心下沉吟：

那只无形的大手，仿佛又给他推了一把。要介入吗？还是继续置身事外？

他又想起王祐。这几天里，王祐是半个囚犯的身份，他也是半个羁留之身，两人都悬在局里局外之间，倒聊了不少的话。他问王祐一些北方的消息，时不时聊起青州，王祐倒是了解，杂七杂八说了很多故乡的后事。刘基好奇，追问了几次，他才终于坦白：自己是琅琊王氏，位于徐州，和青州相邻。王氏有位祖先留了句祖训，叫"毋为王国吏"，显得又直白又心酸，但他听进去了，所以一直对当官没什么兴致。

另一方面，王祐则常常问刘基关于太史慈的故事，还偶尔聊起古物明器。刘基感觉，他对器物的兴致，比表面上看起来的要更高——聊起刘繇从前的一些珍藏，他抿紧了嘴，眼底却在冒光。

刘基一方面跟他聊得来，另一方面，心里总隐隐觉得他还藏着东西。

还是查一查吧，不是为孙家，只是为自己。

心下确定，刘基朝吕典一拱手，说："请曲长按你们的方式去追查，我想再仔细看看那些运送过来的器物，或许还有之前没有发现的线索。另外，请务必将这里的情况汇报给吕司马。我有一点儿预感，这事情可能不是你我就能解决的。"

"喏。"吕典应允道。

过不多时，他看着刘基离开的背影，想起吕蒙在暗地里的嘱咐：吕家部曲不能太张扬，协助好刘基，让他跟太史慈见上面。吕典只是个执行者，掌握不到事情的全貌，只觉得四周黑沉沉的，哪里都有需要防备的人。他在心底叹气，眼神却变得冰冷，快速打了个手势，吩咐手下盯紧刘基的行踪。

柿子金若干。

银釦贴金动物纹漆笥一只。

蚕丝螺纹绸缎二匹。

青铜熏炉一只，青铜豆灯一只。

玉佩二枚，玉环一枚，玉璧二枚。

……

再看时，仍然觉得曹操真是下了本钱，这"当归"不仅仅是心意，还给了沉甸甸的诚意。可刘基心里一点儿也不忐忑：他知道太史慈是不在意这些外物的人。所以也早已预测过此行的结果：无非是太史慈收了以后，要么退回，要么奉纳给孙权，同时公开给曹司空回个信：感谢垂青，但我心匪石，不可转也。

可他也会想：要是整件事情根本不是看上去的这样呢？

吕典从现场出发，觉得王祐不是凶手，也许是曹操的人。

可曹操真的做了这件事吗？似乎从头到尾，都只是推测，加上王祐一人所言。

最大的疑点，还是来自这些器物。

刘基沉沉吸一口气，开始一件件拿起，细细检查过去。

其实刘基的宗室在整个大汉血脉里并没有那么煊赫，他又是少年失怙，所以对于器物的形制、材质、年代等，也并非真的深入了解。但这个时候只能硬着头皮来，从容易入手的地方去想，比如最简单的：器物上的文字。

在之前，所有人的目光更多聚焦在金器上，刘基则留意到漆器，都是这里价值最高的东西。可在物件堆中，还有其他类型的珍品，比如青铜器。

之前在柿子金上艰难读出的小字"昌邑"，到了青铜器上，倒是金底朱字，刻画分明。

在其中一枚不太起眼的青铜豆灯上，油碟外边沿一圈，刻着八个字："昌邑籍田烛定第一"。

这器物看起来是个实用品，无甚雕琢，可一旦把"昌邑"和"籍田"写到一起，却有了别的含义——这是因为，当今兖州山阳郡昌邑县，是不可能和"籍田"一事挂起钩来的。

籍田是自三代开始传承的吉礼，其间有过中断，但大汉文帝诏令"夫农，天下之本也，其开籍田，朕亲率耕，以给宗庙粢盛"，重新开启皇帝亲自开耕劝农的传统。在承平年代，这本是一年中最重要的仪典之一。

因此，"籍田"二字在寻常郡县里是不能出现的。当它和"昌邑"并举，只能表明这件器物不属于当代，而属于曾经的昌邑王国。王国礼制和中央朝廷相似，只是规格降低，所以当昌邑王举行籍田的时候，就会用到这一盏青铜豆灯。

刘基细细回忆：昌邑王国从什么时候开始，又是什么时候变成山阳郡的？

于是便想起，那段在大汉历史上云遮雾罩、众说纷纭，像寂夜深潭一样让人看不真切，却又像流星一般骤然划过的时代——

废帝刘贺，自上古三代以来，在位时间最短的皇帝，从登临大宝到贬为庶人，历时仅仅二十七日。

随着他被罢黜，昌邑王国也遭国除，于是才有了如今的山阳郡。

既然这盏铜灯上面写的是"昌邑籍田"，说明制作时昌邑国还在，而在两百多接近三百年以前，一共只有过两位昌邑王：一位是昌邑哀王刘髆，一位是废帝刘贺。他们身为王的时间，大概只在武帝晚期至宣帝登基时——短短二十多年。

假如这些明器都出自同一批，那么，它们就一定是在那二十多年中间被制作出来，后来成为殉葬品的。

但想到这里，也仅仅是了解了器物的制作年代，并没有改变"昌邑"位于兖州的事实。更别说对找到王祐的下落有什么帮助。可这整件事情里就是有一个巧合的地方，而且像吕蒙这样虽然机敏干练但不谙史学的人，很难联想起来；在左右牵连的人当中，偏偏只有刘基，才想得起这样的关联。

其实说穿了，也不复杂。

废帝刘贺在被罢黜以后十一年，被册封为海昏侯，远渡江西，来到了如今的豫章郡海昏城。这位荒唐的废帝，就在那里结束了他的一生。他的墓一定在海昏的某个地方，只是就像其他王公贵族的一样，被刻意隐藏起来，二百多年并未被人发现。

这么一件后事，却为整个事件增加了一种新的可能性：如果这些器物根本不来自兖州的昌邑郡，而是来自豫章郡海昏城，这也是完全说得通的！

也就是说，这批东西的来源现在出现了两种可能。

一种可能是他们原本想的，器物出自位于兖州的昌邑哀王刘髆之墓，被曹操盗掘之后，要送给太史慈。

另一种可能却是，器物就出自扬州豫章郡海昏侯刘贺之墓，却不知道为什么到北方绕了一圈，结果还是要送给太史慈。

为什么原本推测的都是第一种可能？除了因为"昌邑"二字，更是因为曹操在盗墓这件事情上臭名昭著：早在攻伐黄巾军的时候，他就已经设立了"摸金校尉"和"发丘中郎将"这样的官职，专门从老祖宗手里扒钱。据老百姓们口口相传，芒砀山一带的地底都快被挖空了，人掉到里面去，连个吭声也听不着。

可是，第二种猜测虽然看起来充满疑点，但也有它合理的地方。原因还是在于那只青铜豆灯。因为王国籍田是每年都要举办的仪式，在昌邑哀王去世后，理应把他的礼器传承给年轻昌邑王继续使用，而不是用它来陪葬。那是因为实用礼器没有太多殉葬的价值，而且传之后世，也可以强化它上告天神、祭祀先祖的意义。

要是这样，这只豆灯就不该留在昌邑国，而是会随着刘贺被贬斥流到海昏城。

可如果真是这样，那为什么豫章郡的东西会跑到北方去？王祐说的那么多话,到底有几句是真、几句是假?

豫章郡这里,又真的有人能挖坟掘墓吗?先前也有例证,寻常老百姓对这类事情还是比较忌惮的。宁肯滥杀活人,不敢得罪鬼神,这是刻在人们心里的朴素念头。所以也唯独在曹司空手下,能聚拢一些摸金盗墓方面的独特人才——难道,这里还只是挖出了一些散件,还有更多宝藏仍然埋在豫章地下?

诸事叨扰,刘基已经饿半天了。秋老虎还在肆虐着,可他坐在闷热的屋里看着一地明器,倒觉得身体里空谷回响,如坠冰窟。

曹操、王祐、太史慈……还有百年以前的刘髆、刘贺……在刘基面前,就像有一根根丝线从各色器物上射出,跨越南北,穿透光阴,在这些人物之间编织成网。而要解开这张网的关键,还是在于一个地方——海昏,还有那个他本来就要见的人。

而在另一边,在院里暗暗观察着的吕家部曲,并没有看出什么端倪。他只见这位年轻的白衣步履匆匆地进了房间,将各种器物一应铺开,看了很久,想了很久,才缓缓将东西收拾回去。在进房间以前,他还有点儿踉跄,显然是不习惯于先前命案的血腥现场,或者是虽然看过,但始终无法平静地接受。

但到离开房间的时候,他却觉得刘基有一点儿微妙的改变:这么多天以来,他好像终于结束了那种半悬在空中的状态,而是实实在在、大步流星地走进了这个局中。

阴篇

公元前 74 年·元平元年

从驰道遥看霸上，视线越过灞河，便觉得像一条天路，攀上陡峭的巨型堡垒。等真正到了霸上，却发现关中平原就在眼下铺开，大汉首都长安城仿北斗星形态营建，正伏在黎明前的夜里，等待破晓到来时，发出与日同辉的光芒。

但眼下，长安城还在等待；在沉沉夜色中破开一条金线的，却是大鸿胪韦贤前来郊迎的队伍。

龚遂还是拿着一枚青铜豆灯，在车上摇摇晃晃，像一只萤火虫终于要汇入光流。他留意到大鸿胪的脸色不太好，孝衣惨白，更显得两眼底下黑沉沉的，既有些焦虑，又有些恐惧。从使者们口中多番打听，他们知道天子在四月中旬已经驾崩了，今天是六月初一。在这一个多月的时间里，直接负责皇族宗亲事务的大鸿胪，一定和大将军霍光有非常密集的沟通、争执，甚至可能吵过几架。按照传统宗法顺序，刘胥显然比刘贺更有资格继承大统。但无论大鸿胪心底是否认同，到最后，还是只能听从辅政大臣的意思，来这里亲自恭迎新帝。

"当那大鸿胪,也是很不容易的。"王吉仿佛读懂了龚遂的想法,低声说道。

龚遂却说:"可要是有朝一日能掌鸿胪事,我死也没有遗憾了。"

"呵,少卿最好不要有太多遗憾。"王吉说,"这一程我们无论如何,都是九死一生。"

龚遂沉默片刻,说:"不会的。"

王吉听罢,眼珠一转,轻轻道:"马上要进京了,少卿不会还没下决心吧?"

龚遂心中一颤,但也预料到他会问,只是简单应道:"子阳放心。"

王吉点头,换了个问题:"你今日见过王了吗?"

"见过,和往常一样,神色如常。"

"我们这位王爷,别的不说,倒是不太会紧张。只是不知道等他见到乘舆车的时候,会不会只顾看那车上的金木工艺,忘记了该做的事情?"

"我会想办法提醒小王爷的。"

王吉沉吟一阵,说:"不过,那也不是坏事——毕竟也怪不到臣下。"

龚遂眉角一挑:"什么意思?"

"关于今日仪典的庄重之处,我昨天已经上书劝谏过了。行大鸿胪事少府乐成也在,我还特意找了太史公过来听。"王吉淡淡地说,"提醒一下,少卿也该像我这样,别总是一时脑热,就独自去找王说话。那说干嘴了也是没人知道的。"

龚遂的心里沉沉然。王吉一路上做的事情确实无可厚非，也早跟他打了招呼：就是不遗余力地劝谏，而且要让所有人都知道。这是明哲保身的第一条方法。可龚遂心里惦记着别的事情，没有时时去做，也不像他总能找来目证。

两个人虽然已经把话摊开来说，但心底里的计较，到底还是有区别的。

现在，他只能按照计划好的方式行事。

就着长龙似的灯焰光芒，昌邑王见过大鸿胪和百官群臣，百官也模糊地记住了下一位天子的相貌。一番郊迎礼节事毕，龚遂心潮澎湃，刘贺兴趣恹恹。

可当大鸿胪宣乘舆车时，刘贺眼睛里果然冒出光来。重牙朱轮，金薄缪龙，文虎伏轼，龙首衔轭，鸾雀立衡，羽盖华蚤，诸般细节一一审视过去，只觉得每了解一处都有增益。

平心而论，刘贺昌邑国的舆车工艺已臻极致，唯独是在礼制的约束下，终究没办法像天子这样极尽奢华。所以对于刘贺而言，这次最大的意外之喜并不来自权位，而在于终于能捅破那最后的一层规制，真正能到登峰造极的程度。

过去十四年，他已经在昌邑王国地脉汇集之处，为自己修好了一座恢宏大墓。而且墓室形制、礼仪规范、场景营造、器物精制、棺椁设计乃至陷阱安排，都已经在心里规划过千万遍，闭起眼睛就能想起，长日长夜，他的神识都在其中徜徉。

但那些已经没有意义了。从他登上这辆乘舆车的一刻起，他的心魂精魄、五内脏腑，就会烧着一件新的大事：规划一位皇帝从今往后亿万年里的身后身。

那是一条无尽的路:

和它比起来,这长安多狭隘?这帝国又多虚妄?

他即将登上舆车了,昌邑国太仆寿成负责为王驭车,却提醒道:"竹杖呢?"

竹杖。对,竹杖是丧仪必需品。放哪儿去了?

这要命的时候,怎么就被一根竹杖给挡了路?

于是开始叫,发放身边的侍从赶紧去找。

其实他极少像这样喊叫。那是因为,很多事情他都不在乎,不切肤,所以也无所谓。但对于这件事,他却觉得特别难以忍耐。他这个状态,朝臣们都很少看见,但夜里的侍臣见过,坊里的工匠见过,造墓的师傅也见过。

侍从们突然让开一条道。龚遂拿着竹杖,说:"王,在这里。"

刘贺眼神闪过一丝戾气,问:"是你拿走了吗?"

龚遂深深拱手:"老臣万死。"

然后他双手将杖递到王的手上,同时低声说了一句:"请让老臣参乘。"

所谓参乘,是陪同皇帝乘坐舆车的人员,坐在驭手右边。本来,参乘的人应该是大鸿胪韦贤,但昌邑王既不在乎,也不想再耽搁时间,便直接让龚遂坐到了车上。

在遥远的后方,王吉看到刚才一幕,微微皱起眉头。他并不知道龚遂有参乘的计划,也不知道那只是为了满足当大鸿胪的虚荣心,还是另有目的。

小波折草草止息,乘舆就位,百官肃立。于是,六匹高头骏马牵引一辆熠熠生辉的皇车,后首跟着三十六辆属车组成的长蛇阵，再往后则是低级官员以及昌邑国属官组成的庞大队伍，就像一条巨龙，从霸上向关中平原俯冲，正轰轰降临帝国的心脏长安。而在这条巨龙东边，银色的地平线若隐若现，正孕育着六月的第一个日出。

皇室仪典就像是一只严丝合缝的子母衾，每个环节都调整得分毫不差。当乘舆车队遥遥望见长安城东都门的时候，第一缕黎明的阳光正好照在城门两侧高耸的阙上，将瓦当、斗拱全部染得金碧辉煌。而因为日光渐长，灯火不彰，百官统一的披麻戴孝也变得鲜明起来，成为白花花一条长练。

和日出一样如期而至的，还有百官队伍呜咽的哭声。

皇皇大汉，从来是不缺少忠臣的。而且这次，臣子们的心情又比寻常复杂得多：过去十三年毕竟一改武帝穷兵黩武的态势，与民休息，符合很多大臣的心愿；可是，创造了这一切的皇帝刘弗陵，从八岁即位熬到二十一岁，终于见得一点儿可以让大将军还政的兆头，却突然病崩，让很多人都心生疑窦。所以这一片哽咽当中，痛心有之，惋惜有之，怀疑有之，愤怒有之，像一锅五味杂陈的粥慢慢炖着，随着离长安城越近，冒出来的气泡就越大。

当然，里面也有装哭的人，挤一挤眉，掐一掐肉，就是不能让身边同僚看出破绽。王吉就属这一类型。他虽然是忠直儒生，但毕竟远在王国，感情就不太真挚。但他和行大鸿胪事少府乐成紧紧地站在一起，在大将军使臣身边，号啕大哭，力表忠心，哭得连乐成都不好意思了，只能跟着铆劲。于是两人越哭越激烈，引得旁人纷纷侧目。

在这一切如子母衾般环环相扣的进程里，果然只有一处不和谐——那就是刘贺。

长安城东都门越来越近,已经要挡住半边天了,刘贺依然没哭出来。

"大王,按照礼制,这里就要哭丧了。"龚遂说。

"龚老,孤明白,只是咽痛,哭不出来。"刘贺哑哑地回。

龚遂说:"大王让侍臣去找竹杖的时候,嗓子似乎无恙。"

"也许就是那几声给喊哑的。"刘贺说。

龚遂便闭了嘴。刘贺想,龚老平常该引用四书五经、仁义孝悌了,怎么今天这么安静?可安静正是他所想要的,于是抱着竹杖,垂着头,只尽量让旁人看不见表情。

虽然没继续劝刘贺,但龚遂却悄悄回头看后头:大鸿胪坐在三十六辆属车之首,脸上红一阵白一阵的。红是因为号啕大哭,情绪激动所致;白却是因为远远发现刘贺没有哭,既恼又怨,才造成的。龚遂想,要是刚才他来参乘,这时候一定已经和王争辩起来;而争辩是决然没有用的,只会让老先生气昏过去。这样一来,昌邑王就不仅仅有不哭的记载,还要加上一条尚未即位就谋害九卿的罪名。

乘舆车的驭手是昌邑国太仆,在龚遂催促下,他毫不停留地驾车穿过东都门。门两边守着的官员,似乎都没想到车驾毫不停留,丧还没哭出来,就已经被车驾扬起的尘土淹没。东都门实际上属于外郭门,郭与城之间形成长廊形的片区,位于城郊之间,集聚了商市、工坊、民居,是长安城平民密集的区域之一。拂晓刚过,道路两旁已挤满了百姓。他们知道这名义上是丧事,不敢大张旗鼓地聒噪，但那动作里眼神里，无不透露出对新皇帝的好奇，好奇之下是狐疑，狐疑之下是幸灾乐祸。

有人说，这王爷看着安静，怎么不伤心啊？

有人说，他就是霍大将军的一枚傀儡，自然是垂头丧气。

有人说，他看着高高的，瘦瘦的，不是小孩儿，也许能当很久的皇帝。

有人说，你看他，斩缞上面还配了个白白的玉带钩，差点儿没看见。

还有人说，他旁边那位大臣，好能哭啊，看得我也想哭了。

龚遂向来擅哭，而且每次都发自肺腑，所以离他近的一侧路旁，越来越多人跟着啜泣。他在昌邑国的时候也一样，官员侍卫，布衣苍头，跟他哭了一批又一批。那些跟着掉的眼泪虽然不是他有意为之，却给了他很大的安慰，让他觉得天行有常，圣王之道终究是有希望的。可这么久以来，他从来没有打动过昌邑王。看着王面无表情地缩在车里，眼睛一直流连于虎轼、龙轭、羽盖，他又觉得像是孤身立于海面，身上脸上被浪拍了又拍。

从东都门西行八里，便到宣平门，这就是真正的长安城北首第一门。刘贺自然还是沉默，甚至连城门也没抬头看一眼。

进了宣平门，继续沿大街一路自东向西，会在北首望见厨城门。从厨城门折往南面，穿过纵贯长安城的南北中轴线章台街，便能直抵未央宫。

龚遂又说："等到未央宫外，便会见大将军霍光了。"

刘贺还是哑着声音说："见了大将军或是大司马，我也只是这般样子，哭不出的。"

"大王明鉴,是大将军在长安力排众议,大王才能继得大统。哪怕不吊唁先皇仁德圣明,也应该感激大将军功劳不是?"

"龚老不必迂腐。霍光有他自己的计较,选了孤来,不意味着孤便要仰他的鼻息而活。"

龚遂有些急了:"可大将军任事三十载,辅政十三年,恩威并重,福泽四海。要是大王执意与他作对,不仅困难重重,还可能影响登基大事,大王也不在乎?"

刘贺沉默。

"老臣和中尉王吉,在过去千里路途上多次上书、多次劝谏,所说的都是肺腑之言。小王爷从前不服礼制,觉得多有束缚、难以施展,都没关系。后来找了这么多侍卫佞臣,日日夜夜多有所为,那还是在王国里,臣属们相机应变一下,也不成问题。可现在到了长安,要是一步走错,不仅大王身陷囹圄,还会让后面这么多臣属百姓受到牵连,甚至一朝人头落地!这样的结果,大王难道就不能顾忌一下吗?"

龚遂以前劝过、哭过,却从没有真正恼怒过。这次在王舆上,第一次这么直白地说了出来,直说得满脸涨红,两眼也充着血丝。

他意识到车下还有无数双眼睛正在看着,于是转回身去,张开嘴深深呼吸。百姓只当他是哭得喘不过气,并不知道车上已经爆发了一轮交锋。

车驾又过几舍,未央宫在日光下闪出金碧琉璃瓦,宫殿之间又有阁道在空中勾连,恰似天上宫阙,不在人间。龚遂第一次到长安城,一时看痴了眼。

刘贺也拄着杖,直了直身子,长吁一口气,说:"龚老,你看这大汉长安城,从高祖始建,据说前后经过三十万人之手。这座未央宫也一样,多少贵胄公卿削尖脑袋进去,多少黎民百姓寒着尸骨出来。你说,这难道都是高祖一个人的功劳吗?都是他一个人的重担吗?没错,他是天子,天下共主,可哪怕是为人父母的,也没办法为子孙后代负责到底……每个人都是一个脑袋两条胳膊,孤扛不了这么多东西,不行吗?"

"可是,要是大王继续如此,群臣就会离你而去,会背叛、诋毁、攻讦,罗列罪名,甚至使出更奸邪的手段,让皇位重新空出来,让一个大家可以预测、可以理解、可以崇敬的天子坐在上面。"

"龚老,孤明白。"

刘贺的表情不再顺从了,他现出夜半无人时的模样:并不是狂悖,也不是邪祟,他只是深深地——痴迷于不同的东西。

"孤知道,有一些大臣会让史官记录下他们的劝谏,这样,不管有没有成功,他都会在历史上留下忠名。有一些大臣,他们趁着与王相近,搜集罪证,罗织恶名,奔投敌人帐下,以保证倾覆时,能保全家族后人性命。还有些人,明知不可为而为之,以身立言,舍身成义,但求得圣人之道以传世。熟悉吗?你也这么想过吗?龚老,其实孤和你、和王吉、和其他人,都没有真正的区别。"

"老臣不明白!"

"孤不介意死亡。"刘贺说。

"当然,如果到最后能用上一个'崩'字,以天子之礼入殓,那会是天大的福气,就连孤也未曾想到过的惊喜。但无论是不是这样,孤一心所系和你们一样,就是那写在史册、埋在地里、飘在天上的身后事。青史,名声,永生,来世。你明白吗?就是两个字:

不朽。

"所以孤只要到了这长安,登天子之阶,其余的,都不重要了。将来那大将军不论是忠心秉政还是把持朝政,不论公心款款还是欺上罔下,甚至他大胆到犯下弑君之罪,他都必须以天子之礼,奉孤去往来世——

"那不就够了吗?"

车已经到了未央宫北,章台街与直门至霸门的东西大街在此相交。这是长安城内最恢宏的大道,寻常百姓禁绝通行。未央宫近在眼前,那三十六辆属车、一百多位官员、两百多位王国侍从,都遵循仪典规制,好好扮演角色,将哀恸浓墨重彩地泼向天空,让六月绚烂的阳光变得单薄、浅陋,不合时宜。

但他们表演之余,都拿余光瞟着队伍前端的乘舆车;在道旁守候的霍光和其余一应重臣,也悄悄看着,只觉得奇怪——在那为首的乘舆车上,年轻王爷和一位涕泗横流的老臣一直说着话。他们说得那么认真,眼神那么炙热,仿佛那才是奔丧的重点,而哭哭吵吵的仪典则只是一场闹剧。

在舆车开过迎驾官员的过程中,年轻的王爷,甚至没有看霍光一眼。这位权倾朝野的辅政大臣,设想了很多忠直的话,备好了一腔深情和两汪热泪,一时间被风吹冷了,全都急急坠入深不见底的城府里。

霍光想,这是一道示威的信号。

韦贤想,这是一丝意外的惊喜。

乐成想,这是一桩灭顶的灾难。

王吉想，这是预料之中，也是预料之外——他想到了刘贺的行为，却不明白龚遂在做什么。

这条荒唐的、被永久载入史册的奔丧路，还有最后一小段。

那些愤怒的话、坦白的话，都已经讲清了。

龚遂先让昌邑王把竹杖倒过来。工匠凭一双巧手给它造了个暗格，严丝合缝。要是昌邑王哭得壮烈，以杖抢地，它也许会自己崩开来，可他没有，所以龚遂只能亲自掰开杖头，露出里面镶着的一枚子母虎玉剑璏。

龚遂心里空荡荡的，像风在风箱里头撞着，嘴上则悠悠说出一件往事。

从一桩白事回忆起另一桩，还是一样的满堂灵祟，一样的神神道道。

龚遂说，在昌邑哀王急病后不久，就有人见到一只怪异的白熊，人首熊身，身长八尺，戴冠着履，在那阴恻恻三更夜里，拜在昌邑哀王寝宫门前。那宫人是给王倒夜壶的，夜壶倒完了，人却进不回宫里，因为那东西就跪在门前，没别的进出。他既不敢进，又不敢走，抱着夜壶在庭院湖石假山下坐了一宿，直到眯眼、睁眼，那熊了无踪影。昌邑王说，那是他偷睡了，你们也信。龚遂说，可那夜壶却不见了。宫人疑惑，不能不找啊，遍寻寝宫内外，却也没见着。最终在哪儿？在前殿的墙根处，可它已经不是一只夜壶了，只一眼，就能让人毛骨悚然，因为里面爬满了蜈蚣蝎子五毒害虫，活的、死的、碎的、烂的，挤作一团。王太傅就说了，这是养蛊，天底下最阴险歹毒的伎俩，于是把那宫人拖出去打杀了。可自那以后,王宫里的五毒邪祟一天天多起来,后宫有人突然咳血,王也眼看着一天天蔫下去。

昌邑王说,所以父王开始大造明器?龚遂说是。那也是王国太傅的主意,他说哀王事天不诚,少行仁义,为今之计,只能用一批批器物保证自己得成金仙,才能护荫后人。哀王本来神识都涣散了,只靠些金针汤药维持,听了这些,却忽然吊起一条魂魄,召唤宫人,火急火燎地筹备起来。

昌邑王冷冷道,他护荫后人?他的后人连见他一脸也见不着。龚遂说,那段时间,王一心所系,唯有墓宫,即便有臣子前来奏事的,他所应答也都是玉璧、棺椁、墓室之类,仿佛天底下已再无旁事。器物堆得越多,宫上聚的鸟也越多,黄昏时节,像一层乌帷上点着了火。

可这一切,终有一天,戛然而止了。

昌邑王说,就是父王薨的时候。龚遂却说,不是,在那之前。

他拿起那枚玉剑璏,说,依照王国丧制,玉剑首、玉剑格、玉剑璏、玉剑珌齐备,即将合造一把完整的玉具剑,以彰显王公地位。在合造之前,宫人先将玉件呈给哀王确认。那段时日,小王爷常常在王寝门外呆立,但来往的诸般物事,都不太引起小王爷的关注。小王爷反而有时厌烦,乃至打骂、推搡宫人。但那天,王却突然把人拦下,将玉器拿到阳光下,细细端详,后来说了一句话,王还记得吗?

昌邑王摇头,这些五岁时发生的事情,对他而言早已隔了一层纱。

小王爷当时就问了一句:父王既然孤零零地走,又何必雕这子母虎呢？那么轻一句话，中间隔着那么多镶金错银的珍宝，哀王却听见了。

昌邑王似乎明白了。他沉着声音问：龚老的意思是，那些器物，是父王自己决定不要的？龚遂说是。龚遂还说，哀王把一般的器物留着随葬，最贵重的反而秘密赏了出去。那些领了器物的大臣，哀王一个个握着他们的手，请他们照拂新王。玉剑璏塞到龚遂手里，他没有收下，可那手就跟白骨似的，直到今天，好像还刮着龚遂的手心。

昌邑哀王刘髆薨于后元元年，武帝少子刘弗陵在后元二年被立为太子，同岁登基。刘髆的死不是邪灵作祟，而是彻底的阴谋。在他死后，五岁小王爷狂悖放肆地长大，没被夺权谋位，一路顺遂，那都是因为有臣子在舍生忘命地操持。

谁知道，刘贺十多年前早已忘记的一句话，原来解开了一个人的心结，却给他自己植下了深不可测的执念。

车队到了未央宫东门的时候，其实已哭过一个时辰，声音喑哑下去，丧幡孝布也垂落下来。可在这渐渐进入尾声的氛围里，队伍前端却终于开始了饮泣，来自那位年轻的、让人捉摸不透的王爷。而他旁边那位泪已经哭干的老臣，却一反常态，露出镇静而决绝的表情来。

第五章 玉舞人

和田白玉,赭红色沁。

楚式深衣,长袖,细腰,甩袖而舞。

戚夫人所擅长的『翘袖折腰之舞』,大抵如是。

阳篇

公元 201 年·建安六年

太史慈单枪匹马冲开孔北海城外重围的时候，吸引了一个叫潘四娘的女子。她姿色出众，本来是要配给管亥的，管亥就是贼首。那时候太史慈先是趁着夜色冲进城去，众贼都来不及看清，只有潘四娘看到是个红棕色的马屁股在面前一晃而过，上面的骑士没戴头盔，后脑勺的发辫像火树般炸开。过两天，就看见还是同一位骑士每天从北海城里出来，也不靠近贼寨，也不缩在城脚，就在离两边距离都差不多的空地上练箭。箭靶也是他自己扛出来的，高矮、胖瘦，都跟一成年人相若，被他挟在腋下轻轻松松带出，放在地上时，却像重锤落地，一砸一个坑。等箭靶放好、弓箭齐备，他就往远处退，一开始就退百步。后来慢慢变成两百步、三百步。到三百步的时候，箭几乎已经是对天发射了，在空中画一条巨大的弧线，然后深深落进箭靶头上，再也拔不出来，只能拿刀子把箭尾斫掉。他也不仅带一只箭靶了，每次出城时身后多牵两匹马，每匹身上再缚一个，等三只箭靶的头和心都插满，再无落箭的缝隙，他便引马回城，左右也不到一个时辰。

那群贼是青州黄巾军，虽然"大贤良师"已经倒了，可很多杀过人舔过血的百姓已经回不去从前的日子，便还在黄巾旗帜下蜂屯蚁聚。所以围攻的贼群里什么人都有，只是仗着人多，真懂射箭的也没几个。初时还有些人围观，又惊又惧，觉得神技非凡；过不几天，也就躺着没人管了。只有潘四娘还盯着。所以等他突然有一天快马加鞭冲出重围的时候，潘四娘把黄巾一扯掉，便追随他跑掉了。

这潘四娘后来请刘基吃酒的时候，已经同太史慈生下了第一个娃，用一只手环在怀里，另一只手给他们张罗上菜倒酒的事。除了刘基，桌上还有近二十位将校士卒。有人喊潘四娘好生歇息，被她一拍脑门，说：以前当黄巾的时候，老娘能管好小一百人的伙食起居，你们才几个人，算个屁。她生了娃和没生过一样，依然风姿绰约，于是有人叫彩，有人起哄，有人故意驳她。

刘基不是第一次出来和将校们喝私酒，只是觉得他们比平常更喧闹，身上也更臭，像是阴沟水洒在了月下，墨色混进了银光。臭是因为他们刚从前线上下来，闹是因为他们都在等一个人回来。那人每次都脱离队伍，每次都孤身犯险，用潘四娘的话说，他一定是跟自家小孩有宿仇，自打生下来以后，就没完没了地主动往鬼门关里撞，一心不想和家里人再见。其实旁人都说，潘四娘的话不太公允，只是因为还没有小孩的时候，他们两人的疯劲不相上下，互相看不出差别。

等他们喝完第一轮浊米酒准备上第二轮的时候，那人终于来了。那就是刘基第一次见到太史慈。

刘基的第一感觉是，那人是卷着一帘血腥气走过来的。他很高,月在背后,投下的影子仿佛能覆满几张桌子。刘基怀疑他正滴着血,但他走得飞快,而且近了看,身上已经包扎完好,换了白布衣,头发也洗过了,湿漉漉地散下来。他眼睛亮得像月亮掉了两枚碎块。走到座旁还没坐下,潘四娘给他倒酒,他端三碗敬一桌,端三碗敬一桌,连喝一十二碗。

刘基觉得他的胳膊惊人地长,从这一桌举起酒来,能伸到对面桌跟前。另外还觉得像他这样喝酒,寻常时其他将士就要闹了,说他抢酒喝。这时候却一团和气,全都在笑,他自己也在笑,仿佛天底下从未遇到过更开心的事情。

十二碗酒下肚,他落了座,终于有人问他:"子义兄,这么高兴,打痛快了?难道又有什么人成功把你伤到了?"

他的嘴咧得更开了,扫视过一双双眼睛,末了叹一口气说:"孙策,孙策,孙策!要是能把他干掉,子义今日就能扬名天下了。"

周围一片哗然,连潘四娘也手上一震,差点儿把酒壶摔碎。"你、你这……该不会今天就碰上了那个狮儿?"

"是,我们今日交过手了,就在神亭。"太史慈往虚空一点,坐那方向的人差点儿就要站起来,仿佛孙策就在他们身后,引得他大笑,"你们怕什么!他受的伤可不比我轻。"

他从膝旁拿起一个布包,沉沉往桌上一放,说,你们开了看吧!

看那形状,简直像是一颗人头。其他将士还在狐疑,倒是刘基初生牛犊不怕虎,因为他没见过孙策,对他的畏惧也远没有其他人那么深刻。刘基将包袱解开,却露出一只染了血的头盔来。

毫无疑问，刘基闻到的血气鲜猛厚重，既从这只头盔上扑出来，又不止来自它。

"这就是江东狮儿的兜鍪。那小子不是凡人，才弱冠年纪，打起来生死不顾。看见那块血了吗？那是我的！当时他挟住我的枪杆，我自恃手长，直接抓他头盔，还在相持，他顺势催马逼近，直接拿头来撞，把我头盔都撞裂了，额顶还留了一块伤。这缠斗术，不是野兽怎么想得出来？"

他头上还湿，看不出伤，但潘四娘伸手去摸，却吓得赶紧进屋去寻膏药。太史慈却不介意，随着大家追问，滔滔说着两人搏斗的过程细节、武术章法、拆挡妙处。说的过程穿插着朗朗大笑，仿佛那不是一场生死战，而是去看了天底下顶精彩的一番演出。言谈之间，刘基觉得众人都默默松了口气。这是因为过去半年里孙策势如破竹，每个人心里都凄凄惶惶，这时候终于踏实了一点——太史子义和他也差不多！其实太史慈到刘繇军中时间也不长，但刘繇偏重文学，鲜少跟士卒们往来，倒是太史慈虽然没有将军位，却已经隐隐成为军中一个不可忽视的支柱。

那天刘基也高兴，喝了不少浊酒，又把私藏的好酒拿出来分人。他还没经历后来的诸般变故，带着点儿公子哥儿气，最大的瑕疵就是贪杯。过得三更天，喝得石板路浅了，月色浓了，树影舞着。

士兵们躺了一地，也有人站着醉了。以前刘基只知道马站着睡觉，不知道人还能站着醉的，后来知道这是乱世里才有的事，和马在野外一样：是怕出来的。

潘四娘拿了药膏，为太史慈擦着伤口，一张刀子嘴毫不饶人，却不知道他醺醺的能听进去多少。但他一双眼还是亮，亮得像刀戟还在刮擦花火，那场战斗仍在发生。

刘基深一脚浅一脚地靠近，说：父亲没奉你为上将，是不是负了你？要是给了兵马，你是不是能赢孙策？

太史慈却是大笑，说：助了孔北海，又助刘扬州，兵马有无，对我有什么区别！

潘四娘说，他那次救完孔北海以后也是这样的，一天天念着想着，无论是锦衣玉食还是金银赏赐都没了兴致。孔融要留他做官，给他房子，都不要，两手空空走的——也不完全，带走了北海最好的一匹马。这军中的人都说他像古代的侠客，荆轲、豫让，潇洒呀！像几百年前遗落的一颗星。可我知道，一是他们说的人没一个得了好死，二是哪有侠客像他这么爱惦记的？他是刻意而不自知。

刘基也想起刚才有人在醉死前问了一句话，说太史慈是轻兵单骑，那孙策却有几千兵马，怎么也跟他两个人比画，难道都是武痴？他就拿这个问题去问太史慈。太史慈的声音清醒得像刚洗了冰水出来，说他们两人都不是武痴，武痴这事情太匹夫了、太草莽了。他们是同一类人，两边人马护着他们散开的时候，两人笑得也是一样的。孙策跟他说了一句话，说得比孔夫子还好，像闪电劈开万古长夜。他说：因为有了今天，神亭从此有名字了，五百年、一千年后人们都会记得这小土山叫神亭。

回忆起这些，是因为吕蒙常常问起太史慈的相关故事。在出了一桩失踪案、一桩命案之后，吕蒙也不再拘泥于避嫌的问题，隔天就到了建昌城。刘基向他陈述了自己的判断，并且提议，不要在这里继续等待,而是主动出发去海昏。聊起太史慈往事的时候,两人和三百部曲已经在去往海昏的路上了。

"你刚才说,如果太史有兵马,结果犹未可知,这点我是相信的。"吕蒙说,"他和孙将军第二次交手的时候,我跟着叔父,亲历了那一场仗。"

刘基说:"那时候我却不在了。父亲兵败,带着我退往豫章,太史慈自留丹阳泾县,但终究是没挡住,在那里被孙将军招降。"

"他打的本就是一场必败之局。手底下没几个部曲,只有归附的山越。可他手底下的山越也和寻常的不一样!孙将军指挥将士分八路攻城,他靠着那一点儿人,腾挪防守,整整守了一天。太史将军也是块硬骨头。光他一个人站在城上,就射杀了近百人。那时候我们部曲冲在前面,好些弟兄死在他手上,家书还是我送回去的。"吕蒙说完往地上唾了一口,也不知道他到底是嫌恶呢,还是钦佩。

说话间,他们已经能看见海昏城的轮廓。海昏位于建昌城以东,浮于彭蠡泽上,满目葱茏,河泽密布。整体而言,建昌与海昏之间由一条缭水相连,缭水从西面山区盘曲而出,过海昏城侧,与自南而来的赣江汇流,终入彭蠡泽。在沥沥水光中,城池显得并不大,民居坊市星散于水系之间,各自修有藩篱、围墙。显然,这里城池守备不如建昌集中。

刘基远远看过整体地势,视线沿缭水上溯,深入乱山杂林之间,只见一座山上平平劈出一片台地,像个楼台正架在缭水上方。台地上四角杵着四座砖制塔楼,塔楼之间以土黄色的堡坞城墙笔直相连,黑瓦像墨线勾顶,四面墙围合成一个方方正正的"国"字形。他问吕蒙那是什么,看上去几乎和海昏城分庭抗礼。吕蒙说,那是豫章郡内势力最大的山越宗贼,因为在缭水上,那座堡坞就被称为"上缭壁",里面住着几千户,绝不小于寻常县城。

他们还在说着的时候,突然就看见河上升起了烟,位置在海昏城和上缭壁之间,河流刚出了山垭口的位置。刘基还以为是特殊的炊烟,吕蒙却看出来烟越来越浓密,是有什么正在河上燃烧。于是当机立断,先不进城,而是直接朝河的方向进军。

到得山底,火光已经非常猛烈,浓烟混进河上的水雾,变得苍茫一面。熊熊火焰笼罩之下,是三十余艘舟楫,有些罩着乌篷,有些堆着草顶,上面都扎满了箭矢,如今一起变成焦炭。有人卷着满身烈火落进水里,砸出一声闷响。河流湍急,水涡里时不时冒出白手掌、黑脑袋,四处响着逃难者的呼号。

烟雾阻断了视线,刘基只能跟着吕蒙走,边听他说:"被烧的不是军船,可能是海昏平民用的渔船商船,但更可能属于上缭壁。你看见有些船底支着木架子吗?船首方向杵着尖的木桩,相当于简易版的艨艟,可以冲撞军船。"他说完带着部曲继续往河的上游走,侦察兵都已经分头离开,隐没在雾气里,前面隐隐传来刀兵碰撞的声音。刘基发现,河水正渐渐变红。

再跑了十余步,一阵河风让雾气两分,纷乱的战场骤然在眼前展开。

混战两边分别是吴军和山越,吴军全是绿甲,刘基比较熟悉,更显著的是他们队形严整,在河岸平原上铺开整齐的方阵,正首是两排持盾刀兵,牛皮圆盾当前,像一架庞大的战车隆隆向前,秋风扫落叶,将杂乱的群贼拱向山壁方向。山越虽然刀斧盔甲装配完备,却没有正规军的行阵方略,零敲碎打,眼看着已经到了溃退边沿。

但吴军方阵并没有着急推进,仍然是稳扎稳打,似乎想把对方一网打尽。

吕蒙扫视局势,心里快速推演出战役前后情况:

因为某种原因,上缭壁半民半军用的船只驶出了垭口,遭到太史慈埋伏,船只被绊在河中,后被火箭烧毁。从船里逃上岸的越民和少量山贼会合,却被军队绞动着,一路且战且退,已经退到山壁跟前。

"看起来战斗已经快结束了?"刘基问。

吕蒙摇头:"不,你看山上。"他这么说,刘基才发现贼寇背后山林上空飞满了鸟群,都在惊慌失措地哑叫。

那是有很多人正在活动的征兆。

突然,山上爆发出巨大的叫喊声,号角吹响,至少有百千人齐鸣。乱石杂草飞泻而下,跟着冲下来新一批山贼,大部分是赤色帻巾、轻甲、跣足,脸上画着文采,呼啸着直冲到兵阵当中。原本撤退的群贼也同时反攻,一时就像山洪倾泻,淹没了凝聚的兵阵。

刘基不是太懂兵争局势,只觉得那些越民都带着浓稠的恨意,比以前刘繇军和孙军对抗时的憎恨要强烈得多。他们嘶吼着不一样的语言,有些是吴语,有些却是北方口音,一路状若疯狂地劈砍开路,渐渐在吴军的方阵上冲开几个缺口。

"后阵,全阵冲锋!"

在吕蒙他们侧后方,突然传出军鼓震响,然后便是噼里啪啦电闪般的声音,烈风破处,吴军的轻骑兵呈一字长队,纵向插入战场。这支预备队一直没有动手,就是看准了对方还有增兵,要等敌军全部现身才一举击破。飞骑巨大的冲击力,对寻常步卒来说简直如同梦魇,还没来得及反应,就有一批人亡命于马蹄下。

在骑兵队的中间,电光石火间,刘基终于看见吴军的指挥官。太史慈戴着一枚兽面兜鍪,头顶白缨飞舞,正猿臂搭弓,一箭穿过整个吴军前阵,直抵贼群当中。

吕蒙喊一句:"大家也上!"飞速传令开去,几百名部曲大步行军,即将和吴军大部队会合时,却听到他又断喝一声:"停!右面,列阵!"

在他紧急号令之下,部曲连忙转身,刚刚架好阵势,就觉得连地面都在抖动。

砰!

新的敌军就像战车一般撞了上来。他们是步兵大队,速度不快,但因为有雾气遮掩,出现位置又已经越过了吴军前阵,刘基和大部分人都完全没预料到,唯独吕蒙听出动静。刀锋交错,吕蒙发现他们装备远比其他山越更加精良,进退步伐、三二配合,也远比普通山贼来得娴熟。他转头喝令:"敌军的主力在这里!快去传信!"

这次他只带了三百人,那侧翼出现的队伍却是精锐,顷刻之间,河沙岸上已经绽放出一片血花。

刘基只穿了简易的两当甲,在兵锋来往间左支右绌,全靠吕蒙护着。他觉得这些新出现的士兵一点儿也不像印象里的山越。他们脸上没有刺青绘画,嘴上不呼号神鬼,完全是章法有度的正规军模样。但是恨意却比山越更加浓烈,咬牙切齿,仿佛要生啖吴军之肉。

这战斗激烈程度远超刘基的预测,仿佛已经不是惩治山贼,而是县军间的对垒。他一边翻滚躲避,一边觉得心里坠着个沉甸甸的念头:

这些山越兵的战法,怎么有点儿熟悉?

这时候,如果拨开烟尘,从战场上方来看,会发现几个鲜明的色块:绿色方阵的吴军和赤帻山越在山垭口战成一团,绿色骑兵画着大弧线在其中穿梭,而在他们侧面另有一支绿色小队伍,几乎被一支戴漆黑头盔的贼兵主力吞没。这时候,绿色弧线冲出垭口,回身刺向贼兵主力。

冲在轻骑兵最前方的,就是太史慈。眼神交错,刘基觉得他有些错愕,一张脸比以前更加瘦削,也多了些疲态。但风驰电掣之间,只一晃眼就过去了。

骑兵重重撞进敌阵,却被长矛坚盾牢牢顶住,没能冲开。但敌人也没能成功绊住骑兵队,骑兵带着吕蒙部曲一起后撤,两边军队飞快拉开二十步距离。太史慈喊一声:"下马!"余众勒马飞身,两边虎视眈眈,即将开始下一轮白刃战。

就在那猛烈的碰撞即将再次开始时,一句话像鞭子一样抽出:

"太史子义,你也用这种下三滥手段了!"

那是山贼军中的宗帅,身材雄壮,朱盔铁甲,正拈弓搭箭直指太史慈。

太史慈却说:"我不知道你在说什么。"

"你今日所为,是孙家的意思,还是你自己的意思?回答我!"

太史慈轻轻看了眼刘基,似乎有所保留,只是说:

"多说无益。你知道这是为什么。"

眨眼间,他也已经拉满长弓,漆弓如月。

宗帅注意到太史慈的目光,顺着看去,却突然一惊:"少主?"

一句话说出,无论是山越、吴兵还是吕蒙,都将视线投向同一个人——刘基。

刘基却早已在惊愕当中了。其实在宗帅说第一句话的时候,他就已经认出来:

那不就是以前刘繇手下军司马,还和太史慈一起吃过酒的龚瑛吗?

难怪这些主力军看着熟悉,也不像寻常山越——他们分明就是从前刘繇的部曲。从面相上看,他们也有很大部分是北方人。

吕蒙说:"这可真是巧了,太史将军认识你,对面的山越也认识你。"

刘基喃喃问:"吕司马,山越里有扬州牧从前的部曲?"

吕蒙抬手一抹脸上的血滴,却说:"这事情有点儿复杂,你还是去问太史将军吧。"他转过一双亮眼,死死盯着太史慈。

突然两声裂帛,两把拉满的弓终于还原,让箭矢破空而出。刘基堵在喉头的声音还没有发出——他以为龚瑛一定会被射杀——却看见太史慈的箭偏了半寸,几乎擦着对方的领甲飞过去了。而另一边,龚瑛的箭几乎是朝天射的,斜斜飞到太史慈兵阵上空再落下,底下士兵们连忙避开,箭矢直插到红壤当中。

"我知道你是射不中的——你已经病了。"

秋风还未起,龚瑛的声音却透着寒气。他摆出手势,传令兵吹响一只硕大的牛角,声浪漫卷开去,山越兵民立即开始撤退。

他又对刘基遥遥递出一句:"少主,孤身一人的时候,到上缭壁来吧!"

吴军的骑士正想去追,却被他们的主将拦住。金声响起,两边军阵士兵均放弃了追击,而是保持阵形,徐徐退出战场。在他们两边撤出的空地上,断枪残剑形成了新的丛林,尸体上开始聚集乌鸦,鲜血如溪水般汇入缭河。火烟消散,那些被烧毁的船只已几乎全部沉没,但还能看见船只间卡着的不能流向下游的杂物——鱼叉、破网、箱奁碎片、烧成残片的布衣、被手指盘得发亮的陶碗。

如果没经历刚才的一切,刘基会以为那都属于最普通的百姓。

阴篇

公元前 74 年·元平元年

刘贺第一次拜见上官皇后时，觉得有点儿荒诞。

他自己的王太后在很久以前就殁了，记忆里只有乳娘奴婢，没有什么母亲的印象。但是，等他听完策命再次站起来的时候，面前这个第一次见面的女子，就会成为他名义上的"母后"。更好笑的是，"母后"的年龄比他还小，只十五岁，脸上还是松乎乎的少女轮廓，身上却裹着庄重的珠襦盛服，只露出一副悲不悲、喜不喜的冷峻模样。

也是。这次第，她又能有什么表情呢？

刘贺看过上官皇后，又偷偷转眼去看身后百官。因为仪式进行到了太子册封礼，丧事中断，吉事开始，所以文武百官包括刘贺自己都褪了丧服，换了吉服。那宫外广场上的光景，忽然就从白花花两条长龙，变成了玄衣纁裳的皇皇阵势。那些官员们也一样，刚洗掉满脸泪污，乐也乐不出来，只落得一张张皮笑肉不笑的脸。

因为昌邑王是临时继位，需要补一个成为皇太子的流程，才能得承大统。所以这个仪式说隆重也隆重，说仓促也仓促。大家心照不宣,都想速速了结掉,后面还有更重要的皇帝即位典礼。

刘贺觉得无趣,所以还是转回去看上官皇后。

这一眼,就发现——那个女孩就像如梦初醒、刚刚发现了阶下人一样,也在看着他。

上官皇后原本以为,能在新太子身上看见一点儿夫君的影子。毕竟系出同宗,年纪又差相仿佛:刘弗陵去世的时候二十一岁,这位她也打听过了,才十九。

可实际见了之后,只觉得哪里都不对劲。他长得一副女相的阴柔模样,眼神飘忽不定,总不知道在想些什么。而刘弗陵却是个大骨架,沉稳四方脸。可更让她觉得奇怪的,是这个人的态度。明明是丧事,他脸上却没多少哀悼的意思;明明是吉礼,他却又没耐不住兴奋的神情。

短短一阵子,她只觉得刘贺长了一副绑也绑不住的四肢,往东里走一下,往西里摸一下,行无遵止,目无法度。可他似乎也没有想欺凌或者挑衅任何人。哪怕是当他们两个人目光相触的时候,她也不觉得刘贺的目光里有冒犯的意思——他的行为在礼法上已经是冒犯了,可是上官经事远远比她年纪应有的要多,也远比同龄人更懂得看人,在刘贺的眼神里,她只看见了好奇。

"好奇"这件事,太奇怪了。

刘弗陵从来没有"好奇"这种情绪,上官也几乎不曾有。他们一个八岁即位称帝,一个六岁就当了皇后,在天性刚刚开始蔓长的时候,就被深宫上了层层枷锁。刘弗陵看起来远比刘贺要强健,从刚才几步路来看,刘贺甚至是瘸的。可是那位刚驾崩的皇帝就像是用礼法浇铸出来的铜人一样,行为从来不逾矩,说话从来不惊人，说了要将政事委任给大司马大将军，便一件事也没有执意坚持过。和刘贺这样胡乱行动的人相比，刘弗陵反倒更像是个不便于行的人。

上官心底传出一声冷笑，几不可闻，却是笑她自己的。

不逾矩……这么轻描淡写而已吗？

六年前，上官皇后的爷爷上官桀伙同桑弘羊、燕王刘旦、鄂邑长公主等人谋反，最大的敌人自然是霍光。他们本想先发制人，一封谏书已经到了刘弗陵手上，却被他亲自按下不发。后来叛乱失败，他又亲手下诏族灭上官、桑弘两大家族，其中包括上官亲生父母以及所有亲戚。这整个过程里，他从未表露出过多的情绪。

唯独是跟她说了一句："你不会有事的。"

上官也只是回了一句："我知道。"

这就是上官皇后成长到十五岁所掌握的宫廷生存方式。

所以，刘贺出现以来的行为、举止、神情，都让她觉得惶恐。就像是一座早已铸造得滴水不漏的铁房子，突然从四面八方钻进歪风来。

惶恐之后，就是厌恶。

刘贺却相反，他忽然冒起了强烈的兴趣。

他意识到一件事：故皇帝刘弗陵只有一位皇后，没有妃嫔，所以除了专职操办的大臣外，就只有这位上官皇后最了解他的陵寝。

刘贺琢磨陵墓已经琢磨了十多年，可是真正的皇帝墓，他也只有这一个机会可以亲眼目睹。修墓和别的事情不一样，通天地、接鬼神，所以那些设计陵墓的匠人，从来不会把所有细节说清楚，哪怕是对着墓主本身，也一样有所保留。所以有些事情，只能亲眼去看、亲手去摸，才能感觉明白。

但丧事上所有流程都是固定的，没法随意活动；丧后墓穴就封了，还会加盖土山花木，将它彻底掩藏。所以要想进去一窥，只有两种方法：

要么，他得跟总管宗庙礼仪的大臣去掰扯——换而言之就是霍光。

要么，就得从皇帝的元配这里来想办法。

册封很快就结束了。大司马大将军霍光亲手将太子印绶授予刘贺，刘贺没有太在意，接过以后，也没有扶霍光直起身来。这件事深深地烙在很多人眼里，当事者却懵然不知。等霍光自己领着群臣退出去的时候，刘贺却给上官皇后行礼，悄悄说："母后。"

对比自己还小的人说这句话，确实奇怪，刘贺说完自己就笑了。

上官皇后却不知道他的意图，也不应，只是看着他。

刘贺自己续着说："今日事毕之后，有些事情希望当面请教。"

上官听见是请教，自己觉得已经猜到了他要问什么。于是冷冷地说："如果是朝堂事，不必问我。但殿下刚才对辅国重臣礼遇不周，日后须得谨戒。"

刘贺一想，明白她说的是霍光的事情，于是草草应和一下。

上官忍不住皱起眉头："殿下是不乐意？"

刘贺却笑着说："教诲一定记下，但其实孤不是指这件事。只是仓促之间，难以言明，孤……儿臣，晚点儿时日自会细细说来。"

"慢着！话说得不清不楚，岂不是戏弄我？"对上刘贺，就连上官都显得压不住火气。

"不敢不敢。那就且问一句……母后千秋以后,是否准备与先帝行并骨之仪?"并骨就是合葬的意思。

上官皇后还以为自己听错了,半天只憋得脸红鼓鼓的,挤出一句:"你……你……放肆!"

"就说短时间里说不清!"

说完刘贺就退出去了,因为后面还有好几步:他得换回丧服,将先帝灵柩扶入未央宫主殿,然后再换一次吉服,举行皇帝即位仪式。其他百官都得走完同样的流程,所以转眼间,这椒房殿内外就不剩下几个人。只留下上官皇后思前想后,也不明白刘贺想干什么。

王有王的狂悖,臣也有臣的计较。

事后统计,从昌邑王国一直跟到都城长安来的各色臣属,共有二百多位。其中二百石以上官员不足五十人,余下多是佐史、内官、侍卫甚至杂役。要是寻常时日,他们这种身份根本进不得未央宫,可是昌邑王没有给说法,大司马大将军也视若无睹,所以竟没有人敢阻拦。一时之间,乌烟瘴气,泥沙俱下。

尤其在吉礼的时候,就看得特别明白:这些人基本上都知道穿丧服,却不知道要穿吉服,或者是根本没有吉服。所以到行太子礼的时候,大汉朝文武百官的后面,就吊了一条五颜六色杂乱无章的大尾巴。要是有一个人骤然看见,根本没法分清这是册封大典,还是有乱民聚众在侵扰宫闱。

可在这样无序的队伍当中,也还是有人把服饰穿得无可挑剔——其中两个人,就是王吉和龚遂。两个人在仪式过程中都是面无表情、不发一言,可是两双眼睛死死盯着椒房殿方向的动静,汗豆也不擦,仿佛将士在等待击鼓冲锋的信号。

仪式结束,刘贺正式成为大汉太子。两人不等队伍散去,立即动身,在百官撤退的人海中逆流而上,像两条黑色的游鱼,一左一右将队伍前端的一位官员夹住,势如挟持一般。然后三个人快速离开后宫,又偏离人堆,没有往主殿方向去,却西行越过河渠,没走几步路,就到了未央宫少府处。

少府乐成被拉了一路,见来到了自己主事的官署,心下安定了一点儿,但还是挣开手说:"王子阳,有什么话不能在仪典的路上说,非得到这里来?时辰紧张,都着急要换丧服呢。你们自己站在那些……唉,那些昌邑故民里,别人看不清,可我还得站在前头。"

王吉见已经到了地方,一拱手,说:"知道时间紧急,所以才到少府大人的地方来。少府统管皇家钱货、百工巧匠,下设考公署,有东织室西织室,整个京师宫廷的礼仪服饰都出产于此。大人赶紧带我们去借用几套丧服,同时摒去众人,有要事相商。"

"你……"乐成一听,就知道王吉早有预谋,"有什么事情,非得在这个当口来说?"

"只能这个时候。再晚一点儿,就来不及了。"王吉坚定地回答。

乐成咽了口唾沫,不再纠结,赶紧带着王吉和龚遂进了少府正殿,穿堂而过到北殿,再转东面廊道折出。三人疾步快走,只见东西两面鳞次栉比铺满了几十座不同官署。

少府是未央宫里最庞大的机构之一,平日里人来人往,嘈杂异常,比如光是太官、汤官两署,掌管宫廷饮食瓜果的,就有不下六千人。每次新帝登基,既是丧仪吉仪并举,又是最高级别仪仗,最是少府上下的噩梦,每天都有百般人事物事流通,官署内外挤满了人,工坊里热火朝天,机杼声昼夜不断。

但今天终于到了正日,百官奴婢几乎全部派了出去,倒像是闹哄哄坊市一下子散了场,突然变得不协调起来。

乐成进了自家官署,也忍不住倒一倒苦水,说要不是要行大鸿胪事去昌邑国,他过去两个月来肯定日日扎在这少府殿里,足不出户,寝食不离。可其实出去了也一样,府里飞信像鹅毛大雪一样劈头盖脸送来,白天忙着行程,只能夜里批复,走这一趟,真是落得个骨瘦形销。

王吉知道他是在暗讽昌邑王行程过密,但也不点破,只是聊些差不多的操劳公事,还不忘恭维,说都是因为大将军最为重视少府,才能委以重任。两个人闲言碎语之间,王吉悄悄回看一下龚遂,只觉得他虽然紧紧跟着,但不发一言,目光凝滞,像飘在事外。

这些路,乐成闭着眼睛都能走,没一阵子就带他们到了东织室。织室里还留着几名女官,乐成唤来东织令交代几句,取了三套丧服,便让所有人退了出去——其实他原想留几个女子来伺候更衣的,但王吉说,一个都不能留——织室里到处摆放织机、悬挂银丝、堆积布匹,遮挡众多,三个人也不避讳,各自拉开一点儿距离便开始更换衣服。乐成同时说:"子阳说吧。"

王吉递出一个问题:"少府大人如何看待太子?"

乐成没想到他这么直接,沉声道:"这不是人臣应该议论的问题。"

"太子奔丧,在郭门、城门均没有哭出声,孝行是否有瑕?"

"在未央宫哭出来,也是一样的。"乐成违心地说,然后却把话抛给一直不说话的第三人,"这当中的过程,郎中令应该比我们更了解?"

龚遂还是没有回答,只传来换衣服瑟瑟索索的声响。

王吉接过话来:"那即便在孝道上没有问题,太子在未央宫外不和大将军霍光交谈一句,在册封时也没有重礼相待,大将军又该作何感想?"

说到大将军,乐成一下就顿住了。他当然知道那位重臣不会特别满意。可是从进织室以来,王吉就一直抛问题,他到底想干什么?

"子阳啊。"乐成决定反客为主,徐徐说,"你身为昌邑中尉,王国重臣,这时候跟我挑太子的不是,是不是有一点儿不忠不义?"

王吉却丝毫不理会他的话,而是直指痛处:"大将军霍光既然让少府大人千里相迎,就是想大人在一路上做好辅佐,以免出现今日的状况。可是,问题还是出来了。他不可能在这时候怪罪太子,那会是谁来承受这个怒火呢?"

乐成一下子就恼了:"好你个中尉!你们王国浩浩荡荡跟来二百多人,简直闻所未闻,大将军不拿你们是问,还能怪到本官头上?"

但他毕竟也是官场老手,突然意识到一件事:王吉在一路上主动扛下了所有劝谏的工作,不断帮他唱黑脸,当时他还觉得真是个体己的帮手。现在才明白,王吉根本就知道劝谏不管用——甚至早已经预料到了后面这些结果!这就显得好像乐成只是白白跑了一路,却根本没能为大将军分忧。

堂堂大汉九卿,居然被个王国中尉算计了进去!

"再过不到一个时辰,太子便会成为天子。昌邑国臣属不论多不堪,都是天子旧臣——包括在下二人。少府难道觉得,大将军会在天子刚刚践祚的时候,就去惩戒他的属官?"王吉继续施压,哪怕隔着衣服纱帐,压着声音,他的话听起来仍然是字字锥耳,"哪怕大将军真的需要立威,是会选择对我们下手,还是选择上一朝的老臣?"

在乐成那一边,连更衣的声音都已经停了下来,只剩凝重的呼吸声。他从喉咙中挤出声音:"听子阳的意思,似乎还有话要教本官?"

"我们有一计,可助大人扳回一城。"王吉平平托出。

"哦?"乐成却是怒气未消,恶狠狠地说,"你刚刚说的,昌邑王在今日之内便要践祚,这时候突然有办法了?是能请陛下去主动示好,还是能把那性子给扭转过来?"

乐成一番话抛出去,竟落了空,王吉突然没了回应。片刻之后,却是一直闷着声音的龚遂,悠悠飘出一句话:

"大人可赶紧请示大将军,延后进谒高庙。"

短短几个字一句话放下来,却像是平地惊雷、鬼浪滔天,一霎间,仿佛满屋子垂挂的罗绮锦绣都睁了眼睛,支了耳朵,打着转,围着这三个人在监视。连身上的麻衣都变得更白、更紧、更粗糙了,像麻绳收紧,捆住了手脚。

不进谒高庙，就相当于不让他真正当上皇帝！

乐成这下明白为什么他们绝不让任何人听见了。

他压着喉咙，几乎像耳语一样说："这丧礼、太子礼、皇帝礼，都走完了，不进谒高庙，怎么说得过去？"

"少府接着。"龚遂说，待乐成颤巍巍把两手伸出来，龚遂便将一卷书简抛到他手里。

书简没有泥封，乐成扬手展开，一时间却看不懂意思。

"你只需要把它交给大将军，请他去见皇上，就说这是大典星根据昨夜星象刚推演出来的谶纬结果。今日大吉，紫微入宫，大利天下，唯独不适宜进谒宗庙。星象是真的，太常处定有记录，两相比照可知无误；推演是我亲自做的，和大典星做的应有出入，可是没有关系——皇上不会怀疑的。"

乐成端着竹简一时愣住。这昌邑国的行事方法、逻辑，和京师截然不同，他竟不知道该如何是好。

王吉的声音适时插了进来："大人可得相信郎中令。毕竟不论是真是假，昌邑王听他这套谶纬术也听十多年了……要论有谁了解什么说法能让那位王爷稍稍忌惮一点儿，这天底下，再没有第二人比得上龚老了。"

只有龚遂自己知道，当他抛出竹简的时候，手上差一点儿就脱了力，竹简差一点儿就会掷到那满屋子的衣里、烟里、鬼里去。从理性上说，他本该庆幸那一瞬间没有被任何人看见，不然这个大胆到狂悖的计划，就会更加难以赢得信任。可在心底里，又始终有一只鬼在幽丝丝地念着一句：你居然真的给出去了……

这个计划并不是王吉想出来的，它是那么特殊，以至于除了龚遂以外，几乎没有人能想到并将其实现。

——大汉以孝治天下。这句话几乎每个人都会说，但真正放在心上的，却没有几个。但正因为龚遂一直念兹在兹，才能想到，即使刨除前面诸多预备动作不谈，单单是继位天子的步骤，实际上也不止一步，而是分成两个环节：

第一环节，也就是马上要发生的，就是在未央宫前殿、先帝灵柩前，授皇帝玺绶。得了玺绶，就正式获得了君临天下的权柄。

但第二环节却真正体现了"孝"的意义，那就是拜谒高庙，即高祖刘邦庙。

龚遂当时和王吉侃侃而谈："故孝文帝开创此例。在孝文帝以前，继任大统的地点就在高庙，所以不需要另行进谒高庙；但孝文帝首次以藩王之身继得大统，事出特殊，并未在高庙践祚，于是在后来又专门拜了一次高庙，这才得以承天序、祭祖宗、子万姓，成为天道认可的真龙天子。没承想，孝文帝这一次便宜行事，却从此变成了后世不易之法。"

"这么说来，万一践祚的时候未能进谒高庙，哪怕取了玺绶，也有残缺？"

龚遂点头，然后，说了一句他从未想过自己会说的话：

那样的话，就算不得是真正的天子，就给后事留下了一道口子……

想来倏忽已恍如隔世，但其实，不过是昨晚才说的事——就是进长安的前一夜。他从刘贺的传舍里偷出玉器，和王吉说了计划，又暗自写下竹简，忙活了大半夜，最后才沐浴更衣。

不过哪怕做了这些事情,龚遂心里也知道,其实他还是有着和王吉决裂的可能——他真正留给自己的最后一道槛,是那只子母虎玉剑璏。

如果昌邑王能痛心疾首,拄杖前行,并且自己发现玉剑璏;如果他能不凭借玉剑璏,而是仅仅出于孝道、礼仪,甚至是保护他人的心,能好好哭上一场——那也许龚遂的道路就会变得完全不同。

现如今,不过几个时辰光景,却真是沧海桑田了。

这段隐秘的对话,很快便告结束。三位重新穿上斩缞的大臣,悄悄分头离开,一路上低头掩目,宛如躲避鬼魅一般。

"惟元平元年六月丙寅,上官皇后曰:诏昌邑王贺:孝武皇帝懿德巍巍,光于四海,大行皇帝不永天年。朕惟王孝武皇帝世嫡皇孙,谦恭慈顺,在孺而勤,宜继大业。其审君汉国,允执其中,'一人有庆,万民赖之',皇帝其勉之哉!"

未央宫中万籁俱寂,唯有霍光宣告策命的声音高高扬起,如夔鼓雷鸣,威示天下。

霍光背后,是富丽堂皇的先帝灵柩,正停在前殿中央的两槛之间。策命宣布完毕,他朝东面跪拜,又向刘贺跪奉皇帝印玺。

大将军一举一动、一颦一蹙,都被无数双眼睛注视着,所以大臣们细致地发现,他并未恭谨地保持低头,而是抬眼看向新任天子。而新天子在接过印玺后,也终于记得亲自扶大将军起身。这整日以来,大将军一直都是一副晦暗莫名的神情,直到这个时候,才终于破开一丝笑意。

有人觉得,这一幕标志着新一代王朝真正开始。也有人认为,霍大将军在这种场合里从来只有谨慎、只有畏惧、只有惶恐，从来没有笑过。那是一个每天走路时，每一步落点都不会相差毫厘的人。那转瞬即逝的笑意，恐怕比博山、蓬莱还难得一见。

刘贺把大将军扶起，按例走完余下流程，又发布了登皇帝位之后的第一个诰命：敕封上官皇后为皇太后，移居长乐宫。这诰命本身没什么，可终于可以名正言顺地开封取玺，这才是他真正关心的事情。

自秦以来，天子配置一套六玺：皇帝之玺、皇帝行玺、皇帝信玺、天子之玺、天子行玺、天子信玺。他也不拘谨，干脆"咔咔咔"全部打开。只见六颗玲珑精巧的螭虎钮玉玺分别窝在盒中，每颗都是顶级的羊脂白玉制成，雕工极为细致，又匠心独运，每只不同的神情形态一眼即可分辨。

以前在昌邑国的时候，王国玺印是黄金橐驼钮，和皇帝形制差别甚大，而且黄金只有成色之分，而玉却有颜色、脂质、光泽、触感、形态等诸多法度，很多门道只有过过眼、上过手，才能明白。所以他把玉玺捻在指间看了、摩了、盘了好一阵子，才终于肯用印。用完也没放回盒子，而是直接揣进衣带当中。

那时候大将军已经退下阵阶，所以能看清皇帝动作的除了中常侍、符玺郎等内官，就只有受封的上官皇后。这个新皇帝，越发让这位十五岁的太后搞不明白了：先是在太子礼后突然问了一句惊人之语，转头却像是把她的告诫听了进去；说是听进去了，可怪异行为还是一点儿也不少。她悄悄揉了揉脑袋，只觉得这一天光怪陆离，好不容易几年来修成心头一湖死水，转眼又变得风雨飘摇。

等一切仪式终于结束，文武百官伏地跪拜，高呼万岁，又像潮水般四下退去。孝事为大，他们还得再次释冕反丧，重新戴白帻、披缞服，持续多天。新皇帝收拾停当，左右看不见龚遂、王吉，倒是那些昌邑国的魍魉小鬼们早已在阶下蠢蠢欲动，不知道又准备在夜里闹些什么异事。刘贺已经想好了，这几天夜里容不得他们放肆——他有很多器物着急着想看，很多事情着急着要做，只靠朝廷大臣们是不够的，还得用他们。

皇帝沉浸在思考中，并没有留意到上官皇太后抬手想叫住他，却又收了回去。

上官想提醒一句：怎么不去拜谒高庙？可一座名为"大将军"的大山仍然牢牢将她困压住，让她不敢多发一言、多行一事。直到这漫长的一日终于沉沉结束，也没有人向刘贺提醒一句：他还只当了半截皇帝。

第六章 青铜蒸馏器

青铜器自上而下为天锅、筒形甑、釜的组合结构。实验显示，器物可制作二十度以上蒸馏酒，有望使中国蒸馏酒出现时间提早至西汉。

阳篇

公元 201 年·建安六年

在多年前的宴会上，宾客们酒酣饭饱，有美人和歌，壮士舞剑。一个校尉盯着美人看痴了，一边呼出黏稠浓重的酒气，一边将整个上半身俯压在案上，两只手向人伸将出去，推翻案上一片酒盏食具。两只杯子一骨碌先后坠落，眼看就要摔在地上。一身影忽如灵驹闪过，手一抄，将半空中的一只杯子放回桌上；再一抄，另一只仍离地一寸，也被稳稳捏在指间。前后动作合在一起也只在电光石火之间，要不是刘基正好看着，也不相信他像炫技似的故意分了两步。太史慈将第二只杯子也放回案上，再单手一抓、一提，将那校尉的上半身提溜起来，又扶他像泥塑一样四平八稳坐好。但他只挺直了半刻，就向后轰然倒去，不省人事。

咣！

同样的事情，在另一个夜晚再次发生。但这次，太史慈只接住了一只杯子，另一只掉在地上，又弹起，滚出很远。

笨拙的小卒连声求饶，而太史慈只是轻拍了拍他的肩膀，就让他退了下去。

在军帐的八个角上，各放了一树连枝油灯，底盘落地，灯柱约有半人高，上下错落，分出五到六枝灯盘。八树灯火，照得帐内亮如白昼，又将阴影削得淡薄，还照出军营主人一张刀刻斧凿的脸，剑眉、深目、鹰鼻，但脸上瘦削得有点儿凹陷，眼底也浅浅泛一圈黑影。刘基想，他似乎比从前老了一些。

太史慈回过身，亲自坐在帐中间的几个铜炉旁边，用铁签翻一翻火炭，又拿长勺舀了舀鼎中熬煮的食物。军帐里没有什么旁人，除了一名程姓的参军，就是吕蒙、吕典、刘基几个，小卒布置好东西就都退下了。太史慈行止简易，自己操弄锅鼎，其他人也都放松，帐里只听见浅浅的汩汩的汤汁在沸腾。

历经多日，终于见到建昌都尉，可刘基心里却突然多了很多疑问：

为什么龚瑛会跑到山越当中？

为什么太史慈和龚瑛两人形同仇雠？

为什么龚瑛说太史慈病了？

重重疑窦，让眼前这位故人，忽然变得有点儿陌生。

这边心头暗涌翻覆，而另一边，故人还在安静地料理食物。一缕缕香气如雾卷起，裹着太史慈的话："枚乘在名赋《七发》里面写我们这儿的南方菜，'犓牛之腴，菜以笋蒲'，小牛腩肉煨以竹笋、山蒲，说是天下至美。不过丧乱之年，牛犊珍贵，只能用豚肉代之，又加了小米、糜子，吃起来更实在一些。"

刘基心下一动："这是家父以前的做法。"

"第一次吃到，确实还是在扬州牧的府里。"太史慈淡淡说道。

刘繇毕竟出身自宗室大族，开办宴席是常事，主要是为了款待许劭等名士,但将士们也都能参与。太史慈也参与过几次,可只能坐在末席,行为也拘束,后来就少了露面。刘基一时间分不清他是不是在暗指这段往事。

"我怎么从来都不知道,太史将军原来是个食家?"刘基只好撇开话题。

"我虽然不方便再叫'少主',但公子还是喊我子义吧。吕司马也一样。"太史慈说,"你说的毕竟已经是三年前,当时我一心扬名天下,没有心思去想这些杂事。倒是这几年在行伍里待久了,才发现这一蔬一饭,都是本事。就像豚肉如果要炖竹笋,最好是晒干一些,风味才能透得出来。"

他从鼎里盛出一碗来,肉已煨得酥烂,杂以黄绿蔬食,更显得层次饱满。

刘基几乎没有反应过来,从前的太史慈,何曾在意过这种生活琐事?

"子义兄这……变化不小啊!"

太史慈静静地盯着刘基:"公子也变了不少。我以为你会一直隐居,没想到,却在吕司马这儿见到了。"

话音未落,吕蒙已经接过了话:"我是下官,又是晚辈,子义兄喊我子明就好。我们小庙可拉拢不了刘公子,只是同行一道而已。"

他快速把话题带过去,然后喜上眉梢,兴奋地说:"不过,在军中能吃到这么一口,可见都尉真是讲究,高手!但说实话,美食虽好,还是比不上子义兄手边那甄美酒——别说那酒味儿,光这个器物,我就是第一次见!"

吕蒙说得直来直去，太史慈也笑，说一声"子明是识货之人"，就让参军帮忙把饭菜分了，自己转向那只独特的铜甑。只见它底下有炭火，火上置一只扁圆的大釜，釜口收敛起来，整体像一只鼓鼓的水缸。在釜口往上，严丝合缝地套接着一只直筒形的铜甑，两个青铜器合在一起，比一小童还高。甑上滚滚吐着白色蒸汽，随之漫出的，是比寻常米酒更醇更烈的酒香。甑的下腹部有一根朝下伸出的管子，下接酒尊，稳稳接住淌出的琼浆。

太史慈并不着急，只等酒液慢慢流出。他问："这个器物，公子认得吗？"

刘基也摇头，他以前虽然爱喝酒，却很少研究酒器。

"我也不知道它真正的名字，可它做出来的酒，却真正是一绝。这不是豫章常见的米酒，而是芋酎，先用芋头制了原酒，将原酒置入甑中，再经此器具蒸煮一轮或两轮而成。出来的酒液少于从前，可是劲道不可同日而语。"

他将酒尊也交给参军，让他分与众人。酒浆澄澈透明，可是香气仿如不可阻挡的罡风，喷薄而出，在这军帐里摧城拔寨。

"不过诸位当心，这酒醇烈异常，可能不是一般人可以接受的。"

吕蒙不以为意地大笑："哈哈哈！太好了，我总觉得江东的酒没有北方的烈，总是软绵绵的没有力气，跟小妞子似的。这下看来，终于可以一醉方休。"

吕典却是一副公事公办的面孔。他皱眉看着参军倒酒，突然站起身来，拱手道："太史将军！在下建议，是否还是先谈一谈正事，再用酒食？这次护送刘公子前来，其实是因为有一些从北方朝廷来的信物,指定要送给将军。"

"吕典!怎么这时候扫兴呢?"吕蒙打断他的话,同时快速瞟了刘基一眼。

刘基会意,不动声色地笑笑,紧接上说:"子义兄,我也觉得可以先把东西看了,那些物件我疑心有诈,冒昧先看过一遍——还挺有意思的。"

"是吗?"太史慈脸上看不出一丝波澜,"那就先看一看。"

"当归、当归……这么看来,曹贼是真想让我归降。真是荒谬至极。"

太史慈草草看罢所有的物件,无论对柿子金还是玉璧,视线都没怎么停留。打开漆笥,他把当归直接掏出来撒在案上,在众人面前将盒子里里外外检查了一遍,确定没有暗格机关,便也放下了。

"既然这样,我将这件事情公开说一说,并将这些物什全部送归孙将军府上。曹操那边,就不需要回信了。堂堂司空,真是白费力气。"他一边笑一边摇头,但笑意收敛,显得不痛不痒,和刘基记忆里的笑容完全对不上。

太史慈又转头朝吕蒙说:"只是,我长期驻扎豫章,少有机会拜见孙将军。子明的部曲奔走各地,不如帮兄长一个忙,把它们送过去?这样我也放心。"

吕蒙一拍手掌:"妙!这处置非常公允。不过要是我的话,大概会回信把姓曹的骂一顿——没事寄什么箱子?害我们这么多人跑一趟。子义知道吗?他的这些小金饼,不仅在这些包裹里,还有的溜进了江东市场。现在看来,他们大概只是为了打通门道,以确保东西能送到子义手上。不过,这是什么时日啊,来历不明的钱货总是让人紧张。"

太史慈淡淡回道:"明白。只是既然已经截获下来,以后这市场里,应该不会见到类似的东西了。"

"就此消失了当然好。毕竟它们还不是普通的好东西,对吧,刘公子?"

刘基点头:"是。根据我个人的了解,这些应该都是明器,也就是从墓里被挖出来的。"

太史慈的表情一下子冷了下来。事实上,刘基以前从来没见过他这样的表情——不管是在战场上下,什么生死关头,他从来都是一副炙热的、燃烧的模样。现在却像是在雪下,剑刃从鞘里露出一丝白芒。

"也许曹贼手头也拿不出更多的好东西?"他声音显得不太确定,"也许,他想诅咒我。"

"诅咒大概不会,毕竟我们也背这长时间了。"吕蒙无所谓地笑笑,"怪事儿倒是有一些。子义知道吧,就在建昌城里面,送东西的人死了三个,跑了一个。"

"城里守军已经向我通报过了。我认为,还是那些山越做的。建昌城外围山越势力虽然清剿得差不多了,但城里渗透着一些老鼠虫豸,还没法清干净。"

"可他们为什么要杀人呢?"刘基问。

"我一直在海昏城,目前还说不清楚。不过,山越和北方的关联可能比公子了解的要多,尤其是在我们这里,毗邻荆州,刘表一直试图把手伸进来。除了他们,还有以前袁术、陶谦所部,以及被孙家收拾的那些旧势力。他们的人不是全部都归顺了朝廷，有不少都成了草寇，自立山头。这就是为什么山越里不仅有蛮夷，也有一些正经的军屯——扯远了，说到底，他们杀掉几个北方信使的理由，有很多种可能。"

吕蒙冷哼一声："抓到逃跑的那一个就好说了。"

"我下辖六县都已经发布搜捕令，他不太可能逃出去。除非，他跑进山越当中。"

"比如——龚瑛那里？"刘基说。

这么多话说下来，太史慈的态度一直看似是坦诚的，可总还像是罩着一层雾，远不像以前那样刀来剑往、直来直去。刘基故意挑起这个名字，就是想看他会怎么反应。

可太史慈却突然站起身来，朝参军一挥手，说："既然都是地下的玩意儿，就不要放在吃饭的地方了，都拿出去吧。"

这个话题切换得突然，连程参军都怔了一下，正要收拾，却突然被一个人挡住去路。还是吕典，还是用一副硬邦邦的态度，平平道："太史将军，司空府的信简，是否还是拆开来看一看？"

一语既出，刘基心头一怔——他还真忘记了有一卷司空府信简这件事。

但环视一圈，也看不出来吕蒙、太史慈他们是同样没留意到，还是故意没提起。

太史慈沉默片刻，缓缓说："既然是延揽书，就没必要看了。"说罢突然已经白刃在手，寒光如流，便向竹简劈下去。

锵！

竹简还是完整的。

吕蒙、吕典一人一剑，堪堪将雷霆一击架在竹简一寸之上！

金铁交击，剑刃蜂鸣，让军帐里所有的连枝灯在刹那间暗了一下，也突然震碎了满屋暖融融的炊食香烟，就像帐幕裂了口，四面秋风都灌了进来。

吕蒙却突然喊出一句："痛痛痛！手都麻了，太史子义果然名不虚传。不过这里面的字还是得看看，对吧，刘公子？"边说边把剑收了回去。

刘基没有犹豫，立即过去把书简拿起来——他一只赤手空拳伸出，太史慈和吕典都只能立即收了刀兵。在打开之前，他再次瞥了一眼吕蒙：这位别部司马已经屡次三番把责任丢到刘基身上，要不是刘基自己也好奇，实在不愿意这样挺身而出。而且吕蒙给人的感觉，越来越像是在怀疑太史慈，这就让他觉得很难受。

但吕蒙就像个没事人一样，转着手腕佯装发痛，谁也不看。

算了，刘基收摄心神。

两下破开泥封，扯掉绑绳，展开书简——

却不由得呆住了。

"这是什么意思？"

"看不懂。"

"难道是密语？"

刘基、吕典、程参军，都没有看明白这卷书简的意思。

并不是上面有什么难懂的符号，而是因为它看起来，和这里的人都毫无关系——那是一份兖州底下一个县里，非常具体的户籍徭役征发情况，文末还缀上了批复。相当于司空府确认了这些人参与过徭役，事情已毕，返还县内留档。这么一份文件要是让当地人做做手脚、躲避责任，可能还有作用，但对于远在豫章的他们而言，就毫无意义。

"妈的，被耍了。"吕蒙率先明白过来，恶狠狠地说。

太史慈也淡淡道："那个信使骗了你们。他根本没拿到司空府的指示，只是随便偷了一份书简，就来瞒天过海了。"

"王祐？"刘基反应过来，"也就是说，这只是个幌子，用来骗过守军。只是为了方便他们自己南下江东！"

吕典皱起眉头："可这些器物……按他们原本的说法，是曹司空要送给太史将军的。"

气氛再度凝结起来——如果信简不是司空府的，那这件事就和曹操没什么关系，那太史慈又为什么会牵扯其中呢？

太史慈说："不明白吗？信简是幌子，他把我搬出来也是幌子，都是为了让你们知难而退。他没想到，你们连顶头都尉的信简都敢截留。"

吕蒙却摇头："可你为什么要摧毁信简？"

太史慈盯着他看，但吕蒙毫不畏惧，只是平静地对峙着。

"仅仅想表明决心。我没有什么理由要隐瞒这一切，也得不到任何好处。"太史慈重新回到案桌背后，稳稳坐下，"诸位想想，这里有价值的东西，只有这些宝物。如果我想得到它们，就不能伪造一个曹操把它们送来的故事，因为我只能公开拒绝，再将它们送给孙将军。相反，如果没有这个故事，对我们而言反而简单。"

"所以，这件事情不会是我干的。"太史慈总结道，然后就端起铜爵，轻轻闻着酒的香气。

军帐里一片安静。每个人都各有想法,也许是没有人能理出个线头来,也许只是没有说出口。刘基这时候终于明白,哪怕是在孙军内部,也一样是暗流涌动。吕蒙为什么总想躲在幕后?也不仅仅是想要避嫌,也许还藏着更深的目的。

至于刘基自己,也把说到嘴边的话咽了回去:

他的猜想,还没有跟别人提起过。

而司空府公文造假,其实正好印证了他之前的判断,那就是这些明器根本不来自兖州,而是来自他们脚下的这片扬州海昏城!

太史慈的猜测虽然听着合理,但是仍然充满疑点。毕竟那不是普通文书,而是司空府公文,无论是多普通的一卷,也不是寻常百姓能偷到手的。要是只为了一路上的瞒天过海,那准备难度也太大了。

但是,只要有这么一卷印简,那就几乎不会有人能想到这些器物来自南方,这才是最能迷惑人的地方。

这个动作真正的意义,就在于掩盖宝物的出处!

所以,这批宝物一定不止这么简单——虽然眼前看见的这些,已经价值巨万,可对于这么复杂的计谋而言,还是显得分量不足。它一定还有更多的秘密未见天日。

难道说,明器还不止这么简单?

隐藏宝物出处的人,又有什么目的?

本就出自南方的器物,为什么一定要往北方去转一圈,再改头换面地回来?

一个问题压下去,一堆问题浮起来,咕噜噜冒泡,倒像是每人案上染炉温着的肉汤。

滋——

一缕缓慢悠长的喷汽声，热气腾腾，晕开了寂静。太史慈往酒甑下面的铜釜里加了水，"咔"一声放下铜勺，又再次端起酒爵，和大家说：

"再不吃，再不喝，多好的珍馐都浪费了。都怪我这个主家招待不周，先敬在座每一位三杯，各位，问题是永远想不完的！请落座吧。"说完，一仰头，便干了一满杯酒。

酒滑下咽喉，就像一把钢刀刺拉拉从嘴巴一路切到肚皮，然后就是火树开花，炸出满腔满腹一蓬蓬的热气。再来，就像一记闷棍敲在后脑，顿时晕头转向。

这其实都怪刘基有点儿托大，一口气闷了半爵——他以前觉得自己酒量虽然不如太史慈，但也不差太远，竟没想到如今已经是天壤之别。百般滋味还在轰炸，脑袋像只四面漏风的铁罐，浅浅地漏进一些话沫儿。

只听见吕蒙在大呼过瘾，而太史正在徐徐地解释：

"芋头酒比米酒要冲，甘香浓烈……"

"酎酒有分二酘、三酘乃至九酘，次数越多，酒魄越精……"

"喝过一次五酘，只觉得大星如月，伸手可触……你说什么星？在北斗……"

刘基还在勉力维持，往嘴巴里一口口塞进食物，又觉得甘香扑鼻，又不确定到底吃了什么。也喝茶水，也啜肉汤。不同液体在周身上下漫起了湖，卷起细浪，却冲不走扑头盖脑的眩晕感。

刘基想，这确实是他迄今喝过最好的酒，好到一定是安全的，因为不可能有人舍得往里面下药。它也没必要用药。好酒有魂,只要放它在灯火里搔首弄姿,就能让人一个个地自投罗网。他在余光里看见,吕典已经晕倒了,吕蒙也有一句没一句的,但太史慈还站着,那身影轮廓不像在喝酒,倒像是月下舞剑,长虹卧波。

不知道从什么时候开始,刘基就在说话了,他和太史慈聊起嫂子,也就是潘四娘。他认识潘四娘,比真正见到太史慈还要早些,所以问起,但大家都在笑。笑得刘基自我怀疑:我说错什么了吗?可嘴巴自有想法,不肯停下。太史慈不以为忤,和他说,潘四娘也在这营中。他来到海昏城,不进城里,反而驻扎城外。那四娘也不去享受高床软枕,偏要跟他待在这行帐里,挨着风吹日晒。刘基问他这些酒食手艺是不是跟四娘学的,他说是也不是。真正教会他的,是这片南荒之地,这小小的、逼仄的海昏城。

刘基再次提起龚瑛,说起他每次都是最早倒下的一个,到后半夜又最早醒来,只对着一地"尸体"耀武扬威。他在扬州混得比较开,在本地是个一呼百应的人物,而且特别欣赏太史慈,常说要一起打下一番功业。每回给刘扬州建议要重用太史慈,他总在其中。

太史慈听完,也没多说。只说起自己后来投了孙策,和龚瑛断了联系。再次见面的时候,龚瑛已经拢集了一批旧部和北地逃亡人士,拒绝地方征调,成了一方山越宗帅。至于在战场上他们喊的那些话,立场不同,道义殊异,也没什么值得说的。

又过了不知道多久,太史慈问他,是不是决定要加入孙氏麾下了?刘基只是重重摇头,却连自己也听不清自己说了什么。

再到下一个瞬间,他已经在帐外,深一步浅一步,踢得碎石飞溅。也不记得是去方便还是去吐,总之,身上还是干净的,脑子也清醒了一点点。秋天总是先在月夜里潜入，这下已经瑟瑟秋风。军营里，大部分树木都被砍净了，但风还是刮来一些碎金烂银，零落于地。刘基有一点儿辨不清方向，但反正也不急着回营帐，便信步而行，没走多久，却被人从身后拍了拍肩膀。

"军营重地，还是不要乱走为好。"吕蒙笑着说。刘基上下看了看，发觉他步履轻盈，眼睛发亮，就问："吕司马没醉？"

"醉过，又吐干净了。那酒真是天下极品，可惜我这下等人，消受不起。"又是轻飘飘一番自嘲，却不知几分真假。

"我只是随便走走。"刘基没留步，还是往前走去，"吕司马已经利用了我一晚上了，总不能不让我散散步吧？"

"哈哈，刘公子言重。你不属于我们行伍，行止都可以依照自己心情来决定，我从来不会阻拦。不过有件事儿我还是自作主张了，替公子约了个人来。"

"约了谁？"

"应该马上就到了。"

刘基停住，因为他已经看见有件轻妙的白色襌衣正在飘过来。

他惊讶地说："嫂子？"

他又转头去问吕蒙："不对，你怎么也认识潘四娘？"

"不认识，但找人传个口信，也没什么难的。"

"你传的是什么？"

"哈哈，你想我说什么，有什么不能说的？"吕蒙忽然换上一副狡黠神色，"再说一件事，我确信太史慈是病了。对于一个能和孙将军打平手的人——从我和吕典接他那一剑来看，他一定是病得不轻。"

吕蒙说完就溜了，只留刘基一个人去见嫂子。短短几年，潘四娘看上去一点儿变化也没有，就连走路也一样雷厉风行。还没反应过来，她已经挟着风卷到面前。

"还真是你！"潘四娘说。

刘基想不明白吕蒙怎么有心思干这种事情，越来越觉得他满肚子诡计，墨水色，深不见底。但既然故人相见，还是熟络地交换几句近况。可是潘四娘虽然形容未改，神情间却覆了一层阴影，对寒暄的话也不太积极。

刘基意识到了，便说："嫂子，是不是子义兄出了什么事情？"

"原来你知道了？"潘四娘沉吟一阵，终于压低声音说："我这么说，不是要求的意思——但有一个忙，也许只有你才能帮他。"

阴篇

公元前 74 年·元平元年

"停，停，停！放下！你们知道你们搬的这个是什么吗？是酒器！现在是什么时候，大行灵柩还停在前殿，拿酒器出去是找死吗？"

乐成已经顾不得礼节礼仪了，跺着脚，在少府殿里大喊起来。在他面前，两个少府太官小吏正抬着一个青铜器往外搬。那青铜器下釜上甑，两个部分虽然严丝合缝，但在他们的动作下也不停摇晃，发出"哐哐当当"的声音。其中一个小吏就说了："可这是从承明殿直接发出的符节要求，而且那使者说了，不用做酒，只是要这个器物。"

乐成一怔："不做酒，那皇上要这个来做什么？"

"小人哪里知道！"小吏说完就朝同伴使了个眼色，同伴会意，两人赶紧继续往外搬。毕竟无论得罪谁，也不敢得罪皇上啊。

乐成看他们要走，正要发作，突然就被另一个人抓住手臂。胖乎乎的太官令松开手，又拍拍乐成的肩膀，说："别为难我这些下属了！拿酒器又不是头一遭的事，昨天夜里，我们有一只周朝的凤鸟纹提梁卣,平日里都舍不得用的,也被要过去了。那使者拿着皇帝符节,你说他们是听还是不听?"

乐成一时语塞,环顾四周,只见曹吏、奴婢人人忙得满头大汗,但没有一个是在干正经的工作,不是在寻找,就是在搬运。整座少府就像一只漏水的铜壶,各种珍奇物件哗哗地往外流,堵都堵不住。

少府是皇家的小金库没错,可终究属于大汉朝廷,不能毫无规矩啊!

"还讲不讲道理了,使者在哪儿?让他来见我!"

太官令连忙阻止他:"少府大人,别着急啊!那些使者咱们不认识,全是昌邑国的旧臣,而且每次来的人都不一样。找他们,说不出什么名堂来。"

乐成感觉自己气得喘不过气来。这位新皇帝比想象中还要胡闹,才刚登基不到三日,就已经从这少府里征调了不知道多少件精工巧物——五十件?一百件?还有些正在赶工当中。而且他的使者完全是没日没夜地来。以前少府夜里只留人巡查看守的,现在不得不给每个坊室都留人值夜,不然那些使者在大半夜持节来到,守卫又应付不了,只能把上下官员从睡梦里叫醒,闹得一夜惊扰。

啊!乐成在心里大喊出声,那个小祖宗到底想干什么?

他突然想起一件事:"对了,我让你把王吉找来,他人呢?"

太官令有些尴尬地笑了笑,"他还有事,完了才能过来。"

乐成不耐烦地说:"什么事?说清楚!"

太官令沉吟片刻,但终究耐不住乐成的目光,支支吾吾地说:"大人不是把他引荐给了大将军吗?他这两天,都往大将军府上跑。"

乐成的眼睛一瞬间瞪大了,然后慢慢看向远处,咬牙切齿:"这个伪君子。"

从大将军府出来之后,王吉依然心有余悸。

他甚至不敢直接去找龚遂,而是先到中央官署里去转了转。从王国跟过来的二百多人,除了分配到皇帝寝宫温室殿的内臣以外,其余都在中央官署临时抽调的十多间廊屋里。放眼望去,还在官署里待命的大部分都是以前二百石以上官员,而那些小厮小吏反而都拿了临时符节,到宫里各处上蹿下跳去了。

王吉便找些无关紧要的同僚来打发时间,直到临近傍晚,才找个理由离开。一路上又小心留意着没有人跟踪,七拐八绕,才终于闪身进了龚遂的屋中。

龚遂见到他的神色,既不惊,也不惧,眯着一双憨厚的细眼,只问:"你去见大将军了?"

王吉瞥了他一眼,抿着嘴跪坐到席上,又自顾自倒了一杯茶喝下。完了才说:"少卿,你这双眼睛不哭的时候,还是很毒的。"

龚遂也不反驳:"我想着你也该去了。上次一番软硬兼施,让少府乐成替我们给大将军提了建议,大将军也确实延后了拜高庙的时间。既然已经搭上了线,总得去露个脸。你又怕我拉不下这个脸,所以就瞒着我,自己去了。"

王吉却沉默了片刻,说:"——去了才明白,我还是急了一点儿。"

"怎么说?大将军不认?"

"大将军一句话就堵住了：那是太常府下大典星做的推测，和我有什么关系？"

"呵。"龚遂一怔，然后是苦笑，"真不简单。"

只是这么一句话，两个人都立刻明白了：霍光仍然没有信任他们二人。只要心念一转，他完全可以摘掉一切责任，甚至反过来说是他们拖延了祭拜高庙的仪式。

虽然从出发一直到现在，昌邑王的各种行为、影响基本在预测之中，他们所做的铺垫也都到位，可是现在还远远没有到松一口气的时候——他们两个人依然是随时可能被抛弃的棋子。

"他这样说了，你还怎么聊下去？"

"不必明知故问。"王吉面无表情地回答。龚遂当然明白，拜谒、送礼，甚至吟诵一篇文采斐然、歌功颂德的文章，那都是最常见的动作，少不了的。那正是龚遂干不出来的事情，所以从某种程度上来说，他还挺感激王吉的。

王吉咳嗽几声，缓缓说："重点是，大将军后来跟我说了一个故事——孝文帝进京的故事。"

"也不怪他想到啊！真是太巧了。"龚遂一边拍着膝盖一边笑，笑得却比刚才更加苦涩。

"确实是太巧了。本朝第一位入朝继位的藩王，就是孝文帝。孝文帝屡次三番确认没有危险之后，终于进了未央宫，当天晚上连夜发了诏命，就是命令一位官员接管南北二军，另一位接管禁中守备。有了这两支军队，他才真正能保证自己性命无虞。"

"那两个人，一个是王国中尉宋昌，一个是王国郎中令张武。正好与你我的官职一样。"

"你早就意识到了？"

"所以你才来找我联手的吧。从进了这个未央宫开始，我们俩的性命就像风中残烛，一旦风吹草动，首先被铲除的就是我们。他这是在逼我们拿出更多诚意来……不过，既然主动说起这个故事，就表明对我们两个毕竟还是有一点儿忌惮的。"

"是。"王吉轻飘飘地讽刺，"那恶鬼还怕几根蒲草呢。"

"那是真的怕。"龚遂突然严肃起来，"那《大戴礼》里面就写过……"

一番话越聊越深，越扯越远，可两人的心思都不在话上。几轮没什么意义的言语交锋之后，王吉忽然冒出一句："想一想，初七？"

龚遂捻了捻日渐稀疏的胡须，缓缓道："初七肯定是主要的日子。再看一看吧。小王爷，不，皇上的想法，也不是总能猜出来的……"

从房间外面看，窗里的一灯如豆，就像遭了风、吃了水，忽明忽暗，随时就要熄灭下去。

他们所说的初七，就是大行灵柩下葬的日子。

根据礼法，在吉日也就是初七之前，灵柩要一直停在前殿。为了减轻腐臭，整个前殿四方都放着盛满大冰块的铜鉴，这几天工夫，得花掉未央宫冰井里半年分量的储藏。寒气丝丝缕缕，给地面覆上一层薄纱，就像在阳间里抠出一块属于阴曹的地界，尤其在平旦和黄昏两个时间感受最为明显。

刘贺每天就是在这两个时间前去哭丧的。一是阴阳交界处，大臣们说天人比较容易通达信息；二是因为棺木里的气味肯定比晌午要淡一些。

每天和他一起出现的，还有上官皇太后。

上官一身素裹，把瘦瘦小小的身体四肢都遮挡起来，跪在灵柩前，像一尊玲珑白塔。

第一日在黎明碰见的时候，刘贺简单请了安，后面就忙着做其他事情，两人没多沟通一句话。当天黄昏也是一样。等到了第二天，上官就忍不住问刘贺："为什么你每次来，带的臣子都不一样？他们怎么也不认真凭吊，总是忙东忙西？"

一般而言，哭祭仪式只有皇帝带着一两名内侍来参加，但刘贺每次都带几个人，而且每次人员都不同。上官本以为他们不过是乡鄙之夫，忍不住要来瞻仰先帝荣光，后来却发现他们大部分人的关注点根本不在大行皇帝上。

"他们不是来祭拜，是来帮孤记录东西的。比方说他。"刘贺暗暗指向一位侍官，他正借着吊唁的名义，慢慢绕着灵柩走圈。这本来也是祭拜仪式中的一环，所以做出来并不突兀，只是他走的时间比较长，脸上悲戚的表情也比较拙劣。

"他实际上在干什么？"上官低声问。

"研究这个漆棺。"刘贺坦诚道，"我们在昌邑国，本国自孤父亲的时候才受封，所以当地从来没有过王以上规制的经验和实物。包括父王大行时的做法，也都是本地工匠东拼西凑学来的，和关中这种根基深厚的地方，根本不能同日而语。"

上官显然没有反应过来："这棺有什么值得研究的？"

"母后你看，这从外到内，门道多得很。比方说外壁，君子贵玉,先帝漆棺外表上镶有玉璧、玉璜、玉佩、玉板,玉间镂空,作金漆画,有云龙、朱雀、北斗、苍松等,合乎天子形制,远超王侯。不过可能是因为储备不足,这上面的并不全是顶级的蓝田玉,尤其是在这些黄玉的使用上,就能看出前后颜色差别。"

先帝猝然驾崩,少府来不及筹备,这事情上官也有所耳闻。她只是没想到,刘贺光从棺上的细节就能看出来。

刘贺继续侃侃而谈:"再说这上面的金艺,虽然手艺非凡,但它采用的都是鎏金而不是错金技艺。鎏金虽然华美,却做不出错金纤如发丝的工巧和质感。这肯定不是工匠能力不足的原因,更可能是因为工时有限。"

上官忍不住暗讽一句:"王国里还真是逍遥啊。"

刘贺没理会她,只说:"侍从主要就看这些东西。他们每人只懂一两种器物,所以得不停换着人来,才弄得分明。"他心里想,要不是皇太后在场,都想偷偷打开外棺去看一看里面。那才是门道最多的地方——毕竟他已经是天子了,只要别开内棺,先帝应该也不会介意。

上官摇摇头,听了这么多,还不是她想要的答案:"我的意思是,何必去研究它?"

刘贺想了想,换了个方式回答:"生前死后,都是一样的,唯一区别在于,生年不过是白驹过隙,归去却有万载千秋。母后宫内所置的一床一榻,难道不是宫人们费尽心思去打造?那在这棺椁和其他一应器物上,我们只应该花更多的心思。"

"费这心思有什么用?走了就是走了。"上官自然是想起了家事。

"走了也还在的。"刘贺说,"不然多寂寞啊。"

上官心里咯噔一响。半晌,嘴上才冷冷回道:"死生之事,一般人都避之不及,陛下倒是上心。"她还有半句话留着没说——那是皇帝应该关心的事吗?

"皇帝大行,也只有这么几日之内可以看看。要不然,下一次不就到孤自己了吗?"

上官一时哑口无言。她脑海中本有很多恶狠狠的警告,但多年规训下来,不可多说,宁可不说,就像有重重禁军拱卫声门,把话一句句阉成太监。

但她又气不过,最后只说了一句无关紧要的:"陛下该自称为'朕'了!"

刘贺浅浅笑着说:"朕不奢望母后这么快就理解。不过上次的疑问,现在可以回答了吗?"

上官没想到他会再一次提起。不过,她越来越觉得这位新皇确实没有恶意,只是有一套稀奇古怪的人生法则,而且直来直去,全然不为他人所动摇。她自小不在豪门,就在宫闱,实在想象不到是怎样的环境,才能生出这样的一个人。可当他们都跪在这座前殿里,在一个昏不昏晨不晨的间隙,四周阴丝丝冒着寒气,她忽然觉得这也是一种天地——有人活在权位上,有人活在温柔乡,自然也有人活在这种缝隙里、阴阳里、时间里。

最后,她坚定地回答道:"当然是并骨,无论是明日还是五十年后,我都会与他合葬。"

刘贺露出满意的笑容:"墓室修得怎样了?"

"不知。寻常人是不会特意去了解的。"

"既然是这样,朕想请母后到温室殿里来一趟。"

上官已经放弃了猜测,只是说:"这不合礼制,大将军不会允许的。"

"我们可以瞒着他。"

上官都不需要回答,她的沉默在灵柩四周不断回响:谁能瞒得了大将军?天底下有什么事情逃得过大将军?如果他想抓老鼠,未央宫殿前广场上第二天就会铺满一千万只老鼠。如果他要苍蝇,那中央官署的每一间房子里都会塞满一亿亿只苍蝇。

"朕想办法。"刘贺不以为意地说,"过两天,会有人来接母后。"

皇太后居住的长乐宫位于未央宫的东面,所以又被称为"东宫"。它本是大汉朝廷第一座修筑的宫殿、高祖的朝廷所在,但后来同样是为了彰显孝道,高祖把朝廷迁往新建的未央宫,而长乐宫则成了太后的居所。夜寂无人,宫闱森严,却有一辆小马车自长乐宫门开出。卫士不敢阻拦,因为那是皇太后御用的马车,一匹小马驹像从神话里走出的幼兽,在紫夜里白得莹莹发光。他们赶紧去报了长乐户将,户将飞骑而至,总算在马车出长乐宫门之前将它拦下。他们最怕是皇太后忽然夜行,万一有什么差池,多少颗人头也不够用。可掀开车帘子一看,内里却是空的。

再看那位御马者,嘴上没长几根毛,神色扬扬得意,不等查问,就拿出一枚太仆下属的长乐厩官印来。太仆是九卿之一,掌管宫廷车马,长乐宫的舆乘也在管辖范围之内。户将问他什么事,他只说是长乐厩奉旨调度车马,今夜要进未央宫,往下便什么也不愿意说。小白驹平日里娇贵异常,这下就像是王八骑着麒麟背,俩鼻孔呼呼对外滋气。户将看他左右不像正经人，正要诘问，却突然想起最近新皇帝封了一批官员，全是从以前昌邑国跟到长安来的，弄得皇宫上下乌烟瘴气。长乐卫尉邓广汉也就是他的长官，曾专门交代过，别起冲突，有事上报。户将沉吟片刻，只让卫士把车驾检查一遍，确认没挟带其他东西，便放他走了。

那是第一夜。第二夜，宫里开出去三辆马车。御马者也是新官员，官印都是新簇簇的，别在腰间，都舍不得藏起来。户将懒得跟他们废话，但还是检查了一下车驾，却一不小心，冲撞了一位宫人——那是先帝婢女，名字叫蒙。先帝新崩，宫人却在半夜里被车驾运出，这件事容不得细想，随时可能惹来杀身之祸。户将匆忙把帘子放下，又隔着纱绸求饶几句，这才赶紧喝令卫士放他们离开。

这个叫蒙的宫人在后来被屈打成招，声称遭到了刘贺的奸污，这成为新帝众多罪行中的一条。但在当时，她只是忠实地替上官去以身犯险。去完温室殿回来后，她还讷讷地想不明白，只能回禀皇太后说：确实没有危险，不过这位陛下的奇思妙想，可能会让很多人陷入万劫不复之地。

她虽然一语成谶，却没有因为这份智慧而获得嘉奖，死后没有任何人悼念，只有上官在再次看见那匹小白驹的时候，为她偷偷抹过一次眼泪。

第三天夜里，长乐宫开出五辆小马车，这次，长乐户将没有检查。

他干脆没有露面。

上官皇太后穿着绿色的襌衣，头发挽成髻，又用纱巾裹成兜帽，乍一眼看不出身份高低。到了温室殿，她一个人过了两进院门,直入正殿,殿里再无旁人,唯有花椒和泥涂墙留下的芳香气息,以及满壁披挂的绫罗锦绣。这些她都熟悉,以前身为皇后时居住的椒房殿也有相似的设计。她又退出来,进东面偏殿,就看见一地的堆金积玉、铜鼎铁器,刘贺一个人跪坐在侧,没有戴孝巾,简单束了发,全无丧仪模样。

才一照面,上官就忍不住问他:"陛下不知道长乐卫尉就是大将军的女婿吗?"

刘贺还在细心捣弄一件青铜器,轻轻回道:"没问过,但一猜便知。"

他请上官坐上座,自己仍在器物旁边。上官心里鼓着一种莫名其妙的兴奋,也不客气,径自在正位上坐下,在动作间隙里,忽然瞥见刘贺的一双眼,觉得和过去见过的所有眼神都不一样,在深潭底下,灼着火光。

上官忽然有点儿慌张。她觉得那双眼像一面镜子,只倒映出她自己的情绪。多年以来,她循规蹈矩谨小慎微,但刘贺只来了几天,就在大将军眼皮底下闹出这么多动静。那两豆微光忽然就铺满了所有前路,在影影绰绰里,很多片刻都变得荒唐且可笑。在很长时间里,她只跟随模仿一个人,现在那人已经躺在前殿的冰窟里——他所留下的条条框框,也仿佛嘎吱嘎吱地松动起来。

可这些情绪都只飘了一瞬,她连忙收摄心神,甚至朝自己低低说了一句:荒唐的是他不是你。再看时,只觉得那眼里的光也没什么特别,想来一定是因为刘贺奢靡,把殿里点得灯火通明,才倒映在眸子里。她还发觉空气里有不一样的异香,和花椒香气混在一起,所以才托得思绪空荡荡不着地。

上官问:"这是什么毒烟吗?"刘贺说不是,只是四种香料混合到一起,从博山炉里蒸出。炉鼎设计精妙,那烟气冒出之后并不散去,而是沿着金铜镂空门道,蜿蜒徘徊,成流水、飞桥、仙瀑。上官又问:"那个又是什么?"刘贺说:"那是蒸馏器,可以炼丹,也可以做酒。只是今日不便用酒,不能给母后示范了。"

上官再用手指扫一遍所有器物,问:"这些都是什么?青铜器上有铸字,是少府的东西。"

刘贺说,这些都是挑出来送给母后的。

上官好像突然清醒过来。她几乎是下意识地回答了一句:"我不可能背叛大将军的。"

过往所有经验和教诲告诉她:任何人只要给她任何好处,无论是什么,甚至只是一句话、一行字,要么是为了皇上,要么是为了大将军。现在只剩大将军了。除了这种推测,唯独还有一种可能性,但它比这更龌龊、更不堪,上官还请宫人先来打探过了,确定不是那方面的事情。

所以,刘贺和其他人终究没区别,他只想借上官来对付大将军。

这晚上算是白来了。

这晚上确实没白来。

刘贺又笑了,又是一种不求理解的笑,仿佛只有他沉在一场醉梦里。他说,这些东西不是给母后现在用的,而是明器,提前置入皇太后并骨墓中的。未央宫少府目前能提供最好的器物都在这里。确实,少府东园令主管了各个皇陵里的一应器物,但他手底的人、能做的事，都称不上一流，所以要拿到最好的东西，只能翻遍少府上下。

刘贺一边侃侃而谈，上官一边惊心动魄——谁曾想过，两个大活人之间竟然会赠送明器呢？这简直比巫蛊还要可怕。如果是寻常任何一人所为，她都只能理解为是一种诅咒；可这位新帝的行为本就乖张，且所有摆在殿上的器物又都光可鉴人、交相辉映，这就让常理仿佛变得稀薄起来。

上官最后只能遵循常识，抓住一根稻草，问："为什么送我？"

刘贺说："朕确实有私心。不久后，需要母后冒的险恐怕比今夜更大。"

上官终于感觉回到了正常逻辑，所以紧追一句："陛下先说清楚。"

刘贺说："既然选了这些明器，就要放到墓里，这件事，母后自然有理由亲自检查。这个时间，可以选在初七仪典时。朕只希望在先帝陵寝石门封死之前，能陪母后进去，亲眼仔细看看先帝的陵寝。"

"所以说，陛下做这些事情，都是为了看墓？"

"是的。"刘贺坚定地说，"那将会是我们离百代千秋最近的一个瞬间。"

第七章 《筑墓赋》尺牍

「厚费数百万兮,治冢广大。

长缋锦周圹中兮,悬璧饰庐堂。」

阳篇

公元 201 年·建安六年

潘四娘有一种广为人知的神通。因为潜伏作战常常有衔枚噤声的时候，太史慈设计了完备的手势暗语，可潘四娘从来不用，只要和太史慈一对视，她就能读懂"左抄右回""别队先攻""骑兵押后，弓箭先发"等等讯息。这事情，有些老得成了精的军司马其实也能做到，可当它延伸到日常生活，就变得比较吓人。军中一直有传言，说潘四娘不仅能无声地知道太史慈要吃哪样菜、喝哪种酒，还能知道他在给谁回信，下一箭射哪个靶子，心里默念了哪一首诗。

凭借这一点儿神通，她敏锐地确信太史慈是病了。

最早有这感觉是在训练场，事情很简单，他射了一百支箭，误了五支，平常会全中或者只误一支。那脱靶的五支箭像长了手，远远掐着她的目光不放。她看了箭的整个飞行过程，觉得那不是由牛筋弓弦甩出去的，而是有个病恹恹的魂魄抓着它，慢悠悠、黏糊糊地跑过去的。那天弓箭场里零零散散有几十名兵校，他们在不远的将来都被调了岗、换了队，被放进那个号称"敢死鬼"的阵营里，冲锋陷阵，敢不敢不知道，只是大都成了死鬼，十不余一。

还有其他蛛丝马迹：比如以前能像樊哙般吃肉，现在最多也吃不过半只猪腿；以前吃粉能放厚厚一层辛料，现在口味淡得发寡；以前什么酒都喝，现在拿着个莫名其妙的青铜器，摆弄来摆弄去，也不知到底是在做酒还是炼丹。

比如，他在夜里白生生瞪着一双眼，越来越多地彻夜无眠。

再聊下去就越来越接近闺房私语，刘基不得不叫停潘四娘，可接下来，却不知道该从何帮忙。他又不通医术，现在也没了人脉，能做什么？

潘四娘摇摇头，确凿无疑地说："那是心病。"

"什么心病？"

"你记得我跟你说过侠客的事情吗？"

"记得，很多人说子义兄像古代侠客，对吧？我也这么觉得。"

"我说那些人没一个好死的。有个人跟我扯过一段文，不知道为什么被我记住了，就像刻在肉里一样。他说：若士必怒，伏尸二人，流血五步，天下缟素。我不是说太史要去刺杀什么的啊，但总有些时候，我看着他，幽幽地，脑子里就一直唱出这几句话。"

潘四娘是什么人？很久以前还在刘繇营中的时候，她吼一句话，好些兵将都得抖三抖。她从来没说过这种玄乎的话。可就算刘基不理解她的意思，也没法反驳，因为他似乎也看不懂太史子义了。

刘基摇摇头，只觉得酒意从四面八方压着头皮。他问："你想要我怎么帮忙？"

"跟我去见个人。那家伙知道得一定比我多，可他不会跟我说。"

刘基心想：那我去又有什么用？

可潘四娘说完后，不加解释，带着刘基踩着夜色小路，凑近军营最密集处。刘基想起吕蒙说过军事重地不宜窥探，但是一来潘四娘看着着急，二来她步履矫健，全然还是当年横行军中的样子，刘基哪怕想要阻拦也来不及。过了营垒层层鹿角，潘四娘有意带着他沿营帐间的阴影处急行，不过守备森严，路上还是跟两个斥候照了面。她作为都尉夫人并不慌张，大大方方应过去，也没有人询问。白天吕蒙让刘基穿上了吴军的两当甲，所以粗看之下，也看不出身份。

在路上，潘四娘给他解释：建昌都尉麾下管辖六县，总兵力不能说，但主体无非是三拨部曲。他们之间来源不同，不能打乱混合，所以都用营帐外的旄旌来做区分，看旄旌外围一圈旗穗的颜色：和绿色盔甲同色的是孙家的主力部队，因为孙权驻扎在吴，所以称吴军；白色是百越归降人士，选精壮者编组而成，民族众多、习俗繁杂，看上去最为凌乱。

刘基问她："那黑色的呢？"潘四娘答："黑色的，大都可能认识你。"

他们正好停在一幢黑色包边的旌旗底下，面前是个六角营帐，带豹面纹，属于曲级以上头领。潘四娘不打招呼不通传，直接闯进去，内里两个赤膊大汉吓得牛叫。四娘骂道："军营里除非睡着，其他任何时候甲不离身，你们都是管事的，还要我来提醒吗？"两个人一边披挂，一边解释："刚刚从外地回来，才冲了澡，前脚进来，后脚夫人就到了，真来不及！"四娘又喝问："郭军候呢？"

他们唯唯诺诺地说:"也去洗了,还没回来。"

潘四娘用睥睨的气势,环顾四周,说一句:"正好。"然后直奔营帐里唯一还空着的床铺方向。那旁边的架子上挂着盔甲,甲片上还留着血迹,让刘基触目惊心。女子反而不介意,踢开地上乱丢的靴子,先翻他的书案,又开案上的匣子。

身后两个屯长颇为手足无措,左一句"夫人不要冲动",右一句"涉及军事机要,出什么事我们可担当不起",又不敢上手去拦。潘四娘全当了耳旁风。他们没有办法,只能转向帐内的另一个人,可越看越觉得熟悉。

刘基也恍然大悟,为什么四娘说黑色的都认识。

其实也不难想——这些人都是以前刘繇的旧部,都能叫他一句"少主公"。太史慈进孙家以后的第一批核心班底,就是这些曾经的同僚。

刘基转过头去问潘四娘:"那嫂子说的郭军候,难道是……"

"就是老郭!"潘四娘边找边回答,"他以前不是就一直说未来要当将军、当大官吗?跟太史入了孙军之后,没多久就当了军候,现在手下也有五百人了。"

"我记得他,从中原来的。"刘基对他印象最深的,是他长一个标准的将军肚,清醒的时候,唯唯诺诺,鞍前马后,马屁拍得又大又响;喝多以后,每每拍着肚子说大话,说以后要照拂在座所有弟兄。

"所以我请少主来问他。对着你,他比较可能说实话。"

刘基一愣:"我哪有这种地位?"

潘四娘笑了笑,"很多人信任你,你不知道吗?不然遣散前的那个晚上,老郭和其他一大帮人,也不用专门去请你给个说法。"

刘基从来没有这么想过,但现在也不是细究的时候,他走到书案内侧:"那你在找什么?我也帮忙。"

潘四娘将一件短衣往床上一丢,回过头来质问另外两个人:"太史给过老郭一个奇怪的小玩意儿,他神神秘秘揣着不松手的,在哪里?"

"什么东西?"两人都问。

"不是军令或者简牍,就是一枚小器物,可能还挺贵重的。从那时候开始,太史给老郭下了不少独立命令,其他部曲既不参与,也不知道,我说得没错吧?"

屯长支支吾吾,他们一时间拿不准情况:夫人这次到来,到底是她自己所为,还是代表了太史将军?刘扬州的儿子又怎么突然出现在这里?他们只想郭军候赶紧回来。

"我知道你们不能说那些命令的情况,但那个小物件,我今晚必须看看。"

其中一位终于承受不住潘四娘的灼灼目光,低声说:"藏在床下。"

"等等!"

刘基突然喊了一声。

"你们说刚从外地回来,是去了哪里?"

"军务机要,不能说。"

"是不是建昌城?"

就在须臾之前,刘基不顾凝结的血迹,伸手探了探盔甲腰带内侧,摸出了两枚尺牍。一枚看着像残片,上面写了两句赋:"厚费数百万兮，治冢广大。长缋锦周圹中兮，悬璧饰庐堂。"另一枚倒是新簌簌的，但刘基一看，只觉得心脏漏了一拍，满脑子的酒气骤然吹散。

"平安。人未至，留居。"

这是王祐写给三名同伴的信札！

刘基举起那枚一尺长的竹片，强行控制住颤抖的嗓音，问："你们为什么会拿到这个？"

两人保持沉默，但眼睛不约而同地瞟了瞟各自的兵刃——这是他们的营帐，刀剑齐备，熟稔地形，要真是来硬的，两个不速之客根本走不出营门一步。可偏偏这两个人一个是都尉夫人，另一个是太史将军的故人，还真是不能轻易动手。

可另一边，刘基并不需要他们回答，便自顾自地说："我一直没想明白，在建昌城里，一夜之间，谁能不留痕迹地杀掉那三个人？原本以为是曹司空的人，还担心他们势力渗透得厉害，后来却发现和曹操根本没有关系……现在明白了，其实一直有个最直接的解释，只是我从来不会往那个方向想。只要是建昌都尉的手下亲自干的，那就完全说得通了！"

两个人对了对眼神，沉吟片刻，承认道："你说的人，是我们杀的，东西也是从他们那儿搜出来的。"

子义兄竟然真的有参与其中！

但那两个人继续说："可是你说他们跟曹操毫无关系，这就说不通了。"

刘基不明白为什么他们在这点上狡辩。"刚才我们在席间已经证明了，那三个人以及王祐，根本就不是曹操派出来的人，只是拿着个假的信简来暗度陈仓！"

"但那是他们自己说的。"对方沉沉答道，"就在死之前。"

郭军候带着两个屯长亲自来跑这趟任务。在建昌城，他们如入无人之境，踢门，拔刀，杀人，一眨眼，两个活人已经成了尸体。第三个人身上顿时臭了，是尿的，慌不择路，掉头往里屋的死路跑。边跑边喊："我们是朝廷命官，曹司空不会放过你们的！"末尾三个字是哑的，已经被血浸满了。他们搜身，又细细摸一遍房子，吕蒙部曲几乎把所有东西都拿走了，连衣服也没给多留一件，唯有两枚尺牍，一枚新的足一尺，一枚残的大概只有五寸。残的上面还有湿痕，怀疑是藏在嘴巴里才躲了过去。他们也不论理解不理解、恶心不恶心，反正带回来再说。

两边供词一对，互不松口，突然就陷入了僵局。

刘基攥紧手里的竹片，决定暂时不纠结于这件事："那还有一个人呢？他在建昌都尉府里，你们动手更加方便了！"

"我们俩不清楚，那边老郭自己负责。"

"他在哪儿？"

旁边，沉默了好一阵子的潘四娘突然警醒，两步迈到床边将竹席一掀，然后就骂了一句："妈的。"席下空无一物。

"出去找他！"四娘说完就往外跑，屯长立即左右让开，但正当她准备掀开门帘的时候，刘基突然抢在前面拍开她的手，将她往营里一挡，但同时身体控制不住撞出营门之外。才刚踏出去一步，就像有一堵墙猛然压到背上，一只手臂从后钳住他的脖子，腰间也猛然传来一阵刺痛。

老郭用匕首抵住他后腰，在耳旁低低说出一句："刘少主，久别重逢啊。"

"少主啊,我一直以为你淡泊功名利禄,没想到这么快就耐不住了……你是不是投了那个姓吕的别部司马,反而来刺探我们太史大哥?"

"老郭,你知道我不是那样的人。"刘基的心脏猛跳,可是说话却愈发冷静,仿佛有块坚冰贴在额头上。

"那你问这问那的,算什么意思?"

"我是跟着嫂子一起来的,我有嫌疑,难道嫂子也会害子义兄吗?"刘基用下巴指了指营内,潘四娘正在里面进退不得,因为两位屯长也已经拔剑在手。虽然她是都尉夫人,可在部曲纪律下,上下级利益深度绑定,唯有直属长官的命令才是第一铁律。可他们也不敢对夫人下狠手,只能挡着,但挡得住人,挡不住声音,潘四娘中气十足地大喊:"姓郭的,你敢动他一毫试试!忠义廉耻都拿去喂狗了吗!"

老郭听得难受,便挟着刘基往外走,一步步踩得沉实,全无可乘之机。在余光里,刘基发现老郭确实只穿了布衣,头发也湿漉漉的,可见洗澡是真的。只是他随身带着潘四娘说的那个物件,同时留了个心眼,听见营内对话之后就一直埋伏在外面。

不过,他也没有命令其他士兵过来,说明还是投鼠忌器。

"你别怪我疑心,嫂子也有不知道的事。你知道我们有多少敌人吗?身前身后,明枪暗箭,现在这片江东大地上,有几个人是清白的?那个吕蒙,年纪轻轻爬到这个位置,他让你做什么了?目的是什么?"

"吕蒙只是请我帮忙看明器，没有其他的要求。"刘基的脖子被手臂箍得难受，一边喘气一边说，"只要我愿意，明天我就能离开孙军，从此和你们再无瓜葛。但是！我来这里，是为了帮太史慈。"

老郭不置可否，只是刀口又紧了紧，带出一阵撕裂般的痛楚。他说："走！不要轻举妄动，你一定没我的刀快。"说完，他松开了束缚脖子的手臂，刀也往后退了半寸，带出刃上一线红丝。刘基衣服下摆上顿时洇开了血花。

他又小心地卸掉刘基腰上的剑，丢在地上，用手推了推刘基的肩膀，示意他往前走。

刘基将一只手按在腰上止血，一边慢慢往军营外围的方向走。海昏城战事紧张，太史慈驻军不进城内，只是在城外用鹿角战壕圈了一大片区域用于驻防。橙黄色微亮的是海昏城，城墙上绕着一圈火盘，静悄悄的。郊外的方向则只有分散的几点灯光，浮在半空中，那些是哨塔。地面和水面混在一起，哪怕极目细视，也只能看出水面的黑色深一点儿，地面浅一点儿，其余就再难分辨。营区内也有水，几块池泽构成天然的防护带，也方便士兵取水用水。

老郭就带刘基到了一片近水的荒地上。

到了这个地方，最近的营帐也有几十步，哨塔也看不清楚，往营外跑得先飞过几重鹿角。老郭不一直用匕首指着了，负手而立，沉声说道："少主，毕竟是老朋友，我其实真不想伤你。说吧，你都看出什么来了？"

刘基闷声不吭，等过一阵子老郭忍不住开口的时候，突然说："整个司空府送明器给太史慈的事情，都是你们自己编排的，对吗？"

他不等老郭问，自己继续说道："吕蒙请我来看明器，我仔细看完，心里一直有个疑惑，那就是这些明器不一定来自中原，反倒有可能就出自我们这里。但你们不想让别人知道这里有宝物，或者是不想让人觉察到古墓，所以大费周章，给它套上一层曹司空的外皮，让本就臭名昭著的'摸金校尉'来当你们的替罪羊。但这个想法我一直没跟任何人说，因为我一直想不明白一个疑点：如果你们完全不做这些事情，不透露风声，别人可能更难发现。为什么非得做这么多？"

老郭的脸色慢慢变得阴沉起来。他最强烈的感受是，自己认识刘家公子这么多年也没发现他有这种能耐，那个吕蒙是怎么知道的？

"说不定是你想错了。"老郭说，"这就是曹操分化江东的阴谋。"

刘基摇摇头："刚才在你们营里，两个屯长坚持说那三个人是曹操手下，看似更迷惑了，却突然点醒了我。我想，你们确实是把明器送到北方去转了一圈又回来，这样大费周章，目的就不在那些器物上。"

"那在哪里？"

"在于人！你们实际想要的是那几个信使，不，只是其中的一个，也就是王祐。"

老郭还是肃着脸，开始左右踱步："一个跑腿的，要他来干什么？"

"所以他们压根儿就不是跑腿的。他们四个人身份特殊，都是曹操手下专职摸金的人员，说不定就是摸金校尉本人！"

刘基一声断言，见老郭神情动摇，就继续说："干他们这行的，从来就没有对外露过面，所以哪怕装作是跑腿的小角色，也不用担心会暴露！你们通过珍贵的明器引他们入局，那三个人到死都以为自己是受了司空的命令，才秘密南下的。"

"那第四个人呢？"

"只有王祐知道实情，他偷了印筒，确实背叛了曹操，等和你们会合后，就再也不会回北方去。因为你们需要他。"刘基的声音在夜里飘着，空荡荡的，他衣服里还塞着王祐写给三个同伴的尺牍，言简意赅，他是怕写多了露馅吗？还是跟将死之人已经没什么可说的？

掐断思绪，刘基继续说："我们现在见到的明器仅仅是一部分。不管是别人还是你们自己动手盗的，肯定是遇到了困难，不敢继续盗下去。故海昏侯的陵寝还没有真正被开出来！所以才需要找整个大汉干这种腌臜活儿最一流的好手南下。你们的计划确实没有问题，哪怕中途被吕蒙或者其他人拦截，只要王祐进了建昌城，就已经成功了。"

老郭突然靠近一步，匕首在指间转了一圈，又收回背后。

"这些猜测，吕蒙都知道了？"

"不知道。我说了，没有给任何人提。"

"你知道吗，少主公，"老郭的声音再次沉下去，阴恻恻的，让人感觉非常陌生，"这种情况下你说有别人知道，是比较安全的选择。如果只有你一人知道，问题会变得——很容易解决的。"

"我明白。"刘基面无表情地说，"可我现在只是一介布衣，实在不愿意像你们一样，一转眼就都变了样。你知道吗，老郭？你连将军肚都瘦下去了。"

要是以前的老郭,这时候就该笑得伏地了,可现在还是板着脸。只是沉默半晌,才说出一句:"我是变了不少,但太史大哥还是一样的。"

"是吗?"刘基苦笑,然后又大笑,"太史子义,摸金盗墓,这二者居然扯到一起去了,他以前什么时候在乎过金银财物,什么时候有空想过酒肉美食?我还去说服王祐,说世界上真有这样的人!"

老郭突然咬牙切齿,像只被袭击了的猛兽,横持匕首,铁泛着白光:"少主公,你一个人抽身出去了,可其他人能像你这样选择吗?要是当初那个夜晚——巧了,今晚的月亮也大——要是你坚持一下,支棱一下!今天就不一定是这个样子。"

刘基也抬头看看,确实月色惨白,一地流银。他心底冒出一种感觉,似乎这些事情全都连起来了,像躲不掉的债,既是他父亲留下的,也是他当年分发财物、遣散部曲得来的。他想,潘四娘看得没错,大家也不知道为什么,竟然把信任放在他的身上,甚至因为他失信、背叛而心生恨意。

"可江东好不容易有了安定的苗头,子义兄都督六县,你们还想要什么?暗中盗墓的目的又是什么?"

老郭不回答了,只持着刃一步步靠近。

阴篇

公元前 74 年·元平元年

大汉长安城又称"斗城"。不是正四边形,而是南面城墙仿南斗六星,北面城墙仿北斗七星,与天象相应。由此观之,城北一条白练既是渭河,又是银河。这条在传说中牛郎织女渡不过去的天堑,现在却架起长桥,轰轰滚过三万辆牛车的庞大队伍。

这阵势几乎调动了整座长安城所有的农户储备,让首都农事一时陷于停滞。三万辆牛车越过天河,又上咸阳原,驶入陵园,将数以亿计的泥沙土石倾泻到即将完工的皇帝陵封土堆上。在这支车队以外,还有数以万计的征夫如蝼蚁般劳作:有加固陵园城垣的,有抢工便殿、寝殿的,有栽种苍松巨木的,还有在幽深漫长的墓道里一路下探、隐没于黄泉之中的。

这是一桩值得在史书记上一笔的壮举——尤其是留给主事者的时间那么少,责任那么重,无数双眼睛盯着,简直是生死一线,如履薄冰。马上就到初七,三万牛车日夜不停,卷起漫天黄尘,看得大司农田延年沾沾自喜,看得少府乐成目眦欲裂。

严格来说,这两人都是主事者:大司农负责陵墓修筑,少府负责仪典随葬一应器物。但是,田延年的脸色越干越红润,肚皮越长越瓷实,他高兴得伸手在乐成背上拍了几下,却差点儿把乐成打散了吹下城去。

大司农说:"少府老弟,振作起来,你都快成骷髅了!还没到你陪葬的时候呢!"

少府瞪着一双眼,确实是累的,可他更恨啊!恨了却不敢说,更不敢看,因为恨的对象正杵在他旁边,笑得连身上丧服的麻丝都根根颤抖。

乐成深深明白了,什么叫人比人,比死人。

那新皇帝也不知道为什么,把少府上上下下、没日没夜折腾了个遍,而且眼光毒辣异常,把整个官署里最精妙、最值钱、最费工的一批物什全都征走了,而那些缺斤少两、做过手脚的,当着面就能给砸烂了。乐成亲眼见识过不止一次。皇帝的侍臣把东西征走了,没过多久捧回来一两个—— 一只耳杯、一尊陶俑之类,就在少府门口一摔,摔完就走。那"咚"的一声,听得少府头皮发麻,四肢发凉。

可是大司农呢?先帝山崩来得仓促,大司农拿着大丧日子当尚方宝剑使,那修陵要用的柏木、木炭、芦苇等材料,一纸命令,一分钱不花,直接从焦、贾两家富户手上强抢过来。私仇还是其次,其他几个家族在背后私相授受,那才是利益所在。至于这三万辆牛车,原本征调的是一车一千钱,他上报的却是一车两千钱,看着它们从陵园外鱼贯而入,就像金饼汇成洪流涌进钱袋子。所以他越忙越神气,挺着肚子,快把那双硕大的黄金虎首带钩撑变形了。

这些事情乐成看在眼皮底下,却毫无办法,因为大司农突然就成了大将军最重要的心腹,掌上珠,心头肉,予取予求,作威作福。乐成很难确定:这是不是表达了大将军对自己强烈的不满?从前,他乐成享受的一切,未来就都让这田延年给夺走了?

大将军甚至不见他。乐成强打精神,问大司农:"上次请大人代为转交的器物名录,大将军有说什么吗?"

田延年兀自笑着,跟他说:"没说什么,大将军说少府财货本就是皇家私物,不必上报。"

"那,初七的事情还有什么指示吗?"

"没有!按部就班。这也不是第一次了。"

田延年又拍乐成的肩膀,两眼真诚地说:"大将军还是关心你的,专门说了,少府辛劳,不必多想,服侍好皇上才是最重要的。老弟你明白我的意思吗?"

明白,少府当然明白——这意思就是别问了。

田延年见他气若游丝的样子,满意地捻捻胡髭,又补了一句:"少府既然去昌邑国跑了一趟,那些昌邑故臣初来长安,人生地不熟,你可得多加照拂。"

乐成悚然一惊,忽然明白这句话才是最重要的。他连忙说:"请大司农协助回禀大将军,昌邑来的臣属大都在中央官署安顿好了,正等待朝廷安排职务;而皇上从温室殿派出的各路使臣,一大半都穿梭于少府,一小半出了宫去,待下官查明去向之后再回报。"

田延年心里笑笑,想他虽然像条丧家犬,脑子还算清醒。但脸上却冷了下去,问道:"还有呢?"

乐成不解,田延年瞥了他一眼,缓缓道:"中尉、郎中令。"

"王吉和龚遂?"乐成一怔,"大司农也见过他们了?"

田延年却一甩衣袖:"你没看见吗?那两个人刚才下了墓道,到陵里去了。"

六月初七,壬申日。孝昭皇帝大行,皇帝、皇太后亲扶灵柩,文武百官,骑、步、车三军,列阵迎送。冠盖遮天,白旌密布,礼乐不绝。

虽然阵势富丽堂皇,可走的路线和三万牛车没什么区别,同样是北渡渭河,上咸阳原,又转西行。咸阳原上西陲处,武帝的封土已成苍丘,除了呈覆斗状外,看起来和一座孤山没什么区别。比它更近的地方有另一座覆斗形山丘,相比之下,树木矮小稀疏,那便是此行的目的地——平陵。

送葬队伍行进缓慢,步履沉重,执绋者一起唱着挽歌。灵柩上共引出六根长绋,每根长三十丈,诸侯执四绋,百官执二绋。挽歌以唱和为主,听不出词,词也不重要,据说原本是苦役、奴隶哀怨身世的调子,人人闻之落泪,从民间反传入宫,成了非常少有的君民同俗的一件事。

所有事情都有例外,那没有唱的人,却是最重要的两位扶灵人。队伍行至陵园以东一条河渠处,南有泉水,北有城台,刘贺低声问出一句:"为什么叫徘徊庙?"

上官正出神,没听清,刘贺又问一次,她才反应过来。

每位皇帝有陵就有庙,甚至不止一庙,用于月祭。比如,孝文帝的庙号"顾成",孝武帝的庙号"龙渊"。北面城台上的,就是孝昭帝的徘徊庙。

"这是先帝自己取的名字,没有说起原因。也许是因为河渠弯曲徘徊吧。"上官垂着头没看,可她知道脚下的水渠几乎是笔直的。

刘贺也不反驳,只是沉吟:"徘徊,徘徊,《礼论》里写过,'过故乡,则必徘徊焉,鸣号焉,踯躅焉,踟蹰焉,然后能去之也'……可朕原以为,先帝利落果断,是个不怎么踟蹰的人。"

"他是。"上官先是立即回了一句,往后却不知道该说什么。也许是因为这个人早已成为规范、成为定数了,当他定下"徘徊"这个名字的时候,上官竟一点儿也没有细想过。刘弗陵生于深宫,长于深宫,他也会有思乡之情吗?还是说,他其实也有逡巡不前的时候,只是深深隐藏了起来?

到最后,她反过来说一句:"陛下这样不遵礼教,还记得《礼论》?"

"朕的师傅毕竟是个儒学大师。"刘贺说,"而且《礼论》和其他经典不太一样,荀子实乃旷世大才,朕平生所念最多的一两句话,也是他写的:'丧礼者,以生者事死者也。大象其生以送其死也……事死如事生,事亡如事存……'"

等他吟诵完,上官说:"陛下今日和平常很不一样。"

刘贺嘴角浮着浅浅笑意:"马上就到了。"

说话间,他们已经能清楚看见陵园外墙,墙垣看来与一座方方正正的小城无异。但城墙内高高隆起的封土,以及四方大门前耸立的三出门阙,仍然清晰地表明这是一座天子陵寝。

上官问:"陛下确定要这么做吗?此番下来,百官一定会生疑的。"

"朕刚刚才说完,事死如事生。"刘贺说,"我们就要像先帝还在一样。那就是他未来的居所,皇太后不论怎么踟蹰徘徊,他也不会反对的。"

"不,"上官皇太后心想,"他会先问大将军。"

陵园方一里,苍松密布,但是因为祭祀烟火过盛,现在已经笼上一层厚厚的青烟。在香雾缭绕里,还能看见的巍峨建筑,就是寝殿和便殿。

寝殿即是陵园正殿,殿内已经摆好昭帝生前所用器物,还原昔日寝宫模样,看上去只像是先帝刚出去上朝了,不久就要回来。殿中有神座,座上暂时是空的。等灵柩下葬礼毕,宫人就会把先帝生前衣冠取出来,架在神座上,这样当众官手里香烛齐燃时,他就真在云遮雾罩里坐着了。

但在灵柩正式进地宫以前,一要等待吉时,二还有几道仪式要走。其时太常已登上祭台,面向高耸的日、月、星三辰旗,焚香跪拜,口中念念有词。

上官本以为刘贺这时候该不耐烦,却发现他一反常态,前所未有的严肃,定睛看着,仿佛要把眼前一切深深烙印入脑海里。可哪怕是在这样紧张的时刻,他还是留意到上官的目光,于是轻轻问她一句:"皇太后知道接下来的祭祀分哪几步吗?"

"祭天,祭地,祭祖。"这是最简单的一问,上官也谙熟。

"那这三者当中,这个时候,何者为重?"

这问题却有点儿奇怪。"虽然天生万物,但人还是以孝道为先,自然是祖宗最为重要。"

刘贺摇摇头:"平常可以这么说,可此时,朕只认为祭地最为要紧。"

上官疑惑想要追问,可刘贺旋即就被太常请了过去。他缓缓登上祭坛,向东方三辰旗奉上祭酒,随太常一番吟哦祷告,告祭天神,敕令上司命、下司禄保佑万世千秋。又转向地宫墓道入口方向,祭酒洒地,以奉墓皇、泰山君。结束后,匆匆下了祭坛,又向上官使了个眼色。

方相氏登场。

方相氏不是人。千百年前,她先是黄帝的次妃,而后成为大巫,最后成为神。如今,她身披熊皮,头戴黄金面具,四目瞠出,上黑下红,一手操戈,一手执盾。九十九名巫觋叫喊着、跳跃着跟在身后,所有人都戴着面具,或为熊,或为虎。他们蜂拥至墓道入口,俯瞰碧落黄泉,杀声震天,开始驱鬼镇邪。

这是刘贺第一次看见这种规模的镇墓仪式。

"这就叫'解'。"他向上官解释道,"'泉者地之血,石者地之骨,良土地之肉。'动土,就是穿凿残害大地骨肉,犹如以子害母,必将唤醒怨气邪祟。寻常百姓动土,也要祭拜地神,何况是天子陵寝?一座帝陵,至少深掘黄泉二百尺,相当于把整座封土山丘倒扣入地,那遍地凶神恶鬼,必将侵害墓主、祸乱后世。所以,祭地、驱邪最为重要。"

上官看这种巫祭次数不少,可从来没了解过背后含义。

她问:"要是不驱邪,又能怎样?"

"你知道前秦将领蒙恬吗?"

"听说过。"

"蒙恬是被冤死的。死前说了一句话,他没有恨胡亥,也没有怨二世,反而说:他从临洮至辽东修了万里长城,其中一定断了地脉，那就是他的死罪。"

上官不禁打了一哆嗦。

"那没了邪祟，又会怎样呢？"

"那整个地宫就归墓主一人独享，一人徜徉，下行九渊，上接宇宙。"刘贺一双瞳孔里倒映着无数人影神影，"谁也阻挡不了他登仙了。"

巫觋手里火把燎起乌帷，厌胜之物当空泼洒，让本就浓烟弥漫的大祭现场更显混沌，恍如阴阳相交，百鬼邪行。唯独有那一条通向地宫的通道，比一切的颜色都深，无数的人影也遮挡不住，正无声地吸引着他们走进黑洞。

他终究是要下去的。

在继续经历祭酒、参拜等多轮仪式后，停放多时的皇帝大行终于再次移动。它被抬到一台巨大的龙形车上，车底是斜的，正与墓道坡度相符。墓道中央早已用青石板铺好车轨，巨大绳索从四方牵引着龙车缓缓下行，人则在两侧阶梯上随行。阳光快速从身后退出，光源只剩墓道两侧一路延伸至深处的长明灯。灯油是腥的，是采南海鲛人油脂而成。时间被拉长，空气黏滞阴冷，任何一点儿声音都宛如巨响。

没有人想要慢慢走。

他们想起头顶上的覆斗，覆斗上的苍松，松针上的层云，那就是泰山压顶，每一声木头的形变、碎石的掉落，都像崩塌。他们想起外面阳世里的活人，妻妾、儿女、情妇、仇人，他们都是热的，自己却越走越冷，像走长路必须卸下负荷。身边人都陌生，人人戴了僵硬的面具，像未被驱净的鬼神。

他们还听见有人用几不可闻的声音在吟唱,那是一首没有听过的赋:"厚费数百万兮,治冢广大。长缦锦周圹中兮,悬璧饰庐堂……"

谁敢问那是什么声音?就连巫觋都抿紧了嘴巴。

所以当十年百年过去,东极西域过去,眼前终于现出一座地宫来,人龙里长长呼出一口阳气,搅动了满座墓室的阴风。

所以当灵柩停稳在梓宫当中,左堆金、右几案、前屏风、后客座,一如先帝在温室殿接待下臣模样,所有臣子都迫切地想要退出去,他们相信昭帝在地宫里自有百千陶臣、万亿泥卒伺候,轮不到他们这些肉体凡身。

所以当皇帝说出那句话的时候,他们都以为是地宫里的幻觉。

皇帝说:"诸侯、众卿、工匠,都出去吧,到外面等朕和皇太后。"

百官呆然不应。

上官皇太后轻咳一声,也道:"吾有些许器物需要亲手置入并骨墓中,诸位退下吧。"

这话大家都听见了,而且还没等反应过来,一阵隆隆雷声自后方沿墓道卷下,好些臣子以为出了坍塌,差点儿惊叫逃走,完了却见是一位矮小不起眼的老臣推着小斗车下来。铜车朴实,但车斗上,赫然放着一堆奇珍异宝。

在人堆里,少府乐成看得眼睛都直了:那可都是从他那儿拿出去的东西。

其实刘贺本来是想请龚遂来做这个事情的,可自从入长安以来,他既不唠叨也不劝谏,甚至不露面,刘贺也找不到时机去交代。见那位老臣一路从众臣中间开路进来,甚至连大将军都给他让了一步,刘贺沉着声音说道:"安乐你留下,其他人遵旨吧。大司马大将军为百官之首,请率先垂范。"

没有人知道大将军想了什么——

不,非常罕见地,可能所有人都知道这尊巨擘想了什么。他出去的时候,不小心踢倒了一只朱书陶瓶,洒了里面的白礜、雄黄。但没有一个人敢过去扶。

就这样,皇帝、皇太后和昌邑国相安乐,单独留在了黄泉地宫当中。

第八章 龟钮银印

海昏侯长子刘充国印，腐蚀较为严重，经鉴定为银质。

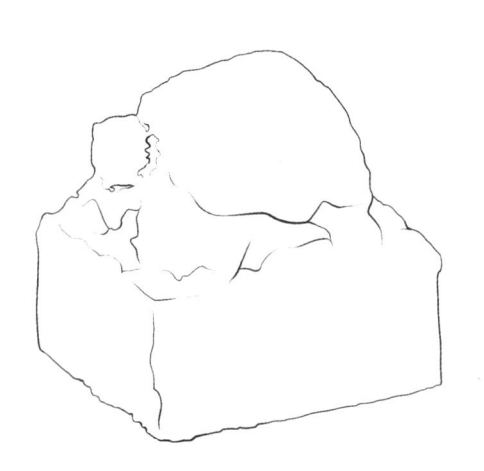

据汉仪，列侯及二千石官员用龟钮，王侯金印，二千石银印。

阳篇上

公元 201 年 · 建安六年

夜里的军营不太安静。鼾声、巡逻声、换班引发的抱怨和睡眯,此起彼伏。毕竟现在和武帝、宣帝的时候已经相差甚远,中央军形同虚设,各地都是自行募兵,三教九流,刑徒死囚,抓到谁就是谁,只要能在战场上做到令行禁止,已经算治军严谨了,至于到了驻所,往往只能抓大放小。

尽管如此,无论在什么军营,总有两种声音是最能吸引人关注的:一种是走火了,另一种则是鸣金和击鼓的声音。

潘四娘就是看准了这一点,不和两名屯长纠缠,闷声徘徊着,然后突然抄起老郭的铁头盔,猛然敲在他的盔甲上。一下接着一下,几乎把甲胄的胸片砸得凹下去,铁片嗡鸣不止,中空的头盔将声音进一步放大,一瞬间就传了半个营地。屯长反应过来的时候已经来不及了,士兵们几乎训练出了本能反应,睡着的、醒着的纷纷起身,火把四下燎穿夜色。

所有士兵都会往声音源的方向涌过来,潘四娘知道他们不可能再拦自己,也不说话,径直从屯长明晃晃的刀旁走过,出去找太史慈。

可再大的动静,也挡不住眼前的当面一刀。

老郭刚刚举起匕首,就被营里突然冒出的声响火光吸引,斜了眼,稍稍一看。刘基抓住机会,拔腿就往营帐的方向跑。可是,一个是隐居的布衣,一个是久在沙场的战士,两者差距哪里是小小"破绽"就能弥补过去的?没跑出两步,一只大手已经伸到后脑勺上,只要就势一抓,拽着头发把他往后一扯,匕首就已经等在那儿了。

可老郭刚一抬起手,刘基自己先停住了——他用背往后狠狠一撞。

这个行为其实非常冒险,因为刘基根本来不及往回看,只能凭声音来判断,更不知道老郭的刀刃在什么位置。可是,他的佩剑已经被卸了,身上唯一的装备,只有护着胸前背后的两片甲。他只能赌一把,哪怕真的撞在匕首上,也不一定会被刺破甲片。于是咬紧牙关,拼尽全力往后顶,背甲狠狠地撞在老郭的下巴和胸膛上。老郭本来就在往前冲,又兼轻敌,一下子被撞翻在地,可他的匕首也将刘基右手臂深深划开了一道口子。

鲜血直流。

普通人突然上了战场,甭说是不是天才,想法构思多半都是要落空的。刘基心里最好的预想,是正好能撞在手骨上,把匕首撞掉。可老郭攥得死死的,哪怕躺在地上,也远不是能被抢走兵器的样子,刘基一眼做出判断,立马继续跑。同样的招式不可能再次起效,他唯一能仰仗的,只有那灯火通明的军营,相信很快就会有人找到这里。

可老郭突然喊了一句:"你觉得他们一定会救你吗!难道就不是来抓人的?"

刘基一下愣住,不自觉地回头,就是这非常短的瞬间,他眼前突然一黑。

一枚硬物像箭一样直直击中他的眉角,差一点儿就可能打瞎眼睛。正中头部的一击让他立马失去平衡,天旋地转,只能将手臂拄在地上,才不至于趴下。他摸索着继续往前,可眼睛还没来得及睁开,脚步声已经赶上,刘基的侧腹部被重重一踢,整个人在地上翻滚几圈才停下,喉咙里顿时涌出一股又腥又酸的气息。

然后,他的左手臂被踩在地上,左眼在混沌的余光当中,只瞥见一道升起的八寸月光。

营帐里,太史慈问了三次:"刘公子去哪里了?"

吕蒙回答了他三次:"要么是在吐,要么是在大解。"问最后一次的时候,他补了一句:"这么久,有可能是先吐完,再大解。"

完了就继续抓着太史慈的手,说:"喝,继续喝!不开玩笑,等下次兄长到吴郡来,我一定要邀请来登堂拜母!……"

吕典渐渐地听不下去了。

他已经醉了一轮,又醒来,迷迷糊糊半睁着眼,可耳朵还是警醒的。吕蒙第二次回答的时候,他就明白:别部司马又在暗地里做了些安排。第三次回答的时候,他摇摇晃晃地站起身,撞出营外去。

那时候军营里还没闹起来。营地范围很大,土壁栅栏都隐没在视线之外,他没有线索,大大小小遍地营垒,只能去找。找人必须先醒酒,有人会催吐,有人酒赋异禀,而吕典的方法比较简单,就是咬嘴唇,咬裂了,酒就醒得差不多了。

听见有人敲打盔甲的瞬间,吕典刚把主要的营帐都摸了一遍,没有发现异常。金声疾响,他第一反应也是过去查看,可立马就停住了。他想到两个问题:第一,过去的士兵一定很多,够多的了;第二,敲打不一定是为了召唤,也可能是示警。所以他逆着人流往外走,只看人烟少、夜色重、鬼祟丛生的地方。他看见几片黑沉沉的水泽,看见不带半点儿火光而亡命奔跑的人影。

三百步,二百步,一百步。他可以瞄准更远的距离,可手里的轻便武器不支持更长的射程。他举起手弩,精准地射下一枚月光。

匕首飞落,老郭的手上绽开血花,一时感觉不到手指是折了还是断了。他大吼一声,退开两步,反应过来那不是太史军的人,当即大喊:"造反了!!"

吕典不理会他,叫道:"刘公子,快过来!"

刘基挣扎着站起来,左边额角一片火辣辣,血很可能流进了左眼,黏糊糊睁不开、看不清,他抬手抹了一把,手上又是泥又是血。凭右眼看向近处,老郭正跑去准备重新捡起匕首,口中大喊不停;往远看,吕典一边靠近,一边给手弩拉弦上箭;更远处,喊声喧闹声更盛,无数星萤正飞过来,他似乎已经在人堆里看见了潘四娘和太史慈。他深深地喘着气,只是觉得这一切景象既熟悉又陌生,好像酒一直没醒过。

他低头,张开手掌,掌心里躺着击中他头部的东西。

老郭刚才是冲动了,还是气急败坏了?居然把这玩意儿丢了过来。

他朝吕典挥挥手,不是招他过来,而是一个"不"的意思。手还没放下,突然半躬下身,反倒往老郭的方向冲过去,再次将他撞开。吕典一愣,以为他是想抢匕首,却没料到刘基并不停留,而是继续疾步往远处跑。那是吕典和军营的反方向,在那里,别的什么也没有,只有一片深泽。

老郭稳住踉跄的身体,正想去追,吕典举着弩箭喊:再动一步你就完了!老郭的左手紧紧握住匕首,直到指节发白,才终于松开。

月在中天,月在泽上。

刘基一头扎进水里,没于漆黑之中。

直到清晨,刘基才慢慢停止了颤抖。他已经把湿衣服裤子都脱下来拧过一遍了,可秋夜里的风一扯,还是像在皮肤上贴了冰。遍体鳞伤,头还痛,腰腹也疼。

他近年来只有一次像这样窘迫的经历,那时他交不满赋税,一个蝇末小吏不知道他的出身,知道了也不会在乎,先是拳脚相加,最后还把他推进水塘里。仰面倒进水里之后,他一转身就游走了,比鱼还灵活。后来是当时的豫章太守华歆听说这件事,下了令,才免去了赋税。

他又从腰间摸出身上仅存的物件,这很可能也是潘四娘想找的东西,老郭随身带着,情急之下却当投掷物来使用了。干过这种事情的人,刘基只能想起将近二百年前的孝元皇后,当时王莽篡汉,她亲手把玉玺摔在地上,传说中摔崩了一角。但她毕竟是出于忠义之心,而老郭拿这物件来掷他,却有点儿像千钧之弩偏向鼷鼠发机,多少称得上是败家行为。

他手里的确实是一枚印玺。但不是玉玺,是银制,龟钮。龟是四灵兽中最常见的,意蕴吉祥,以它为印钮,意味着其主人可能是二千石以上官员、太尉、丞相,或者列侯。这枚银印上的龟钮背壳高高拱起,砣刻阴线龟背纹,头部微伸,憨憨的,非常拟真。

印底有四个阳文篆书印字,方正浑厚,写着"刘充国印"。既然是皇姓,那很可能是列侯,但刘充国这个名字,刘基并没有印象。

结合前事,刘基更相信这枚银玺出自地下,也就是这位刘充国的墓已经被盗了。

想到老郭一天到晚揣着枚侯印的样子,刘基就忍不住笑,也不知道太史慈是怎么跟他说的。可正是这位故人,两个时辰前正试图将刘基杀死,所以笑到嘴边又成了苦笑,两眶眼泪闷在胸膛里流不出、散不去,只觉得这么多天奔忙下来,自己终于回到了孑然一身的状态。

可从前的萧萧索索,只是为了躲;这次孤身独行,却是因为这个地方只能自己去。

从太史慈的营地逃出来后,刘基头也不回地没入山林,只挑草木苍劲、地势险峻的地方走。在河岸走容易被吴军发现,但在山间穿行时,他时不时观察缭河的位置,始终往上游的方向去。如果是在林子之外,往往还能看到山越屯堡的塔楼、垛墙,可身在林中反而找不到了,只有河流和山壁走向才能准确地提醒方位。

可他其实也不在乎能不能找对,只要大方向无误,专门挑幽深隐蔽的地方来走就行。他还做了一件事——把吴军的绿甲脱了下来，没有丢，拿在手上。山路难行，一宿没睡，腰腹部已经转成了瘀青色，脏兮兮的散发在脸周垂落。满眼都是苍郁绿植。一根低枝拦路，他弯腰不及，觉得额头上的伤又被挑破了。

血滴落在地上的时候，他听见枯叶被踩碎的声音。

来了。

来的自然是山越。他们有的走陆地，有的从天上来，谁也不知道人类怎么能学得在树上这么灵活。脸上多多少少都画了纹彩，主要是鸟：大尾鸠、圆目鸮，也有鬼神符号。他们只有一部分人能听懂北方口音，所以刘基没有冒险，直接做出一套南北方通用的动作：先是把绿甲丢在脚下，然后双手举过头顶。

刘基只重复一句话："龚瑛要见我。"

"龚瑛，要见我。"

"你们认识吗？龚瑛！"

终于，几个山越叽叽哇哇叨咕了几句，好像终于听懂了他的话，有一个人还兴奋得跳了起来。

然后就回身给了刘基一拳，正中脸颊，把他揳倒在地。

好像整夜的疲惫忽如排山倒海般袭来，刘基头枕在碎叶上，觉得那就是枕头，他甚至忘记了危机。但一个黑影笼罩了他的视野。一个鸮纹面彩覆面的山越抓住了他的下巴，就像一只巨大、黝黑的猫头鹰在俯视着一只田鼠。他用非常不纯粹的官话，狠狠道：

"不要直呼刘瑛大帅的名字。"

阳篇下

公元 201 年·建安六年

这位猫头鹰脸的山越，愿意带刘基去见龚瑛，可是，他不能听见"龚瑛"两个字，听见就是一拳。同理，他更不可能说出宗帅为什么改了姓。

可天下间这么多姓不改，偏偏改成"刘"，这恐怕不会有什么好的意图。难道他都成为山贼头子了，还想着当太守、州牧？还想和许县的天子拉拉关系？

刘基头昏脑涨，只觉得他所了解的世界正变得愈发稀薄：太史得病、老郭盗墓、龚瑛改姓，好像短短几年间，每个人都换了副模样。加上始终意图不明的吕蒙，消失的王祐……在所有人当中，好像只有他是个闯入者，掀了幕，对手一个个把活儿抛过来，观众一双双黑瞳仁瞪在台下，他却不知道这演的到底是什么戏。

刘基甚至问不出眼前这越人的名字，只觉得他越看越神似猫头鹰。

但这终究不是一时半会儿能想明白的事情，他的注意力，还是很快被环境所吸引。"猫头鹰"在山路上如履平地，他勉力跟随，没一会儿就到了一座巨大的屯堡。这显然就是上缭壁。近看之下，刘基才更明白为什么说山越和北人的关系异常深厚——堡壁完全参照北方战场做法，垒土而成，四方围城，四角建塔。但又依山取材，在土里面混入砂石、竹片、木条等材质来加固，墙垛上用竹木结构增加遮挡物，弥补堡壁高度不足的缺陷。

很特别的是，虽然乍看上去完全是北方形制，但定睛细看，会发现外墙面上大大小小刻画描绘了很多百越符文，比如大型神鬼面目、祭祀场景、古怪的符箓形制，甚至是一些北人看来淫秽不堪的绘画，这就像是一座古老的百越山寨有了新的演化。

刘基试图问猫头鹰：越民怎么愿意住到北人的屯堡里？猫头鹰又露出一副看阴沟鼠的表情，用半生不熟的话，冷冷道：城，是北人的；神，是大越的。

这话到进城之后，刘基才更加能理解。整座上缭壁非常规整，所有房子由外而内一圈圈围合，横向为街，纵行为巷，所有房子都面向城中心的方向，完全看不出是依山而建的壁垒。也许是因为人口膨胀，整座屯堡就像被用力压缩过，不仅房子和房子连接非常紧密，道路被挤压得狭窄，连人也罕见地被搅和到一起。

刘基可以非常明显地感受到，北人和越人在这座屯堡里混杂生活。路上很多北方面孔，但几乎每家每户的门头门边，都烧烛祭着百越的鬼神。人们比着手势做交易，有南北人结成的夫妻携手而行，也有口音不同的小孩咿咿呀呀在一起打闹。这景象，在建昌县和其他地方都很难看见，因为越人哪怕归顺，也是在城里或城外专门划区统治，他们起竹房、做兽皮，和汉人的生活迥乎相异。事实上，刘基随父亲到扬州多年，也从来没有真正接触过百越族。

可在这样的景象里，还是存在特别扎眼的元素，那是一大批吊丧的白幡。

整座上缭壁上空，鸿雁长飞，飘着渡不过的挽歌。

奔丧的队伍不往城外去，却走向屯堡的中心区。壁垒建筑紧密，中心肯定没有空间修墓埋葬，所以刘基不自觉地观察了一下，还没看出什么，却认出最近一支丧礼队伍前方，离灵柩最近的一位执绋者，满脸络腮胡子，正是龚瑛。

龚瑛就像心有灵犀，又或许是早已知晓了他的到来。他忽然朝丧事的家属们作揖，然后就脱离队伍，像头魁梧的熊，快步走到刘基面前，并一把抱住了他。

"为什么你变成了'刘瑛'？"

"不是我取的，是大伙儿自己喊的。"

"怎么他们要替你改姓？"

"一个姓刘的宗帅，总比一个姓龚的强。"

龚瑛紧紧抱过刘基以后，还得回去继续送丧，他把位置换到了白绫的最外围，刘基就跟在旁边走。龚瑛没有穿丧服，身上还披着甲，只是戴了白巾。往来不论是北人南人，都尊称他一句"刘大帅"，听得刘基莫名其妙。往远处看，还有更多白幡、铭旌在房屋之间支起，摇摇晃晃，像在半空中行走的亡人。

"怎么有这么多白事？"

"太史慈烧船，你也看见了，我们死的、失踪的合起来有二十七人。"他朝灵柩微微点头，"他不是我的宗亲，是位老乡长，跟着船出去打鱼的。我们提醒过他近来不太平，但他一个徐州人，偏学越人做派,在肚皮上写了河神名讳,硬说没事。这下,真被河神接走了。"

刘基一愣:"可他们说,那些被烧的是军船。"

龚瑛冷笑:"你抬头看看,这地方,哪有纯粹的兵和民?"

刘基沉默了。

"你从他们那边来,太史慈有说他为什么要这么干吗?"

刘基摇头。他听出来,龚瑛的语气里透露出明显的敌意。刘基心里混乱,但不想激化矛盾,就补充了一句:"军机决策,我不方便询问。"

"问也不会说的,他怎么说得出口?这是背叛。"

"谁背叛谁?"

"这么说吧,"龚瑛压低声音说道,"山越和太史慈从来不是真正的敌人。"

说话间,他们一行队伍已接近屯堡的中心,从房子间隙里穿出,眼前却起了另一圈土墙。原来上缭壁是座城中城,外墙修得坚壁深壕,里面的土墙却显得沧桑,墙的上沿似乎都被拆过,看起来高低不平,墙根也堆着残瓦,只是没有拆出豁口。

刘基想,也许他们正是从这里取了材料去建外城。龚瑛说对,这些都是老墙根了。又说上缭壁其实就是在一座土山上围出来的,中心最高,四面都以缓坡下落,像给山丘戴了顶四方帽。只是东、西、北三侧都勾连着其他山峰,串珠成线,又多千年老树,所以从南方缭水下看不清首尾。

他们先从两座土堆之间穿过,然后进了一座五步宽、一人深的大门,门留得比较气派,朱漆也修补过,亮澄澄的。进了内城,墙根底下搭了几间便房，中心处视野却豁然开朗。几座大大小小的山丘堆满青草，几株巨大的苍松柏木拔地而起，主路两侧还散布着一些房屋和回廊。房屋似乎成了官署般的所在，衣着正式的宗族理事者进进出出，给丧事队伍登记手续。

在起伏的丘坡之间，显露出几座宗庙建筑，最大的竟是一座石庙。

从四方过来的送丧队伍，都往石庙前聚集。有钱的用棺木，没钱的也卷一条草席，一一排列在石庙堂前。

这座石庙大大出乎了刘基的意料。一是因为它古朴雄丽，石柱、石砖、石瓦，极其费工，断非普通人可以建造；二是在屋顶上面，用竹木稻草扎了一只巨大的鸮形塑像，涂以朱紫花色，繁纹重彩，像只神兽端坐檐上俯瞰众人。

其实，猫头鹰在中原属于凶鸟，俗话说"夜猫子进宅，无事不来"，也有人称它会啄食自己的生母，所以斥之为不孝之鸟。传说中，早商的人们就很崇拜猫头鹰，这进一步印证了它的不祥。

但所有祭祀者似乎都已经习惯了南方的动物崇拜，在鸮像的注视下，按部就班做着各种祝祷习俗。有人按照刘基所了解的习俗，上三牲、五谷，也有人烧了各种鸟兽，黑漆漆的大小杂骨垒成小堆。而在石庙里面，有些家庭把死者的衣冠用木架支起，坐在堂上，亲属子孙伏地哭拜，絮絮叨叨说着诸般小事，如同见了真人。

刘基正看着高处的鸮像，那猫头鹰突然从身旁走过，故意撞了一下刘基的肩膀，牵动伤口，疼得他倒抽一口气。再看时，猫头鹰已经走进石庙，一手将尚未支起衣冠的一只木架抬出，另一只手抱着一个熟悉的物件——正是刘基脱下的吴军绿甲。退到石庙外，他把木架一立，用石块加固，又把绿甲支起，一切动作看似有条不紊，其实身体一直在微微颤抖，两颊咬得发红。然后退后几步，弯腰捡起一块石头，狠狠掷向胸甲位置。

"咣"的一声重响，像一把铡刀，铡断所有哀歌和呜咽，倏忽静默，却点燃起满园怒吼。

上百人的送丧队伍，纷纷拿起各种物件去砸那件盔甲，仿佛仇人当眼，元凶伏诛。百十种碎石杂物雨下，一层绿漆转眼就被打掉，甲片变得坑洼不平，甚至有人拿了弓箭，箭矢击穿甲片，一直没至尾羽，差点儿透过它扎到石庙里。

刘基想起，在战场上时，山越和龚瑛的部曲都烧着滚滚仇恨，甚至超过了一般的两军之争。他本能地觉得，那里面不仅仅有愤怒，更掺杂了一种说不清的怨气。

龚瑛冷冷地看着石庙前的乱象，忽然续上前面的话题："少主，你知道太史慈和孙家打的最后一场仗，兵力从哪里来吗？"

刘基回想起，吕蒙曾经提到过。"除了父亲的小部分部曲，还有山越士兵参与。"

"你有没有想过，他一个北方的东莱郡人，怎么能吸引山越来舍命支持？"

"不是因为山越和官兵早有血仇，不想接受孙家统治吗？"刘基顺着原来的想法回答，话说出口，却发现不对劲。

龚瑛摇摇头："你也发现不妥了吧。要说官兵，扬州牧旗下的太史慈才算官兵。那孙策打着袁术的旗号东渡，虽然搅得江东天翻地覆，但对手都是本地官员、大族、豪强，还没轮到对山越下手的时候。山越主动参与抵抗，没有理由。"

"所以是你？"

"龚氏虽然是北方姓，但我这一支在几代以前就到了扬州，我有一半的越人血统。"龚瑛的眼神飘向那尊巨鸮塑像，"当时太史慈决意留下断后，我和他出生入死，也乐意奉陪。但缺兵少粮，只有等死一途，我就决定——入山，帮他把山越带出来。过程不提了，结果是我们顺利凑出一支勉强可堪一战的军队，可哪里打得过孙策？眼看着山越溃败的人越来越多，我拉也拉不住，太史慈就做了一件从来没有人想过的事情。"

刘基知道他想说什么："他投降了。"

龚瑛点头，缓缓说道："我当时也不知道他和孙策达成了怎样的协议，只知道，参与抵抗的部曲和山越，都没有遭受屠戮，孙家甚至过了一夜才来接收城池，所以我们全跑了。我当时已经和百越部落深深纠缠在一起，便带着他们转入山中，一边沿途接收溃散的士兵百姓，一边退往豫章。我原本的想法是，也许还能和刘扬州会合，可山越本质上是群难民，诸事繁杂，到我初步整顿好局面，州牧已经殁了。"

刘基没想到还有这么一桩往事，他顺着时间推演下来，问道："可是接下来，孙策就派了子义兄到豫章去接收旧部，你大可以加入孙家？"

"凡事都有例外。"龚瑛露出冷笑，"刘扬州的部下有软骨头，也有硬骨头。太史慈收了一批追求身家前程的，可那些惦记着血仇不放的人呢？难道就丢下他们不管吗？而且，那时候大部分山越也不愿意被收归军队。所以，太史慈和我见了一次面，我们决定，干脆形成一种制衡。"

刘基终于明白过来，上缭壁整整数千户，哪里来的这么多北人。他说："那些不愿意投奔子义的人，就来到了你这里，遁入山林，和越民杂居，甚至筑起了这座上缭壁。也就是说，表面上你们和太史慈相抗衡，但也在暗中防止了双方军民起太强的冲突。孙家也知道这些？孙讨逆默许了这件事？"

"是的，孙策也需要山越。他们在明，我在暗，豫章、庐江，我们做了很多事情……没有山越这一手暗桩，孙家至少得多花两年才能吃下江东。然后就到了现在，那在明处的家伙，决定把这片阴影给烧了。"

龚瑛突然笑，笑得眼睛发亮，让刘基感到莫名其妙。更奇怪的是，他忽然伸一只大手往刘基身上、腰腹上摸，完了往衣襟里一掏，竟捏出那枚方寸大小的龟钮银印来。

他将银印放在掌心里盘玩，却不细看，仿佛从前就见过这物件一样。刘基正想开口，却被龚瑛抢了先。那声音幽幽的，哪怕周遭喧闹不止，也能钻进耳朵："所以说啊，人一旦有了执念，哪怕只有这么一丁点儿，也足以让人发生彻底的改变……可我们，难道会坐以待毙？"

他撂下这段话，就往人群中走去。先推开几个人，剩下的都自觉给他让开一条路，飞石、吼叫、诅咒都慢慢停下，所有目光都注视着宗帅。那顶曾经的吴军盔甲现在已经破得不成样子，龚瑛没有直接走向它，而是先到一名巫祭面前，摘了他的面具给自己戴上，又夺了他的长竹杖——刘基知道，很多丧礼都有这样的巫师，那是方相氏，驱邪、祛灾、打鬼、安神。

当龚瑛转头面向大家，他已经成了一头庞大的熊罴，凸着四只眼睛，躬身，长手，仰天长啸，就像一场海啸的中心，将原本混乱奔流的情绪组织起来，所有人开始有节奏地呼喊、跺地、挥拳，掀起一层层波浪。当浪峰去到最高点的时候，他挥起竹杖，重重一劈，竹杖一分为二，盔甲连同木架一起崩裂倒地，几乎在地上砸出一个坑。

不论是北人还是南人，诸般话音，最终汇成一句刘基能听懂、却不明白的话：

"天佑大刘！"

"天佑大刘！"

"天佑大刘！！"

阴篇上

公元前74年·元平元年

"厚费数百万兮,治冢广大。长缋锦周圹中兮,悬璧饰庐堂。西南北东端兮……"

"这篇是什么?我似乎从未听过。"

"朕琢磨规划墓寝已经很长时间了,于是把主要想法用这种方式记录下来,逐年更新,名为《筑墓赋》。"

上官皇太后哑然失笑。"为自己修墓而作赋,陛下想必是史上第一人。"

"可这是最便于记忆的做法。比如说这'长缋锦'一句,就是看了此墓之后得来。原以为只有用纱这一做法,可是改用蜀锦在外廊周壁上这么一铺设,顿觉雍容华贵,又增添温暖柔和……"

刘贺沉浸在自己的讲述当中,对于上官到底有没有听,浑然不觉。

要是在一个月以前,上官哪怕是进自己夫君的陵寝,也一定会感到阴森可怖。但经过刘贺一番光怪陆离想法的冲击,她眼里的墓穴,也仿佛换了一副模样。事实上,除了东园工匠,恐怕谁也不曾认真看过这座地宫，可它里面一应物事、排布、装饰，却又分明透着一种淡淡的熟悉感，因为如刘贺所说，"事死如事生"，陵内尽可能还原了先帝生前居停环境。就连案上的豆灯，也是上官熟稔之物——刘弗陵每每彻夜阅读，上官既无事，也无话，就帮他挑灯、剪烛。

刘弗陵确实从来不违抗大将军的决定，可每天的奏章都看，看得仔细。只是从不点评，所以没有人知道他看过后的真实态度。

唯独有一次例外。那时他读奏章到半途，忽然挥手把灯盏扫落，油洒一地，铜灯盘也磕弯了一角。那是他非常少有的失仪，后来专门叮嘱内官不必更换豆灯，留作警醒，便再未出现过类似的事情。所以上官指尖拂过，还能摸出那凹下去的地方。

"孝昭皇帝真可谓是战战兢兢，如履薄冰。"刘贺忽然说。

"为什么这么说？"

刘贺解释道："我们现在身处梓宫，身后是便房，二者可共同看成墓主起居待客之所。从大意上看，梓宫应视作寝宫，便房则更侧重于面客。可是皇太后，我们所处的已然是先帝内室，可身边物件却都是正衣冠、批阅、号令、接见之用。"

上官这才意识到：刚进入这地方的时候，第一反应确实不像寝殿，更像是到了正殿。

刘贺在随葬物件间徘徊，继续说道："如果这是完全由大臣布置的，那说明先帝寝宫里器物甚少，他不在乎睡眠，也许从未睡过几日好觉；而如果是他自己决定的，那只能说明——他到现在还是不能安心。"

上官一怔，她虽然不知道详细，可要是大臣布置，想必有更好的器具。手边这盏缺了角的豆灯，正正表明了这些物件是刘弗陵亲自挑的。

他还不能安眠吗？

谁会到了地底还惦记着烦心事？

可他那人就是规矩到这种程度：犯过一次的错，哪怕是再无旁人知晓，哪怕是记到坟墓里，也不肯再犯第二次。上官仿佛看到那个年轻皇帝的身影，坐在温室殿内，也坐在梓宫当中，把无数的心事嚼碎后默默咽下去，而书案上的灯依然长明。

可是，这光凭一座墓就看得出来？

"陛下，"上官皇太后第一次把这句话说出口，"你实在是太古怪了。"

刘贺却说："皇太后就不古怪吗？先帝生前，对他的境况和自己的感受都佯作不知；死后到了这黄泉底下，还是要装蒙作傻，不肯明白他的意思。"

上官不解。

"你想想，他的地宫修得这般广大，却没有寝室，那寝室会在哪里？待皇太后的合葬墓修成，两室相通，是不是就有了？他想说的无非是一句话：直到你长伴之前，他都不得安眠。"

一句话平平托出，又在梓宫上下四方的柏木之间回荡。

刘贺继续说："唉，看来无论是天子还是黎民，总是想得太多。其实他何必这样？只要尽早尸解羽化，入得太虚，自然有无垠的时间可以等待……"

话语声像是渐渐远了。上官想，原来这就是"寡人"啊。

刘弗陵只有上官这唯一的伴侣，可他们哪里是寻常夫妻？一个八岁皇帝,四年后娶了一个六岁皇后,既谈不上爱人,也当不了朋友,甚至熬不成仇人。到最后,他们只是两个同样被逼到鸟尽人终处的孤家寡人。政治也好,真心也罢,无数日日夜夜的陪伴,他们总是静默着度过。那唯一一点儿话,也只有到了碧落黄泉,才敢无声地说出来。

"陛下,"上官沉默良久,才忽然打断刘贺的话,"和我完整说说那些生死的事情,可以吗?"

整座陵寝都有一种淡淡的熟悉感,但在那之上,又蒙了一层怪力乱神的罩子。

其中最明显的,就是日月星辰。

星宿云图,是整座墓里分布最广的画像,不仅覆盖四壁、顶部,还出现在大小各色的陶罐、陶瓶、酒器、石牌以及木牍上。

当上官留意到这一点的时候,刘贺正带她从梓宫深处退出来,准备回到墓道与地宫的连接处。路过被霍光踢倒的陶壶时,上官弯腰想把它扶正,却被刘贺一句话制止:"请少触碰那一类陶器。分辨方式是观察壶身,以丹砂绘制日月星辰,尤以北斗七星为多,或是天极星、天一星,又有丹书符文。那是镇墓瓶,里面盛装五色石:青、赤、白、黑、黄,如《周易》八卦方位放置,用以镇压墓中邪鬼。"

上官"嗖"地一下把手收回来,又犹豫着说:"那倒了没有影响吗?"

刘贺笑笑:"母后看看,周边多少壶罐有七星图案?兴许有上万之数。这是天子规格,碎一二百只也不成问题。"

他让上官等一等，转头消失在地宫一侧，不久后就带了一把玉具剑回来，让昌邑国相安乐拿着剑到墓道去巡逻，不要让闲人进入。他指的"闲人"自然是在地面上等候的大臣。上官忍不住去想那些官员的神情，尤其是霍光的表情——他们对刘贺的行为会作何猜想？自从同为辅政大臣的上官桀死后，还没有任何人像刘贺这样脱离过大将军的掌控。

而且，这些大臣们还不能离开，因为祭祀仪式还留着条尾巴，皇帝还没念最后一篇祷辞，三太牢和其他数百种祭品都还未奉上。

安乐没有多想，笑嘻嘻地提着剑就去了。作为国相，安乐最突出的品质就是听话、不吵闹，和龚遂、王吉都迥然不同。

这时候，他们已经走出梓宫，来到宽阔的地宫前厅。在左右两侧分别有内外回廊：内侧回廊环绕梓宫一圈，外侧回廊则绕行整座地宫，串联着十多个不同规模和用途的器物库。

梓宫内外，空气、光线都截然不同。在梓宫内部，巨型条木低低压在头顶，每根长度都在两丈以上，左右横贯整个内室，让人呼吸郁滞；而到了外部，头上一下子变得空阔起来，灯光让影子耸立成巨人，只能隐隐看见高处是个隆起的穹顶，如同夜空一般墨黑幽深。

"有人说，上古三代时期，人死了只有一枚棺。"刘贺的声音和平日不太相似，像把皱成团的绸子舒展开，显得清清朗朗。

"在那个时候，哪怕是皇，也不过是多两层棺木，便长埋地下了。孔子也说过：古也墓而不坟。"刘贺负手在后，和上官一起仰望着墓室穹顶，缓缓说，"直到晚周，才从棺椁逐渐变成坟丘墓室。孔夫子只见了开端，而后愈演愈烈。那变化的缘起却是特别朴素的：在礼崩乐坏的时期，人们失土流散，怕在远方待久了回来认不出祖宗所在，于是垒起土堆作为标识。

"母后回忆一下，如果是小小的坟丘，是不是像一个屋子的房顶？一方面，人们越来越把坟墓想象成一座冥居，上有顶，下有室；另一方面，人们占有之物越多，想带进地里的东西也越来越多，于是，地上的土堆一点点变大，地下的墓室也变得越来越开阔，慢慢地，它不再是一座房子了。"

上官问："是什么？"

刘贺没立即回答，而是从一盏青铜雁鱼灯里，摘出行灯。那是一件釭灯和行灯两用的精巧器物，大雁嘴里叼着的一尾鱼是灯罩，油灯冒出的烟雾被罩子笼住，经大雁长颈弯进肚子，溶于肚内的水中。需要行走时，鱼罩下面的灯盘有把手，可取出独立使用。

他把行灯举在半空，微光浮于穹顶，映出若隐若现的彩绘图案。那是用粉色绘制的夜空，用墨线勾勒出九天云气，再以朱砂点亮二十八宿繁星。

他回答："是宇宙。"

一座完美规制的汉墓穴，最基础的构造，就是天圆地方——头顶是穹拱顶，绘上云图星空，象征整个宇宙；脚下是方室土地，放置仪仗、生活所需要的所有器物，象征人世。这一切都以墓主一人为中心。

所以，一座墓就是一个汉人心中天地人间的精密模型。

在大量的墓室当中，都绘有墓主出行的壁画，比如在平陵里就有刘弗陵车马烨然的长幅出行仪仗图，且有完整的车马间，陈列真实大小的驷马金车、驷马鼓车、斧车、属车、骑吏陶俑四人、车前伍佰陶俑八人。从方位来看，这些出行画面全都朝向一个方位：大墓的门阙。所以这些不仅是墓主生前的复现，更象征了一次新的出行，即从阴间到阳界的一趟旅途。

旅途的终点超越了方寸地面，到了穹顶中央，在朱砂星宿环绕之间，墓主转化为羽人，飞向绘有金乌的太阳。

也就是说，墓室不仅是空间上的一具模型，还是时间上的一条隧道，描绘了人从黄泉到天界、从今生到永生的全过程。

在世道逐渐崩坏的时代，只有极少数人能踩着白骨而上，而地上的绝大部分人都只能茫然迷失方向。于是，他们叩问上天，又探寻地下，重新建筑一切观念。

因为有了这么一个沟通生死和阴阳的宇宙，人们才有了面对荒乱世界的力气。

"可是，明知道这已经是一二百尺的黄泉地下，明知道外面依然有无尽的星垂平野，却在这里造一个假的宇宙，有意义吗？"

"有意义。因为经书告诉我们，天人感应，人的一举一动、一骸一发都受命于天，所以人的神识想象出来的宇宙，一样是真实的宇宙。"

"明知道这么多金银财宝、绫罗绸缎，穿不了，摸不着，用不上，只有长明灯百年千年照着它们零落成尘，也有意义？"

"也有意义。因为人无论羽化还是成仙，都不着痕迹，世间再无踪影，只遗留下这些器物，所以说，这些器物就是人的化身，只要它们仍在，墓主就还在人间。"

上官长吁一口气，这些实在太难懂了。

刘贺让她想一个场景：如果五百年、一千年，甚至二千年后，有人再次踏入这座地宫，再次看见这些金银玉器——孝昭帝是不是就坐在他们眼前？那么，他是不是就以区区之身，藐视了千百年的春秋？

一座墓，从它封盖的一瞬间起，就开始帮助墓主打败时间。

他更进一步说："两千年以后，霍光、霍氏，甚至朝廷，都已经化为尘土，但孝昭帝依然在这里，豆灯长明。从那时候往回看，会不会觉得，现在所有的战战兢兢都特别可笑？会不会觉得，所有外人加诸他的制度、规劝、操纵，其实本不存在？"

"陛下，你说的这些，我们本不该想，也不能想……因为它们分明存在，而且一步踏错，就是万丈深渊。"

"可还是要想啊。"刘贺一抹微笑，在墓室烛光中熠熠晃动，"不然像孝昭帝这样，到了九泉之下才发现心存惦记，不可怜吗？"

刘贺带着她，边走，边看，边谈，又把额外带下来的器物安放到对应的库房里。整座墓室就是严密且恢宏的宝库：车马、娱具、文书、兵器、衣冠、金钱、五谷、乐器、酒具、庖厨……刘贺漫步其中，熟悉得如同在家里，又有时忽然沉迷在某件器物或者某种设计上，像人一头没入深水，对周遭事情完全没了反应。

他还让上官嗅了嗅墙壁，清香扑鼻——那是两条回廊之间的木墙，异常厚实，将门洞拉长成了隧道，即是最高规格的黄肠题凑。一根根黄心柏木躺下来，以长度作为墙壁的厚度，从内外两侧看，只能看见码得密不透风的树干截面。严丝合缝，数以万计，一圈墙就是一座森林，飘着几百年阳光雨露哺养出的精魄。

他们还经过一个阙口。整座地宫往四大方位共开出四条墓道，这一点刘贺是知道的，但这却是第五个出口，还掩着一扇柏木门扉。总算有一件上官知道的事情，她略带得意地说道："那后面是一条隧道，通往合葬地穴。"也就是上官自己的墓。上官墓还没有完工，但隧道已经留好。两人把门微微推开，朝里面看，隧道修得简陋，未铺砖，还有架子顶着。但左右两侧燃着长明灯，一直往远处延伸，直到尽头被漆黑吞没。

关上门的时候，刘贺问她："不去看看？"

上官却告诉他："等墓室修好，我们再去。"

话说出口，她才发现自己对陵墓已经没了忌讳。相反，有这么一个地方静静等着，这么一条幽深漫长的隧道远远牵着，竟让她心里多了一个归处。她本来已经什么也不剩，彻底孑然一身了——可这时才知道，原来还有一片小小的宇宙。

刘贺听到这句话，咧嘴笑了笑，转身从青铜车上摘出一只兽纹提梁卣来。晃一晃，液体撞出响声。他又取了三枚酒爵，对上官说："来，我们陪孝昭皇帝喝一杯吧。"

阴篇下

公元前 74 年·元平元年

龚遂和王吉预测过很多情况——皇帝和皇太后单独留在墓穴里，这超越了其中最离经叛道的一种。不仅因为这里面隐含着巨大的伦理方面的担忧，还因为谁都知道，皇太后是大将军的命门所在。曾经有过这方面嫌疑的人，血已经流成了河。

所以这不完全是件坏事。

大将军霍光仍然维持着面无表情，可脸成了紫色，一举一动都势若千钧。大司农田延年给他递水，用的是一只羽觞，他把耳朵掰了下来。所以当大将军在墓祠里坐下，文武百官几乎全都躲了出去，跑得早的、地位高的就占据了东西耳房，晚的只能找树荫下站着。可无论躲到哪里，两只眼、一颗心，还是吊在墓祠方向。

他们便知道：大将军和长乐宫卫尉邓广汉聊了半天，邓广汉汗如雨下，看来没想出办法。邓广汉统领着长乐宫守备，和皇太后相关的一切事情，本该全在他的耳目当中，可今天这一出却完全出乎意料。

长乐卫尉还没有聊完，少府乐成主动凑过去，被大将军冷脸数落半天，丧了气，弓着腰，几乎跪爬出去。未几，却又回来了，还带去两个人。

那两人自然是龚遂和王吉。

这是龚遂第一次直面大将军霍光。看见他，龚遂眼里的不是耳目口鼻，而是横在天上一头赤彤彤的云犬。羿云侵扰北辰，以下犯上，不臣乱君。可他此刻要做的事情，却不是拿大棒去驱逐邪狗，反而是要引着它，到帝星身边去。

所以他没有跪，只是作揖。

王吉见他这样，额头上沁出一颗汗珠，但也同样没有跪。

大将军左手捻着右手拇指上的玉扳指，像是一片万里无波的湖泊，倒是长乐卫尉邓广汉先发作，手握剑柄，想把一身怨气发泄在他们身上。吓得少府差点儿又趴下去，但龚王二人只是躬身站着，将卫尉彻底晾在一边。他们知道，唯一重要的人只有大将军。

所以龚遂也不绕圈子，说道："禀告大将军，帝陵四条墓道，仪式前已经封了三条，皇上命昌邑国相安乐留下，就一定会让他看守最后一条墓道。安乐是个唯皇命是听的人，如果强行闯入，随时可能血溅五步，惊扰帝陵。但是，还有其他方法。"

大将军微微点头，只一个字："说。"

"从上官皇后的墓里过去。"

长乐卫尉听到这句，"嗤"的一声，说："你们昌邑来的，还是有所不知。平陵修得仓促，差点儿连封土都来不及堆完，皇后墓更是连地宫都没挖干净。哪里有完整的通道？"

"确实没有。"龚遂淡淡回道，"所以我们盯着工匠，在昨日夜里终于把它完工了。"

龚遂和王吉猜测过刘贺在初七可能做出的种种行为，其中一条就是他会仔细地看一遍墓穴。龚遂敢拿他日渐稀薄的苍丝来打赌：这可是真正的皇帝陵，小王爷……不，小皇帝哪里舍得放过？

那么，不管他具体怎么做，霍光都需要有另外一条通道进出墓穴。

唯一选择，就是合葬墓中间的隧道。

这时候，久久不说话的大司农，终于拍响他硕大的肚子，像击打一只重鼓。他笑着说："二位大臣未雨绸缪，早在三天前就跑来请求微臣把连接通道修好。臣本来已经为了这件事殚精竭虑，寝食难安，大将军是知道的……可一想到，此事可能关乎皇上和皇太后安危，便只能排除万难把它做出来。如此，才能报主上隆恩，才能不负大将军信任！所以，现在从皇后陵寝入平陵，一路畅通。"

他一番话说得冠冕堂皇，其实在场三个人都知道：那三天工程完全是龚王二人自己筹措完成的。王吉费尽口舌也说不动大司农，到最后，还是靠利益来摆平。大司农在半夜里都能笑醒：怎么会有人自掏腰包也要来修皇陵？而且他派人多次检查，确定修筑过程没有猫腻。所以今天之前，他一直把这个事情当作一个不能往外说的笑话。

直到刚才，他才终于明白了这一切。

龚遂、王吉也不跟大司农计较，默认了他的说法。这却让少府乐成进一步蔫了下去——他把二人带来，本是想当作救命稻草来使用，没承想他们早已和大司农私相授受上了。看乐成两只眼珠子突然蒙一层灰，王吉也没办法，只能悄悄拍一拍他的肩膀。

其他任何事情都不重要了，现在要紧的，只有陪大将军再下黄泉一趟。

这短短瞬间几番计较,霍光全然没有理会,他早已经露出笑容。

虽然着急,可霍光的动作依然沉稳,没带刚立功的大司农,倒是叫上了长乐卫尉。邓广汉在这件事情里首当其冲,现在却有机会戴罪立功,立马绷紧了全身的肌肉,像只铆足劲的猎犬,龇牙咧嘴,一下子便冲了出去。

在平陵内,帝陵、后陵各有一座陵园,后陵的垣墙已经修好了,东西五步,但里面没有封土,只有一条深入地底的墓道,以及尚未完工的地宫。龚遂和王吉首先保障的,就是墓里的灯光。只有工匠的时候,他们摸黑、窒息,也得干;但这次是为了大将军,所以各式灯具全部配齐,地穴之下灯火通明。

大将军微微颔首,又在王吉的带路下转入隧道。这条路其实本不为生人通行,只是为了让帝后的神灵可以团聚,但和外面一样,王吉不仅确保它完整可通行,更将长明灯一路铺陈到尽头。

当一扇木门终于在影影绰绰的远处浮现时,王吉听到一句他期盼已久的话。

霍光说:"中尉、郎中令侍奉圣上多年,请俟后至大将军府一坐,老臣有事请教。"

话音刚落,霍光失去了他一贯的冷静。龚遂、王吉都没有觉察到,但邓广汉的脸"唰"的一下就白了。

因为上官皇太后在笑,笑得像在唱歌。

如果他们距离更近,看得更仔细,会发现上官和刘贺正在墓室里喝酒,每喝一杯,就在孝昭皇帝的灵柩前倒一杯。那里不仅有笑声,还有倒酒声、击打青铜提梁卣声,甚至有金骨乐器声。

可并不需要听到和看到那么多——只是笑就够了。

只是一个十五岁女孩在醉意驱使下发出的笑,已经足以让权倾天下的大将军,突然咬紧了牙关。

多陌生的声音啊。

当霍光成功让刘弗陵下令诛灭上官桀家族、桑弘羊家族,整个大汉朝堂上的顾命大臣只余他一人在位时,他深信,皇帝是站在他这一边的。可皇后呢?论亲疏关系,上官是他的亲外孙女,可同时,上官又完全可以把他视作诛灭自家全族的仇人。当刘弗陵逆来顺受、服从一切安排的时候,上官总是瞪着一双白生生的眼睛,不言不语,也不转开视线。

霍光总是担心上官,甚至超过了担心刘弗陵的程度。

可这怎么可能呢?堂堂大司马大将军、顾命大臣、亲外公,怎么可能怕一个女娃子?他怕的当然是皇太后背后的法理性——刘弗陵无子,再上一代的刘彻也没有嫡长子,所以整个大汉皇室里最有资格指定继承人的,就是上官。所以刘贺进宫,拜太子、授天子,虽然都有百官上表恳请等百般环节,但最后落到名义上,都是上官的旨意。

可要是她反咬一口呢?

所以上官必须是个傀儡。

她戴着个无表情的面具也罢,说话冷冰冰没有情绪也罢,越不像个活人,就越得霍光的欢心。

可刘贺居然让这只人偶笑了起来!

龚遂终于意识到不对劲，他知道这时候大将军眼中的刘贺，和事实上的完全不是一回事，可这时候没法解释，只能朝大将军低声说道："请与臣下一起先退出去，我们从长计议！"

可霍光脸上已经咬出了青筋，浑身颤抖，一双瞳孔犹如敞开的深渊。邓广汉已经手扶剑柄，他本就是霍光女婿，相处日久，深知眼下这个情况能生出多少忧虑和祸端。所以一瞬间，心里已有了定数：皇帝不皇帝的，都不是真正的主子，如今四海之内，分明是姓的"霍"。

"此时出面，恐生祸端！"龚遂忍不住再说，可霍光直勾勾看着远处，根本不回应。

必须阻止他！

龚遂伸手就想去夺长乐卫尉的佩剑，却立即被另一双手压制住。王吉露出一张白无常似的脸，静水深潭，不容分说地阻止龚遂，那眼睛分明在说一句话：这正是我们想要看到的。

终于，霍光点了点头，邓广汉如野狗出闸，一推门闯了进去。

刘贺确实可以被臣子板着脸骂，哭着骂，甚至追着骂。还在昌邑王国的时候，龚遂喋喋不休地给他讲三代圣王的例子，追问他：哪一点做到了？哪一条符合了？他们从宫里跑到宫外，无数只耳朵都听见了，王都里往后三代人教导孩子，都拿这个事情当案例。他也不当一回事。

但那是在刘贺不在意的问题上。

凡是刘贺重视的，他完全能下狠手。偷工减料的工匠，中饱私囊的官员，他不仅亲眼盯着杖杀，还要枭首示众。不合格的王家工坊，在夜里一把大火烧了，一点儿渣滓也不要留下，所有相关人员没为奴籍，逐出城外，包括主管的少府和一连串掌令。他甚至亲手杀人。

刘贺现在就想杀人。

邓广汉跪在帝后面前，像一尊铁石雕像，手按着剑，只说要带皇太后走。刘贺命令他出去，他反倒站起身来，一字一顿说道："臣只知皇太后令。"

再看上官，她脑海里浮起太多往事，已经吓得说不出话。

刘贺喝令安乐回来，安乐挂着玉具剑，发现一位白甲将军像尊煞神一样突然出现在墓中，先是惊出一身冷汗，然后便甩掉剑鞘，露出锋刃。

邓广汉见对方已经亮了兵器，便施施然也抽出长剑。

"邓广汉！"刘贺直呼长乐卫尉的名字，"这里是先帝陵寝，大汉天子在前，你知道你在做什么吗！"

邓广汉却摇摇头，声音反而压过皇帝："昌邑国相安乐，持剑挟持皇太后，罪证确凿，罪大恶极！臣这就将他诛杀！"

"你敢玷污先帝陵寝？"

"情势所迫，不得已而为之！"

整座地宫就像是深埋地下的腔室，他们喊出的每一句话，都在回廊和墓道间被增幅扩大，变得震耳欲聋。

邓广汉已经想明白了：这个地宫之下，再无旁人，哪怕他真要杀掉安乐，也完全可以把罪名安到死者头上。他有大将军撑腰，上官一定站在大将军这一边，只剩下一个根基不稳的新皇帝。虽然皇帝的举动荒诞不经，但只要他不是真的傻子，就一定会屈服。

再看时，上官已经伸手去拉刘贺的衣袖，显然是要劝阻皇帝。

邓广汉判断，一切只差最后一根稻草，所以猛跺一脚，挥剑就往安乐手上砍去。他虽然凭裙带上位，可终究是个武官，一位老国相哪是对手？所以也没下杀手，只是以力制力，把安乐连人带剑砍得翻倒在地，又踢得他满地打滚，主要目的，就是施加压力。

他没发现刘贺一张脸全白了。

邓广汉毁掉了一切。

他踢翻镇墓壶，斫破蜀都绘锦，打折安乐的鼻子，让浓稠的鲜血溅在黄肠木上。他还踢翻了酒器，琥珀色的酒液汩汩淌出，在铺地的木板之间往下渗。

方相氏驱得掉阴间的邪，杀不死阳间的鬼，它闯入地宫中大闹，让本就不得安眠的死者遭受诅咒。

刘贺轻轻一握上官的手，然后拨开，一闪身抢上前去，挡在邓广汉和安乐之间。邓广汉差点儿没收住剑，剑刃在刘贺手掌上削出一道血沟，可他不仅没缩手，反而握住了剑刃，另一只手则狠狠往前一推。邓广汉不知道这位少年天子哪来那么大的力气，他手上刚刚松了力气，身体就被推得往后连续倒了几步，停下来时，剑已经到了刘贺手上。

"锵！"带血的剑落在地上，可刘贺还站着，双眼通红，像染了刃上沾的血。

这皇帝可能真是个傻子。邓广汉想，要不，就是个疯子。

他脚下突然响了一声，低头看时，才发现带钩已经断裂了，腰带掉落在地。那腰带上的锦囊和玉佩，却到了刘贺手上。刘贺把玉佩摔在一旁，只翻转绣囊，倒出里面一枚方寸大小的龟钮银印——

长乐卫尉，中二千石，正是这个形制。

邓广汉难以置信地看着皇帝说："我是大司马大将军的女婿。"

"没说不让你当女婿。"刘贺用阴寒刺骨的声音说道，"诏，撤邓广汉九卿官职，封安乐为长乐卫尉，即日就任长乐宫！"

"陛下！"喊出声的却是上官，"这是宣战，不能这么做，我不同意！"

刘贺没有回答，只是转过身，将龟钮银印交给安乐。可他没有当即松手，而是紧紧把银印按在安乐的掌心上，几乎将上面的阴文字嵌进肉里。安乐突然就明白了：这不仅仅是官印，更是军印，刘贺放在他手上的，是一场战争。

而在地宫的另一边，一扇虚掩的木门背后，已经没了人。留在那逼仄进出口处的，只有龚遂淌下的一小摊冷汗，以及大将军亲手捏碎的一枚玉扳指。

第九章 熊形玉石嵌饰

熊型单面浮雕嵌饰,似熊非熊,似鬼非鬼。

本镶嵌在漆樽表面,一樽两枚,出土时漆樽已损毁。

问篇

公元 200 年·建安五年

（刘基事件前一年）

一场大雾夹杂大雨，浇得连潦河都看不清，更遑论远处的彭蠡泽。

那水不像是来清洗大地的，倒像是要拆了头顶的庙，揭开那些老得发黑的灰陶瓦片，沿着楹柱的云纹浮雕爬下，去找那神座上的宗族牌位。那它就只能失望了，因为这庙里供奉桌上早已变得一穷二白。不仅没有牌位、贡品，连那神案上掐的金丝、抹的朱漆都已经被刮干净了。再好的木材，敞着伤口，久了也是一股霉味，所以除了蜘蛛、老鼠，只有实在见不得光的人，才往这里来。

两个人身上都淌着水。摘了斗笠，取下面罩，内里几层也全是湿的。可他们都没有继续卸下甲胄，就任它粘在身上，像被冰吃了半身。龚瑛那一把络腮胡子成了蘸满墨水的毛笔，他拧出一浪浪的汁，长吁一口气，又四处看了看，想着干脆坐到那破神案上去，可那上面也全是老鼠屎。

"孙将军殁了。"

另一个人冷不丁说出一句话。

"殁了？哪个孙将军？"龚瑛一愣，回头只看见对方满脸水痕，皮肤一点儿血色也没有。

"孙策将军。"

外头有一阵强风，雨像是大踏步从庙前跑过，可能踩烂了石狮子。

"不可能啊，他不是回了吴郡，那是孙家的腹心治所啊？"

"他是在野外被刺杀的。刺客第一箭就射穿了脸。"

"连你都射不中他！"

"谁都有大意的时候。"

龚瑛定在原地，良久，才问："那，孙策在拿下豫章之前说的……还作数吗？"

"那就得看孙权了。"

"太史子义！"龚瑛喊道，"这不是可以模棱两可的事情！"

他的声音震得连庙也抖了一下，但外面泼着大雨，绝不会被人听见。

"我也是刚刚知道的这个消息。周公瑾赶了过去，同时发给我一封密信，我才知道有这么一件事。其他地方的军官，很可能都还被蒙在鼓里。"

"那你也去啊！"龚瑛着急得几乎贴着太史慈讲话，"去告诉那小孩，我们和孙策已经约定好了，你们在明，我们在暗，拿下庐江、豫章以后，就要和朝廷上书，洗掉我们过去的身份，带我们北归中原。你是豫章都尉，这本就在你的管辖范围内，他刚继任，不可能不听你的！"

太史慈抿着嘴不说话。他脸都没抹，水珠像有生命一样沿着脸颊下滑。等龚瑛的气息稍稍缓和，他才说："公瑾给我来信的意思，一个是告知这件事，另一个，就是让我别轻举妄动。你想，要是我们都去了吴郡，谁盯着外围？外头的虎豹不说，自家要是有白眼狼跳出来，谁去摁住？"

"一定会有。我告诉你，一定会有！"龚瑛眯着一双眼，一只指头戳在太史慈胸前，"孙家统一江东才多久，半年不到，这时候换个生瓜蛋子上来，谁服？所以更不能拖。"

龚瑛的眼睛里不仅有愤怒，更渗出恐惧，他喊："我们是汉人，可再这样下去，我们就全他妈成山越了！是，上缭壁修出了一点儿样子，吃的、住的、穿的，凑合着都能过。可你别忘了，我和我们那些弟兄，不是真的为了当山越去的，我们只想像个普通人一样活着——不被孙家吃干抹净，也不用像山民和牲畜一样被驱逐屠戮。待在这儿，我们头上始终悬着一把刀，唯一的办法，就是回家，回中原。"

"没错，等我们回了北方，说不定转头就成了敌人。可该卖给他的命已经卖过了，往后各安天命，这是孙策答应过的，也是你太史慈答应过的！"

太史慈不说话，要拨开他的手，龚瑛挓着手臂不动，两边竟一时僵住。

龚瑛瞪大了眼睛，别看他身宽体胖，要是比力气，太史能把他抡起来抛出去。可太史的手和脸一样苍白，像被雨洗得褪了色，而且全然没了那种不讲道理的蛮力。

"怎么回事？"龚瑛抬眼盯着太史慈，"你在担心什么？"

雨洒得更密了,外头还响起闷雷。一闪之间,庙成了黑白的。

"那周瑜是不是还跟你说了什么,他知道上缭壁的事?他让你把这个事情压后?"

"这真不是一个好的时机。"太史慈说,"不仅是上缭壁和山越的事,还有我自己。当初,孙策让我回来募兵,督管六县,都不是把我当作寻常将领来看待,更凌驾于其他降将。我和你的合作,上缭壁六千户少交的徭役赋税,他全都可以睁一只眼闭一只眼,如果他是王,那我就是诸侯。可你应该明白——这件事对孙权来说,就是个问题。"

龚瑛"嗤"了一声:"你既不是贪他这六县权力,徭役赋税也一点儿油水不捞。孙家内外,谁都知道,太史慈就是个要名声不要生命的呆子。你怕什么?"

太史慈薄薄的嘴唇片子蠕动了一下,终究没回答。

"你怕他猜忌。"龚瑛自问自答,"在短时间里,只要你没有反心,孙家肯定不会动你,可他也不会用你。你是能和孙策平分秋色的人,谁敢用你?太史子义,我知道你怕什么了——你怕孙权把你丢在这儿,不闻不问,偏安一隅,平安老死。"

太史慈像被刺痛了,浑身一抖。

其实对于身边这些人而言,太史慈并不难懂,只要和平常人反着来想就可以了。生逢乱世,平常人都盼着衣食饱暖,安乐一世,可对他而言,那比死更让人难受。

太史慈说:"我见过孙权,他和孙策是完全不一样的人。孙策能把你们几千户军民放走,送回中原,是因为他早晚要吃下北方。可孙权不同,他能把江东捏成铁板一块,外面进不来,里面出不去,所有人在这里给他肝脑涂地、舍生忘命。而那些不能团结的人,他一个也不会放过。"

龚瑛收回手臂,没了依凭,太史的手也垂落下来。两人之间重新拉开几步距离,龚瑛退到窗牖边上,雨滴不断从破洞飞溅进屋,庙外似乎也淹了,开始有水流像小蛇一样从门缝底下爬进来。

"我好像没和你说过山越的事。"龚瑛的声音在庙里幽幽转着,"山越可不知道什么'子不语怪力乱神'。他们一天到晚拜鬼神,出生拜,死了也拜。说什么重要的事、做什么重大决定,人说出口的都不算,必须问卜。为了当上他们的宗帅,我已经快成半个巫师了,满脑子都是神神道道的东西。有时陪他们演完仪式,我就觉得天上有蓝火在飘,那些刚杀掉的奴隶,回头跟我说话。"

"我知道。"太史慈说,但他其实不知道。

"我们怎么帮孙策拿下皖城和整个庐江的,你还记得吧?"

太史慈点点头。"庐江太守刘勋兵多、城坚,但是粮少。我们知道他要向豫章太守华歆借粮,所以先说服华歆,设了个局,让华歆建议刘勋来抢上缭壁的粮。你们的钱粮、人口确实诱人,加上他们总是会低估山林草莽的能耐,所以刘勋中计,全军出动,想着速战速决。没想到上缭壁只剩一座空城,人货钱粮全都撤了干净,而庐江皖城已经被孙军偷了家。"

"是,孙策、周瑜还在皖城纳了大小二乔,整个江东的春心都动了。"龚瑛羡慕地摇摇头,又慢慢收敛起表情,"很庆幸你还记得怎么把我们当诱饵来使。"

太史慈眼中闪过一丝苦涩。"可你们早知道刘勋要来,有足够的时间准备。"

龚瑛突然大笑,"我要把整座上缭壁的人清出去。那是超过一万人!你们只看到了结果,可我刚才不是说了吗?跟他们谈是没有用的,他们不信这些,只信巫术。可什么巫术才能让他们下这样的决定?什么仪式才能说服他们,我们是为了保住所有人的身家性命,而不是为了把山越赶出去,自己回头把屯堡给占了?"

太史慈说:"我明白你做了很多事情。那是我欠你们的。"

"先听我说完!"龚瑛打断他,"当时为了这个事情,北人、越人各自抄了家伙,就在城中心的老庙那里,随时要打起来。别说什么刘勋,上缭壁差点儿自己把自己灭了。后来,百越里一个老巫和我说:要走,就得按他们的规矩,先给土地献祭,而且要用最高级的祭品,不是太牢三牲,不是百鸟犀兽。你能想到是什么吗?"

太史摇头。

说起这件事,龚瑛的眼底变黑了,脸色却像纸一样白。老庙漏风,水滋滋地从四方渗入,室内越来越冷。

"是死婴。在他们眼里,死婴是献给鸦神最好的礼物。

"可突然间,哪里有死婴?我想,妈的,老子带着北人自己走算了。可北人也不答应——第一,这样的话,就决计没法带走全部的兵马钱粮;第二,谁知道越人会不会出尔反尔,反而把屯堡物资给占了?情况就僵在这里了,而且只有我一个人确信:刘勋的兵马正在疯狂地杀过来。"

"你该不会……真杀了一个婴儿?"太史慈问。

龚瑛低下头,闷着声说:"你觉得呢?"

庙外又炸了一道雷,两人都有一瞬间看不清东西。待光斑消退，龚瑛已经在手上举着一枚东西——那是个不大的物件，肯定不是婴儿，却让太史慈感到后背发凉。

"那已经是走投无路的时候。老巫把人都选好了，一对北人夫妻，孩子还不足月。父母被七八个人押着，小孩哇哇大哭，好像能把人叫聋。我拿着剑，心里想，这娃儿和那老巫，至少得死一个。可我突然想起来，我们老龚家有这么一枚传家物——我说，这是天子血脉大汉刘氏的宝物，有五官、两条胳膊、两条腿，长得比婴儿还精致，我用它来献祭。"

那是一枚玉石雕，片状，刻成一只似人又似熊的东西，头顶长一根角，正面冲前，像是在笑，龇出三颗门牙。袒胸露脐，大腹便便，单膝跪在地上，一只爪子放在胸前，一只扶在耳边，既像在偷听，又像在招手。说它像婴儿，可真是侮辱了婴儿。

"我家祖上曾经在刘姓的诸侯国里当过郎中令，听说还服侍过皇帝。后来不知怎么，曾一度来过这偏远南方，还留下了一支血脉。这枚玉件，是大刘氏亲赐的宝物，代代相传至今。我是有族谱为证的，可当时哪有族谱在手上？只能让他们自己看这东西，雕工、石质、年岁，明眼人都能看出来，绝不寻常。再加上赌咒发誓，才终于让他们松口答应。老巫就把这枚东西放进一只陶壶里，洒进狗血、鸡血、蛇血，又在壶身上画了太一锋，然后拿一根特别长的绳子，把陶壶绑起来。

"那些老庙周围，不是还有些古井吗？深不见底，一颗石子进去，干声涝声都听不见。他们把绳子连着陶壶放下去，深到被黑暗吞掉，然后说：如果明天这东西不见了，那说明鸮神已经收下；如果它还在,说明鸮神不同意,那越人一个也不会走。这城里的东西,我们也别想搬走。"

龚瑛的声音越说越干哑。

"这他妈的还是在为难我们,这玉佩再神,还能长了腿从地底跑掉?我就在夜里溜去看。绳子提起来,摸一摸壶身,是干的;摇晃一下,没有声音,心凉了半截。手伸进血里头去摸,妈的,真不见了。"

太史慈说:"你可以继续把故事讲完,可孙权听不见,对我们也无济于事。"

龚瑛露出白森森的笑容,摇摇头:"急什么?雨还没小,谁也出不去。说不定等我们出去的时候,彭蠡泽已经淹过来了,上缭、海昏,都泡没了,事情不就了了吗?"

太史慈沉默半晌,回他:"你继续说。"

"说实话,当时我是有点儿吓到了。事后回想,当我提起这东西是大刘家的时候,老巫那几个人眼里分明冒着光。后来我才知道,那些山越平常只喊绰号,其实名字都以'刘'氏自称,你说好笑不?他们说,上缭壁里面的老城是皇帝修的,这地儿本就有天子血脉。所以我说的话,他们真信,而且上半夜就把玉佩偷偷掏走了。其实这不算什么,我既然拿出来,就已经有传家宝断在这一代的觉悟,不过是回去多磕几个响头……可他们既然起了歹心,索性一不做二不休,就有几个人围了上来,将我推到那口井里去。

"那陶壶放下去的时候,放了有六丈余深,还是干的,说明井底早就干涸了。那就是个深洞,掉进去必死无疑。所以我一边下坠,一边用两只手四处乱扒,把手指头扒得稀烂,竟然真让我抓到了一个脚窝,就在井壁上。它甚至不仅仅是个土窝,里头还垫了条木,所以能吃住力。刚刚止住坠落,我赶紧用其他手脚去摸,都找到了位置。原来这里以前是有人攀爬的,只是井口上都看不见,那附近的脚窝都已经磨没了。这个,你先拿着。"

龚瑛说到一半,突然把兽脸玉佩递到太史慈手上。太史慈对金玉都没什么感觉,只觉得色泽黯淡,背面粗糙,要不是精心雕了个古怪的形象,倒真不像是多名贵的宝物。龚瑛留意到他的表情,也不评价,而是走回去把窗户打开。那窗牖摇摇欲坠,更多雨丝打在身上,可他浑然不觉,只是深呼吸几口,像泅渡的人上水换气。

太史慈抬了抬手上的玉佩。"既然它已重新回到你手上,说明你回到地面,报了仇,还成功把所有人带走。故事讲完了。"

"我在六丈余深的地下,井口变得像一张饼,耳边都是水声。往下看,底下依然深不见底,我还在喉咙呢,还没到井肚子。你想,这是南方,寻常水井哪有这么深的?上面看守的人肯定还没走,我就往下爬,脑子里只有一个问题:这底下,是不是传说中的黄泉?"

太史慈没想到这事还有后续,只捏着玉佩静听。

"等我真正踩到水,已经全然不知到了多深的地方,只看见那井口缩得连一枚铜钱也不如,稍不留神,就像消失了一样。其实井还没有到底,因为水下还有脚窝,只是下不去了。人到了那样深的地方,五感、触觉、体温,全变了样,水声灌进脑子,分不清水上水底、体内体外,好像所有东西都是活的,水井也会蠕动,只有自己是死的。我正悬在那儿不上不下,突然有个东西碰到了我脚底。

"哪怕到了地狱，人最怕的还是人。所以等我搞明白那东西至少不是活人，心里就安定了一半。其实只是井里浮着不少东西，不是垃圾，倒像是杯碗、瓶罐。我几乎完全看不清楚，可第一件漂过来的东西，却隐隐有光。它不大，也很轻，我就想办法塞进兜里，顾不上其他，只往上爬。这一切远比想象中更累，到将近脱力的时候，我想，死前也得看一眼吧，就重新摸出来看。那一瞬间，我几乎以为是幻觉，因为眼前正是一张很丑的鬼脸。"

太史慈不可思议地看着手里的玉佩："……你捞到的，是这个？"

"不是这个，但是竟然和它一模一样！"龚瑛的脸上突然充了血色，"看到它，我才明白为什么这件传家宝看起来总不像一块美玉，因为它本就不是——它是漆樽上面的嵌饰！我捞起来的，是一只错金镶玉漆樽，它上面镶着两枚这样的熊形石雕。

"我当时已经非常确定，玉佩到了老巫手里。可一模一样的东西，竟然出现在井下，谁知道我震撼了多久？等我爬上去，杀了老巫和四个同伙，找回玉佩，就把它和漆樽一起亮给所有人看。他们跪倒了一片。有可能，是因为有老先生磕着头说：鸮神不仅收了礼物，而且一生二，二生三，三生万物，这是大吉之兆，最早的越人就是这么来的；也可能，是因为我把老巫几个人的头都挂在腰带上……反正，他们终于学会听我的话。而且从那天起，南南北北的山贼们，都开始喊我——'刘瑛'。"

说完两个人都沉默了。太史慈当然明白，龚瑛花这么长时间说这个故事，不仅仅是在说山越，更重要的，还是他手里攥着的怪兽。

龚瑛的祖上，从诸侯王刘氏手里拿了这枚玉件，后来传到了南方。

在山越们声称是皇帝修的地方——十余丈深的井下，竟又出现了一样的东西。

难道上缭贼占领的那一片荒岭废城，真的是一片宝地？

可哪怕真是宝地——又意味着什么？

太史慈问："你说的这些……已经是几个月以前的事。后来你做了什么？"

"我当然在暗地里问了很多人。我发现，海昏这里的山越，真喜欢把自己改姓'刘'，他们甚至喜欢给自家牛豚盖上'刘'字烙印。那些人讲的故事，一个比一个更加荒唐。虽然各不相同，可说到底，这里曾经真有过一位废帝，也就是第一代海昏侯，刘贺……一个被废的皇帝，谁敢提起？很多老人都说，他连同他的子孙后代，都不吉祥，命薄，阴沉，侯国时有时无，天灾人祸不断。到一百年前，甚至连他当初筑的城到底在哪儿，也没人说得清楚。"

海昏县大部分地区地势低洼，洪涝严重。每几十年，河湖更易，地上就留下一片废墟。搞不清楚过去的地貌，再正常不过。

可"皇帝"两个字，却像是扎进了心里。

庙里的温度越来越低，太史慈的脸上却慢慢恢复了血色，手背上也鼓起青筋。龚瑛看在眼里，压着声，又说一句："也许，我们都不用听他孙权的。"

太史慈重重地叹了一口气，最后说："我来找人吧。"

阳篇上

公元 201 年·建安六年

刘基感觉被人监视着。

那天逃到上缭壁以后，身上伤口不少，又泡过水，当日便有些发烧。躺了一天再起来，外头已变了模样，一场豪雨下个不停，正式把扬州赶进秋季，满城落叶，只有樟树依然苍郁遒劲。城里的人不觉得这是老天爷替着哭丧，只觉得不祥，因为前两天刚下葬的墓，土层未实，随时可能被灌得进水；而那些还没来得及下土的人，则更是望着天头疼。

刘基心生百般疑窦，想找龚瑛，但龚瑛找人给他传了话：雨要连下好几天，先好生歇着，回头再详谈。他给刘基找了一个跟班，不是别人，正是脸上画着猫头鹰的熟人。刘基问他名字，他满脸阴沉，一句话不说，刘基又说："那我就喊猫头鹰了？"他还是不应，只是嘴角微微动了一下。刘基想，越人是真的很崇拜鸮，到了端午节，不知道他们喝不喝鸮汤？

猫头鹰的嘴巴里几乎问不出任何东西，而且他是个死脑筋，哪怕顶着瓢泼大雨，也要跟在刘基身后，像条甩不掉的尾巴。刘基进屋，他不睡同一个房间，可每次只要开门，瞬息之间，他就会戳进视线里。

没办法，刘基只能带着猫头鹰去看那座石庙。

从外城走进内城，东西面几间被当作官署的厢房亮着灯，但门户紧闭，也没有人来往。庙前正中央的石炉被大雨浇满，香灰浮在水面灰扑扑的，水流溢出来，在地上洒了些断烛残香。

庙上的鸮像被淋成了黑色。几座小山丘，深深浅浅，都隐在雨丝里。

刘基当天就觉得这地方不对劲。

首先，这石庙绝不是一个普通山村就能建起来的，而更像是个废弃的高规格的宗庙建筑，而且它不是这一带唯一的庙，一圈看下来，算上坍塌得只剩柱基的，内城里至少集中了三座庙堂。像这样的地方，要么是曾经出过些道子、仙人，让周边各县的人都前来求拜，要么就是某高门大户的祭祀场所。

然后是大门外两个突兀的土堆，刘基装作不经意，其实仔细观察过，那分明是仔细营造出来的夯土，而且建得非常结实，不然早就被挖空去修外城墙了。结合内城大门的位置，它们有没有可能曾是两座门阙？能建门阙的，只有宫殿和墓园。要是墓园，也只可能是二千石以上高官厚爵才能修阙。可惜只残余两个土堆，看不出阙分几进，不然甚至能直接确定前主人的身份等级。

最后，就是那几座小山丘——其实豫章郡内到处都有不高的山丘，要是不带偏见，则个个都是相似的样子。可一旦有了偏见，这几个烟雨迷蒙的青丘，却越看越像是封土堆。

那就有一个惊人的结论：上缭壁，就是围着一座墓园修出来的城外城。

刘基不知道上缭壁的形成过程，可这种猜测确实有它的合理性，因为皇家或者大族的墓园本就修得像座小城。垣墙完备，建筑多样，里面要住大量守陵人，不仅要看护、修缮，还得每天、每月、每时完成祭祀，确保烟火不断。可陵园都要靠外面来供养，几次天下大乱以后，守陵人可能早已跑光了，陵园荒废，到龚瑛和山越发现的时候，也许只觉得是一座很好用的废堡。

刘基走在前头，猫头鹰跟在后头，踩在草地上的时候，雨水从草缝间跳起来，吱吱声，前后脚步之间有一霎的间隔，如影随形。走到青石板上，又成了啪啪的响声，还是如影随形。

没法随心所欲地观察，刘基只能重点看石庙，庙体留下的字迹磨损得太厉害，凡是有字的地方，可能以前都上过漆，甚至滚了金，结果几乎都被后世刮平。文字的意义本来是传世，但为了郑重其事，大张旗鼓，反而变得最为短命。他看不出所以然，又心念一动，就绕着几个小山包周围走。他发现，内城里大概有三口井，井上修了木棚，铺了乌瓦，像瀑布一样卸着水。井口置有辘轳，轮轴很粗。在这么小的范围里，开好几口井，太不常见了。再抬头看，在一座小山包上，也有棚架，修成亭子模样，插在倾斜的草坡腰上，底下用石砖铺平。

他朝猫头鹰喊："到那亭子去躲一躲？"猫头鹰满脸是水，阴沉地看着他，还是不说话。刘基不管，踩着水爬到坡上，钻进檐底。亭子四柱，低矮，但挺宽敞，从坡上冲下来的雨将一半地面染成墨色，却没有积水。亭中就置了一块大扁石案桌，两枚竹垫。再看那石案上，还风雅地镶着一块纵横十七道的弈棋棋盘。

猫头鹰也撞了进来，看见刘基撑了伞还是被淋得苍白的病容，蔑笑一句："孱头。"

刘基也回头盯着猫头鹰，心想：他到底知不知道脚下可能是座墓？

只有一个办法能知道。

刘基把手指尖伸进棋盘和石案之间的缝里，可是怎么发力，棋盘也纹丝不动。

难道是想错了？

刘基再退后两步，重新审视四周：如果这里真的是一座陵园，那枚龚瑛还回来的"刘充国"龟钮银印就很可能来自地下。如此一来，说明墓洞已经被打开了，要么任由它敞着，要么就得掩盖起来。整个内城里，只见这一座山包上建了亭子，既可以避水，又能掩人耳目，那剩下的唯一问题，就是墓洞的位置。

刘基原本觉得是压在整个石案底下，可当他看到棋盘时，又改了主意：弈棋这东西，要是古代的守陵人，长日漫漫，还可能知道怎么玩；现在这些山越兵将，哪里有心思来下棋？它就成了最能藏在人们眼皮底下而不被发现的东西。

可怎么打不开呢？

再回头，猫头鹰像看傻子一样看着他。

刘基越来越确信，龚瑛没把很多事情告诉其他人，尤其没告诉山越。他安排山越来跟，本意只是不想让刘基问出太多东西，却没有料到刘基自己推理出了大致的轮廓，而猫头鹰的不知情，反倒让他有机可乘。

刘基问："你们把大帅称为刘瑛，是不是因为上缭壁这个地方以前住过一位国姓爷？"

猫头鹰冷哼一声，难得回答他一次："是又怎样？"

"那就巧了，他姓刘，在下也姓刘。这地方我始终看着眼熟。在我看来，这地方不仅是老王城，还是片风水宝地，甚至是龙脉所在。"

"说清楚。"

"我就是在想，在我们脚下，可能埋着你们说的国姓爷。"刘基在青石地上踩踩，"而入口可能就是这个棋盘。"

猫头鹰的眼神从震惊转向狐疑，只在一瞬间，便又恢复到鄙夷。他问："入口是什么意思？"

"我想你们大帅已经开了一个盗洞，直通黄泉，就藏在这个石案底下。如果不是这个棋盘，那就得把石案搬开，我一个人可做不到。"

猫头鹰听完，也不跟刘基废话，突然就脱下上衣。其实越民中还有很多人不着衣物，但上缭与北人关系密切，大部分还是穿着麻布短打。猫头鹰脱下来的衣服已经沾饱了雨水，往棋盘上一搓、一拧，水柱像棋子纷纷落下。刘基立即明白了他的意思，再仔细观察，溢出的水都往棋盘和石案的接缝处淌，吱吱响，像被吸了进去。

猫头鹰回头盯他一眼，倒真像一只大号的、吃了惊的鸮鸟。

"得想办法打开。"刘基还是去看棋盘，发现它除了边缘处下水，还有一些交叉点上冒出小小的水泡，用手指细摸，才发现交叉点也有小孔，但不是全部，只在其中一部分位置上。

整个棋盘二百八十九个交叉点，看不清楚，一个个摸出来也不实际,刘基便整体观察。首先想到的是九个点了朱漆的星位,但星位只有西南一角有开孔,且是比较明显的大孔。结合已经发现的三个小孔来看,再用手指在棋盘上摸了几次,终于仔细划过一条蜿蜒的曲线——果然摸出七个凹位。

"怎么来的?"猫头鹰问。

"星位是北极星,其余七个是北斗星形,'居其所而众星拱之'。这图案也是陵墓里特别常用的一种。"

可这孔怎么用呢?刘基还在棋盘面上思索,猫头鹰则低头弯腰绕石案转了一圈,又随脚踢开地上的两只竹编垫子。垫子在地上倒了几下,刘基浑然不觉,他却听出清脆的异响,于是抓起来,五根黑指头从底下戳进去扒拉竹篾子,不多时,一根根抽出八枚小铜针来,撒在刘基面前。

这个"猫头鹰"是真像一只猛禽——不需要思考,一眨眼,就干了。

刘基不知道说什么好,半天才憋出一句:"你赢了。"

"如果你说得没错,"猫头鹰用夹生的官话说,"就还我一拳。"

刘基把针一根根拈起来插进对应位置,拨开底下的小铜球;再把粗的一根放入星位,它几乎全部掉进棋盘里去,直到最后才"咔"一声,被末端的铜圆环卡住。刘基心想他这做得实在精细,四处看看,再没别的绳索,只能重新掏出那枚龟钮银印,解下它上面的印绶带子,穿过铜环,再拽着它旋转——转起来才发现,旋转轴在对角的星位,棋盘底下和石案连接处是个斜面,它一转便离开了凹槽,露出一块三角区域。里面躺着一只隐藏的把手。再抓着把手,把棋盘连同下层盖子一并提起,湿雾、风和声音齐齐掉下去一块，大地露出深不见底的创口来。

两人一时都说不出话。

猫头鹰拍拍刘基，又指指自己的脸，见刘基还愣着神没有反应，他微微叹一口气，突然下狠手给自己来了一拳。"唧"的一声，他把自己打了个趔趄，刘基连忙去扶，却看见他闭着两只眼睛，嘴里一直念念叨叨听不懂的话，百转低回——想来是山越的祝祷词。

这一拳看来还给刘基是假，献给鹗神赔罪才是真。

刘基问："对于你们而言，盗墓意味着什么？"

"我们不是北人，埋了就埋了，不带那么多东西。"猫头鹰声音低沉地说，"可这是鹗神的居所。他，假通灵，真破坏。"

"那，你想下去看看吗？"

"我下，你危险。你下去，我看着。"

刘基点点头。"现在可能不合适，是不是等晚上？只要龚瑛不安排别的人一起……"

可似乎等不到晚上。

一阵寒意突然摄住二人心肺。

因为，从洞底的阴曹地府里，分明传出了人的声音。

阳篇下

公元 201 年·建安六年

　　盗洞深不足五十尺。对于大墓来说，不是特别大的深度，只是外头泼着雨，更显阴湿。

　　刘基身上用绳子吊着，顶上的辘轳是从旁边的井上拆出来的，本来就是可装卸的设计。绳子缓缓而下，一手执火，余下手脚扒着井壁垒好的爬架。刘基一边下，一边将几日来的情况捋了一遍。底下的人声，响两下便停了，也不知是人是鬼。

　　下到墓穴，穴内沁着香味，像是樟木也像是松香。墓穴不大，刘基执烛火照着，下来正好看到一条墓道，墓道斜坡往上自然已经被堵死。身后有微声。回头去，前行几步，照见一只硕大的棺椁，灯火在墙上投出巨大的灯影。然后，满室灯影晃动起来，因为光和影的间隙里有东西在动，从棺椁旁边升起，扩大，靠近。

　　刘基呼吸一滞，烛火和阴影同时收缩，光被一个人拢进怀里，上面露出一张苍白的脸庞。

　　刘基早该想到——

　　王祐说："我总觉得，还会碰见你。"

王祐看起来一下子衰老了不少。眼底是深黑色，两腿上还拴了铁链，走起路来哐哐响。"他们把我关在墓穴里，这就是一个见不得光的监狱，可这底下太他妈冷了。"王祐一边微微抖着，一边说，"外头在下雨？"

虽然开了暗门，但外面的雨声还是几不可闻。刘基答："是的，连续下。"

"我没猜错，下雨的时候，他们就不会来找我。"

"对，这么大的雨，是没法动手。你是这个意思吧，曹司空府的摸金校尉？"

"呵呵，呵呵。"王祐咧着两片苍白的嘴唇，笑得力不从心，"公子都已经查到这个份上了？但看来付了不少代价，青一块紫一块的。你现在这眉毛在我们行当里叫断头眉，见不得，不吉利。"

刘基下意识摸了摸被老郭砸过的地方，又捏出那只没了印绶的银印，说："就是它干的。这里就是他的墓吗？"

王祐的眼睛立马就亮了，接过来看了很久，嘴上也咂吧很久，仿佛久旱逢霖，重新长出颜色。他这时候也不装了，活脱脱是个古物痴的模样。半晌，像换气似的，抛出来一句话："是他的，就在那躺着。只有一只手臂那么长，还是个小孩。"刘基没过去看。

"我来之前，他们找的都是泥腿子，很不仔细。"王祐把印玺还给刘基，又在身上摸索半天，找出一枚青铜羊来，很小，能藏在掌心里。"你看这小玩具，多真，还有羊毛。俩角巨大、弯曲，不是我们中原的羊，却是博望侯张骞从西域带回来的东西。这娃儿是海昏侯刘贺的长子，还没等到封爵就死了，活得不长，见识倒不少。"

刘基没接话，两眼含着怒气："说吧，整件事情到底是怎样的？你说的话哪些是真，哪些是假？"

"我不是一听你说起太史慈，就感兴趣吗？那是因为派人来找我的，就是他。"

其实刘基猜测得基本上没错。太史慈派出密探到兖州，发现摸金校尉并不是一个人，又从一群人里分别去撬，最终撬动了他。撬动的原因很简单——因为密探带去的东西非比寻常，漆、玉这些费工的不说，连金饼成色都是超一流水准。王祐又悄悄摸了一遍史料，便下定决心，和密探们定了计。

刘基已经看出了轮廓：他们窃来一卷司空府印简，在漆笥里放入当归，伪造一种"曹操延揽"的假象，拿那些明器来瞒天过海。说起来简单，可王祐这么干，相当于把已经到嘴的珍宝又吐了出去，一般人也做不出来。只是王祐想得明白：舍不得孩子套不住狼，大的还在后头，不然用不着找他。

"为了让我们顺利南下，他们提前在路线上狠狠扫荡了一回，把山越全打得缩回去。所以他们弄的这些手段，全是为了防自己人。这江东啊，真是不简单。"

"那跟你来的三个人呢？"

"都是以前的老部下，带着他们，出兖州方便。"

"他们为什么得死？"刘基耿耿于怀。

"到地方之后把他们除掉，就断了根，北方没人能找到我，我也回不去北方。"王祐说。过了一会儿，又说："其实那日你忽然说寄信，把我动摇了，我给的信息有暗语，意思是'快撤'。我不知道为什么他们没跑。"

"所以你知道他们后来的结局。"

"我看见了。那天夜里我翻来倒去不太正常,最后决定溜出去,看看他们跑没跑。到的时候,已经满屋子血腥,杀他们的人刚走。我想那些人肯定要去接我走,可两条腿钉在地上,一时间就是不想动。没想到,后脑突然挨了一记,眼前一黑,就被人绑了去。等我进了屯堡,又看到内城的土墙、庙殿、山丘,才明白:原来占着陵墓的不是太史慈,而是他们这群山贼。"

"你的意思是,上缭壁的人抢在太史之前把你抢走了?"

王祐讪讪笑着,说:"我也觉得不对劲,但后来也琢磨出来了——就是闹掰了呗。找我的全过程都是太史慈干的,可墓在这儿,这些山越干脆过河拆桥,把我抢过来,大门一关,太史慈本来就不敢声张,这下只能吃哑巴亏。哎呀,刘公子,还记得你给我说的'大英雄'吗?看来也不管用啊!"

王祐一番话,像卡了半天的子母奁终于对上,环环相扣,整件事在刘基眼里露出严丝合缝的真容。他之前已经知道,龚瑛从太史慈加入孙策时开始,就已经成为一条埋在山越里的暗线,可后来到底发生了什么?怎么两边看起来反目成仇了?现在看来,核心就在于这个墓——他们双方在早期一定是合作进行摸金这件事,可后来不知道为什么,两人发生了冲突,明争暗斗,龚瑛把王祐抢了过去,太史慈用烧船的方式还击,导致一批军民妻离子散,现在这座上缭壁里还到处竖着白幡。

刘基明白,上缭壁的人可能多多少少都知道太史慈和他们的合作关系……可正因为曾经建立过情谊,后来却遭到背叛,这样的怨怼甚至比一开始就是仇人的愤怒还要强烈。

这是不是因为这座陵园而流的第一次血?

恐怕不是。

从争战时双方的情绪看来，这里旧恨叠着新仇，甚至夹杂南人和北人、土著和官兵、败寇和成王之间的多重纠葛。这些恩怨一旦被触发，必将引爆更大的洪流，甚至超出太史慈和龚瑛的掌控范围，在江东的满目疮痍上再一次撕开伤疤。

这里还有一个更大的未知数，就是吕蒙——从一开始的金饼出发，他到底知道多少东西？他的目的又是什么？

说白了，不论太史慈和龚瑛各自想法如何，这整件盗墓之事，显然都瞒着孙家。这才是更大的斗争。孙权刚刚继位，江东骚动不安，一批金银财宝完全足以撼动权力平衡。吕蒙担心的东西依然成立，唯一不同的，只是对象从曹操，变成了太史慈！

种种念头一涌而出，忽明忽灭，刘基还在思索，王祐却问他："所以呢，公子你了解完前因后果，又要怎么做？我啊，想着你可能会顺藤摸瓜找过来，却猜不到你接下来会怎么做。你自己，也蒙了吧？"

刘基一怔，像突然被一壶冷水浇头。是啊，最早的时候要帮吕蒙查案，后来又想见太史子义，现在两件事并成一件事，水落石出——金饼是盗墓来的，盗墓的人是太史慈和龚瑛，甚至连墓都找到了。剩下的，无非要看他是否将这个结果告诉吕蒙。但无论说或者不说，后面的事情，都已经超出一介布衣所应该关心的范畴。

甚至仔细想想，那天吕蒙指点他乱跑，吕典又帮他逃脱，这两人就在太史军营里，还不知道后来是什么状况。说不定，连他们自己都已经身陷囹圄？

这金饼明器什么的，早已经不重要了？

王祐见他一时失了神，也不催促，自顾自说："我呢，跟谁盗墓都是盗，只要条件给足，都没问题。可毕竟还是想抱着大树啊，谁知道这山贼行不行？所以故意拖了一下时间，开点随葬坑，挖点盲洞，这才被关进墓穴里。这两天没人来问，我摸摸泥土就知道，外头下雨呢。但我想，拖不了多久，宗帅就得逼我去捅那大家伙了。"

他又咂吧两下嘴，手心里捏着那只铜山羊，伸手拍拍刘基肩膀："我看你对古物也有兴趣，要不我们一起去把它开了？我和阴曹地府打了一辈子交道，这地儿，绝对神了。其实呢，我也缺个助手。本以为他们这儿，总有人能打打下手吧，结果没有，全死球了。这墓里有毒气，他们不知道，多业余啊？总之，也看你吧，你想继续当官，那是另一回事；如果想当平民，那和我一起淘点儿宝贝出去，也能一辈子衣食无忧。"

他嘴上说着，手指翻飞，除了一只铜山羊外，还变戏法似的夹出好几枚小东西：透明琉璃珠、三色缟玛瑙珠，甚至还有一块熊形玉石嵌饰……可以看出来他此前一直藏巧于拙，手上功夫一点儿也没露出来过；也能看出来，他是真想和刘基合作一把。

其实王祐也说不清对刘基是什么情绪。可能就是在阴沟里待久了的人，忽然碰到一个干净简单又不蠢的家伙，对方还把你当正经人看，就忍不住多看两眼。

王祐轻轻推了刘基一把，然后把手上的东西在他面前展开："挑一个吧，算是对之前说谎的赔罪。"

刘基真拿了一个，却不是那些一眼看去很贵重的珠宝器，而是丑丑的熊玉石。王祐眼睛一亮，说："这东西还有些巧妙，以后我再跟公子说。"刘基随手把它塞进衣兜,然后看着王祐,说:"帮你可以,但你得跟我走。"

王祐没想到他这么爽快,刚刚不是还犹豫吗?于是追问一句:"走去哪儿?"

"别给龚瑛干活儿,我太熟悉他了,成不了事。太史慈还需要你,先回到他那儿去。"

"哈哈,你要是个女子,真可说是对他一往而深。"王祐笑着摇摇头,"可怎么出去,有把握?"

"有把握。"刘基故作镇定地说。为了不露馅,他不再继续对话,只是转身往盗洞走,走出几步,才回头问他:"你能上去吧?"

"不难。"王祐哐哐回到棺椁边,飞快地在棺木边摸了几下,又弯腰,不出片刻,那铁链就已经松开来掉地上。其实这儿关不住他,只不过之前没什么逃脱的必要。王祐这么干的同时,刘基确认了一下下来时用的绳索,拽了几下,但和洞口离得太远,绳索也没有别的动静,不知道猫头鹰看没看见。他对王祐说:"我先上,看绳子放下来,你再上去。"

爬回到狭窄的暗门口,先扫视一番,雨更大了,却不见猫头鹰的身影。跳出盗洞回到地面,五感重新变得真实,连阴沉雨天里的光都刺眼。再仔细看,见猫头鹰从山坡上嗒嗒嗒跑下来,浑身上下又一次淋得湿透,亭里也漫了一层水。刘基估计他大概是去望风,无暇细想,连忙和猫头鹰沟通起接下来的计划。这是刘基心里最没底的一步,他快速托出想法,再把龟钮银印和熊形玉石统统塞给对方,猫头鹰盯着玉石吃了一惊,又沉默了一会儿,终于答应。

两人转动辘轳再次把绳子送下去,等绳子下端变得沉重,又一起拉,这样就快得多了,王祐以一种半飞的方式回到地面。他本来就虚弱,踩在地上时一踉跄,就像承受不住光和空气的重量。看见猫头鹰的一瞬间,他下意识躲了一下,然后又自顾自说道:"你想帮太史慈,太史慈那边做起事来把握更大,这些我都明白了。可吕蒙那儿怎么办,最早不是他找你吗?……"

"王祐,你刚才说了两条路:当官不盗墓,或者当平民来盗墓,都是对的。"刘基打断他的话,声音朗朗地说道,"但有没有第三条路呢?我想也是有的。比如,还是当平民,但是阻止盗墓。"

王祐脸色一变:"不是,你有什么理由要这么做?"

"因为——不想再流血了。"

其实,刘基确实问了自己很多遍:接下来怎么办呢?

离家挺久了,家里老人弟妹无人照料,不知道有没有把水稻收割好,就连家里的粗茶淡饭都叫人想念……

可真就这么甩手而去吗?

这偌大的陵园,只掀开了一角,只摧毁了一个几岁孩童的安眠,就已经引出这么多风波,让刘基认识的人都变了模样。要是就此离去,王祐想必还是能让海昏侯墓轰然洞开,到时候汹涌而出的,到底是金山银海、利兵强刃,还是无穷无尽的诅咒?

其实真是很奇怪。刚才在墓穴里,王祐轻轻一推,正好按在那一方"刘充国"印上,就在刘基身上硌了一下。浅浅的,像个孩童用小手抓了一把。

他忽然觉得:别盗了,让这些百年前的魂魄静静待着吧,也让久历疮痍的江东百姓好好喘息。就像他一直没搞明白自己当年为什么要遣散部曲，一直觉得是出于懦弱、自保，直到这一刻，他才终于想通一个很简单的理由：他只是不想看着身边的人，因为某几个人那渺远的目标，而白白牺牲。

王祐发现刘基有一刹那的失神，所以立马闪身，他的身法像手法一样快，在早期倒斗的时候，曾经无数次逃过官兵的天罗地网。

可这次，还没来得及有任何动作，眼前仿佛有鸮鸟飞过，一只黝黑的大手已经直劈后颈，顿时眼前一黑，向前栽倒。

刘基把他接住，心里想：这才是对你之前说谎的补偿。他这个人对别的事情都性情简易，唯独对上当受骗这个事儿，特别记仇。

猫头鹰试探一下鼻息，然后伸手把人接过，非常轻松地背起来，像扛一只麻袋，最后说："去我家吧。"

阴篇上

公元前 74 年·元平元年

夺权这件事,刘贺从来没做过。自出生以来,他所有的权力都是天上掉下来的,斗争、阴谋、勾结,都在暗处,还被父亲留下的老臣子们拦了一道,他只是远远看着。可这也并非没有好处——那些寻常权臣能想到、能使出的招数,刘贺看过了,知道大概,也清楚要不过他的对手;可他那一套特立独行的做派,也不是一般臣子所能预料到的。

六月初七,孝昭皇帝下葬平陵,诸般仪式已毕,刘贺正式上朝秉政。在刘贺眼里,朝堂就像一座高耸入云、结构繁复,但又效率低下的冶炼高炉,每每投进去山巅海角最好的原料,熊熊烈火燃起,漫天烟尘,又有千万人上下忙活、汗雨翻飞,似乎每个环节都必不可少,似乎每个人都殚精竭虑,可到了出炉的时候,那淌出来的金子却和废渣没什么两样。大汉天下就靠这点儿废渣运转着。

唯独是那些在炉边高枕软座的人,还能一个个对着废渣,啧啧称叹,歌功颂德,然后心安理得地往屁股底下再垫得高一些、软一些。

当然，朝堂也不完全是这样和平的地方。炉边的人有时也会动动手、费费工，可他们的手指几乎从来不会沾到铜铁或者煤炭，他们拿金锤子、银铲子，从高炉上扒下来的，只有血淋淋的小人。

而大将军霍光，他已经不坐在炉边了——他是炉子的所有人。他连热气也不用受着，只要眼色一动，总有无数人替他把话说出口、把锤子砸出去。可到了刘贺这儿，这些手段似乎都撞进一只软糯的沙袋里，刀刺不穿，水泼不透，只闷声没了反应。有什么上奏，他几乎不假思索地就准了；有大臣谏言，他统统虚心受教，偶尔痛心疾首。甚至有很多大臣怀疑：新皇帝似乎已彻底屈服于大将军了。

他们后来才发现一个意外的事实：刘贺原来根本不需要在朝堂上与他们对垒。

就像他当初上京一样——大汉也许是辆金声鼓乐缓缓而行的皇车，但他却是一辆能十二时辰狂飙不已的乘传。

退朝以后，未央宫百官的头痛才刚刚开始。整座宫殿像一樽严密运转了几百年的青铜滴漏，忽然间，过量的流水倾盆而下，让它发出嘎吱嘎吱的巨大异响。

大汉中央朝廷最重要的权力信物，最早是三尺竹节，后来有了铜的、铁的，但总而言之，还是节。刘贺除了再也不把印玺交给符玺郎保管，还一次取出十六枚符节，持节者，宫内宫外、四方天下，如入无人之境。

昌邑侍臣拿着符节，不仅能出入禁宫，还可以直入中央府库，取百官印绶。石绶、墨绶、黄绶，分别指代中央各级官阶权限，取回以后，由天子直接印玺下诏，赐给更多臣子。本来，中央所有职官的人事诏命都必须令出尚书署，而大将军霍光兼录尚书事，所以一切职位安排都需要经他一手。但皇帝拿着玉玺，不经各级申请，直接赐予印绶，就连文书都见不着，尚书台突然就变得两眼抓瞎。

至于那大量持绶侍臣，则纷纷派到对应府署。有些官场新人就看不懂了：他们虽然有印绶，却没有官职，凭什么参与朝政？好心的前辈就会教训他们：只要有官阶，官职算得上什么？在实际办事过程中，交叉管理、假名实权，太常见了。所以侍臣们风风火火地闯进官署，颐指气使，哪怕是上级官员，因为不知深浅，往往只能摆出和光同尘的态度；至于下官，就更是连逢迎都来不及，几乎不可能质疑。

这样一来，刘贺相当于跳过了整个中央官署系统，仅仅凭借几种器物，就把原本的权力结构搅成一团糨糊。

他还有一处巨大的施展空间，就是夜晚。

未央宫建成近一百三十年，除了政变，夜里从来没有这么闹腾过。

每当月上中天，以天子所在的温室殿为中心，便有无数的持节车马朝四方飞驰而出。这些使臣手里的命令，主要还是征调——财、粮、器物、男人、女人。帝国官署，本来做任何一件小事都要按部就班、层层推进，可这些使臣是一概不管，说要就要，而且当即、立马，不给一点儿回旋余地。一旦遇到不顺意的，一份奏疏直入温室殿，翌日早晨就见结果。因为这些事，未央宫官场震荡，一批官员一夜之间遭到停职。

昌邑侍臣除了敲开未央宫内大小署门，还闯出宫外，常常扰得长安城灯火通明、犬吠不止。自武帝时远征匈奴、封狼居胥以来，长安城内大小作坊，第一次彻夜不休，因收到的全是上林苑征令。这些征令的银钱管够，但就是期限奇短，大部分是珠宝器具，也有兵器、盔甲。为了满足皇家需要，长安城坊市再一次解除宵禁，允许匠人苦役彻夜进出。制造所需要的海量原料，采自天下四方，于是城门开启时间也得到延长，甚至有些商旅半夜闯门，守将也只能放进城去。

其他类型的采买也源源不断，比如吃食。未央宫里偌大的太官、汤官，都被置之不理，就是要半夜敲响坊市食肆的大门，把厨子肉贩喊起来，佳肴酒水流水似的运进宫内，乃至通宵达旦。长安城里越来越多人传说，新皇帝是个夸父般的巨人，山涵海量，大腹便便，弯腰摸不到脚，可上京当日有不少人都见过那高高瘦瘦的少年。当皇帝得有多幸福，能让他吃成那个样子？

也有一些绝不能让人听见的猜测——宫里有人要毒害皇帝，所以在御宴上，他一筷子也不敢吃。

未央宫里任何一点儿涟漪，都会引发全天下的巨大震荡。短短十日内，天下像一锅逐渐沸腾的粥，四处冒泡，四处破裂。

大司农田延年作为大将军心腹，理应替大将军应对，可他看都看不明白这位新皇帝到底在做什么。他几次命大司农署下的部丞、令官进谏：在朝堂上时，无论说什么皇帝都从善如流，甚至惩罚了一些昌邑旧臣——反正他们没有实职，印绶转给另一个人，又是一名好汉官；在朝堂之下，却爆发了好几次冲突，尤其是均输令、盐市令、斡官令几位直接与帝国商市相关的官员，都因为抗拒命令，被停职待罪甚至下令逮捕。

更多时候则是使不上劲——持绶官员当中很大一部分拿着少府公文，少府管的是皇室私钱，大司农则主理天下财政，他们一句话甩过来："那天家的钱库，也归你们管了？"说得大司农署下官员哑口无言。

田延年就要喊少府乐成来对质。少府确实管私钱没错,但像他这样听凭皇上安排,还讲不讲制度?还怎么替大将军分忧?他本就觉得那乐成不行,想着趁他失势,多踩两脚,没想到有种踩死了的感觉。那还怎么工作?所以赶紧派人去找。

没想到属下垂头丧气地回来,说乐成请不来,他被皇帝陛下架空了。

田延年大惊,这新帝登基才多久,怎么能架空他堂堂九卿?

官员回答,不是那种"架空",是真的架空——皇上让少府乐成着力督办一条新的复道,将少府东仓和温室殿西侧山亭凌空嫁接起来,不完工前,不能随意下楼。皇上也亲自参与,每日下朝,就抓着乐成在少府东仓顶层商议,除了这事情,也聊工艺、金银、珍宝、明器,一待就是几个时辰。别说大司农,就连少府底下的官员,都很少能看见乐成的脸。

别的不说,官员系统的适应性确实是很强的。在特殊形势下,少府和其他相关办事官员迅速形成了一套新的默契——他们竖起手指,朝天一指,意味着,长官在上头下不来呢;又意味着,听天由命,流程全部走黄门诏令,天子说什么就是什么吧。

田延年觉得自己像在弈棋桌上,碰着一个乱拳打死老师傅的家伙。明明看着棋路混乱,没章法,不算计,可偏偏把自己打得节节败退。

他被霍光召过去,两人一对眼,便知道大将军也是这种感受。

"大将军勿忧,也许陛下只是血气方刚,闹一闹,折腾一下,就会消停了。"田延年摸一下肚皮,讪讪地笑着说。

"天子春秋富裕,但宫中老臣子众多,这般操劳,怕是会天不假年。"霍光自我约束极其严格,平常连语调都不怎么起伏,这句话却像是被战车碾过一样,说不出的瘫软疲惫。

田延年额头上顿时沁出汗珠。他想起那被夺了长乐卫尉印的邓广汉,自那天以后,闭门思过,被妻子也就是霍光女儿日夜指着鼻子骂,也不敢出声。

他连忙又提出一个思路:"皇上自入宫以来,便抓着少府不放,府中藏品几乎被取用殆尽,甚至派人出宫,征调天下奇珍。这么看来,皇上只是贪好金银器物。毕竟过去是藩王嘛,骤得大位,也、也是人之常情。"

霍光微微摇头,又转过头问:"你觉得呢?"

大将军府中,侍女奴仆都已屏退,再无旁人,唯有王吉坐于客座之首。

王吉说:"圣上每日来往使臣数十人,诏令一百余条,调动宫内宫外人员以万千数计。这当中,大部分动作是为了扰乱原有秩序,使人人措手不及。"

经上次平陵一事,田延年知道这个昌邑旧臣厉害,便老实问道:"让百官疲于奔命,有什么好处?"

"自然是为了掩饰真正的目的。"王吉说,"可皇上的想法向来是波谲云诡,大将军若是一步慢,便步步慢。如今诏令直出黄门,甚至不经由尚书台,大将军纵有辅国之心,也难以迅速、全面领会皇上的圣意。"

"不管做什么,先得擦亮眼睛。"霍光沉吟片刻,"子阳到禁宫去任个职?"

王吉答:"下官还是要和圣面保留一些距离。"

"那就由大司农去,加授给事中,盯紧一点儿,但不要轻举妄动。子阳辛苦,分担一下大司农手上的重荷。"

给事中是个附加官职,主要功用就是有权出入禁中,常侍帝王左右。霍光的意思,是让田延年多待在皇帝身边。短短两句话,就把田延年安排好了,甚至没让他说话。田延年心里有些不畅,说:"耳聪目明自是重要,可要是不知道东西南北,也一样会抓瞎。"

王吉沉稳回答道:"下官确实有一些猜测。虽然目前还看不清圣意全貌,但要是拨开天子设下的层层迷雾,回归到关窍之处——还是兵力。"

"长安城内目前主要是三股军队,自内而外,分别是羽林禁军、南军、北军。羽林禁军由车骑将军张安世所领。南军当中,未央卫尉范明友同时出任度辽将军,声威远震;长乐卫尉暂由昌邑国相安乐所领;其他京城戍卫均在执金吾李延寿麾下。而实力最强的北军,实际上则由大司马大将军直领。"

他没说出口的话是,张安世是霍光一手提拔上来的,范明友是霍光第四女的丈夫。这些所有人都心知肚明,所以田延年听完,理所当然地说一句:"这些我们都知道,铁板一块,无机可乘啊。"

"确实,现在仅仅松动了长乐卫尉这一角,但必须警惕对方更多的动作。微臣不才,过去任职王国中尉,相当于长安城执金吾,定能为大将军好好看着。"

"你去见李延寿,辅佐辅佐他。"霍光说。这就又安排了一个人。

王吉的表情没有一丝波澜，继续说道："虽然兵力上现在看不分明，但在其他方面，我看出了一些端倪。"

霍光身体微微倾过去："是什么？"

"大将军请阅，我着人明察暗访，把长安城各市工坊受诏令而制备的器物做了一卷清单。确实，如果从兵装的角度来看，数量有限，多为射猎之用，尚不足以构成威胁。但臣留意到，器物中准备了大量材料和人力，用于制造漆兵、漆盾、漆甲，这也是导致工坊彻夜赶工的主要原因。"

田延年一捻胡子，喃喃道："那些不是造出来好看的吗？"

"确实是。"王吉点点头，"这些器物多用于仪仗、节庆，还有殉葬。皇上往昔在昌邑国，深爱器物，尤其是诸般礼器，这一点，也许大将军已经看出来了。但其实近日所见，仍不过管中窥豹，他还能躬自参与锤造金饼、贴金、制漆、造刀剑、雕蓝田玉，手艺精湛，天马行空，异于常人。"

从霍光和田延年两人的表情来看，显然都不太相信，却又不得不信。

王吉继续说："下官也不懂工艺，但如果以天子之资，加之旧臣智慧，能创造出一种工法让漆器真正具有实战格杀之能，尤其是漆甲漆盾，能形成很强的韧性，那也并非不可能的事。"

士农工商，工是贱业的一种，他们当然都不懂，只能猜测。

田延年猛吸一口气："那、那按这么说，我们得阻止他干下去？"

"不能完全制止，因为禁宫制器有很多理由，在这件事上冲突过激，反而会扰乱大局。我们只能旁敲侧击，用别的方式来掣肘。"

田延年还想追问，被霍光打断："这些具体应对，就由大司农来做，子阳参谋，多费心了。"一句话定了调，王吉主谋，但在长安没有根底，还是由田延年来挑头，功劳以他为主，出了问题也是他来担。两人都只能应一声喏。

室内忽然安静下来，三人都不作声，霍光目光淡淡投向远方，宛如老道褪凡登仙，只留一尊肉身在人间。像大将军这样一辈子不出差错的人，活得就像一只日晷，只要太阳如常东升西落，秋去冬来，日影都会严格按照天道伦常来行走。但十年、数十年间，也会出现天狗食日，太阳消失，日晷成了荒废的石板，他进入石像般静默不动的状态。他用这种方式，在魂灵上修复世界的错误。就像金乌被天狗食尽后重生，他也在心里把犯错的自己杀掉，埋葬，从尘土中长出一个新的，就像只崭新的日晷，再无任何过失。

良久，大将军终于像醒过来一样，鼻息吹动长髯，眼里能看见别人。他说："这还是短期。长远呢？大局呢？"

王吉明白大将军的意思。与天子争权，多一分，少一分，永远都在变化。可还有没有更高一层的做法，能彻底扭转局面？要是走出更重大的一步，后果又该如何面对？

王吉脸色凝重地回答："大局之事，还是要问龚遂。"

"他人呢？"

"龚大人遇到了一点儿麻烦。"王吉说，"入宫以来，皇上第一次派人召见了他。"

阴篇下

公元前 74 年·元平元年

刘贺拖着一条腿跳下车，又朝龚遂伸出手。

龚遂正忙着用手掌安抚悸动的肠胃，满眼金星，差点儿没看见天子御手。等终于看清了，也不肯扶。这是因为他已经从内心里投向大将军的阵营，他反反复复跟自己说这一点，所以皇上就是皇上，不是那小王爷。

他撑着前轼，自己翻滚下车。

刘贺了解他的性子，看着他一骨碌下地，不由自主地往前倒，才又伸手扶了扶。这下龚遂没能拦住，感觉被一双手撑着，戳在地上，已经溢到喉头的酸水慢慢倒流回肚子，才总算没有犯下污君大罪。

龚遂久违地近看了看刘贺：额上冒了点儿汗珠，脸色红润，眉目清爽，这兴奋的样子，和过去十余年里在昌邑国无数次看见的模样没什么区别。在昌邑王国，刘贺是排得上号的驭车好手，没几个将士能追得上他，再加上身份，那就是独步天下。刚才一路上，他亲自驭车，龚遂参乘，龚遂初时还伏拜、躬身，等车子真飞起来的时候，就什么也顾不上了，死死扶着车轼不放，口中念念有词，也不知是《周易》还是《礼记》。

龚遂曾经说过，世上只有两种事物比王命更重要，一种是头顶的星宿，一种是心中的礼制法则。要是下一刹那就要车毁人亡，不知道他更愿意吟诵哪一部经典。

刘贺见龚遂慢慢恢复过来，便领着他往前走。出发的时候，他们身后跟了一车侍臣，还有几名戍卒，现在都被甩在后头没了影子。城南重地，夜寂无人，除了青墙之上未央、长乐二宫楼台燃着灯火，前前后后再无生气。

"龚老是否曾经从朕这里拿走了一枚玉件？"刘贺边走边问。

龚遂被问得一愣。

"长得奇怪。"刘贺提醒他。

龚遂立即回想起来。当日他盗走子母虎玉剑璏，发现一枚怪异邪祟的熊形玉佩，总觉得有害，便顺手拿走了。"是有的。"他老实回答，"臣有罪，当即归还圣上。"

"不用还，朕只是问一句。"

龚遂抬眼去看，觉得刘贺的表情似笑非笑，让人看不分明。其实那枚物件就在身上，只是没挂在腰间——他后来看明白了，那并不是一枚佩，而是还没镶上的嵌饰。他犹豫了一下，还是没掏出来。

刘贺缓缓说："你可能觉得奇怪，怎么雕成那个样子？那其实是父王教给朕的一个图样。朕从小喜欢些神兽精怪之属，那时父王身体尚好，只是很少与朕见面。有一次看见朕拿着墨笔，在汗青简上涂涂画画，全是些三头六臂、虎头鹿角之物，便一掌掴在朕的脸上。他说:'子不语怪力乱神,没听过吗?'"

龚遂额上沁出一层细密的汗珠。他知道这件事:

李夫人是最深得武帝钟爱的夫人,可是,在诞下刘髆不久后,便溘然长逝。武帝多少有些迁怒于刘髆,总是分外严苛,这使刘髆自小形成了一种阴鸷乖张的性格。刘贺却不同,他从小就有些男身女相,低眉顺目的样子,在祖父眼里,多少有李夫人的影子。于是武帝对他溺爱,刘髆反而有了迁怒之心,私下里冷语、打击,都被一些臣子看在眼里。

刘贺却似乎并不介意,只是继续说:"一般来说,这种事情以后,几日里都不会再见着父王。可他当天夜里又出现了,给了朕一幅丝绢,展开来看,便是那单腿蹲伏的熊罴图案。是不是他自己画的,朕无从得知。那可笑的嘴巴、丑陋的牙齿,是在画朕吗?也没有明说。"

龚遂摸一摸外衣内层的玉,隔着单衣,还是凉飕飕的。"它有什么含义?"

"他说,哪怕是野兽、鬼怪,也该学会好好听别人说话。那熊不是支起耳朵的样子吗?就是这个意思。他后来还给过我一只漆壶,本该是壶耳的两个位置,就嵌着那怪石片。那就是'耳'。所以朕听话啊,所有人说的话,朕都能听进去。"

龚遂不知该怎么回应,跟着他走到一座院门前,才说:"意义深远,老臣还是还给陛下吧。"

"你收着。朕还想多听你教诲呢。"刘贺笑一笑,说,"对了,以前不是经常给朕解梦吗?朕最近又做了一些异梦。"

一句话，又勾起无数回忆。刘贺还在童蒙时，睡觉还多些，只是经常做梦，乃至一夜数次惊醒。很多次，他都用童稚的语言来描述那些梦境，说一会儿，停一会儿，有时眯一会儿。龚遂则引用《诗经》《周易》来进行解读——解读是他的个人兴趣，分析够了，再悄悄塞进一点儿做人的道理。

龚遂只能回答："陛下请说。"

刘贺不走了，停下来认认真真地给他说梦：

梦里他在未央宫，那是他第一次梦见长安城宫殿。他在找一样东西，也许是一个人，大抵是黑色的——就是深邃的、能把人吸进去的那种黑。哪里有黑的人？醒来以后，他回想起童蒙时第一次看见孔子漆像，红漆底上，孔子的头身脖子都涂满了墨色。怎么是这个颜色？他绞尽脑汁，也想不起有没有人给他说过答案。

回到梦里，他在宫廷中跌跌撞撞，绕行良久，忽然在温室殿东阶西侧，撞见由数百枚大瓦片堆成的小山，摇摇欲坠。他发现瓦片间隙漏出黑色，就用手去扒，大瓦很沉，摔地上却没有声音。再看底下，密密麻麻堆满了黑色的小粒，山脉似的，几万亿颗。他眼睛定定看着，黑点流动起来，再看时，好像已经掉进去，沉下去，心里充满恐慌，因为那小点全是苍蝇屎。

老人家教诲：苍蝇屎掉身上，便成了痣，一辈子也洗不掉。他没入屎堆里，腌臜还是其次，主要是整个人从头到脚都成了墨色，抠也抠不掉，远看没入夜色，近看满是小点，好像也能流动。他大吃一惊，从床上跳起来，出了一身汗浆。

龚遂沉迷经学，七八种解读撞进脑海，他挑了其中最有教导意义的一句："《诗经》不是写过吗？'营营青蝇，至于藩；恺悌君子，毋信谗言。'陛下身边谗人众多,必有凶咎。"

"谁是谗人?"

龚遂抬眼看看刘贺,心想,难道他真的在反省?于是如实回答:"昌邑故人二百余,多是谗人。"

"龚老不也是昌邑故人吗?"

"如果陛下下旨把所有旧臣放逐回国,老臣愿意第一个走。"

"那如果朕只把龚老放逐回去呢?"刘贺冷冷地说,"你已经投奔到大将军足下,反过来对付朕了,不是吗?"

龚遂想过刘贺会觉察到,只是没预料他会以这种方式来挑明。不只是那一句直白的质问,还有他们来到的这个地方。

龚遂一直在疑惑这是哪儿——刘贺召他进宫后,一直等到夜幕沉沉,才突然亲自驾车,带他飞驰出宫。他甚至一度怀疑刘贺要夜闯高祖陵庙,那位于长乐宫西南面,靠近整座长安城的最南边,与南斗星形的星位相应。可后来又觉得方位不对,只是走近了才发现,这到达的地方也一样是座宗室庙宇。

那是谁的庙?

庙里已经做好了祭祀准备——两侧高烛,灯火如昼,诸般礼器停当,庙前放置好三太牢,也就是猪、牛、羊各三具,全是烫熟的完身整肉,灯光摇曳里,像是九头蹲伏的活物。这是大汉祭典故天子的礼仪。换言之,光是这一眼所见,刘贺就已经犯了大忌,因为这绝不是汉帝的祭庙。

但这些都不是最吸引龚遂注目的东西。

他再次觉得满眼金星,头昏脑涨,几乎辨不清方向。因为在祭祀大阵里，密密麻麻，呈现了超过一百枚大汉最高贵的皇室赐物，金色闪耀，流光华彩。

马蹄金。麟趾金。

在武帝最得意的年岁里，获白麟，得天马，见黄金，祥瑞之兆接二连三，他的登仙长生梦仿佛触手可及，于是以王国顶尖技艺锻造黄金，大者为天马蹄子，小者为白麟蹄子，用以颁赐诸侯王。

谁能获得这么多的赏赐？

龚遂当然知道。

就在龚遂心念电转的同时，天子刘贺已经以大礼下拜，祭奠庙主。

"龚老，你还记得这是谁吗？"

龚遂视礼如命，怒气"噌"地一下冲上来，一双手忍不住发抖，颤颤问道："陛下，陛下……怎么能这样祭拜昌邑哀王？陛下明明知道宗庙之法，为什么要这样胡来！"

能拥有这么多马蹄金和麟趾金，又能让刘贺这样做的，几乎只有一个人——他的亲生父亲，刘髆。这里便是刘髆在长安城享受汉家祭祀的陵庙。

而刘髆能拥有这么多礼金的原因，自然也不是因为他自己，而是因为那最深得武帝钟爱的、"倾国倾城"的李夫人。

也就是说，这么多的黄金，其实不过是献给一个魅影；而那个曾经收到它们的刘髆，如今也成了一缕幻影，更成了一个不该存在的人。

"陛下应该明白，"龚遂着急地说，"自从本次上京登基，陛下便已经成为孝昭皇帝的嗣子，在宗法上，便不再是昌邑哀王的后代。这次祭祀,绝不该发生,更不能以这种礼制……"

刘贺沉声应道:"大汉以孝行治国,朕祭拜生父,是不是天经地义?可荒谬的是,这偏偏是最凶险、最不能为人所接受的一着。你说这是为什么?"

龚遂不再顾及君臣之仪,而是直直盯着刘贺。他到底明不明白?明白多少?

"这是至关重要的嗣子问题!"龚遂一声断言,"昔日武帝选定幼子孝昭皇帝为嗣,已成事实,所以昌邑哀王虽然身为孝昭皇帝长兄,也只能为人臣子。孝昭帝不假天年,未能立嗣,由陛下继得大统,可是,陛下不能以哀王之子的身份即位,必须先成为孝昭帝嗣子,才能顺理成章。所以,才要先拜见皇太后,册封为太子,再以太子身份登基。但如果陛下像这样,忽然以父子礼祭祀昌邑哀王,便相当于公开声明这嗣子关系是假的!这样……这样……"

刘贺接着说:"这样就意味着,朕不再以孝昭帝嗣子的身份来继承大统。可是,难道朕就当不得这个皇帝了吗?"

龚遂脑中翻江倒海,忽然瞪直了眼睛:"陛下想完全摒弃大将军安排下的孝昭帝世系,直接回溯到武帝时期——这是当年文帝的做法!"

龚遂忽然觉得眼前这位少年有点陌生:从什么时候开始,他也懂得这些幽秘的门道了?在皇权更替这样的关键时刻,权争、兵争,从来都不是全部。刘贺祭拜生父,这一行为虽然看似微不足道,但其背后却有着非常复杂的政治意味。

两个人都知道百年前文帝的例子:

先说背景。高祖之后,外戚当权,十余年间,连续经历三位皇帝:惠帝和两位少帝。在周勃、陈平诛灭诸吕之后,大臣声称后一位少帝根本不是刘家血脉,将他从正统继承体系中"除名"。但哪怕这样,从宗法顺序来说,继承帝位的人也应该是惠帝的后代,而代王却是惠帝的弟弟,根本没有理由继位。

为了解决这个问题,他们让文帝在践祚时,直接拜谒高庙,继承高祖的帝位。

这意味着,从那时候开始,大汉帝位正统的宗庙传承,就变成了高祖—文帝—景帝,而本来第二任的惠帝反而变成了支系旁出,更遑论排在惠帝之下的两位少帝。

哪怕篡改事实,也必须保持宗法规则的一致性!

这样的手段,看似文字游戏,其实对大汉朝廷和百姓而言至关重要。这是因为,这整套宗法本就是大汉罗织出的一张网,它用这张网束缚了上至诸侯下达黎民的所有人,也自然要反过来,用血和肉保障其不可侵犯。

而刘贺现在做的事情,从方法上,和文帝没什么两样。

"父王和孝昭皇帝本是兄弟,从宗法来说,父王更有理由继位。更何况,与武帝合葬平陵的孝武皇后,本就是朕的祖母李夫人!由此看来,父王本就是嫡长子,朕本该是嫡长孙。而那孝昭帝即位,却是霍光等人弄权操纵的结果。"

"所以陛下决定绕开孝昭帝,直接以武帝之孙的身份,继承大统。"龚遂说,"方法便是来祭拜哀王!"

刘贺点点头,然后冷笑一声:"大将军让我当孝昭皇帝的嗣子,孝昭帝倒是其次,最重要的是上官皇太后。因为她活着,而且听话。按他的做法，一方面是在朕头上架了一位能制约朕的母后，另一方面也替他自己堵住悠悠众口。

"朕这么做，就是要撕碎他布局的这一切。"

龚遂实在着急了，几乎是站在皇帝面前与他对质："这是谁出的主意，安乐？王式？还是那些鞍前马后的昌邑故臣？不对，他们都没有这样的能耐。"

"龚老，"刘贺笑了笑说，"你不相信自己教出来的学生吗？"

"陛下！如果这真是个好方法，又何必屏退左右、半夜祭拜？为什么不带着百官光明正大地来？还不是因为大将军！"龚遂感到有一股战栗从胸膛里炸开，由远至近，震得他两颊战战，眼眶通红，"小王爷自进京以来，不过十七日，已经与大将军针锋相对、势同水火，难道真的要逼他行大逆之事吗？昔日文帝践祚前夕，少帝被废，被臣子带走。少帝问：'去哪里？'臣子回答：'去找个地方住。'去哪里住，小王爷知道吗？当天夜里，少帝就没了——不是崩，也不是薨，小王爷知道吗？"

龚遂的眼睛模糊了，可他发现刘贺虽然在听，但脸色不改，甚至嘴角还挂着笑。

刘贺淡然地说："朕的确没让百官陪同，可也不是一个人来的啊。"

身后有人来了，龚遂回头看到那瘦削的身影，一时间，甚至忘记了下拜。

前面的人是长乐卫尉安乐，他瞥了龚遂一眼，然后向刘贺跪拜行礼。跟在后面走进庙院的，竟是上官皇太后本人。

她问："真的只要来看看，就足够了吗？"

刘贺点点头："只要皇太后承认，便胜过百官认可。"

龚遂终于明白过来！确实，刘贺没办法更公开，让更多人来参与这场祭祀，可是，绝大部分官员本来就无法撼动宗法之事。谁可以？为首的不是霍光本人，而是当今天子名义上的"母后"——上官皇太后。只要她反过来认可新的宗法顺序，就算是霍光也很难反驳，甚至会反过来成为霍光弄权的一则铁证。

可这样，也意味着她"皇太后"的身份，会变得非常尴尬。

她想清楚了？

她在世上已再无一位亲人，真要以卵击石？

龚遂不敢再看，俯身下叩："拜见皇太后。"每个字都很清楚，可是，却没人请他平身。

倒是刘贺的声音，从头顶高高落下：

"龚老，摸摸那块玉吧，在父王的灵位前，听一听他有没有说什么。

"然后再回答一个问题：你，还要背叛朕吗？"

第十章 错金银盖弓帽

盖弓帽乃马车华盖上固定及装饰用件，本体为青铜，上半部分鎏金，呈花瓣状，下半部分采用金丝银片镶嵌为图。

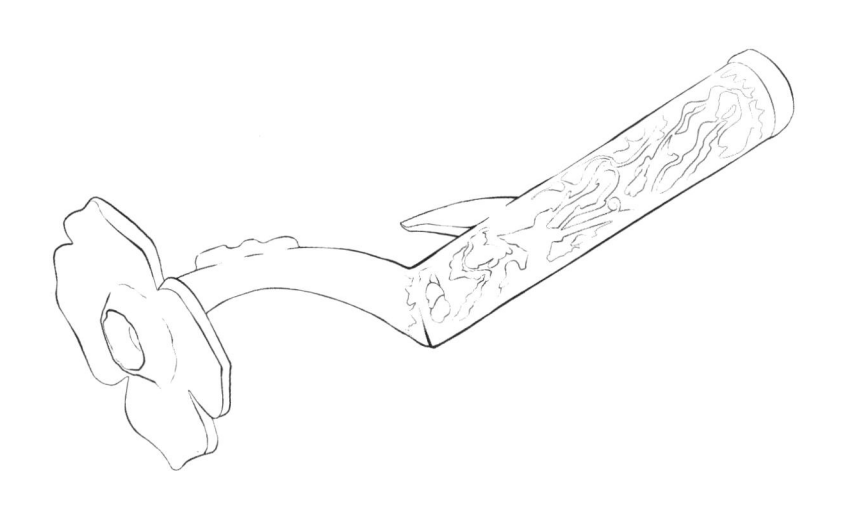

阳篇上

公元 201 年·建安六年

　　猫头鹰的真名叫刘肖，豫章郡生，越人。他的妻子是个北人，从长沙翻越九岭山而来，祖上也不在荆州，只是已说不清楚来历了。因为南北结合，刘肖才学了些官话，在上缭壁负责将皮草、铜铁矿、竹木器等销售给郡中商人。

　　刘基见他粗暴易怒的样子，原本以为只是个打手，没想到还能做些交涉往来的活儿。后来就想明白了——他们毕竟是山民，要是没有一定威慑力，根本不可能和郡人达成合理的交易。所以他的"铁拳买卖"，在山越当中也算是小有名气。

　　这些都是刘肖的妻子告诉刘基的，她叫严黎，见丈夫肩上扛了个不知是死是活的人回来，她镇定自若，帮忙把人卸下来，在席上放好，才去探鼻息。探完之后，和刘肖对视一下，便拿麻绳来捆了王祐的双手双脚，那动作凌厉得仿佛在杀鱼刮鳞，然后就塞进地窖里。

　　家里难得进了个新面孔，她也没有传统北方妇女的矜持，大大方方拉着刘基聊天，有问必答。她说刘基一看就不是寻常山夫，该是个读书人，怕是位公子。还让他不要见怪，这壁垒里不少山越人都姓刘，据说是因为几代人以前这儿就是刘家的王城，先人要沾光，纷纷改姓，这儿山高皇帝远的也没人管，现在反倒成了一片刘氏的聚居地。

刘肖出去查探龚瑛的动向，刘基便问严黎关于龚瑛的事情。她说，大帅倒不是自己主动改了刘姓，反而是以族中巫道为首的一帮人喊出来的。从某个时候开始，堡里的巫师就变得对他俯首帖耳，他也开始显露一些神迹——倒不是匪夷所思那种，反倒很实在，是变出一些山越根本不认识的宝贝来，专门赏给心腹。那些巫师，手里头都收了稀世珍宝，那天马的蹄子，麒麟的爪子，金灿灿的，放在家中，夜里都不用点灯……他们声称大帅才是刘家龙脉后人，上缭壁上应天命，匡扶汉室，那华歆、刘勋、严白虎，甚至孙家，全是奸臣、大盗。

严黎说，其实刘肖不傻，只是笃信神灵，以前信巫师，后来便全听了大帅的话。严黎让他留个心眼儿，他也不听。

刘基问她，为什么想到要留个心眼儿？

严黎说，其实也没什么确凿依据，只是常常听说，大帅有一些不能让任何人知道的货物，总是用最隐秘的方式运出去，有人说他私自贩卖珍宝，也有人说是给太史慈的。那太史慈呢，传说在别的地方，手段狠辣，所向披靡，可在这儿总感觉拖泥带水的，和上缭壁这儿刮一把，那儿好一下，好像有着什么默契。

刘基说，她这见识，也不像一般妇人。

严黎却是苦笑，说："哪里懂什么？吃了太多苦罢了。"她一个女人离乡别井，经历的也许比一个山越更多。她还悄悄透露：以前曾经有过一任丈夫，兵役来的时候，丢下她跑了。也许死了。

刘基觉得没什么可隐瞒的，便和她说了盗墓的事情，还浅浅点出王祐的身份。在找到出城方法前，王祐可能得藏在她家里几日，这点儿信息，不能太过保密。

严黎还在惊讶当中，门扉悄然打开，刘肖敏捷地闪身进屋。他说："雨大，大帅外出，短时间不会下洞。但有人送饭。我来处理。"

刘基点点头："那问题就是怎么逃出去了。"

刘肖眼里冒出寒光："直接杀掉。藏死人比活人简单。"

听者俱是打一寒战。但还没等刘基回答，严黎倒是先动手打他："要死，要死啊，动不动杀人，你和那些禽兽有什么两样……"

刘肖无力地反驳，说，他不敬神，他挖坟，让先祖不能飞升……

他在刘基面前的形象从来是直来直去，能动手绝不动口，没想到这会儿被严黎驳得抬不起头，舌头打结，一下子冒出百越方言来，严黎气不过，也讲不知道哪里的土话，一时谁也争不过谁。

刘基哑然失笑，心想，还真是只有这南北交融、远离正统的地方，才能看到这么独特的景象。

到最后，刘基好不容易抓到空隙插话，才终于让他们停歇下来。

在墓穴里的时候，刘基除了决定阻止盗墓，还决定了一件事——还是得回去吴军军营。他想把王祐带给太史慈，问清楚：太史慈到底为什么要这么做？他的心病，还有没有别的方法可以解决？

他有没有可能与上缭壁和解？

另外，也得回去看看吕蒙他们后来有没有被牵连。

可是，如果他自己一人逃走，也许不难；但要带走王祐，就变得复杂多了。

严黎忽然眼睛一闪，说："用他们的商队呢？"

刘肖作为商旅小头目，每隔一段时间都会带着货物出寨子去。江东虽然战火凌乱，但海昏、柴桑、巴丘等地皆有集市，有时也到会稽、吴郡去，往来一个多月。严黎又说，山越的大宗商品众多，尤其是矿石、奇木，混个人进去也未尝不可。

刘肖思忖片刻，又出去一趟，回来的时候说，过两天正好有一队车，运的货物以熟兽皮为主。兽皮好，沉实，味道大，来往检查做不到特别仔细。刘肖给严黎叮嘱好，便带着刘基回到那监视他的房子去，临走前捏了捏严黎的手。

没想到，龚瑛在第一天就回来了。

回来的人全部被雨浇得湿透，蓑衣都不管用，变得黏糊糊还沾满泥。龚瑛看起来气冲冲的，脸比天色更阴，在刘基住的耳房门外瞟了几眼，就去找刘肖问话。没聊多久，便踩着水离开了。他前脚刚走，刘肖后脚便闯进屋里，说："快，他要去看密道！"

以往每隔一段时间，龚瑛就会把核心的巫师召集起来，说是有敬神仪式，然后把内城城门紧闭，时间从一日到多日不等。现在看来，那就是他们下穴盗墓的时间。而龚瑛回来以后，立即通知手下准备封锁内城，说明他又准备要探墓了。

可这么大的雨，上面有天水，下面黄泉水也大涨，连下葬都不敢动土，怎么可能盗墓？

刘肖也不明白原因，可当务之急，先要应对眼前的状况。

刘肖让刘基先去找严黎，准备逃跑，然后自己去和两名越人士兵会合，说："大帅下令，这次只有我一个人去。"对于有疑问的士兵，刘肖一拳把对方捶到地上，问："你说什么？"对方便没了疑问。

刘肖便独自到上燎壁的监狱里去，抓出九名囚犯。囚犯当中有其他部落的越人，也有吴军俘虏，全都蓬头垢面，步履蹒跚，浑身上下没几处完好的地方。刘肖保留着他们身上的枷锁，又用绳子串在一起，驱赶着，往内城方向走。

对外，他们是敬神献祭用的人牲；对内，他们是盗墓用的苦力。对他们自己而言，结果都是一样的。

大雨依然滂沱，刘肖拿着长鞭，押着囚犯们来到内城门前。远远看去，巫师们已经在庙前等着了。在刘肖眼里，这些威严不可一世的通灵者们，被雨浇成了灰色，平常炸开的长发都贴着面具，长袍贴着肢体，显得缩小了不少。

刘肖割断囚犯之间的绳子，叹了一口气，然后帮其中一名囚犯——看着最瘦弱的一个——解开了手腕上的枷锁。在他震惊的眼神中，又把钥匙塞进他手里。

"把他们都放了。"刘肖将他拽到面前，几乎是脸贴着脸地说，"然后赶紧逃跑，或者干什么都行。"

刘肖把那囚犯推开，看着他手足无措地忙活起来，而其他囚犯就像久旱逢霖的旅人一样，拖着枷锁，向他猛扑过去，谁也不甘落后。刘肖让开几步，抽出匕首，往自己大腿上一扎，装出被犯人袭击的样子，然后倒坐在地上，把刀丢向囚犯的方向。又甩动长鞭，连续炸出几声雷响，抽在囚犯头上，口中大喊："犯人逃了！！"

囚犯们不管锁解没解开，立马四散奔逃，有人往民居去躲，有人去抢刀，也有人跑进内城。而士兵、居民和远处的巫师，都喧闹起来，只是万物都隐在滂沱大雨中，一时谁都搞不清情况。

刘肖仔细看了，没看见龚瑛的影子——不过，只要内城还有人进出，他就一定不会去开启暗门，这样，无论如何都能争取一些时间。见有巫师跑近，他捂着大腿的伤口，挣扎着站起身来。

另一边，刘基正推着一辆用茅草篷子遮盖的手推车出城。手推车上的货物看起来非常沉重，刘基两只手臂青筋突显，每一步都踩得缓慢。屯堡高大的门上像是挂了一层水帘。士兵在门洞里拦住他，问车上是什么东西。他说："拿出去卖的兽皮，是刘肖吩咐的。"士兵要揭开篷子来检查，刘基连忙阻止，说："皮子不耐水，小心点儿。"士兵大骂："你他妈什么东西，撒手！"完了便扯开茅草，上面的水哗哗往下淌，把各色熟皮打湿了一片。

刘基笑着说："确实是皮子，没骗人。"那士兵伸手去翻着拨着，又瞟刘基，总觉得这个年轻人脸生。他说："行商至少要两人行动，你怎么一个人？"刘基说："刘肖要亲自来，但大帅临时有事喊他，我就先出发。"

湿了水的皮特别沉，又粘在一起，士兵不耐烦，便抓起长矛想要去挑。刘基下意识地用身体去挡，士兵眼睛一亮，一甩矛尖，喝令他："一定有东西！你自己翻开！"

刘基僵立在原地，眼里满是愤怒，但终究还是去搬开了上层的皮草。

士兵吓了一跳——底下，果然藏了个人！

那么厚实的皮子压在身上,这个人还能纹丝不动,原因很简单,因为被人绑住了手脚,甚至堵上了嘴巴。仔细看,那人全身都在微微颤抖。真是太惨了。

尤其,那还是个女人!

士兵看向刘基的眼神突然就变了。

那是什么反应?

并不是惊诧不已,更不是冲冠一怒,反倒是一种玩味、调笑、猥琐,甚至有些佩服的表情。

刘基差点儿就要吐出来,可他忍住了,必须忍住,还要讪讪地笑。

那士兵伸手,想撩开挡脸的头发,看看这人模狗样的年轻人到底偷了哪家闺女。手伸到一半,一个冰冰凉的小东西塞进了手心。

"高抬贵手。"刘基说。

那士兵拈起来看看,天光黯淡,一时间没看清那是什么。凑到更靠门洞外的位置,才发现那是一枚玲珑剔透、水样似的琉璃珠。珠子反着光,士兵的眼睛倒是漆黑无比,他反手藏到身后,笑笑,说:"赶紧滚。"

出了屯堡,车子转进山林,到一个视线隐蔽的地方,刘基立马把车上女子口中的布拿掉,绳子解开,又扶她下车。那女子还在活动手腕、整理头发,一低头,就发现刘基已经跪在地上。

刘基说:"严氏果敢谋略胜于男子,大恩不言谢。"

严黎吓了一跳,口中冒出一串"别别别别",硬是把刘基从地上拽起来。又看他满裤腿子全沾了泥巴,也不知道该笑不该笑,最后只叹了一口气。她说:"山贼终究是山贼,那偷女人、抢女人的行为，可都是当作英雄事迹来说的。情急之下，只能想到这么个方法。碰上刘肖是我的福气。你也别放在心上，至少没被看到脸。"

刘基还在自责，严黎拍拍他，说："再不把另一个人翻出来，就闷死在那儿了。"

两人连忙把车子上的皮毛进一步卸下来，这才发现，在严黎原本躺的位置底下隔着一层牛皮，还藏了另一个人。

刘基确实是使出了毕生力气，才能推好这辆车。他有些后怕，要不是大雨冲刷了汗水，遮住了细节，他们可能已经暴露了。

王祐早已经醒了，只是被五花大绑，又堵着嘴。刘基见他把眼睛瞪得滚圆，便扶他坐起来，又安抚他说接下来就去吴军兵营，可他的焦躁一点儿也没有缓解，反而用力挣扎，口中嘟嘟囔囔的，想要喊什么话。

刘基和严黎对视一下，又看看上缭壁方向，确定没问题了，才扯出王祐嘴里的麻布。刘基想，王祐要么是想争辩，要么是想游说。

他没想到的是，布一扯下来，王祐就用嘶哑的声音大喊一句："没听见吗？快跑啊！！"

阳篇下

公元 201 年·建安六年

平常人确实很难听见。

王祐被层层熟皮压在车上,行车的时候,全是车辘辘的声音;当停下来的时候,那地上的声音就听得特别清楚:无论是潺潺水声,脚步声,马蹄声,还是大批人马的脚步和马蹄声。

刘基也听不见。在王祐的提醒下,他看见了,因为上缭壁在山顶,往下俯视,那山坡上葱葱郁郁、烟雨迷蒙的林子里,正卷起极不正常的、淡红色的一片沙尘。连滂沱的水汽,也不能把它洗刷下去。

他只能想到一种解释——有一支大军正在杀上来。

三个人当机立断,丢下皮车,往远离战场的方向跑去。刘基也没有犹豫,直接割断了绑住王祐双腿的绳子,他相信,这时候王祐除了跟着逃跑,也干不了别的事情。

但严黎不同。

她在逃跑过程中,不断回头去看上缭壁的方向。刘基不得不拽住她的手臂,说:"刘肖也要出城,说不定现在已经到城外了,你一定要保护好自己,这才要紧!"

严黎还想说什么,可没人能听见她说的话了。

漫山遍野,突然爆发出震耳欲聋的喊杀声。

无数黑影从林子里飞驰而出。有骑兵,更多是步兵,他们都穿着刘基熟悉的、绿色的盔甲。更重要的是,刘基看清了因行军过快几乎被风折弯的一支旗号。

王祐嘲讽地笑,大笑。他说:"你不是要找太史慈吗?他来找你了!"

日后成为曹氏三代元老的著名谋士刘晔,曾经侍奉过刘勋,也就是来攻打上缭壁结果扑空了的那位庐江太守。刘勋出发前,刘晔曾警告他说:"上缭虽小,城坚池深,攻难守易,不可旬日而举。"

刘晔了解刘勋,但他没见过太史慈。

太史慈用兵,如水银泻地,无孔不入。

守军的第一感觉,是自己被彻底包围了。上缭壁就像被一张巨口咬住一样,四面八方,七八十支队伍,攻伐不停。这个同一时刻用兵的数量,超出了守军的理解范围,他们怀疑孙家拿出了攻打江夏黄祖的气势,派出了多名将领、几十支部曲来围殴,可是,不同部曲间绝对不可能像这样配合无间。况且,无论从哪一个方向去看,敌军阵中都只有一种旗号——"太史"。

他们也发现,那好不容易才修成的夯土高墙,突然就起不了什么作用了。他们在墙顶组织不起有效的防守。原因很简单,因为指挥官根本没法露头,露头没一会儿就会被射杀。敌军中有一批头戴高翎的射手,持与人同高的长弓,百步穿杨。还有一种粗壮得仿佛是短枪的箭矢，每每将人射得飞离地面，给周围造成巨大的心理阴影。守军原本以为是由弩车射出来的，后来才发现，那箭除了可以平射，还能曲射，从各种刁钻角度贯穿军官的脑袋，这绝不是弩机所能做到的。

因为防守无力，城下深挖的沟壕很快就被填出道路，森林里的大树往两旁倒下，云梯从中间开出。云梯前覆盖着厚厚的牛皮，箭射不穿，石砸不坏，直抵城下。

林中突然惊起无数飞鸟，像一把黑芝麻撒上灰色的丝绢，然后就是让人心胆俱裂的巨响。一块硕大的岩石从所有吴军头顶飞过，落在刘基等人刚刚经过的城门上，像重锤砸进柿子，冲激起一大片猩红的汁液。

那是投石器。只有不惜把城砸得稀烂也要拿下的时候，才会出动投石器。

然后，便开始杀人。

先登士兵把死亡带上壁垒，在四方形的黄土墙头上，开始了第一轮的厮杀。没有那么多英勇的画面，从远处看，甚至看不出那些人用的是刀剑还是指爪、牙齿。他们抱打在一起，纠缠，撕扯，不断有人从墙上翻落下去，直挺挺的，像一根下坠的木桩。"太史"字样的旌旗慢慢插遍城头，玄底缥字，下面摇着守军将领的人头。

第二轮杀戮，就在攻进城门后的大道上发生。说是大道，其实刘基知道，城里建筑盖得拥挤异常，像无数甬道和洞穴的纠合体。这原本只是因为逃难上山的人出乎意料的多，但它也有自身优势。这种地形把大军都消化开来，每扇窗、每户门、每个转角，都是守军有机可乘的空间——最适合进行巷战。

太史慈加入了巷战。长矛、大戟，在巷道里施展不开，他便只持了一把剑，加上异于常人的猿臂，也足以把一条路封得水滴不进。他的规则只有一条：杀士兵，不杀平民。可这两者，在山越当中，看样子是看不出来的，所以，他只杀拿兵器的，无论那兵器是一把刀、一把斧子，还是一把锄头。

几乎所有人都是腰斩。

脖子是人体脆弱的地方，腰不同，腰至少够粗，哪怕是杀猪，也很难断腰。

但是，腰斩的威慑力，远比砍头来得更大。这样杀十个、二十个，远比杀一百人来得还要惊悚。

太史慈走过长街，满街都留着半死不活的半人。

道两旁，屋里屋外，檐下墙角，一团团乌黑惨白，全是崩溃得哭不出声的人。

山越确实是全民皆兵的，但这也意味着，情绪在他们之间更容易传染，他们更可能全面溃散。但在这样的环境下，还能组织起来进行反抗的，就称得上是精锐中的精锐。他们是上缭壁之所以能在众多山越乱民中独占鳌头的关键。

守护内城的士兵，一边是兵甲严整、法令森严，和正规军没什么两样的龚瑛部曲；另一边则是满身上下画满符咒、兽纹，满脸油彩，坚信神灵庇佑、死而后生的山越巫兵。

内城在整座上缭壁的正中央。吴军从四面八方巷道里走出来，将它团团围住，像一大幅鲜红的画卷，只余中间一笔点睛。

太史慈问："你们的大帅在哪里？"

没有回答，只是激起一片辱骂。

太史慈拿起剑来看了看，这是他换的第三把剑，雨水已经把血迹冲刷干净，在昏暗的天色里，它像是一道黑的缺口。

正想下令冲锋的时候，内城的城门突然开了。

他看见，部曲和山越的兵阵当中，像有电流过一样，突然泛起了悸动。有人欢呼，有人敬神，甚至有人伏拜，所有人眼里突然都冒出精光，像看到黎明、破晓和希望。他们纷纷向两侧散开，让出中间一条道来。

太史慈真没想到会看见这东西。

那是一驾由四匹棕红高马牵引的彩绘安车。所谓"安车"，与"轺车"相对，轺车要站着，安车则可以坐下。春秋时期，安车只有致仕高官和名望长者才能乘坐，到了汉代，驷马安车，成为诸侯王的最高级别座驾。

纷争战乱之世，又在偏远南方，几乎所有人都没见过这样奢侈的东西。它绝不只是一辆木车——在车轮、车轴、车舆、车盖上，全都安有光彩烨然的金铜宝饰。比如那高高杵立的青色华盖四周，一圈十余只盖弓帽，全是青铜鎏金错银工艺，在每枚不到三寸的盖弓帽面上，竟还用金丝银片，镶嵌出了小狼追鹿的狩猎画面。比如那连接车马之间的木衡，每一根的顶部都装有衡饰，也用金丝朱彩，绘满了游龙、金凤、四象神兽、苍松云海图。

没有人见过神，可在大汉人眼中，这就是神的模样。

人就是这样肤浅的动物，看见这样的车驾，仿佛这儿不再是一座山寨、一处法外之地，反而真成了那大汉龙脉正统所在。

于是有越来越多人的声音，汇成洪流："大刘！大刘！大刘！"

那端坐于车上的人，当然是龚瑛。

其他人都没动，只有太史慈和龚瑛两人来到中间，太史慈进城以来就是步行，而龚瑛则从安车上站起，视线越过四匹骏马，俯视对方。

太史慈觉得这个景象特别扎眼、荒谬，他开始大笑，差点儿笑得岔气。

"你笑什么？"龚瑛说，"这不就是你想要的吗？"

太史慈笑得喘气，说："也许是吧，可我从来没想过，当我想象已久的东西真的展现在面前，它竟显得如此可笑。"

龚瑛说："你自己不可笑吗？一辈子辗转南北，无私，求名，当大英雄，到头来，所有山越都会记恨你，祖祖辈辈，年年岁岁，等你的一切名声都变成虚妄，他们的仇恨还在血脉里流着，还会一直延续。"

"那你呢？"太史慈问，"你把他们全都蒙在鼓里，造一个幻想，一个不存在的王国。汉室已经完了，全天下都在沸腾，只有你想独善其身……不，你只是陷入了这些金玉器带来的妄想，再也不肯走出去一步。你还记得以前说过的话吗？你说你不想变成山越，想要带战友们、北方流民们回家。自从见了金银，你连家在什么方向都忘记了。"

"我不想走了，只想让这上缭壁里的人，都能活得像一个人！我慢慢发现，不管是你、孙家，还是大汉，都把我们这些人当作畜生。而这地下的东西，远远超过我们当初的设想。这就是尊严，就是安宁，就能帮我们做到，只要你不来抢！"

"天地不仁，以万物为刍狗。"太史慈冷冷说道，"你连我都赢不了，谈什么当人？你连这方屯堡都出不去，再多的帝王宝器，又有什么用？"

"太史慈！"龚瑛破口大骂，"你脑子里的东西全他妈是假的，是飘的，有没有人和你说过？"

太史慈眼睛里闪过一丝残酷，但他只是说："你知道那刘贺的故事吗？"

他没给龚瑛一点儿时间，显然，对方也没有心思回答。他说："刘贺是当过天子的，你也知道，但从那高处掉下来以后，他还活了十多年。十多年啊，几乎再也没人知道他的生活，没人见过他的脸，没任何人说起或者写到他。这叫什么活着？我被人丢到这地方，一天天对付些山贼、宵小，我算什么活着？他被弃置了十年，十年以后，忽然来到这龙荒蛮甸、风寒暑湿之地，他做的唯一一件事，就是造一座大墓。那王器、侯器、帝器，就在我们脚下，他是为自己留的吗？冥冥之中，他不就是要让我们去完成他未竟的事业？"

"你已经魔怔了。"龚瑛目眦欲裂。

"我们都魔怔了。"太史慈转了转手中的剑。

再无更多话可说，龚瑛扬起长鞭，在四匹马屁股上同时抽出血花，车驾仿佛腾飞起来，直直撞向前方笔直站立的那一人一剑。

可就是和他擦肩而过。然后，他高高跃起，划出一道银丝。

上缭壁里发出最后一阵震耳欲聋的厮杀声，像一个人死前的咳嗽，剧烈，但缺少希望。

整个上缭壁都坐落在一座山丘上，而内城围着最高处，所以它就成了一颗破孔的心脏，抽搐着，往四面八方溢出血红的雨水，为整座山丘披上一件外衣。

阴篇

公元前74年·元平元年

"你怎么决定帮朕了?"

"我原本以为,天下间再无一人与我相关。但陛下告诉我,不管怎样,那黄泉底下至少还有一个。这么一想,我就不觉得怕了。"

"就算出事,也不会牵连到你。"

"这话他也曾经说过。别死了,行吗?"

"那你再帮朕一个忙吧,看好他。"

"他?"

"是他,但你别听他说话,更别看他一脸老泪。"

"你为什么要哭?"

"老臣拳拳忠心,哪有背叛?老臣只是想救他……"

刘贺睁开眼睛。

视线从模糊到清晰,他还坐在席上,手里抱着个银釦贴金动物纹漆笥,手感凉凉的。席外案上,那煮肉的小铜鼎烧干了,炭也成了灰。

他已经很久没有做梦了,一场梦里深深浅浅,半真半假,听得他自己都迷糊。自从做了他跟龚遂说起的那个怪梦以后，很长时间，他几乎没合过眼。他从漆筲里抓了一把煮熟的地黄、参片，放进嘴里嚼着，又干又苦，可灵台总算是清醒了一些。

从温室殿一扇洞开的窗看出去，窗外果然是浓浓夜色。他想，在未央宫的某个地方，簟纹如水，灯火如昼，还有人和他一样，眼看着外面的漆黑里，满是刀光剑影。

他心想：是他啊。

就像两个人在幽深的宇宙中，凌空弈棋，你来我往、棋布错峙之间，对方忽然离席换了另一个人。于是，棋路陡然一变，原本的套路失灵，谋篇布局顿时推翻重来。

原本的对手虽然工于城府，但是弱点也挺明显的，就是他看不懂刘贺的棋路。就好像两人本来学的就不是一种棋，硬拉到一块来下，结果一方是肆意妄为、天马行空，另一方却自缚手脚。刘贺明白，这除了因为想法、习惯不一样，还因为对方那人在这盘根错节的长安城里已经有了太多关系、太多顾虑，反倒是投鼠忌器。

可换人以后，那手法明显就变了。

新的对手不仅知道他的思路和做法，而且知道该怎么破局。面对像他这样不断绕开规则、破坏规则的棋手，对方并不是在既有规则上纠缠，而是另辟蹊径，用各种各样旁敲侧击的方式来加以制止。

简单来说，绕过了一条律令，就有另外七八条看似没关系的律令来束缚你。

比方说，就以辌车夜出宫门这一事为例。

天子侍臣持节出行，各宫看守、都城警备，均不敢拦截，这是一定的。

可是，车驾夜行，是不是冲撞了后宫安息？掖庭令可管。有没有逾车驾用度之制？太仆、车府令可管。有没有行经弄田园圃？钩盾令丞可管。出了未央宫门，有没有偷盗赌博、行乐奏乐、高声喧哗、弃灰于地？

在大汉都城，在有心人眼里，做任何一件事都可以牵扯出无数个官署。

这当中的每一条，可能都显得过于微小，甚至无事生非，可一旦堆积起来，也足以让人莫名其妙地深陷其中。对方似乎明白一个道理：要说正面对垒，刘贺的人挟天子之威，可能很多人都抵挡不住；可要说到在背后挑刺、构陷、捕风捉影、鸡蛋里挑骨头，那堂堂长安官吏们的段位，显然还是超过昌邑国人不少。

因为这样，刘贺撒出去的多方棋路，虚的实的，突然都滞缓了下来。

更重要的是，对方能和他一起熬，焚膏继晷。

那还能是谁呢？

刘贺又想起以前出宫去听来的歌谣："白日龚，犹能纵；夜间王，不得藏。"那王吉本来也曾是黑瘦黑瘦的样子，为了堵他，硬生生在夜里熬成了白无常。

刘贺在昌邑国里谁都不怵，唯独有一点儿怵他，就因为这人拎得清，要干的事情就一干到底，不感兴趣的就视若无睹，与刘贺自己有点儿相似。拎得清是件好事，这样的人不管在他人眼里过得如不如意，至少把命活在了自己手里，没有白费时间。

所以刘贺多少有点儿欣赏王吉，就像他欣赏自己。

可要是一时不幸，成了这种人必须处理的"事情"，那就会让人非常头疼。

他又抓了一把地黄，眼看着滴漏上的浮箭指向子时，门外还是没人回来。于是叹了一口气，站起身来活动活动，又踢醒门边一个不堪重负的黄门郎，让他去备车。

这几天里，刘贺把十六枚符节里的十五枚都放了出去，翻云覆雨，上下闹腾，就是为了给今晚这件事引开注意力。可既然无人回禀，说明还是出了问题。

出了宫门，他站在安车上看，那城北东市里的工坊区域亮如白昼，人喧马嘶。一路行驶至坊前，刘贺看见工官、商队、工匠、城门卫、昌邑旧臣使者，全堵在坊内，争吵之声此起彼伏，牛车马车充盈于道，货物如山堆积，却无一人胆敢妄动。夜色里，到处闪着兵器寒芒。

今晚在长安城，注定有很多人无法入眠。

虽然是夜半出行，可刘贺这次却一反常态，使用了高规格驷马安车，金华青盖，龙首衔轭，像一轮滚动的太阳，耀亮四方。又由专人执辔，金鼓开道，车前车后都安排了卫士随从，还跟有属车，几十人长龙，浩浩荡荡地开出宫去。

他调度起庞大的阵势，就是为了营造天子之威。所以车马未停，黄门尚未宣告，整个坊里坊外都已经乌泱泱跪了一片。

所以那剩下不跪的人，就显得特别扎眼。那全是京城宿卫，挂着大戟，不下跪，只低头。看见他们，刘贺的心里就明白了大半。

虽然他布下层层障碍，不让外人干扰他们的行动，可对方既然出动了长安城内最高级的宿卫军，那就是以力破巧，不讲道理了。

宿卫的统领——执金吾李延寿——也直身站着，平平说道："守备期间，不便行礼，昧死请陛下见谅。"

刘贺无所谓地说："无妨，将军有周亚夫之风，乃大汉之福。"

李延寿心中得意，嘴上倒是说："不敢不敢。"

"不知将军半夜带兵到这工坊来，所为何事？"

"本将听闻……"

"不劳将军回答。"刘贺突然打断他的话，"由旁边的中尉王吉来说话便可。"

李延寿闻言一愣，看看脚边，那王吉穿着昌邑王国的官服，拜在地上，连脸都看不见。他心想，这算什么意思？又向皇上说道："陛下明鉴，这京师治安纠察、警卫刑狱，和王国大相径庭……"

"这京师，连诏令也听不明白吗？"

李延寿还没从恭维里走出来，就像忽然挨了一巴掌，怔怔地立在原地。他又忽然想起那王吉在某一天突然闯进宿卫军营，说要"辅佐"他。李延寿最讨厌这种脸上白白净净的家伙，差点儿让人把王吉叉出去，直到看见那手上的大将军令。当时他也是突然就没了话。

他回过神来，愤愤地说："那就有劳中尉，本将还有公务，先告退了！"说完大踏步地走开。其实皇帝还在，他什么也做不了，也就只是找个地方待着，刘贺也由他去了。

他知道，今夜不管如何，主谋都是王吉。

王吉还是跪在地上,只是已经直起上身,声音朗朗地回答:"臣下听闻有昌邑侍臣奔赴四方王侯国、各郡县,征调兵器、盔甲,有成品送成品,无成品则送材料,合计超五百之数,车填马隘,日夜不息,臣下担心有危京师安全。"

"中尉平身。"刘贺笑了笑,又故意转头环视周边,"中尉可识得这是什么坊?这空中飘着的异臭,是什么气味?"

"此乃漆坊。"王吉站起身来,坦诚道,"是何气味,并非臣下所能熟知。"

"闻着最明显的,是经年累月熬煮调和漆灰留下的气息。沉在底下,清新又带点儿酸气的,则是生漆的香味。"刘贺如数家珍。整个漆坊内部就像一件咬合紧密的榫卯件,如果来的是成品,那就由画工、金工来做装饰;如果来的是胎体,那就要髹工前前后后髹漆数十过百次;还有就是本坊现制,要由木工、金工、皮工从制作胎体开始。

他摆摆手,问:"中尉说的这兵器、盔甲,既然运到漆坊里来,自然是些漆兵漆甲,美则美矣,又如何能危及长安?"

王吉已料到他会这么问,"那么,请恕臣下愚昧,孝昭皇帝大丧刚刚结束,圣上践祚,普天同庆之际,为何做这么多漆兵漆甲?这难道……不是给地府阴兵用的武具吗?"

刘贺突然笑了,笑声幽幽的,他说:"中尉清楚得很!既然这样,还有何虑?难道真怕那鬼魂从地下爬出来谋反吗?"

"目前也没有哪位帝后的陵墓在建,这么多的明器,陛下欲用于何处呢?"

刘贺没回答他,却问:"景帝阳陵修了多少年?"

王吉忖片刻:"二十八年。"

"武帝茂陵修了多少年?"

"五十三年。"

刘贺点点头:"而孝昭皇帝陵园时日甚短,所以内外诸般,多有仓促之处。这是朕亲眼所见。因此,必须早作打算。"

"可是……"王吉狐疑地问,"皇上准备开始修陵?"他想,这刚登基多少天,陵园还没开始选址呢,什么时候才轮得到造陪葬兵甲?

刘贺又笑了笑,大手一挥,说:"朕春秋鼎盛,无须多虑,但有一人持护国之重,担天下之忧,三朝为官,万金之躯,甚至比朕更为重要——这些最好的明器,当然都是给霍大将军准备的!"

一番话说出来,满座皆惊,士兵们怀疑自己听错了,还有的工匠俯首跪着,一愣神,怀里的竹木胎都掉在了地上。

就连王吉也从措手不及陷入沉思中,一下子回不了话。他知道刘贺说话不拘常理,可从道理上说,这样做确实没问题。因为霍光身份再高,也不能像皇帝一样提前修墓,只可能是死后再做。但漆器费工费时,如果作为赏赐,完全可以提前准备。

可在这样一个特殊时期,如此大费周章,怎么可能只是为了赏赐?

"陛下!"王吉忽然反应过来,"大将军虽然功高,但漆兵漆甲,恐怕还是有逾矩之嫌。是否要和大将军从长计议?"

"怎么?"刘贺缓缓说道,"中尉是想把霍大将军与周亚夫作比,觉得朕就像景帝吗?"

王吉打了一个寒战,心想,中计了。

周亚夫是大汉名将，一力平定七国之乱，但是却被景帝迫害致死，至今仍有人为之惋惜。在他死前，狱吏责骂他，说："君纵不欲反地上，即欲反地下耳！"说的就是他造了一批殉葬兵甲，分明是想要"地下谋反"。

因为这个罪名实在过于荒谬，就连后来的两任皇帝，也没法为景帝遮羞，只能承认这是一桩冤案。

王吉没想到刘贺在这里等着，一不小心，就被架在了火上，只能低头请罪。

刘贺没管他，直接号令："所以还等什么呢？时间要紧，快继续干吧！"

他是朝着那些商人和工匠说的。所有人原本都不敢动，那小黄门又喊几回，才有比较机敏的工官反应过来，赶紧撑着他们继续，甚至抓起身边的工奴来抽几个大嘴巴，才让他们都爬起来。士兵们也不敢拦截，那车马、装卸、工造的声音，一时又火热起来，把如水的夏夜煮得鼎沸。

"陛下，"王吉犹自低着头，却没有放弃，继续问，"这些兵甲自然无法存放在大将军府上，又未修坟墓，那要放到哪里去呢？"

他问到了要害处。

刘贺回答："自然由少府东园令保管。"

这就很有问题！因为少府现在完全被皇帝的侍臣所掌控，兵甲存放在少府，他们就能自由取用。王吉心念电转，进迫一步："陛下，虽然是葬器，可毕竟是凶诡之物，又有兵甲之形。长留于宫中，恐有不利。"

"这宫里的南军、羽林，难道还怕漆做的假东西？"

"臣下愿取一漆盾,以兵刃试之!"

王吉其实一直想这么干,只是那都是些拿着天子符节征调的器物,不能轻易下手。现在既然正主就在面前,干脆直接请他首肯!

刘贺竟然少有地脸色微变,说:"漆器贵重,中尉,不能不体恤民力。"

两人来回争论,言语交锋之间,忙活着的匠人是没心思听,但持戟宿卫们都在心里嘀咕:刚刚三言两语就把执金吾逼走的皇上,怎么这会儿,跟这不起眼的白脸官员扯个没完?他们更听不懂两人辩驳的焦点,什么工坊、明器,在他们眼里,全是些花架子、充大头的东西,有什么值得大半夜跑来守着的?

看这情势,甚至还可能得罪天子。

他们不知道刘贺与霍光间的种种诸般,只觉得,这不是引火上身吗?

这时候,执金吾也晃悠回来了,满脸不耐烦。很显然,他的想法和宿卫们没什么两样。他给王吉使眼色,见对方没反应,干脆不管了,朝刘贺深深一拜,说:"既然并无异常,长安城内军务庞杂,不容有失,将士们就先告退了。"说完就要领兵走人。

"慢着!"王吉忽然将执金吾喝住,同时伸手一抓,直接从执金吾腰间抽出剑来。因为平日总是一副儒生模样,人们很容易忘记他作为中尉,也是一员武官。他沉声道:"兹事体大,臣下不可不察!"

话音还在空中,人影已经闪到一位工匠跟前。那工匠抱在胸前的,正是一大张还未上色的漆画盾,猩红锃亮,形制完备,将他整个上半身挡在后面。

王吉举剑便刺。

工匠不吭一声，直接往后栽倒下去。

因为刘贺此前的种种行为、言语，王吉几乎已经认定了这些兵甲有问题，所以下手时，并没有太控制力度。万万没想到的是，那真的只是一件木胎漆盾，看着坚固，实际上不堪一击，被剑刃轻而易举就刺穿过去。

鲜血立即洇遍了那人的前胸。

王吉愣在原地。

其实，除了其他工匠，别的人都对这突如其来的变故非常冷漠。那些官员、宿卫，看见不过是伤了一个贱役，都没有救人的心思，甚至连看都懒得多看。

倒是皇帝的反应最大："中尉！你这是在做什么？天子在前，竟还敢突然暴起伤人，还有没有法度了？你们，赶紧救人啊！"

在诏令之下，宿卫和官员才赶紧动起手来，将那工匠拖了下去，还拉扯出一行血迹。

执金吾李延寿也没想到有这样的峰回路转，唖吧一下，忽然眼睛一亮，大喊："竟然在圣上面前无礼，来人，把他拿下！"他在王吉这儿吃瘪几次，总算抓住机会出一口恶气，立马让宿卫将王吉押得跪在地上，又上前去，把自己的剑夺回来。那漆盾依然被穿在剑上，他抬手一甩，正砸在王吉膝盖前。

李延寿还想顺势去抽他两巴掌，没想到，王吉一双眼睛白得发亮，完全看不出慌乱，只是死死盯着地上那枚破盾，仿佛要用眼神把那漆面剥开。李延寿举着手掌，突然就不敢扇下去了。

这漆器一定还有问题！

王吉想：难道我只是碰巧刺中一个普通的，那可以实战的还藏在别的地方？难道是方向错了？这漆具还能有什么别的用途？

突然有个人来推开李延寿，他正要发作，回头却看到是刘贺亲自走了过来。刘贺摆摆手让他退下，让宿卫也松开，只低头俯视还跪在地上的王吉。他也看出来王吉还没有放弃，于是说：

"中尉拳拳之心，朕也了然。没关系，这些东西就不放置于少府了。朕想，干脆放到未央宫以外的地方吧，桂宫？那里有存放狩猎用具的武库。"

王吉抬起头，怀疑地看着刘贺。

刘贺却一点儿也不躲避他的目光，反而弯下腰到他近旁，低声说道："朕入宫以来还没有和大将军好好聊过，正打算邀请他到桂宫去，逗逗山猪老虎，顺道请他一览朕准备的奖赏。此事要是下旨就太重了，中尉传个话，如何？"

王吉瞪大了眼睛，脱口而出："陛下有何打算？"

刘贺却已经重新直起身子，缓缓道："中尉今晚举止轻躁，有失法度。虽不至于用刑，但还是要躬自反省，不要干扰宫城宿卫的事务。清楚吗？"

半晌，王吉只能回一句："臣遵旨。"

今晚到了这里，王吉和执金吾都已经无法阻拦，工坊内再次隆隆作响。刘贺转身跳回车驾，却不等车官上车，更没等车前车后的庞大队伍做好准备，而是自己抓起缰绳，驭车掉转方向，马鞭电响，车驾雷鸣，飞驰而去。原本在车后等待的那些属官、道两旁重新忙碌着的人们、就在车驾不远处的执金吾，都几乎闪躲不及，有人在地上翻滚，有人摔落手中的仪仗、宫灯，鸣声四起，一片狼藉。唯有他兴奋起来，感受扑到身上的夜风，甚至吹起了哨音。

第十一章 错金四神当卢

当卢用于装饰马头眉目鼻梁处。

海昏侯墓出土四神当卢多枚，均包含青龙、白虎、朱雀形象，绚丽夺目，而细节不一。

阳篇上

公元 201 年·建安六年

吴军士兵把刘基押到太史慈面前。抓到他的时候，他正在城外树林间逃跑，拽着一个不断回头的女人，旁边还跟着一个被绑了双手的男人。太史慈此前下了令，如果发现有一个十七岁、身材颀长、没有战斗意愿的少年，就生擒，所以他们把三人一并抓了过去。

士兵带着他们走过漫长的、猩红的街道，他们经常踩到一些东西，硬的，软的，会动的，刘基不想低头看，怕一低头，就会吐出来。可是，那铺天盖地的气味，还是充斥着脑海。吴军好像对百越的信仰有些忌讳，每家每户门口的神龛、油烛，都被踢倒，奇形怪状的动物神灵们被砍得稀烂，混进南人北人无差别的尸体当中。

一日之间，上缭壁已经变成一座死城。

王祐面无表情地走，他早已见过太多。如果有需要，他可以不动手、仅凭经验，判断出那些躺着的人里，哪些值得摸腰包，哪些是纯光棍，哪些可能还没死绝。但自从摸金以来，他就得讲晦气了，所以只想走快一点儿。

刘基转头去看严黎,她咬破了自己的嘴唇,面如死灰,却没有哭,两眼白生生睁着,四处搜寻。刘基知道她在找谁,他也去看,只见满目疮痍,不忍直视。他不知道一名妇人,是怎么能坚持着一个一个死人地看过去。可直到见了太史慈,他们都没有看见刘肖的身影。

太史慈站在内城门前,内城朱门紧闭,所有战斗都发生在外面。

刘基看到龚瑛已倒在地上,手脚都被绑紧,不知是活是死,而在太史慈身后,停着一辆惊人的、金碧辉煌的安车,只是那金饰、青盖、朱轮、鸾雀,全都沾了血迹泥污,又被大雨淋透,倒像只落难的凤凰。

车前只剩三匹马,有一匹已经死了,引绳断开,独自躺在地上,脖子敞着一道巨大的伤口,里面的东西全涌了出来。刘基被士兵押得跪下的时候,太史慈就在这匹死马边上,低头看着它那还睁开的眼睛。

他转过头,目光灼灼。刘基还记得他和孙策战斗结束后的那个晚上,两只眸子里,星月在映,他笑得敞亮,说:"兵马有无,对我有什么区别!"

如今他终于有了兵马,他所做的,和当时还一样吗?

至少他的眼神已经不一样了。

太史慈看了看他们三人,说:"他就是王祐。你把他救了出城?"

刘基梗着脖子没有回答,倒是王祐纳头便拜,说道:"正是刘公子把我救了出去!我一直想,既然和太史将军有约在先,那无论如何也不能给山贼卖命啊!所以一直耽搁、拖延,直到公子到来,我们才商议了一脱身之法。正想回海昏城去,没想到,神兵天降……"

"我本想回去说服你,别盗了。"刘基听不下去,盯着太史慈说道,"可你都干了什么?这上缭壁的居民,他们做错了什么吗?"

"他们本就是山越,拒朝廷徭役,我来攻打是分内事。"

"这里面有你的旧同袍,还有很多只不过是流民!"

太史慈定定看了他一阵子,然后挪开目光,问王祐:"墓在哪儿?"

王祐咧嘴笑了,用下巴一指,说:"在内城呢。"完了又补充一句,"大的还没有动。"他一边说,一边抬起手示意手腕上的绳子,士兵把他提起来,解了绑,又推着他到前面去带路。太史慈又派几名亲兵去开门,他们没什么犹豫的,扛起木桩"哪哪"撞了几次,直接把城门砸开。石庙和山丘现出形状,太史慈眼睛一亮,让亲卫都在外面等着,王祐带路,和自己两人进去。

进去前,太史慈回头又说了一句:

"刘公子,你可以选择可以和我一起去,也可以进大牢,选一样。"

刘基看着这个满身血污的故人,没回答,只是问:"吕蒙他们哪儿去了?"

太史慈掉头便走。

没有人留意严黎。但在太史慈走进内城的那一刻,她像被闪电击中一样,浑身颤抖,嘴张得很大,却发不出一点儿声音。明明没有一点儿端倪，她也跪在很远的地方，却偏偏感应到了什么，像被一只手猛然掐住心脏。

果然，门里突起变故。

内城门里两侧墙下都有便房，在那房子的缝隙间，突然闪出一个人来。他先是一鞭子往太史慈脸门抽去，太史慈抬手格挡，臂甲上的铁片崩裂，一只手臂登时没了知觉。

那人丢开鞭子，欺身往前，另一只手里闪着寒芒，便要朝太史慈的喉咙刺去。

他的动作很快，力度大，时机也准确，可偏偏腿上有伤。太史慈微微为他叹息一下，侧过头避开攻击，然后抬腿一踢，那人像被冲城锤正中胸膛一样，在地上砸起一坨草泥，又连续滚了很多圈。

他身上飞出一枚熊形玉佩。

刘基大喊："不要杀他！"

太史慈举起长剑，几乎就要刺下去，可听到刘基的声音，便稍事停顿。那人却没有死心，两手撑地，弹起身体，两腿往太史慈胸前踢去。可太史慈又一次躲过，并且用一只手臂钳住他的腿，将他整个人甩起来，再往地上一砸，头先落地，发出与石头迥异的一声闷响。

城外，严黎在尖叫。她不管不顾地冲往内城方向，刘基看见士兵已经举起兵器，心里来不及有任何想法，只是拼命跟在旁边，试图用自己的身躯挡住接下来的攻击。

然而没有士兵动手。

他们跑进内城，严黎扑到那名刺客身上，想捧起他的脑袋，却又不敢动，只看见满头满地血流如注，把那猫头鹰面彩都洗成了红色。

刘基看见是太史慈用手势制止了士兵出手,便跪在他面前,说:"子义,他曾经帮过我,求你救他一命。"

"他想杀我,我为什么要救?"

"只要救他,"刘基说,"我便替你卖命。"

"你能做什么?"

这时有另一个人"扑通"跪下,刘基没想到,那竟然是王祐。他恭敬地说:"太史将军,我的老手下们都没了,要摸金呢,还缺一个帮手,他正合适。况且——"他欲言又止,斜眼看一看刘基,幽幽道,"要进这大汉天子龙脉,有一个汉室血裔在,总归有用得上的时候。"

这是什么意思?

刘基突然胆寒了一下。可耳际依然传来严黎那好像野兽一般的呜咽声,嘶哑的,绝望的,他便说:"可以。"

太史慈笑了笑,说:"公子,你嘴上说可以,可是腿在抖,心在发烫。你怀疑,自己为了救这一个人,将要背祖灭宗,将要伤害更多的人。这是因为你还执着于小义,你明白吗?我曾经以为自己已经摸到了大义的边,报恩,救人,百年、千年之后,还能有人记住我的名字。可后来慢慢发现,我在往下陷,忠于孙家,守土一方,照荫上缭,都在牵扯,把我变得和所有人都没什么两样。所以他们都说我病了。我想,太史公怎么记得清我的名字?他把我一笔笔写在汗青上的时候,会不会无聊得睡着?"

刘基盯着太史慈的眼睛,那黑海深处正燃着大火,却不见从前的星光。他说:"在我看来,你现在只是病得更重了。"

太史慈对王祐说:"他交给你了。"又让士兵把刘肖扛到军医处去治疗。严黎想跟着去,被士兵死死拦住,还被推到内城之外,任由她自生自灭。

刘基只能眼睁睁地看着。王祐转了转被勒得僵硬的两只手掌,呼一口气,然后过去扇了刘基几巴掌,这才拽着他往大墓的方向走去。

在上缭壁沦陷的第二天,延绵千里的雨云朝着海的方向,飘走了,大雨终于停歇。雨云飘到吴郡,挟卷千钧雷霆,劈毁两所民居、一座老庙。那老庙位于一座孤山上,供奉的是大汉光武皇帝,那庙里的金身、梁柱、楹楣,全都在天火里付诸一炬,连带着把山顶一带都烧秃了,才被大雨浇灭。

那里周边的老百姓本来正商议着,要在山上再建一座小庙,供奉一位殁了不久的年轻将军。可因为这一场雷电,大家都心照不宣地噤了声,这事儿从此便搁置了。

那座小山,叫作神亭。

同一天夜里,王祐寻到了龚瑛以前盗开过的车马坑。

车马坑的位置在内城最高的两座山丘的西侧,是一条南北向长条形、深十余尺的地坑,北侧有一条已经封死的坑道,坑内搭有木质框架,如同一只巨大的木椁。龚瑛以前找来的盗墓贼,只挖开了一段,把车子搬走了,洞内仍留着马匹碎裂的骨头。

王祐执火细细照过去,共数出四枚马匹头骨,便知道这就是龚瑛驾的那辆驷马安车的出处。

王祐手上的火焰晃动,他眼睛里也噙着火。真车真马的车马坑,在他摸过的先秦墓穴里都尚且少见,而且车驾多已损坏,金银用度也比不上当世。这不仅是大汉当世的车马,而且还不止一驾,不知道还有多少藏在这坑里。因为地穴很长,车与车之间以土填筑,以防坍塌,王祐用手摸着那阻挡的土壁,舔舔嘴唇,下令道:"挖。"

他命令的自然是刘基。

盗墓这件事,人多手杂,真正下洞的人从来都不能太多。他一个人带着刘基,既没绑他手脚,又没有拿刀剑相逼,还一路给他讲下墓过程中各种关窍之处,倒真像一个摸金师傅带着徒弟。

刘基问:"你不怕我动手?"王祐笑笑,反问他:"你是那样的人?"

其实刘基知道,这家伙还藏着一身的功夫没有外露,根本是有恃无恐。

他便按照王祐的意思去挖。凿开一层又一层的土墙,整个地穴长十余步,除去已经被龚瑛开出去的一驾车,另外还有四驾,全是金华青盖,拿灯一照,在洞里耀得睁不开眼。

"这废帝是真喜欢车驾啊。"王祐啧啧称叹。

"怎么看出来的?"

"你看这四驾车,加上已经出去的一驾,每一驾都不一样。看车轮、车衡,这都是实际用过的车子,有安车也有轺车。就你面前的,看见虎皮了吗?这就叫'皮轩',是以前用来前驱开路的仪仗车。"

刘基拿灯照着仔细看,才发现车轩上裹了一层虎皮,因为年深日久,已经发灰,伸手一摸,碎片簌簌地往下掉。

"这车肯定不是在豫章这儿造的，只能是从北方一路开下来。你想他一个废帝，还这么朱车华盖、仪仗完整的——他是放不下，还是另有图谋呢？"

"这我哪里能知道？"刘基没什么兴趣，不管他当年是怎么想的，现在都成了盗墓贼的猎物。

王祐又指点他："别光顾着看车，那马骨头上的好东西也多，甚至更多。"

他们弯腰在地上，扒开浮土，露出层层骸骨。每车四匹马，这一条坑道里就埋了整整二十匹真马，在它们的残骸上，缀着大量的金铜片叶。这是因为华车宝马，马身上也有大量的装饰，其中从脖子处一路延伸到马后腰之间，以红丝拂串联，会整齐地挂上鎏金嵌银的铜面或银质马珂，像一条金属的璎珞。

马匹成了枯骨，红丝拂也零落成尘，刘基拾起马珂，见几乎每一枚上的浮面纹饰都不一样，有金凤、麒麟，也有巨角羱羊。

王祐沉醉在这些器物当中。他手上的是一枚羱羊纹银马珂，羱羊踩着翻涌的波浪，回首翘望，目光炯炯，大角如刀。他用嘴哈气，用衣袖细致地擦干净尘土，又就着灯细细观摩。刘基在他身后看了好一阵子，弯腰捡起他挖墙用的铲子，在王祐身后晃悠两下，甚至举起铲子，王祐都没有丝毫反应。

王祐只是静静说了一句："那越人还没脱险，你不打算救了？"

刘基叹了一口气，又把铲子放了下来。

阳篇下

公元 201 年·建安六年

自从开始盗掘,王祐和刘基就没有出过内城。城门已经重新修好,除了负责巡视他们的军官以及每天送饭的人以外,再无人进出内城,刘基也无从得知外面的情况,只能听见城墙外传来昼夜不断的哭声,还看见漫天飞舞的乌鸦。

他们每日昼伏夜出。刘基恍惚觉得,自己成了一名守陵人,远离世事,只是任务却不是守护,而是盗墓。可刘基非常清楚:留给他的时间不多了,一旦大墓开启,金银流转,上缭壁就有可能成为整个江东的缩影。

他们还没有真正开挖大墓。原因很简单,只是因为大雨刚刚结束,土层被浇得凝结成块,非常难以挖开。而且谁也不知道刘贺墓到底有多深,黄泉水现在涨成了什么样子。他们先挖车马坑,一方面是因为那埋得比较浅;另一方面是因为太史慈下了命令,让他们先以此为目标。

王祐原以为,太史慈是看到那天龚瑛坐的安车,心生羡慕,便急着要得到。所以当四驾车都挖出来,王祐请他派出几名最核心的部曲，把车拖出去，太史慈却说：不用拖，把车子拆掉，装箱，再运出来。

王祐犹豫了一下，说："拆开后再装回去，本地匠人可能没有这种手艺。"太史慈把王祐进献的马珂在手指尖转动着，然后一甩，马珂像飞箭一样深深嵌进柱子里。他大笑，说："装它做什么？"

王祐和刘基一起，在潮湿闷热的地穴中，一点点把王侯车驾拆成部件。皮毛、丝绢、锦布之类，早已经变得脆弱，他们也不顾，撕开了便弃之于地。刘基可能拆下了上百枚错金银盖弓帽，各色各样，雕龙画凤，但光线昏暗，他只是用手指摩挲一下，便丢进箱子里。

这些盖弓帽已经在地下等了两百多年，等到终于有人触摸的时候，却只是在半黑的地道里，被人丢出"哐当"一声。

王祐的声音从地道另一头幽幽传来："你当初说的，倒也没太错——这太史将军确实不太在乎这些。我给他送过去几百枚马珂，金银铜铁，他几乎没抬眼，就让人拿下去。这么久以来，只有一种东西让他留了心，他让把它们单独清理出来。"

刘基一边拆一支车轩，一边问："是什么？"

"接着。"

刘基才刚刚来得及放下手上的东西，黑暗中，微光一闪，便有一枚轻薄的、令箭状的铜片飞了过来。刘基抬手接住，就着豆灯一看，只觉得满眼繁复华彩，一下子仿佛把人摄了进去。

"他不爱宝车华盖，倒是对这当卢着了迷。"

所谓当卢，就是用于装饰马头前额正中位置的一枚金属片，一般为青铜底，形状各异。而刘基手里这一枚，图案精妙得让人

咋舌:

那是一幅纵向的画面,从底至顶,像一团火,有一种上扬的趋势。最底下的是一只如鹤站立的朱雀,矫首仰视,凤尾如伞。在它的上方,盘卷升腾起两条青龙,龙尾交叉成圆,龙首相背,龙目圆睁,龙须飞扬。在它们盘卷形成的圆中,上圆里站着另一只振翅舞蹈的朱雀,口中衔丹;下圆则有一尾大鱼。

在两只龙首之上,二轮正圆,是一日一月——日中有三脚金乌,月中有蟾蜍和奔兔。而在最上方,飞驰于九天之上的,则是一只咆哮的白虎。

在所有这些图案之下,还填满了流畅的云纹水纹,波卷云舒,营造出抟扶摇而上天的奇幻氛围。

刘基说:"这是四象神兽啊,青龙,朱雀,白虎,玄鱼。"

"这当卢呢,本来也就是装饰,不说车马仪仗,有些将军也会用,我见过不少。可是像它这样的,我还是第一次见。你知道为什么吗?"

刘基沉吟片刻:"因为四神?我们最常见到完整使用四神的地方,往往是在地下,比如在墓画上、棺椁上。这当中寓意很多,比如《庄子》里写过鲲化为鸟;夏鲧死后,一说入羽渊化为玄鱼,一说剖身化为黄龙……总而言之,鱼主阴,被认为是生命之源,鱼化而为鸟龙,意味着生命更迭流转。"

不远处传来王祐浅浅的笑声:"那白虎呢?"

"这虎在日月之上,就不能认为是主西方的意思,而需要考虑其在墓葬中的特殊含义。古语有云:'驾飞龙,乘浮云,白虎引,直上天,赐长命,保子孙。'白虎是引人成仙的最后一位向导,白虎之上，便是仙境。"

"你说得没错，四神只是外皮，这幅画真正的意义，是重生。"王祐说，"这儿一共二十匹马，可是，我们一共找到了八十枚当卢。八十枚，全部是特制纹样，有四神、仙境、归化轮回，有的风格完全不同，也看不懂是什么图形。其他的车舆、马饰，都是生前实用之物，唯有它们，是专门打造的东西。你不觉得，这好像是留的什么信息吗？"

刘基哑然："怎么突然这么玄乎？"

"干我们这个行当的人，看东西就会这样，怎么说——阴阳眼？反正当太史慈盯着这些当卢的时候，有一刹那，我觉得他好像变了个人。"

坑道里响起沉闷的脚步声，是王祐一手摸着墙，慢慢行走过来，"你把那辆车搬开，他给我们提了一个新的活儿。"

刘基听他前面的话，失了神，好一会儿才反应过来。车子差不多被拆成了空架，他轻轻推开，车辖辘声音阵阵回响，掩不住王祐的话："他让我们从这儿往西挖。我说，车坑就一条直道，没东西了，可是他坚持。"

"什么意思，子义兄指点你盗墓？"

"我哪里明白？探了半天，只有这儿有一点儿熟土的痕迹，土层湿度看着也还行，但先说明，要是进去之后塌下来，那各安天命，谁也别找谁。"

过了寅时，他们才各回房间。刘基反反复复想起王祐的话。

从来没有过的昼夜颠倒，盗墓，重生……一切都在搅碎刘基眼前的现实。

莫名其妙地，一段碎片撞进刘基脑海：老郭当时拿了两枚尺牍，一枚是王祐的信，另一枚残片上面，写了几句关于筑墓的赋文。太史慈会不会看过什么不为人知的记录，比如，废帝自己留下的一些线索？

要不然，难道真有什么通灵之说吗？

刘基草草吃了点儿米粉、酱鸭，横竖睡不着，便换上短裤，推门出了屋。内城三口井，他去了石庙附近的一口，经过石庙，才发现那上面的猫头鹰像已经被拖下来了，在地上摔得稀碎，还没来得及清理。

刘基想，刘肖既然已经知道了龚瑛的骗局，为什么还是要留在这里刺杀太史慈？是为了守护他的鸮神吗？还是为了给堡里的人报仇？

刘肖要是没这么犟，说不定已经逃出去了。可转念一想，如果他不是这么直来直去、爱憎分明的人，也不可能突然间决定要帮助刘基。

刘基一边想，一边脱掉上衣，提起井边一桶水，从头上慢慢浇下来。也许是为了减少他们的劳动，这井边每天都会有人事先打好几桶水放着，井口则用盖子捂住。水经过一夜，凉爽如冰，冲掉一身臭汗，他又仔细洗过脸，刷了刷双手双腿，看见身上几块伤处瘀青未消，眉梢和手臂上都新结了痂，倒真有了一点儿兵士的意思。

可刘基既不会技击，也不能统兵，唯一所能，只有冷静的思考。所以不论是在盗墓，还是在和王祐虚与委蛇，他都在想：还有什么转机？

想到上缭壁的惨状,他不自觉地看向内城城门。太阳才初现端倪,昏暗中,他忽然看见一个身影在城墙下移动,还在向他跑来。眼睛尚未看清,心头却一念澄明,他四处确认看不见王祐,然后忽然惊觉,忙把短褐套在湿淋淋的身上。

他悄声问:"严黎,你怎么跑进来了?"

严黎没立刻回话,而是把他一拉,一路跑到石庙背后。

刚蹲下,刘基先问出他最在意的问题:"刘肖怎么样?"

"他们确实把他送进了军营,我拼了命进去看过一眼,还有气。"严黎说,"放心吧,山越信仰飞鸟,他们有句话,叫笨蛋是不会死的。"

刘基知道这是在安慰他,便回一句:"当然,全天下都知道的。"

严黎说得轻松,可她满身脏污,一边脸分明肿了,嘴角也挂着伤,显然是为了进军营付出的代价。刘基握紧了拳头,又问:"现在壁里怎么样?"

她摇摇头,"太史慈占领了兵库粮仓,发了些金银,没让士兵抢掠。但一半士兵忙着把尸体丢出城外,一半忙着把还活着的人全迁出去。那些人吵着不走,要下葬亲人,要带东西,纷争不断,又死了好些人。再过十二时辰,这里一定会变成空城。"

刘基心想,太史慈为了偷偷开掘大墓,不惜把几千户人全赶走,这是铁了心要做。

严黎深呼吸两口,又说:"时间很紧,你帮我去找一个东西。"

"什么?"

"刘肖和那将军搏斗的时候,可能掉了个东西,如果运气好,就还在这内城。是一枚骨头做的鸟哨。"

刘基一愣,"为什么这时候还要找它?"

严黎反问他:"公子,你当时为什么要冒险救走王祐?"

"为了阻止盗墓。"刘基不假思索地说,"阻止像现在这样的事情。"

不管是执着也好,天真也罢,他那天在刘充国墓里想明白的目标不会轻易改变——哪怕阻止不了盗墓,也不能让它演变成更大的战争。

"那么,我们的目标就是一样的。"严黎目光灼灼。

"好。"

刘基不再问,他装出闲庭信步的样子,向当日打斗的方向踱去。

刘基最早看到的是那枚熊形玉石嵌饰。在它旁边细细找了一遍,才发现了那更小的一只骨哨。鸟哨是有特定吹法的,山越巫师有的能用它来号召群鸟,甚至形成"百鸟朝凤"式的奇观,让越民拜服。没想到刘肖看似粗莽,也懂得这类技巧。

他把骨哨交给严黎,严黎则告诉他,内城有一处墙根下留有暗洞,掩饰成排水陶管的样子,那是刘肖以前说的。匆匆交代完毕,严黎便要离开,走之前,她把刘基之前的一跪还给他,同时郑重地说:"愿大刘保佑你。"

当天晚上,王祐带着刘基继续往太史慈指示的方向一路挖过去,不是平着挖,而是斜着往下探。王祐进入一种全神贯注的状态,用各种工具和方法来勘探土壤,不允许刘基说一句话。午夜时,他们挖出了两枚漆壶。

看见漆壶，刘基心头一震，因为上面赫然嵌着那熊形玉石。他想，它怎么又出现了？最早从王祐手上随便挑了这个，王祐就说，这东西还有巧妙。他看见王祐也盯着漆壶定了神，然后便小心翼翼地趴在地上，用一只耳朵贴地去听。完了又在三方面墙上，一一听过，然后咂吧着嘴，指了一个方向。

刘基没动手，也学着他的样子细细去听，忽然发现了端倪：原来只有他指的那个方向，才传来非常微小的声音，是咕噜噜的水声。

刘基忽然明白了，那熊正是一个竖起耳朵的姿势，它既是装饰，可放在壶耳位置，又是一种暗示：让人仔细去听。

"这就是我说的巧妙之处。"王祐咧着嘴，用一种面具般僵硬的表情，喃喃道，"可为什么要留这样的提示？实在是让人脊背发凉……"

在地下挖洞，本就呼吸艰难，这下更是觉得满目幽深。刘基忍住深呼吸的欲望，收摄心神，问王祐："这水声可能是黄泉水，往这边挖，岂不是更危险？"

王祐摇摇头："豫章低湿多雨，小墓只能靠封堵，大墓却必须做好排水。这里头应该埋有陶管，能将水排到地下更深处。如果那太史慈说得没错，那他要找的地方不会离陶管太远。"

他们朝着王祐指示的方向挖过去，没过多久，便显然感受到土质发生了变化。再后来，便不仅有土，还分明混了木炭和青膏。

王祐脸上泛起兴奋的红光，他抡起锤子去砸，闷声在地底震耳欲聋。随着声音陡变，他们终于破开一堵墙壁，里面现出另一个陪葬器物坑。

刘基差点儿摔倒在地。

他以为有一支军队蹲伏在地底。

在他们眼前，一排排人形架子延伸到烛光之外，上面挂满了漆兵漆甲。

阴篇上

公元前 74 年 · 元平元年

"王子阳的方向错了,漆兵漆甲一定还是幌子!"

龚遂满头汗珠如豆,着急地在堂上打转。

"我以为你决心帮陛下了,才说与你听,你怎么反而急了?"

上官皇太后有点儿恼火。刘贺为了不让外面任何人找到龚遂,竟把他禁闭到了长乐宫中,因为自安乐担任长乐卫尉以来,他们把宫里的人几乎都换了一遍。而这龚遂也没闲着,一天三次地来拜见,变着法子,引导上官给他说外面的情况。其实上官久居深宫刀光剑影当中,是很难被撬开嘴巴的,可刘贺只在梦里跟她说过不要看龚遂的眼泪,现实里却没有提醒,这就让她对这位老人家涕泗横流的本领有点儿招架不住。

龚遂还絮絮给她说了不少和刘贺相处的往事。虽然听着荒诞不经,但上官自幼以来,身边只有霍光和上官桀两人的眼线,从来没有一个像龚遂这样的臣子陪伴左右。她有时想,如果真有这么一个人,事情会不会有所不同呢?

她终究没扛住,因此把安乐找来,旁敲侧击地了解了一番,又告诉了他。

可刚说完,就见龚遂脸色大变。

龚遂说:"老臣确实是为了陛下!陛下把大将军请到桂宫,又准备兵甲、射猎,大将军一定会怀疑是要对自己下手。大将军心有防备,要么是直接推托不露面,要么就一定会做好万全准备。老臣推测,大将军一定会寻一个由头,带兵前往。"

"你的意思是,陛下如果动手,就会失败?"

"不,上面这只是符合常理的计谋,可陛下偏偏是个不合常理的……"龚遂说得理所当然,让这句带有犯上意味的话都仿佛变得司空见惯,"臣想,如果这才是陛下想要的结果呢?他就是要引诱大将军全副武装而来,现出造反之状!"

上官平常不怎么想这些,思考片刻,反而眼睛一亮:"这样不就有机会……"

"不对。"龚遂的表情却非常严肃,"不对!哪怕是师出有名,可两者终究实力悬殊,要是逼急了,反而会导致更糟的结果。那些漆兵漆器,与其说是拿来搏斗的,倒不如说,是用来做它们本该做的事情……"

偌大的宫殿里,一时静默无声。

"陛下给自己造了一座祭坛。"

大将军霍光大概从来没有想过,会看见自己如此阵势恢宏的葬器。

他一生唯以谨慎至上,虽然有大司马大将军的身份,虽然周亚夫的冤屈已经被后人平反,但他依然没有打算用兵甲来陪葬。

况且，兵甲这东西，还是真实的比较管用。

霍光的目光从整齐排开的漆兵漆甲阵列上移开，静静看了看身后的车骑将军张安世——这人是著名酷吏张汤的次子，哥哥坐事受刑当了太监，背景不好，全凭霍光破格提拔才成了朝中第二人，还同时掌管着宫城之内最骁勇的羽林禁军。张安世自然知恩，对霍光称得上是言听计从，今日带了兵到桂宫来。哪怕是被皇上问起，也坚持说是为了确保圣驾安全，没有轻易撤兵。

张安世也回他一眼。那目光的意思，不言自明：但听大将军之令行事。

霍光心下安定，再回去看那些漆兵漆甲——它们精美华贵，沁着冷光，看着不像是假的。但更让他忌惮的，是在每一具兵甲旁边，都站了一位昌邑侍臣，虽然高矮胖瘦什么样的都有，但那瞠目肃立的模样，简直就像是一支军队。

霍光恭恭敬敬地屈膝跪地，说："臣昧死谢过圣上，圣上隆恩，无以回报，必当肝脑涂地，以效社稷。"

刘贺浅浅地笑，亲手扶大将军起身，又说了一些体恤的话。

今日到这桂宫来的时候，霍光先到，天子车驾隆隆驶至，刘贺一见他，便召他上车同乘。霍光心怀戒备，辞让两次，才不得已上了车。驾车人他认得，是那从昌邑国跟来的太仆，初时还正常，后来车子越来越快，简直有如平地起飞。霍光强忍着惊疑，忍不住去看后方的士兵有没有跟上，就听见刘贺问："大将军为何频频回首？这大好风光，可都在面前！"然后又大笑不已。

桂宫是武帝时新修的宫廷苑囿，亭台楼榭、曲水假山，要不是天色一直阴沉沉的，倒确实是长安城内最好的一片风光。可霍光无心观瞻,在飞驰颠簸的车上草草看过去,却忽然有一瞬间,怀疑自己的眼睛。

"陛下,危险!野兽跑出来了!"霍光看见那假山背后,分明闪过去一个黄澄澄的大屁股。他旋即想起来,这桂宫园林的思路,便像是上林苑在城里的一片飞地,不仅有山水景观,更饲养着各种动物,以至猛兽。平常当然都是关在笼子里的,便于游娱观赏,但方才一眼所见,却是一只出笼的活物。

可霍光何其警觉,话刚出口,就已经发现皇帝的不对劲。

"是朕命人放出来的,到底放了多少只,连朕也不清楚。"刘贺笑着说,"至于为什么,就请大将军先看完赏赐,朕自会揭晓!"

然后他们便登上一座亭,底下是用于王公贵族饮宴的开阔地,其中便摆满了皇帝所谓的"赏赐",还有这宫廷里最不受大将军控制的一群人。

那些人开始当着霍光的面穿戴上那些漆兵漆甲。

刘贺双手还扶着霍光,两个人第一次如此近距离地对峙着,瞳孔里都能倒映出彼此。在刘贺眼中,霍光看见自己不知不觉已经衰老,脸上尤其是额上满是深沟,脊背稍稍弯曲,站直了也没有刘贺高。

他猛然意识到:

在眼下,权倾朝野,雄兵百万,都没有用。

刘贺带了兵器吗?

他当然有,佩剑是天子礼仪。

霍光有吗?

其实也有,他把短剑藏在袖子里,拔出来的速度,也不会比剑要慢。

园囿中似乎真的传出虎啸声。

亭下的人全在披挂,刀兵相击,那真的是漆木吗?怎么听起来像金铁?

霍光问:"他们为什么要穿甲?"

刘贺说:"在昌邑国时,朕就酷爱射猎,今日,想请大将军一同观摩斗虎。"

"人虎可在笼中相斗,何必把猛虎放出来?"

"不身临其中,就没意思了。怎么,大将军害怕?"

霍光又问:"那为何要穿这丧具?"

刘贺面无表情地说:"这是上古时期的最高礼仪。他们的血留在漆甲上,便算是为大将军陪葬了。"

不知道多少年以来,霍光第一次感到后背发凉。

"我不明白。你说陛下要刺激大将军……弑君?这怎么可能呢?"

"其他人都不可能,可整个大汉,唯有这位陛下,能想到这么一出!"龚遂浑身颤抖,"皇太后曾亲眼见过,陛下对死后世界有多热衷。他的痴迷、向往,又岂是常人所能理解的?"

上官皇太后一时语塞,她并不知道龚遂当日在墓里偷听,可刘贺在里面的行为举止、说过的话,都时时在她心里回响。

"老臣从陛下五岁继任昌邑王时就开始侍奉,臣一直追,他一直跑,始终不能理解他到底在求什么。直到入长安城当天,老臣才终于接受:这世上有人事死如事生,就有人事生如事死。陛下当日亲口对臣说:'孤不介意死亡。'无论陛下这种想法是来自昌邑哀王、来自器物，还是完全来自他自己，活着，都只是他抵达理想的死后世界的一种方法！"

"什么是他想要的世界？"

"以天子之礼下葬。"龚遂说得缓慢但坚定，"以天下奇珍入墓，享万世之荣，星斗银汉，碧落黄泉，带他羽化登仙。"

"那他每天起高炉，造珍宝，四方征调，日夜不息，全是为这件事做准备？"

"溥天之下，莫非王土，要不是有意赴死，他何必着急做这些事情？一方面是为了扰乱大将军的部署，试探长安百官的反应；另一方面，必然是为此做考虑！"

"不可能，没有人会这么做……"上官喃喃道，忽然眼睛一闪，"如果真是这样，他何必去拜祭他父亲？又何必让我去看？"

"皇上一旦山崩，事情便尘埃落定。正因为这样，他才先去拜了亲生父亲，这样只要皇太后在最后出来做证，他便可以摆脱现在的嗣子身份，既有皇帝之身，又能在宗法上回归亲生血脉。"

"荒唐！荒谬！匪夷所思！"上官似乎十年来从来不曾有过这么强烈的情绪，她也说不清楚原因，只觉得这皇帝才来二十多天，就把一切事理都搅得莫名其妙。她跺着脚，指着龚遂问："哪怕，哪怕真的按你这个说法，自刎不就可以了？你要怎么解释！自刎不能成仙？会有阴兵鬼卒来押他下地狱？"

"也确实是有这种说法。"龚遂声音低沉地说，"可是，真正原因恐怕还是很显然的吧？相比于自尽，他这种做法之下，谁会陷入万劫不复之地，又有谁……能因此而摆脱出来？"

如果刘贺真的把霍光逼到了绝境，逼得霍光不得不动手，那无论最终执刀的人是谁，霍光都难辞其咎，必将身死名灭，成为千秋之下永世不得翻身的叛臣。

而上官皇太后也将失去她最后的血亲，同时，挣脱开身上最重的枷锁。

龚遂没有直说，因为他能看出来：上官是知道的。

她只是用愤怒和不相信来掩饰自己，她真正不敢相信的，是世上还有任何人——哪怕是以顺带的方式——会想到要拯救一下她。

阴篇下

公元前 74 年·元平元年

  刘贺、霍光、张安世、田延年，都披甲、骑马、佩弓，在桂宫园囿里穿行。刘贺给他们都准备了最好的马——传说中大宛天马的后裔，骑上去就像驾于云上，而且满身金光流彩，装饰奢华。只是其他人都没把心思放在马匹上。

  他们全副心思，都放在四周瑟瑟响动的假山茂林之中。

  他们会听见惨叫声——时远时近，有些短促，有些绵长。谁也不知道刘贺到底放了多少只老虎在这里，只知道那确实是真的，那被扑倒的士兵、咬断的肢体、拍碎的漆甲漆盾、山石上溅开的血迹，都没有半点儿虚假。

  他们还看见其他兽类，比如野猪——狂奔的野猪足以把马匹撅倒，而且比猛兽更难缠，至死也不会轻易回头。

  霍光觉得非常奇怪，那些昌邑旧臣们就像喝多了一样，不像是身陷险境，反倒腾着一股狂热情绪，仿佛并不是在猎虎，而是今天就要在这里匡社稷、扭乾坤。很多年以前在武帝身侧，他还有过这种热血，现如今，这却只能让他感到危机。

突然，两个人就从不远处的假山上滚落下来，还没来得及爬起，一只猛虎已经自上而下扑将过去。成年老虎势大力沉，可却精于偷袭，讲求一击毙命。它甫一落地，大口直接咬在其中一人的脖子上，漆甲的防护完全不堪一击，那人登时软了下去。

老虎直接拖着人跑，准备蹿入林中，没想到另一个人并未胆怯，反而追上去用长枪刺它。一人一虎相持几个弹指，四方就连续来了好几个人，将老虎团团围住。

没过多久，那老虎脸上、身上都已经插了箭矢，但也有很多侍臣躺在地上，喉咙被利爪撕开，面向他们，嘶哑着声音喊道："陛下，保重……"

刘贺看着他们缠斗，面无表情，内心默念的却是墓中厌胜的经文——这些侍臣的血就留在漆甲上，无论破损与否，最终都会下葬于浩然大陵。他仿佛完全沉浸在这样的思考中，不仅没留意风吹草动，还故意没去看身后骚动的大臣们。

与之同时，乱箭在苑囿里四处横飞，甚至有一支箭穿林而过，直奔霍光的脸门，只是被羽林骑奋身挡下。

这到底是猎虎，还是猎人？

张安世立即驱马向前，凑到霍光身边，沉声说："事急矣！战，或者走！"

他已经把羽林骑五十人中的一半派出去狩猎，给皇上做做样子；另一半还跟在身边。对他们而言，猎虎还是其次，更重要的是预防昌邑旧臣们的突然袭击。羽林军装备精良、训练有素，可是旧臣人数更多，还占着地利，真打起来，少不了一场硬仗。

他们第一反应是直接走。

一座桂宫而已，还能关住大司马大将军？

可羽林骑很快回禀：宫门被堵了。

并不是宫门被锁住这么简单，而是天子法驾的全套舆乘——核心的六乘金根车、五色安车、五色辒车、皮轩、鸾旗，属车共三十六乘，全部挤在宫门周围，伏龙栖凤，水泄不通。

如果是寻常马车，找些人来驾走便是了，可那是天子法驾，谁擅动了，都是僭越的罪行。更麻烦的是，马车的缰绳都被解开了，野兽气味一飘，马匹全部四散奔逃。就在他们谈话中途，一匹受惊的奔马冲进了林子，闷头乱跑，将一名羽林骑连人带马掼倒在地。

这么一来，就连皇上自己也没法轻易出去。

他是真的下了决心，把自己和霍光等人一起困在这里！

霍光愣了神，再次看向皇帝，一闪电光刺进脑海，因为那年轻的天子不知道从什么时候开始也在盯着他，目光灼灼，嘴角还挂着怪笑。

刘贺用手遥遥指了一下自己座下骏马的马首，又指了一下霍光等人的马首——霍光不解，自己骑着的马看不清头，就转头去看旁边张安世的。他原本只知道这马装饰得金光闪闪，现在才发现，马首当卢上画满不同寻常的四神、瑞兽、祥云、羽人图案。这绝不是宫廷御马原有的装饰，而是新制的，且形制和以前大不相同。

他握着缰绳的手微微颤抖起来：这当卢图案，分明是殉葬马匹才会用到的东西！

刘贺如此比完手势，一句话不说，便被一帮昌邑旧臣簇拥着，跟踪一串猛虎足迹与鲜血而去，倏忽便没了踪影。

"大将军,我们把法驾冲开,大不了治个不敬之罪,走吧!"张安世又对霍光说。

一个声音却横插进两人之间:"走?我们为什么要走?"

一名大腹便便的官员坐在马上,看着几乎摇摇欲坠,一双眼却透出前所未有的狠辣。

张安世急道:"大司农,这分明不是狩猎,再不离开,必生变故!"

"变故已经来了。"大司农田延年依然瞪着一双细长眼,"可这不正是一个能解决大将军心头困扰的时机吗?现在内外不通,只要在场者全都闭了嘴,发生过什么不都是由我们说了算?"

三个人都凑得极近,这一句话出来,则更是骤然压低了声。

二十多日里,霍光只和田延年提过两次关于"大局"的事情。第一次是和他单独聊的,当时田延年就已经建议:趁着时日尚短,当断则断。他们把当年周勃平诸吕的记载拿来读了很多遍,尤其是少帝被带去传舍后从此消失的一节。读完以后,霍光跟他说了两句话:第一句是,现在的太史官叫什么?得先把他宰了。第二句话是,再好好想想。

第二次时,王吉也在,王吉坚持请他和龚遂聊。可龚遂当日被皇帝召走,从那天起便消失了,饶是他们的眼线遍布都城,也查不出个所以然来。霍光没为这件事惩罚任何人,可是他的脸色变得更深了,印堂发黑,像堵了血在里头。

田延年察言观色,知道大将军心里必有大逆的想法,只是没想好处理方法。

现在，处理方法送到他们面前来了。

田延年心知这是命途的转捩点，干脆把话摊开来说："他煞费苦心把大将军请到这里，设这么一个局，无论是人还是兽，都是冲大将军来的，分明要让我们'出意外'。我们确实可以跑，可这必然留下新的破绽和话柄，大局依然没有改变……可是反过来想，他给我们设这个陷阱，何尝不是把自己也套了进去？只要大将军下定决心，有张将军的羽林铁骑，他那些穿着假盔甲的士兵根本不堪一击！"

"就算我能把昌邑人都解决，"张安世沉沉说道，"还有一位怎么办？"

田延年目露凶光："不能留。你没发现吗，事做一半，后患无穷？"

霍光终于开口了："出去之后如何解释？"

田延年"哼哼"一笑："有老虎呢。"

霍光和田延年都看向张安世。

张安世的表情瞬间变得非常微妙。

刘贺下了马，毫无架子地坐在假山石上，那是桂宫中的高地，但也高不出多少，看不清全貌，只能平视一片苍莽的高树绿影。底下四处依然传来人兽嘶吼的声音，不久前还有一头野猪差点儿冲撞了圣驾，他一边躲，一边大笑，让安乐不知道该不该让人赶紧把野猪杀掉。

他这二十多天来的狂悖谋划来到了终局。

直到这个时候，自安乐往下的昌邑旧臣都还等着他一声令下，便要刺杀大将军，为朝廷剿除奸凶、拨乱反正。他们认为，大将军一定会露出他的爪牙，那时候，便是名正言顺反击的开端。

在刘贺眼中，事态如果那样发展，倒不是坏事——只不过，他认为更有可能发生的是大将军露出来的爪牙过于锋利，而他身边这些被官位、名声、珠宝甚至马蹄金掩盖了眼睛的臣下，则根本不堪一击。

可他不认为自己欠了任何人。

毕竟，他已经把自己都献祭了，未来只有长天和永生，还有什么亏欠可言？

其实他并不是从一开始就这样计划的。他焚膏继晷、夜以继日地让不同人发不同令，二十多天，发令一千多次，就是为了检验大汉朝廷到底能不能被撼动，试探大将军的根系到底有多深。可他越来越有一种感觉，为此还去观了星象，星象告诉他同样的结论，那就是，直到霍光死的那一天，他这个皇帝才有一点儿动弹的可能。

在那之前，刘贺再也不能像在昌邑国一样自由散漫，一心扑在自己渴望的东西之上。

甚至有可能发生无数的事情，让刘贺无法迎来自己想象中的终局。

那日在孝昭帝平陵，长乐卫尉邓广汉在先帝墓里一番愚行，不仅让刘贺愤怒，更让他忽然警醒一件事：死人在生者的世界里，终究是脆弱的。所以他决心：要么除掉可能威胁他死后安宁的人，要么除掉这条漫长道路上的歧出旁枝。他最终发现，能惊扰安宁的人不可卒除，遍布世间，哪怕真灭了一个霍光，也会再出现张光、王光。他还发现，最安宁的路就是最短的路，只要一步便能走完，绝不会迷失。

所以他决定一步踏进终点。

最大的遗憾当然是陵墓还没开始动土,它的规格、形制、内部构造,都不得而知,但想来和平陵应该是相似的。他还留下了完整的《筑墓赋》在少府,只要新继任的大司农不存心从中作梗,就会按照他的想法来做。至于随葬器物,在昌邑国时已经有满库珍宝,再加上在短短时间之内,所有能搜刮来的好东西,他都已经备好了。

有汉以来,除了高祖和武帝,其他龙脉大都寿祚不彰。所以刘贺这么一算,虽然短促,却也感觉无妨。从五岁开始他就全心全意投入另一个世界当中,加上长日长夜,仿佛活了旁人双份的时间。

能以皇帝礼制结束一生,已经超出他原来的想象。

要说还有什么未了之事……

第一是那龚遂,但他已经被摘了出去,该和这整件事情脱清了关系。事毕之后,希望他能看明白刘贺的意思,帮助他恢复刘髆这一脉的宗法传承关系,不至于到了黄泉之下,还得认个不认识的人作父皇。

第二则是那比自己还小的"母后"。刘贺这人从不愿意担待自己以外的任何人,上官算是个例外。但他觉得自己该带她看的也看了,能做的也做了,便就此放下,不再提起。

最后,便只有等待。

霍光等人都骑着马,在他们人到之前,大地就会响起"嗒嗒""嗒嗒",刘贺在风声中捕捉这样的声音,手里把玩着一颗琥珀卧虎，红色的，像一粒血。

时间比刘贺想象的还要久。

最后，是一个身上带着血迹的侍臣跑到假山下，几乎摔倒在地，急着说："大将军他们要出宫了！"

刘贺停了手指动作。"法驾呢？"

"羽林骑正在将法驾推开。"

"混账！这是冲撞天子车驾！"安乐正等着这句话，"看守的人呢？"

"已经发生了冲突，我们的人被、被杀了不少。可是……"

"这是彻底的谋逆罪！死罪！拖住他们！"安乐大喊，声音里简直透露出兴奋。

"可是，"那侍臣分明还在惊惧当中，好不容易，才说出一句整话，"那些杀人的、推车的羽林骑，一动完手，就自杀了……"

安乐一下子没反应过来："自杀？什么意思？"

"国相，他们不是被我们的人干掉，而是主动自杀！"侍臣大喊，"宫门那条路，就是他们用自己的血开出来的一条路……"

安乐还想说话，可突然间，脸上被扇了一巴掌。他正要发作，却看见刘贺已经飞身上马，强风似的卷了出去，边跑边喊："还问什么，快追！"

从来都是刘贺出他人意料，这一次，却是刘贺自己愣住了。

他想不明白：自己已经完美设计好了整个装置，只要霍光轻轻一推，他的烦恼就消失了，皇位重新空出，改朝换代再次发生，完全依照他的意愿来走。大汉朝廷又重新回到那个腐朽、缓慢且温暖的模样。世上再不会有第二个像刘贺这样的皇帝。

霍光为什么不做？

刘贺拿下了长乐宫上官皇太后，政令绕开尚书署直出禁宫，把官职搅得一团混乱，甚至要染指北军兵权，这些全是霍光的死穴，他怎么可能忍？难道要在这个时候，突然相信霍光是真心想要侍奉他？

这不可能！

可这偏偏就实现了。

权倾朝野、不可一世的霍光、张安世、田延年等人，放弃了他拱手让出来的这个局，用五十人羽林骑的命，给自己开出一条出宫的路。

等他们到了宫门，才发现，他们做的比士兵传信所说的更为复杂。

他们先是真像皇家狩猎一样，扩大包围网，将野兽尽可能往一处赶——全赶到宫门附近。因此，野兽和看守宫门的昌邑旧臣发生了第一波混乱。猛兽侵扰天子法驾，羽林骑抵挡保护，并且推开车驾开路，这是第二步。在满地狼藉、人尸兽尸散落四周、分不清到底是何方责任之后，他们再行自刎，这是第三步。

三步之后，这就成了一团无头的灾难，再也无法指摘清楚是谁的责任。

所有这些，只是为了让大将军能平安出宫。

霍光已在宫外大道上，下了马，垂手站着。两旁的张安世和田延年，则是跪伏于地。

安乐说："陛下，只差最后一步了，当断则断。"

刘贺说:"如果我在大街上公然击杀无罪臣子,那就成了暴君、昏君,早晚要被移出宗庙。"

"天子说他们有罪,便是有罪。"安乐说,"当断不断,反受其乱!"

刘贺沉默。

他只想知道——是什么让霍光最终放弃了他拱手相让的机会?

他终于想起一件莫名其妙的小事:他们到桂宫的时间,比霍光晚,那是因为,就在来桂宫的路上,一位大臣竟然阻拦了天子法驾。那一看便是个老儒生,刘贺不清楚是谁,可对方说的话,却有一点儿意思。

那段时间,天一直是阴的,不见日月。老儒生引用了一番经典,说:"天久阴而不雨,臣下有谋上者。"

刘贺心想:那不正合朕意吗?

他旁边属车的安乐也想:不正好一网打尽吗?

可表面上却都不想显露,所以刘贺让人把他带了下去,先关个一天,至少别乱说话。

后来刘贺才知道:那个人叫夏侯胜,光禄大夫,还有一个更特殊的身份,是上官皇太后的经学老师。

在夏侯胜因为这一番话被关起来后,廷尉派人立即给大将军传信。

那名小官出身东莱,姓太史,是个全然不重要的小人物。可他知道大将军在桂宫之内,而桂宫门口被天子法驾堵住之后,他并没有放弃,而是想出一个方法:从群车车底一路钻了过去。

天子舆乘全都轮辐宽大,离地较高,给了他这样的机会。

那是他一生中离天子器物最近的时刻,他日后不断给子孙回忆,不断添油加醋,从车底讲到了车顶,一直讲到八十岁高寿,虽然没什么实际影响,但给他的子子孙孙都留下了不可磨灭的印象。

这事情产生的另一个重大影响,是他把夏侯胜的话成功传达给霍光。霍光和张安世大骇,他们想,皇上已经知道他们要谋逆,这桂宫的一切依然是幌子,他仍留有后手。这后手想不到是什么不重要,重要的是,此时谋逆必然失败。

张安世本就不愿在大逆之事上当刀子,他和田延年不同,没有足够死十次的贪污罪行,而且要论能力、威望、能同时盘明白内外军政,霍光之下,就该是他,他绝不愿先一步当了祭品。所以一听说夏侯胜之事,他立即力主撤退,并主动承担了牺牲五十条人命的计划和行动。

于是,他们如同脱缰车驾,偏离了刘贺所设想的路线。

至于为什么夏侯胜会突然在那个时候出现、说那样的话,刘贺当时没有想得足够细。等他终于明白过来,那真正的终局,就已经来到眼前了。

第十二章 三马双辕金鼓乐车

王侯出驾，前设鼓车，后设金车，队伍闻鼓则进，闻金则止。

鼓车上设建鼓一件，金车上有镎于一件、编铙四枚。

配图参考为双马单辕车。

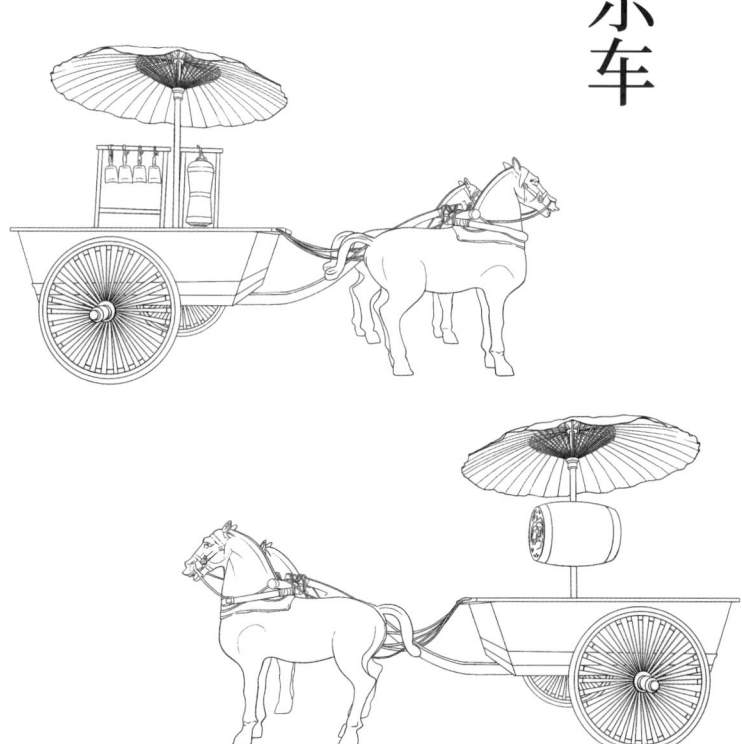

阳篇上

公元 201 年·建安六年

　　漆甲确实是用木、藤、少量铁做的，基本不具备实战功能，让刘基心里松了口气。可它们却又分明像是实战过的样子，不仅留有刮痕，有破损，甚至还凝着血迹，只是过了二百年，血已完全成了黑色，盖在绘画的龙虎云纹上，几近于泼墨。

　　刘基完全没办法想象，有什么人会穿着漆甲去实战——不是去送命吗？而且他越看越觉得，那些错痕不像是兵器所为，倒像是被猛兽撕裂的。

　　越看越说不通，他只能判断是自己看错了。

　　这兵甲室位于车马坑之东，又无人殉葬，不是陪葬坑，所以不同于寻常墓葬规制，连王祐也没料到它的存在。刘基本以为王祐会去问清楚太史慈他是怎么知道的，王祐却轻描淡写地说："你去吧。"

　　刘基还以为自己听错了。再三确认后，他带着一件画着龙纹的漆甲，终于再次出了内城。王祐甚至没找人跟着他，他说："出城是肯定出不去的，太史慈治军和上缭贼不是一回事，你记住就好。"

说完就又埋头研究漆盾去了。

上缭壁已经人去楼空。

严黎曾经说过,太史慈命令士兵把城中所有人强行迁出,现在看来已经完成了。穿行在狭仄街道间的居民都已经消失,军民混处、南北混居的特殊景象也没了踪影,只有士兵驻扎于此,仿佛一座真正的军垒。居民似乎把能带走的东西都搬走了,但还是残留有很多生活的遗迹,比如古旧的陶缸、摔碎的碗、被丢弃在城中的家狗。

刘基没直接去找太史慈,而是先去打听了一番,然后来到龚瑛以前住的地方。整座城中龚瑛的宅子是比较大的,又不像巫师家里摆满了不可名状的物件,但太史慈没有据为己有,而是拿出来当作伤兵疗养的地方。虽然攻城战打得摧枯拉朽,但终究是人骨皮肉,还是有不少死伤,室内室外躺满了伤员。

士兵没有为难刘基,他进府上四处看了看,士兵或残缺,或高烧,或昏迷,人间惨状,不胜枚举。到最后,才在偏房的一个角落里找到了刘肖。

他惊喜地发现刘肖睁着眼睛。

刘肖当日除了身体上的一些摔打,主要伤口在头部,所以满头依然裹着麻布,把猫头鹰脸盖住了一半。刘基一边喊他,一边摸他手臂,感觉没有发热症状。可是刘肖却没有回应,只是躺着,双眼呆呆看着屋顶。刘基故意凑到他视线上方,觉得他稍微有了点儿反应,可是很缓慢,微微转头跟着移动,只是眼中没有神采,仿佛蒙了一层雾。

刘基尝试叫他名字、喊猫头鹰,甚至在他面前挥拳,可是他除了拳风来时缩了一下，再无别的反应。

刘基见过一些伤到脑袋的人，像这样痴呆的状况，可能持续一个月，也可能是一辈子。

旁边的医师和伤员各忙各的，只有一两个人冷眼看看他。

刘基又把那枚熊形玉石拿出来，塞到他的掌心，物归原主。玉石有点儿凉，他的手震了一下，然后慢慢攥紧，手指还细细摩挲上面的花纹。

这时他眼里有了一点光，开口说话，只说一个字："黎。"

"黎。黎。黎。"他重复了好几次，但这几句话好像耗尽了他的精力，不久音量就降了下去。

刘基握着他的手，说："我见过严黎，她很安全，你放心。"又拍拍他的肩膀。

其实刘基也不知道严黎下落如何，可他觉得，这时候必须坚定。

也不知道刘肖有没有听懂这句话，只是没过多久，他已经安稳地沉沉睡去。

那天没死在战场上的士兵，不论是以前刘繇旧部，还是百越族民，都成为战俘被送回海昏城外的军营。按照吴军的规则，凡是俘虏山越，要么选择加入部曲成为士兵，要么就成为将军蓄养的奴客，有如牲畜，终生从事耕种、农桑等苦力。太史慈既然决定背叛孙家，想必需要大量的人力。他们的境况只会比刘肖更差。

刘基再无可做的事，只能离开。

他去找太史慈。

太史慈倒是暂住进了以前一个巫师的家里。吴军攻城时，巫师的家人也许曾经固守过这个地方，只是螳臂当车，只留下满目疮痍，柱子上、墙上甚至还有血痕未干。

巫师的房子和其他人建得没什么两样，只是在房子屋顶上罕见地开了个天窗，豫章如此多雨，他却不怕漏雨。屋里的墙上、地上、案上，都绘着奇怪图画的皮草、绢布，全是些小圆和线条——刘基认出那是星图，再结合天窗，说明这应该住过一名星术巫师。除此之外，木板上画了扶乩的罗盘，地上散落着文王的卦签，还悬挂着各色驱邪避灾用的草木花果。

可在堂前正中央的墙壁上，却有一块布垂下来挡着，不知道背后是什么。

一张草席，四枚伏鹿席镇，太史慈就坐在这狼藉中间。

他的眼圈很黑，刘基敏锐地感觉到他喝过酒。

室内还飘着那青铜蒸馏器蒸煮后的气息。

太史慈见来的是刘基，眼神闪烁了一下，却没说什么，只让他先报告。听说那墓室里全是漆兵漆甲、不具有实战功能之后，他沉吟片刻，又接过漆甲来细细查看一番。

看完以后，他把漆甲轻轻放在草席上，说了一句：

"他说，倒逆阴阳，扭转乾坤，全在于桂宫。他最后悔的，也是桂宫。"

刘基没听明白，便不回答。

太史慈却主动问他："你知道我为什么觉得那地方还埋了东西吗？"

"你一定看过我们不知道的东西。"刘基说，"在海昏侯那几岁孩童的墓里，你找到了什么？"

"我们发现了一堆残简。龚瑛没意识到那是什么，或者是被金玉迷了眼睛，所以全被我带走了。那其实是很多份竹简的残骸，主人有意把它们斫断、埋葬进这墓里。"太史慈说，"老郭说，你拿走了其中一枚残片：'厚费数百万兮，治冢广大。长缱锦周圹中兮，悬璧饰庐堂……'"

刘基点头："那是老郭从王祐那几个同伴身上找来的。"

"那枚竹简，也是我最早送到北方去的明器之一。传说中的摸金校尉，只要看到这个，应该就能意识到其中的价值——果然，王祐不惜叛逃也要过来。"

"海昏侯把自己修墓过程写了下来？"

太史慈点头："不止如此，他还写了很多遍。我所拿到的不是一篇文赋的竹简，而是很多篇，每篇都在重复一部分内容，但又各有区别，全都断裂了混杂在一起，百转低回，循环往复……"他的声音像从远处飘来，然后又杳无踪影，"就像一座迷宫。"

"你找到出口了吗？"

"我凭借竹简材质、时间、断痕等蛛丝马迹，尽可能拼凑出不同时期写下的竹简，发现他从某个时期开始就反复提到一个叫桂宫的地方。拼凑的过程很困难，辞赋曾经发生过彻底的变化，而且不仅仅是在讲筑墓，还混入大量暗语、指代，间杂断断续续的记事和情绪。随着我改变字句顺序，有些原以为是记述修墓的内容，后来发现是讲述他的谋划；有些以为是记事的内容，却又隐藏了墓葬方位。直到最后，我才坚信：大部分简牍都是弃本，只有一小部分记录了这里的真相。"

"那么——什么是桂宫?"

"你觉得呢?在最重要的残片里,我不仅发现了桂宫,还发现了未央、长乐等字样。"

"未央宫、长乐宫?"刘基皱眉,又突然反应过来,"长安城?"

其实刘基一直有种感觉——内城也就是陵园不是方正的形状,所以特意绕着它走了走,心中有了大致的轮廓。这下想起长安,一个念头忽然撞进脑海:原来这陵园和长安城一样,也是仿了星斗之形而制,所以墙垣轮廓和最早期的长安城几乎一致。而未央、长乐、桂宫,都是长安城中的宫名。

刘基明白了:"海昏侯用长安城内的方位来指代陵园方位。我们挖到车马和漆具的地方,正好就对应了长安城桂宫的位置!"

太史慈稍稍露出惊讶的神情:"你比王祐想得更快。"

"是吗?"刘基能清晰回想起舆图上长安城的布局,"小时候父亲总说带我去看东西二京,可京畿多乱,一直没有成行。"

听他提起刘扬州,太史慈的目光黯淡了一下,又重新点燃:"总之,你说得没错。他反反复复写到那一段经历,不断变化,虚实交错,直到最后,回忆和筑墓竟混合在了一起。这些《筑墓赋》既宣颂大墓,又记述生平,更把整座陵园的舆图隐藏在字里行间。他不仅把内外形制修成了长安城的模样,就连地宫埋藏的器物,也和当年他在长安城登基的经历一一对应!简直就像是他在这里重造了一座与自己有关的长安。"

"可他为什么要把这些都写下来,然后又毁掉?"

太史慈忽然笑了笑,那让他变得更像一个酒醉的人。他说:

"如果他真想毁掉，一把火烧了就可以，何必拿来殉葬？那是他留给我们的一座迷宫，'桂宫'就是钥匙。"

"通过这些记录，你就能找到'长乐''未央'，确定海昏侯的主墓所在。"刘基说，"可是这还是解释不了，为什么他要留下这些。他难道希望别人来挖开自己的墓吗？"

太史慈的目光从深黑的眼圈上射出："谁也不希望被人盗墓，除非有比不被盗墓更重要的欲望。我越来越觉得，他想让人知道自己，你明白吗？就像神亭、孙策、我，百年之后，千年之后，还有人记得我们的名字。所以他留下了这个。"

他把身后的布帘掀开，露出一幅金光四射的图画——那是由墓中发现的八十枚当卢共同拼成的画面，围成一个正圆形，圆里面由各色当卢填满。他在墙两边竖了两根柱子，中间串满麻线，再用麻线将当卢吊起，所以当卢可以按他想要的位置来摆放。外圈全是宽头细尾的长叶子形当卢，内部则形状不一，像一个旋涡，呈现出某种独特的规律。

在老巫的家中，这幅金灿灿的图画不但不突兀，反而显得异常和谐。

这是诡异里住进诡异，诡异到家了。

太史慈说："王祐说你也能看出来，这不是实用马具，而是四神明器，让马成为天马，带墓主上天登仙。可是你和王祐都一样，只见其一，不见其二。"

太史慈说这话的时候，眼窝显得更深了，嘴里仿佛蒸着酒气，脸色却白了，像那老巫的阴魂仍在这屋里。

"我为什么住进这房子？因为这是星巫的房间，头上的孔是观星孔，他画的点点线线全是星图。你仔细看看那些符号。二重实心圆、三重空心圆、带尾涡纹、实心小点，这是历代天官勘录星象时都会用到的符号……而在当卢上，都能找到。"

刘基一怔，说："难道它们还是星图？"

他突然明白了太史慈摆放的正圆形——八十枚当卢重新排布，竟然组合成了一张完整的天象图！

太史慈点点头。

"你看到的不仅是四神，还代表了东西南北四象二十八星宿。最外圈的每一枚，记载的都是四时当中某一时节的具体天象，最简单的判断方式是连星成线，找到北斗。比如这一枚：斗柄指东，天下皆春。它记载的春日星象，有昴、毕之间，日月五星出于东方；有荧惑守心，二火相遇于天，大臣犯上，兵祸贼乱。"

在太史慈的指引下，刘基眼中的小小当卢再次起了变化，仿佛一叶知秋，将四时天象包裹其中。他原本以为的云纹水纹、装饰性的圆点，竟都可以与星天相映。

太史慈指着其中一枚当卢说："这当中最重要的，是这一枚上的金色三角形。大星如月，逆空西行，大凶。这是刘贺入京前的星象！所以这记录的不是别的时候，就是元平元年，夏天——刘贺登基时的星象轮转。"

刘基盯着太史慈久久没有说话。他想：这真是太史子义吗？他从什么时候开始这么了解星象学说？

可他又明白，答案分明就摆在眼前：他姓"太史"！祖上必然有负责星象历法的太史官。自古以来，修史与预言都密不可分，而在太史慈身上，所有人都只看到他不惜一切想留名青史的一面，却很少看见他夜对星河、推演卜卦的另一面。

这两者往往是相通的。

在追求生前名和身后生的漫漫长路上，人必须信一些宏大的东西，比如星象，比如宿命。

刘基问："既然外圈是刘贺登基当年的星象，那内圈呢？为什么又有一种不同的四时星象，而且，又出现了这个金色三角形？"

太史慈回答："很快，我们将看见大星如月。那就是开墓的时间。"

阳篇中

公元 201 年·建安六年

刘基和王祐继续过着夜兴日寐的日子。除了整理已经挖出来的器物,他们还根据赋文记载,在陵园南部点出北斗七星的位置,标记出七个陪葬墓,它们共同拱卫着代号为"未央""长乐"的两座主墓。王祐一边喃喃称叹"神了,真是神了",一边和刘基一起开挖,果然找到了更多钱币和器物。

随葬坑内还埋有棺木,最贵重的葬器都需要开棺去取,虽然是王祐动手,也总是让刘基心生不安。根据礼法,这些人应该都是海昏侯身边的重臣,获得了死后附葬的权利。可是海昏侯身为废帝,臣属名讳都不存于史册,所以刘基一个个名字看过去,都不认识。

只有一个比较特别的人,他的墓里没有棺木,是个衣冠冢,还留了满地的瓜子。刘基猜测他们不会用瓜子下葬,有可能本来都是完整的甜瓜,百年之后瓤肉不存,只有籽留了下来。巧合的是,这个用甜瓜陪葬的人姓孙,名叫孙钟,不知道和如今的孙家有没有血脉关系。

刘基还获准给家里寄信,虽然没法告知具体处境,但他尽可能用家人能信服的方式报了平安。

虽然日子看似平静,但暗流已经开始涌动。被乌篷遮得严严实实的牛车不断进进出出。更多士兵住进了上缭壁,除了太史慈原有部曲,还有越来越多新兵,操着各地方言,在这里秘密接受训练。上缭壁的规模和位置,成了暗中练兵最好的场所。他们推掉了一些房子,清出空地,日夜军号不休。

直到那一天。

士兵们尚在练着兵器,每挥舞一次,便齐喝一声,喊着喊着,渐渐就停了下来。有人望着天嘴巴张一个洞,有人伸手上指。

当时正是日落时分,漫天像被火点着了一样红。天中央跑着一只赤狗,是云,但怎么看也不像云,只觉得它能跑、会叫,可吞百万雄兵。等天色进一步暗下来,焰色黯淡,成了紫红,赤狗隐没,但还在天上瞋着眼睛。

西方亮了起来,是两个月亮—— 一枚圆月,一枚大星如月,在地上洒了双倍的雪。

大星即是彗星,自东而西,拖出一条长尾。

太史慈出现在内城。他没披甲,只穿着一身雪白的禅衣,像把出鞘的剑。

他带来了最好的酒,精米,九酝,天子封禅用酒也不过如此。他给王祐和刘基各分了一点儿,自己喝了三杯,剩下的都献于石庙,在石庙上,他给木偶穿起一件最精美的漆甲,以代表海昏侯衣冠。

既然已找到主墓位置,很显然,这座石庙就是原本的海昏侯祭祠,只是可能荒落破败,字迹湮灭,也有可能他从来就没有在庙上留过名字。

刘基想，没想到第一次拜祭刘贺，竟然是在挖他的墓之前。

王祐喝了一点儿酒，眼神变得迷离。他这时穿得也和平常不同，特意找太史慈要了全套甲胄，突然就变得端庄严整，不像盗贼，倒像个将军。他说，摸金校尉这说法不是随便取的，官位自有阳气，能镇住邪煞。在他身后，还站着太史慈新派的几名亲兵，全都膀大腰圆，令行禁止，一个多余的字也不说。

他主持了整个祭祀仪式，满口吟哦，不辨文句。奉太牢，洒乌血，平地起风。

吟诵结束以后，他拿一把短刀在手，朝刘基咧着嘴笑，笑得刘基心里发毛，才说："公子啊——天子龙穴，别说校尉了，将军也压不住。这几日你学了我一身本事，总得报答是不是？把手伸出来，给祖宗奉上一点儿刘氏子裔的血！"

刘基看着自己的血汩汩流进青铜卣，觉得头有点儿发昏。身后都是士兵，他没有拒绝王祐的权利，只能任由他划破自己的手掌，收取人血。装血的青铜提梁卣也是从墓里拿出来的，非大汉所制，而是周代古物。雷纹、凤鸟纹、夔龙纹，透出古代的野蛮和力量。

王祐见差不多了，丢给他一尺素巾，便拿起提梁卣，带着所有人绕过案桌，穿过石庙，直行上小山丘。现在他们已经确信，这就是刘贺墓的封土。

行至高处往下看，整座上缭壁只飘着守夜的火光。

王祐念罢祷词，将卣中鲜血缓缓倾倒于地，手极稳，血柱极细，像从地底抽出一根红丝。血在地上慢慢聚成一小团，星月在上面浮两点光，覆一层霜，然后迅速被大地嘬进去，了无声响，不留痕迹。

然后亲兵们就开始挖。

刘基伤了一只手，还冒着血，王祐没让他动手，只是每往下挖一段，就要用他教过的方法去探一探土质，辨别深浅、年代、材质、黏性。刘基判断这是人工垒成的熟土。越往下挖，黏性越大、土质越硬，只有亲兵才能挖动。再往下挖，黄泉仿佛隔着地下的泥土，往盗洞里蒸热气，越来越闷，每一口呼吸都变得分外困难。有一名士兵差点儿晕过去，被其他人拉回地表，躺在地上喘了很久，像一座起伏的小山。

这不是一天就能完成的任务，他们工作直至平旦，便各自解散。破晓之前，彗星一直在天上定然不动，所以慢慢与月亮拉开距离，呈东西分庭抗礼之势，又像是紫夜对他们的罪行睁一只眼，闭一只眼。太阳一出来，彗星迅速隐没不见。

太史慈问王祐："白天不能继续？"

王祐回答："就算是曹操，也不敢让刘氏曝尸在光天化日下。"

太史慈指指亲兵，说："无妨，他们都能为我而死。"

王祐沉下脸说："我知道你着急，可这事情只能按规矩来。"

太史慈四处看看，没有说话，带着兵走了。

第二日夜，开挖进展变得缓慢。

从地下五丈的位置开始，土层变得更加结实，牢固处几乎有如城墙。王祐事前让他们准备了各种各样的工具，轮番使上，确实有所推进，但速度仍然缓慢。太史慈总是看天，甚至带上了占星的器具,他发现彗星的尾巴变得更长,位置往西边迈进,不出数日,必然消失于西天。除了天象,时间拖得越长,也越有可能被孙家发现。所以他增加了亲兵的数量,又让他们从太阳下山的一刻起就开始动手。

刘基也不得不拿起铲子动手去挖,手上的伤再次裂开,血滴落进土里。

奇怪的是,被刘基的血滴过以后,土层似乎变得更好挖了一些。

亲兵们都用非常奇怪的眼神看向刘基,仿佛想给他再放一放血。刘基只能假装没有看见。

可是,也许是因为空气不畅,灯光昏暗,满鼻子土味汗味——就连刘基自己在地下挖掘久了,也感到有点儿恍惚,觉得这底下仿佛有什么,正在欢迎他的到来。

他甚至有时能忽然听见几不可闻的水声,就像他在找到兵甲库之前听到的那样。它从土壤底层、土地深处渗出来,如丝如缕,萦绕耳际。问其他人,却没有一个能听见。

他不再细想,按所学方法再次检查土壤的色香味质,土壤并未发生太大变化。已经到了六丈余深,头顶的洞口已缩成一只碗的大小,可这趟黄泉之旅似乎还没有到尽头的意思。

开挖后第三天,上缭壁里突然来了一支商队,说要找刘肖。

上缭壁一直和江东各处民商有贸易往来。这支商队从吴地出发,并不知道上缭壁已经发生了巨变,等意识到的时候,就已经进了太史慈军队的包围网。

奇怪的是，士兵并没有把商队赶走，而是接他们到了堡门，而且让刘基出去见他们。

商队的人刘基并不认识。所运货物，大多是米粮、草料，也和他没什么关系。

正当刘基疑惑的时候，却发现太史慈正和一个人对峙着。那人比太史矮上不少，又身在吴军重围，却丝毫不显得局促，反而显得有些高兴。

他仿佛能感知到别人的目光，忽然转过头来，说："哈！很久不见。"

那竟然是吕蒙。

自从攻下上缭壁，太史慈在所督六县发布紧急军令：刘磐即将再次来袭，全县戒严，提早闭城时间，禁止内外交通。所以正常来说，根本不会有吴地商队能进得了海昏，哪怕是拿着吴军其他各部的令箭也不行。

可这支商队偏偏像没事人似的，避过了所有哨岗，来到他眼皮底下。

太史慈俯视吕蒙，问："为什么别部司马要护送一支小小的商队？"

"帮朋友一个忙。但要细说起来，和吴军也有关系，因为他也是孙将军的朋友。"吕蒙轻松自若地把商队老板招呼过来，那老板穿得朴素，工工整整戴一顶进贤冠，笑容拘谨，有点儿憨厚，仿佛对四周的刀兵充满畏惧。

太史慈问他："在孙将军处任何职？"

"现无任职，只当行商坐贾一名。"那人回答，"得孙将军赏识，我们通过民间商路来替孙家跑些关系、做点买卖。这江湖之大，总有官家不好伸手的地方。"

吕蒙道："别看他这样，其实枝叶遍及徐、扬。在他们徐州，人人都称他一句'鲁朝奉'。"

太史慈长年身在军旅，不知道这么个人物。

"来这里做什么？"

鲁朝奉收敛笑容，显得有些忧心："我们与这上缭壁久有互惠，他们的铁石、皮毛、竹具，不仅民间能用，吴军也都用得上，而我们主要给些钱货、粮草。本来说好了几天前就要见面，可那接头人迟迟不来，我就斗胆寻过来了——他这批铁具，是孙将军等着要的。"

吕蒙咧嘴笑着，接话道："那这山越窝子既然已经被太史将军平定了，铁具兵甲、钱粮人口，想必都已经准备好要奉给孙将军，鲁朝奉啊，看来这回不用你操心了！倒是我的部曲可以跑一趟吴郡，太史将军看看，是否需要代劳？"

太史慈的表情有些阴沉。

还没等太史回话，吕蒙却先一拍脑袋，自己续上："不对！看我这瞎说的，太史将军身为建昌都尉，重责在肩，对这兵马钱粮自然有权便宜从事，是我多插嘴了。到底是粗人，没当过一方大员。那还得劳烦鲁朝奉你来，孙将军要什么、要多少，你请将军批示吧！"

鲁朝奉连忙向太史慈深深作揖，又拿出各种文牒信笺来。

太史慈只能把他带去武库，去之前，向亲兵耳语了几句。刘基不用听便知道：一定是让士兵封锁内城，严加防备。

阳篇下

公元 201 年·建安六年

原来在那日刘基入水逃走以后,太史慈军营里便发生了冲突。

吕典在别人的军营攻击军官,无论是出于什么理由,总归是有罪。

老郭擅自要杀吕蒙找来的帮手、太史慈的座上宾,同样有问题,而且潘四娘情绪非常激动,就要治他的罪。

其实这样的事情在孙家军队中并不少见,因为成军时日不长,各有各的部曲,各有各的规矩,总有冲突。太史慈和吕蒙没聊几句,便商定了一个各打五十大板的结果。

老郭是被扒了裤子打军棍,可是吕典的攻击对象毕竟有军职,刑罚更重,便断了右手食指、中指。这样,他便再也用不了兵器,也握不了笔。

刘基愕然:"他是为了救我……"

"不,"吕蒙脸若冰霜,"是我的责任。"

老郭为什么要杀刘基,刘基发现了什么,这里面当然大有谜团。可是太史慈只说这是内部整肃军纪之事,不劳别部司马费心,便几乎是强硬地将他们送出了军营,随后更请他们离开海昏县。他的理由是马上有重大军事行动,需要封锁县界。

他还让豫章太守出了一纸公告:曹司空派人送来金银器物并一盒"当归",太史慈分毫不留,请吕蒙代劳,全部上缴给孙将军。逼得吕蒙必须派人把东西送到吴郡去。

后来就知道了,吕蒙离开县界后,他一举把上缭壁吞了下来。

吕蒙没办法直接入县来寻找刘基,也不能与太史慈公然对抗,只能请出鲁朝奉这条暗线,这才找到了一个借口。

刘基忽然明白了过来,说:"你以前说江东商人都有你们的桩。所以上缭壁里的刘肖,也是你们的线人?"

"是,但他不是为了孙军,只是想保护这座上缭壁。"另一个声音回答。

刘基眼睛一亮:"严黎!"

严黎从商队中走出来,她戴斗笠穿短褐,不说话时只像个瘦小的男子,手上拿着那枚骨哨。她压低声音说:"刘肖和他们用哨子驱鸟来暗通消息,我只是知道这件事,没有做过,所以逃进山里试了很久,才找对调子。"

"刘肖……"刘基正想说说猫头鹰的状况,却见严黎摇了摇头,用眼神提醒他:先解决重要的问题。

可是太史慈的士兵已经围了过来,一只手忽然拍在刘基肩膀上,震得他半身生疼。刘基回过头,只见老郭阴恻恻地笑着,说:"别聊了,我带吕司马去歇息。"

吕蒙面无表情地看着老郭,说:"不必了,我还要去陪鲁朝奉。"

"他要进武库,吕司马……不太合适。"

"我在外面等等。"

吕蒙说完便像铁柱一样杵着,老郭眼睛翻了翻,对他没办法,但却手指发力,把刘基牢牢钳住。他说:"既然这样,我就先把他带走了。"

"我这次来还有一件事,就是接刘公子。"吕蒙说,"他是我请来的人。"

老郭拉下脸来,沉声道:"现在可不是了,他不仅伤我,还拿了我的东西,现在是囚犯。"

吕蒙走到老郭面前:"军候,哪怕我的人犯事,也只能由我来罚。"

"吕司马,你军阶比我高,可毕竟是一个人!"

"我既然能把商旅带进来,你怎么就知道没有其他人?"

刹那间,气氛就变得剑拔弩张。

商队都被留在门外,只有鲁朝奉一个人进了巨大的武库。上缭壁军民几千户,兵器粮草充足,要是来攻打的人不是太史慈,支撑几个月完全不在话下。所以仓里的物资哪怕只露出了一角,也是山积海堆。

太史慈见鲁朝奉在微笑,便问他笑什么。鲁朝奉说没什么,不过想起了一些往事,他在徐州曾经也有像这样的仓库,后来送人了。太史慈说:"如果真有这件事,那你应该已经天下闻名。"鲁朝奉却又笑了,说:"成名不急于一时。"

太史慈觉得自己眼前的事物变得纤毫毕现,每一声脚步都如雷贯耳,连时间都慢了下来。当他警惕的时候就会这样。他留意着鲁朝奉的一举一动——

从鲁朝奉踏进武库的一刻起，他身边没有商人，也没了吕蒙，孑身陷于重围，反而突然像换了个人似的，变得神色自若，嗓音粗爽，闲庭信步。太史慈无法相信他是个普通的商人，可观其言表，怎么也觉得是第一次见。

孙权继位一年，内外纷乱，不仅有外姓反叛，还有宗亲在蠢蠢欲动。他迅速起用了一批新人，官职不一定很高，但出入孙府、直接听他号令。吕蒙就是其中的佼佼者。这个人也是其中一个吗？

他们到武库的书簿处坐下，鲁朝奉交出文牒，军簿查检没有问题，便点了人手去搬运相关物资。

太史慈抿一口茶并不说话，他只想对方办完事离开。倒是鲁朝奉又露出灿烂的笑容，自顾自地说："其实以前除了这金铁皮毛，上缭壁和小商还有一些别的交易，每桩各不相同，将军既然把他们平定了，知不知道那都是些什么啊？"

太史慈答："不知。"

"那就很可惜了，因为这些东西，可真是价值不菲。"鲁朝奉叹了口气，然后从袖子里摸出两枚物件放在案上，发出两声脆响。

此刻二人在座，亲兵围于四周，所有人的目光全都凝在鲁朝奉的身前。那是两只立起来、椭圆长条形、亮澄澄的麟趾金，就像把传说中麒麟的蹄子倒过来放在案上。在蹄窝心里，一个凸着"上"字，一个凸着"中"字。

别的器物太史慈可能不在意，可他认出了这两枚——当时刘充国墓开棺，里面那骨头一看就是个小孩，尸骨的腰间放着"刘充国印"和两只青铜动物，而两只手里就握着这两枚麟趾金。他想必是带着它们入土的，就像小孩攥着玩具不放，哪怕骨头已经变得一碰就散，也还没有松开。

这是武帝时期最具祥瑞的赏赐，两枚麟趾金，龚瑛费尽心思，找了不同的暗商，通过他们卖给不同世家，保佑他们未来世世代代福泽延绵，以换来当下车载斗量的奴客以及钱粮。

他没想到，两枚竟都落入了这姓鲁的商人手里。

鲁朝奉似乎读出了他的想法，还是盈盈笑着，淡然说道："这可不是小商自己的，而是我献给孙将军的东西。但孙将军天纵英才，竟不打算收，反而和我说：将军统御江东，只倚仗两个人，一个是周公瑾，一个是太史子义。所以其中一枚，便借小商之手，赠与将军。"

太史慈心里似有千钧之石入海，可到了表面上，却丝毫没反映出来。他反而笑了，声音朗朗，震得满室清响。他站起身来，伸一只大掌去接，手极长，几乎拂到了商人脸上。

鲁朝奉也不着急，施施然站起来，也用一只手，拈了其中一枚麟趾金放在太史慈掌心上。他的手拿开，所有人都看见：那是上面为"中"字的一枚。

太史慈五指一收，像是一张巨口把麟趾金吞了进去。他说："你和吕蒙，还不完全是一起的？"

鲁朝奉把两只手拢进袖子，微微低头，说："吕司马也年轻，醉心功名，有些事情未免冒进。孙将军说了，自己现在根基不稳，很多功名不是不想给，是还给不了。可是孙将军春秋鼎盛，且要放眼长看。"

太史慈笑了笑，问："孙将军年轻，我却不然。我要怎么等？"

"以前的刘扬州留下的部曲,有不少人进了这座上缭壁,横行法外,孙将军很担心啊。太史将军既然已经攻打下来,是否应把他们送到吴郡?"鲁朝奉声音平和,像是在虚心请教一样,"还有扬州牧的那一位公子,毕竟是刘氏,太史将军藏着掖着,让他隐居了这么久,也不是个办法。吴郡风日晴好,正适合他好好安居。"

"可要是等不及呢?"

鲁朝奉讪讪一笑,说:"那可不是小商可以置喙的了。"他把另一只麟趾金拢回袖中,忽然又变成一副憨厚的样子,显得很是头疼地说,"军簿还没好吗?接下来还得去找周将军。这路远啊……"

吕蒙最终没能带走刘基。他领这支商队绕过了太史军的层层哨岗,但另一支部曲却没有那么幸运,被驻军发现,还起了一点儿争执。他催促鲁朝奉赶紧完成货物装卸,然后就下了山,下山前还看了看刘基。

他们被盯得太紧,刘基只能暗示他内城的方向,却不知道吕蒙领会到了多少。而且不管怎么说,吕蒙现在还没有太史慈背叛的切实证据,也不太可能带部曲来和太史慈硬拼。

刘基一时也想不到别的方法,只能被老郭带了回去。

他以为,形势只能这样再僵持一段时间。

可是当天黄昏时,太史慈再次出现,不再给王祐任何辩驳的机会,下死命令:这次下墓以后,不分昼夜,一直挖到底为止。

当天夜里,他们一直挖至纵深十余丈的地底,抬头已几乎看不见洞口,只留一点儿暗紫色的碎片。呼吸的不像是空气,只像是阴间的、有形的魂灵,吸进去,还会在胸膛里说话。他们还闻到一股越来越清晰的异香，芳香扑鼻，让人怀疑那不是人间的气息。

因为疲劳和窒息，有一名亲兵晕死过去，可要将他拉回地表实在太费工夫，他们就在底部横向掏开一个小窝，把他推到里面，生死不论，只要不挡住继续下挖的空间。

刘基的神绪还能稳住，可他总觉得莫名地心慌，像被人淹进水里，上下没有边际，四面都着不了力。

到后来，他们头顶升起了一枚细小的、白色的光点，他们便知道天已经亮了。时不时抬头看看这枚"太阳"，然后继续挖，等那光点在所有人眼中都成了不同模样，等他们都分不清自己和光点、泥土和骨头、汗水和血液的时候，铲子穿透了地面，泥土往下掉，掉进一个还亮着光的地方。

看见地底的光的时候，他们以为自己把黄泉挖穿了，重新挖到了天上，下面那发亮的就是回家歇着的月亮。

所有人都愣了一段时间。等他们清醒过来，给洞外发了信号，除了王祐、刘基，其他人都往上爬去。太史慈只允许王祐、刘基两个人进墓室。他们还艰难地带走了那个未知死活的同袍。

墓室很高，两人身上都绑着绳子，用绳子滑下去，才发现，那光源是长明的宫灯。灯的造型是栩栩如生的鱼雁，也就是一只胖乎乎的大雁咬着一尾大鱼，鱼身下面罩着油灯，雁脖子是烟管，雁身是化烟的水缸。

刘基看见的时候，忽然觉得很饿，像是二百年来没吃过肉，甚至想把这只铜灯给吃下去。

可下一瞬间，所有食欲都被吓了回去。

因为在墓室里，放了两辆让人无法忽视的、如现实一半大小的木制车驾模型，并列朝前，每辆前方都拴着木刻的马俑，色彩艳丽，神采飞扬。一辆车上置有青铜錞于、钲、镯、甬钟各一件，另一辆车上高高竖起建鼓，也即一辆是金车，一辆是鼓车。

车驾就像随时要跑起来，重新回到阳间。

王祐转过身，摸了摸身后被封死的大门，说："这位置还真不错啊，就在墓室进门的甬道里，金车鼓车，仪仗出行，这海昏侯一心想着升天呢。"

他伸手指向两车背后，光影里，一堵庞大的、严丝合缝的木墙挡在眼前。那是刘贺巨大的内藏椁，四面见方，高不见顶，像是女娲埋在地下的一只宝盒。两侧都有窄道，通往幽深。

刘基觉得手上的伤一定在淌血，可他看不了，整个人僵在原地。

王祐拍拍刘基的肩膀，手是冰的，也压制不住说话声音中的颤抖。

他说："走吧，刘公子。敲你们废帝家的门去。"

阴篇

公元前 74 年·元平元年

六月癸巳，天阴，无雨。

刘贺驾乘法驾，以三马双辕金车、鼓车开道，皮轩、鸾旗、属车，带着一大批昌邑国旧臣，到长安城几条大街上去跑了一圈，又绕行各处宫阙，看空中复道、宝塔庭院、玉树碧泉。最后，法驾开进长乐宫，刘贺入朝上官皇太后。

两人聊的时间比平常都要久一些。

皇太后和刘贺谈起自己童稚时的往事，可毕竟是大家闺秀，又早入宫闱，没有太多可以说的，所以她又让刘贺说说他自己。刘贺虽然胡作非为，事情确实做了不少，可要说烙在脑海中挥之不去的，却终究是他那座已经做好了一半的大墓。

其实每个小男孩，都喜欢趴在泥土里堆些宫殿、城墙之类，哪怕惹来阿娘一顿打，也乐此不疲。刘贺那座墓穴就是他的宫殿。那自然是在昌邑国，在一座当地人称为"金山"的山中，山中一道天神劈成的断缝，两侧悬崖高耸，一线天之下笔直深入，走到尽头处，凿山为穴，坐北朝南，墓道、主室、侧室、耳室、墓室齐备。

一日之间，正午时分，一线天下，金光满路。山洞内罗绮华彩，神兽熠熠，让人分不清是不是闯进了真正的洞天仙境。

可是上官并不想听关于筑墓的故事，反倒问他："如果陛下是个平民，毕生也不可能有这恢宏大墓，也不可能期盼什么登仙、来生，难道人生就没有别的向往吗？"

刘贺只能回答说："朕不知道。"

上官说："也许世上千千万万真实活着的黎民百姓，比我们更明白活着的意义。"

刘贺觉察到她神色有异，便说："也许他们更加彷徨，睁目闭目，只为了生存而劳碌。"

上官反驳："可是，挣扎着活下去，终究比主动寻死来得要好，不是吗？"

刘贺下意识地摇头。他从很小的时候便已经明白这辈子要什么，活得长短，对他根本没什么区别。可他刚张开口，便看见上官眼里盈盈有光。

刘贺忽然明白了，所以说出口的，变成了另一句话：

"是皇太后让夏侯胜来拦截车驾的？"

上官说："是的，他是我的老师，如果宫里还有任何一个人值得我信任，那就是他。"

"为什么让他来？"

"因为我必须阻止大将军做出大逆之举，所以，一定要给他送出一句警告，让大将军有所忌惮。"

刘贺说："你知道他说出'臣下有谋上者'这句话，霍光有可能要了他的命吗？"

"我知道，老师也知道。但老师问了我一个问题：'你真的想救陛下吗？'我说：'想。'然后老师就去了。"上官的声音有点儿哑，"他说，这是我第一次亲口说出想要任何东西。"

刘贺却说："我布局这么久，谋划这么多，不是为了让你救我的。"

沉默。

"可我希望你活下去。"

刘贺咬紧牙，双手颤抖，过了好一会儿才说："龚遂呢？这些事情是不是他跟你说的？他是不是说，我与大将军同归于尽，是为了救你脱困？他是瞎说。他为了他的经学道义、忠君思想，什么都能说。你什么事情都不要做，只要不帮霍光就可以了，行吗？他人在哪儿？"

上官低着头，说："龚遂已经不在这长乐宫了。"

当日早些时间，大将军霍光、车骑将军张安世，召见丞相、御史、将军、列侯、中二千石、大夫、博士于未央宫中，共商秘事。

这是大将军霍光从不出错的生涯中，最可能被记载下错误的一次，所以他极尽所能地保持中正允和的姿态，要么不说话，说出口就是雷霆万钧："昌邑王行昏乱，恐危社稷，如何？"

被皇帝"架空"已久的少府乐成这次没被拦着，也在会上。难得出来呼吸一下新鲜空气，可一听到这句话，他倒宁愿自己没来过。

他瞬间听出了三层意思。

第一，大将军谈的不是"皇上"，而是"昌邑王"，相当于不承认他的继位。

第二,"昏乱",已经给他的一切所作所为定了性。

第三,"危社稷",都已经危害社稷了,那还能如何?不就得依律处理吗?

所以这次,分明是个拉着所有人一起"谋逆"的会议。

满堂俱是老江湖,所以不只少府乐成,其他群臣尽皆噤若寒蝉。

这时候,又是熟悉的一巴掌,差点儿把乐成拍碎了打到殿中央去。

打他的人依然是大司农田延年。可不同的是,这次田延年没有大笑,而且满脸冰霜,目光如电,看得乐成直哆嗦。

田延年按剑离席,虎行殿上,缓缓说:"先帝属将军以幼孤,寄将军以天下,以将军忠贤能安刘氏也。今群下鼎沸,社稷将倾,且汉之传谥常为孝者,以长有天下,令宗庙血食也。如令汉家绝祀,将军虽死,何面目见先帝于地下乎?今日之议,不得旋踵。群臣后应者,臣请剑斩之。"

他一番话说得冠冕堂皇,其实几乎所有人都只记得最后一句:"谁最晚答应的,臣这就把他砍了。"

于是所有人都轰然下跪,叩头,口中说:"万姓之命在于将军,唯大将军令。"

在所有人当中,只有一个身影特别扎眼,摇摇晃晃的,像纸一样薄,偏偏还没跪下去。

大司农握紧剑柄,大喊:"乐成!你是什么意思?"

"什么?不,没,没意思……"乐成满头冒汗,也"砰"一声跪下，可嘴里依然喃喃道，"昌邑王虽不适合当皇帝，可、可是……不至于死吧？"

在过去十日里，那位"昌邑王"常常待在少府，和乐成东拉西扯，没个正形。乐成先是又惊又惧，夹杂怨怒，可到了后来，他发现这皇帝是真懂器物啊，聊起好东西时，眼里的光，如同暗室起火，掩也掩不住。他甚至也僭越地想过：要是这个人不当皇帝，会不会过上更好的生活？可要不是皇帝，又怎么能接触这么多美好的物件呢？

他的志趣、他的身份、他的命运，似乎密不可分地挟卷在一起，无可分割，无可逃离，一路推着他来到这条绝路上。

大司农当然不能回答他，只能目露寒光，不置可否。废黜这件事，哪有可以留手的余地？乐成的想法也不重要。既然群臣的意见都已经统一，大司农便同样向大将军叩首，请他发号施令。

就在这时候，竟有人走进殿内。

除了已经到会的官员，大将军还特别盼咐让一个人入宫，那就是王吉。但王吉进来时，身边还带了一个人，那就是久久未曾露面的龚遂。

但无论是谁，都绝不能在这种时刻节外生枝。霍光脸色一沉，田延年差点儿便要直接拔剑将二人格杀。可龚遂一句话，却让二人浑身一激灵，顿时没了杀意。

龚遂说："皇太后愿请大将军及群臣，至长乐宫。"

霍光的整个罢黜计划，最重要的命门，也是最薄弱的一环，就是上官皇太后。名义上，皇上是由皇太后选立的，所以她的立场非常重要。可是长乐卫尉仍然是安乐，这意味着最坏的情况，就是需要动用到张安世的武力,在宫中溅血,才进得去长乐宫。而且进去以后,还不知道从前言听计从的上官氏遗孤,能不能完全听从霍光的安排。

他没想到,这个最大的难题,竟然被一个龚遂不着痕迹地给解决了。

上京以前,王吉曾以超乎常人的预判,给龚遂指出三条路:

"第一,如果留在昌邑国,王位未定,而且王国命运全系于长安,等同于把前程性命拱手让人,此为智者所不为也。

"第二,如果一心侍奉我王,前面提到的问题,我自问回答不了。

"第三,就是我们两人携手,既要斡旋在这件事里,又要保住性命,还要在将来攀上一株新的梧桐木——这样的一条路。"

一直以来,王吉都朝着第三条路而努力,所以劝谏、谋划、亲近大将军,只为在必将到来的倾覆下保全自身。

可是从不知道什么时候开始,龚遂脑海中浮现出了第四条路:

平安废黜。

也就是说,龚遂甚至比王吉还要贪心一些:他不仅要保住他们二人,还要保住刘贺。

那是一条从未有任何人走过的路。

高祖、吕后时期,前少帝被吕后所废,当日幽杀于宫中;后少帝被周勃等重臣所废,当夜消失于传舍。

再往前看,商朝伊尹将他的君主太甲放逐于桐宫,自摄朝政。根据《尚书》记载,三年之后太甲悔悟,伊尹迎太甲回都,重新还政于王。这已经成为儒生们世代传颂的君臣美谈，故事真实性尤可另谈，可细说起来，那只能算暂代，并不是真正的废黜。

废黜和死，从来就没有分开过，比最亲的爱人还抵死缠绵。可龚遂这位老儒生，偏偏就想走出一条新路，把这两者拆开来。

有可能做到这件事情的人，全大汉上下也许只有一个。

只要她不再愿意当一个傀儡。

上官不仅帮他们把长乐卫尉调开了，而且还没怎么听他们上下官员准备好的长达三轮、八步、九级、十八批次的请奏，便已经答应支持废黜之议。

可是上官也第一次给霍光提出了条件。

要求其实很简单，就是既然要以皇太后的名义来做这件事，那对刘贺的处置，就要让上官来决定。

她要保住刘贺的性命，还要让他回到昌邑国的故居。

霍光从来没有被这个十五岁的外孙女顶撞过一句，这次对方却突然像变了个人似的，坚决要亲下诏书，绝不让霍光和其他人代劳。

"你还小，太小看这一切了。"霍光最后只能冷冷地说，"他被废以后，别说你我，下一任皇上该如何看待？他会让这个人好好活下去？朝野上下这么多野心勃勃的人，又会不会对他置之不理？与其埋下祸根，还不如早下决断。"

上官却第一次直直盯着霍光的眼睛，缓缓说："所以，大将军最好想办法保护好他。不然，我哪怕舍弃一切，也会把今天的事公之于众，把火烧到你的身上，让你背上一个弑君背主的名声。"

霍光这时候才明白龚遂是怎么说服上官的，这两人看似背叛了刘贺，可到最后，却是为了保住他的性命。可这只会让整件事的纰漏变得更加巨大：一位天子、皇帝，进宫即位仅仅二十七天，闹得沸沸扬扬、人心涌动，完了平平安安地出了宫去，这件事上古时期没发生过，商周秦汉更是闻所未闻。这样一来，他霍光虽不会成为一名大逆之臣，却成了一个举棋不定的人，一个首鼠两端的弄权者，一个笑话。

从来不显露过多情绪的霍光，终于恨得满脸发白，咬牙切齿，他说："这件事，必须有人来承担责任。"

"会有的，而且不少。"答话的人是龚遂。如今，一切都在按照他的想法推进，可他的表情却非常悲凉。

刘贺车驾离开长乐宫后，没有直接回未央宫，也没有去别的地方。

在两宫之间，他停了下来。

冷静下来想一想，前后串联，他仿佛已经看见接下来要发生的事情，所以在一步踏进那样的现实之前，他稍稍留驻在原地不动。

他其实仍有一个后手，迄今为止，也没有使用过。

那是一道仍未发出去的诏令——昭告天下，变更符节上的黄旄为赤旄。符节是一根竹杖，竹杖上挂有三层牦牛尾毛。早在武帝时，符节本就是赤色，但在戾太子叛乱时，为了让太子不能调兵，武帝突然下旨变更颜色为黄色，使太子符节失效。如今刘贺再次改变符节颜色，功用相同，也是为了在短时间内阻止大将军调用大军。

大将军身在禁中，这手段阻挡不了他多久，只能有一击之机。

这一击，务求简单、迅捷，这也是刘贺带着那么多人的原因，也是那么多人热切地、冒着火似的跟着刘贺的原因。那些只想安安稳稳的人、理智一点儿的人，在二十多天时间的降温下，慢慢都已经自寻出路去了；剩下的，都想成为英雄、砥柱。他们总等着皇上击鼓的一瞬间，一拥而上，二话不说，直接把大将军拿下，最好当场击杀，身首分离，再无动弹的可能。

刘贺的车驾前方，现在就有一驾金车、一驾鼓车。这两车本是战场之用，击鼓进军，鸣金收兵，现在用在仪仗车队里，号令一条恢宏而无用的长龙，也是一样的道理。到关键时刻，刘贺下令，击鼓三声，侍臣们便知道意思。

可是在击鼓和鸣金之间，他忽然犹豫了。

犹豫，对于刘贺来说，是一种非常陌生的情绪，就像是人生和脑海中一片从未发现的新的疆域。让他产生这种情绪的，无疑是因为龚遂再一次背叛了自己，且上官居然第一次下定了决心，而这两人的目的，竟都是想保住他的命。

他久久浸淫于生死之间，又耽于天文术数，以为自己早已经参透了命理，或者至少对自己这须臾一般的此生已经看得清清楚楚、一干二净，觉得这终究只是一段薪柴，必须用于引燃那万古长明的来生。其他人也就算了，可这两个人也许是最有可能、最接近于理解他的两个了，可他们依然是锲而不舍地要抱住这段薪柴不放。

这使他陷入了从未有过的混乱。

他花了十多年的时间，极尽狂悖，试图斩断与他人的所有纠葛，完全朝着既定目标率性而活，可到最后，那些丝线还是不知不觉地缠卷上来，让他变得不由自主。

如果击鼓，他还有可能朝那个目标做出最后一搏。

如果鸣金，那人生中的第一次，他将彻底失去对前程的把握，过去所有所思所想都成泡影，他会像身边看见的大部分人一样，看不清前路，也看不清自己，如同盲人过日，挣扎求存。

后来，两宫之间，传出悠扬的青铜甬钟的回响。

根据金车声音指示，车驾隆隆而行，终于驶进了未央宫，没有在承明殿停留，而是直接转向温室殿。

刘贺果然看见了大将军霍光，他就垂手站在禁宫内等候。

然后身后大门突然震响，宛如山崩海合、天地封闭。

刘贺不需要回头——也许他下意识回头看了，只是后来再也记不清楚细节——总之，禁宫沉厚的朱门已经在宦官们的拼力之下，紧紧关闭，将所有昌邑旧臣封锁在外。只是他们用力太猛，几乎将门框都砸碎，把门上的漆震落在地，连那推门的宦官都吓得尿了裤裆。

霍光说："皇太后诏令，昌邑群臣不得入内。"

刘贺记得，他还问了霍光一句："如果朕现在自裁，大将军是否永世说不清楚？"

他还记得似乎霍光整张脸变得非常白，比云、玉石和日光都要白。霍光让张安世手下羽林骑收缴刘贺的佩剑，那是他最好的一把剑，长七尺，蟠龙卧虎浮雕剑首，貔貅纹剑格，子母虎剑璏，双虎盘缠剑珌。他把剑交出去了吗？交出去之前，是先杀了两个人，还是仰天大笑过一阵，还是其实这些都没有发生过？

他也想不起来霍光当时给他念的罪状——几乎想不起来。有些特别荒谬的倒还记得,比如说他和宫人蒙淫乱的,只是刘贺还没说话,上官皇太后先打断了霍光这句话。

还有就是霍光不知道让多少臣子,花了多大工夫,给他好好点算出了一个数字:"受玺以来二十七日,使者旁午,持节诏诸官署征发,凡千一百二十七事。"这是大汉朝廷中央官署前无古人、后无来者的最高行政效率记录。

除此之外,其他的话刘贺都是左耳进、右耳出,听过就忘了。入宫以来,他几乎再未睡过觉,所以在下跪姿势下,他以迅雷不及掩耳之势,打了个小小的盹儿。以前一直在夜寂无人时燎着、炙着的永不止歇的一团业火,这下将要被人扑灭了,所以他忽然感受到了一点儿敦实的困意。

最后的一点儿记忆,全都留给了上官。

到最后,上官和龚遂都没有按照刘贺的谋划来行事,况且上官必须保住现有身份,才能从宗法上废黜新帝,所以,十五岁的上官皇太后依然是刘贺的"母后"。

"母后"还是那个没有长大的少女模样,还是显得悲不悲、喜不喜,只是脸上多多少少现了一些人味儿,不那么像个木偶了。

上官诏,刘贺复归昌邑故宅。

上官诏,刘贺已有财物,仍归其所有。

上官诏,赐刘贺汤沐邑二千户。

每一句话,都让霍光脸上又白了一分。

又都让刘贺极其无奈,但忍不住想笑一笑。

最后,是上官诏曰:可。

所有诏书宣读完毕,霍光取过刘贺的玺绶,奉与太后,然后群臣随送刘贺出宫，霍光一路送至长安城昌邑邸，再往后，便是刘贺回昌邑的漫漫长路。

在霍光和刘贺分别之前的最后一眼，两个人都知道，这是史无前例的一次，也许今后也不再会有，那实际上就是一个被臣子废掉的皇帝，将平安地回到他的故土，他所带着的巨大风险、隐患、不确定，以及在未来千载之后仍然不会止息的争议、指责，让霍光忍不住淌下了泪水，甚至涕泗横流。

而另一边，沦为平民的刘贺甚至没有再看霍光一眼。

在他眼前，只余下巨大的空白。

霍光所受的所有恶气，最终都变成屠刀滚滚，血流成河。昌邑旧臣二百余人，因为"坐亡辅导之谊，陷王于恶"，承担了所有的罪名，尽数伏诛。

唯独有二人例外。

被剃掉了曾经引以为傲的头发和长髯的王吉，白得更像一个鬼魂了。他用鬼魂一样的语气说："要不是你执意要救他，我们可能现在已经重新任官了，不用到了最后还得罪一把大将军，还得被髡为城旦。"

同样被剃光头发胡子的龚遂，因为本就毛发稀疏，倒是变化不大。他眯着眼回答："要不是我，你王子阳已经成了个背主求荣的人，说不定还当了弑君的刀子。当初说的修身齐家、开枝散叶，还有希望吗？"

"你还记得？"王吉一怔，然后摇摇头，"还想那么远做什么？如果我还有命从这里回去，一定要立一条家训，就叫'毋为王国吏'！"

"哼哼，不就是筑墙吗？再难，还能比我们以前做的事情难？"龚遂猛然扛起一大块青砖，老腰登时一响，浑身刺痛，差点儿哀号出声。

一名看守甩着鞭子就要过来，王吉立即放下青砖，闪身向前，一顿话语加上手头小动作，到最后拍拍看守的肩膀，竟转眼就开始称兄道弟。

龚遂仔细揉着老腰，一边忍不住说："看来在这里要活下去，还是得靠你啊！"

王吉送走了看守，又重新变成一副忧思重重的样子："你觉得，我们还有机会做官？"

龚遂笑笑，"别想歇着了。大将军选中的新皇帝一定无根基、无班底，又需要广树恩德，早晚会重新起用我们……你和你的枝叶，终究还是要继续当官的……"

"那你呢？"

龚遂倒一时哑了口。

"你不回答我也知道。"王吉说，"从这儿回去后，你还是会寻个机会，再去看看那小王爷……"

第十三章
鸮钮玉印

海昏侯墓探秘五年,直到发现这枚玉印上的『刘贺』二字,方才盖棺定论。

但印钮形制殊为罕见,究竟为何,多有争议。

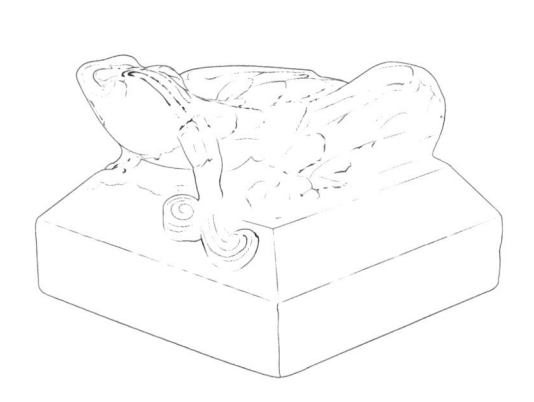

阳篇

公元 201 年·建安六年

两团蓝火在墓室的甬道里幽幽飘近，从金车和鼓车中间绕行而过，又在雁鱼灯前稍稍停驻。在人鱼膏火的照映下，两团蓝火收缩成两颗黑眸子，大得仿佛占据了整个眼眶，不留眼白，精光四射。等他继续靠近，便从黑暗里脱胎出一身白衣的身影，脚步一点儿声音也没有，仿佛是飘着的，如同行在梦中。

这座大墓中的一切，都与太史慈想象中的一般无二，他甚至觉得，自己仿佛曾经来到过这里。

他越看这墓中所有的东西，就越有一种强烈的感觉——这不是工匠的做法。沿着檄道绕外藏椁行走一圈，穿过西回廊、北回廊、东回廊，每一处厢室，那满目绮秀的巨大衣笥，挂满墙壁的绫罗绸缎；山堆海积、整齐排列的五铢钱币；乐库里的编磬，兵库里的三尺剑，甚至厨具库里的超过礼乐规制的十只铜鼎……只有墓主，只有他本人，才能一点儿一点儿把这里布置成这般模样。

他的《筑墓赋》、青铜当卢上的星象图、模仿长安而建的整座陵园、深埋地下的怪异漆壶，最后是这整座墓室，仿佛都在说话。

这并不是一座仅仅为了享受千秋大梦而打造的地宫——他分明还有所求，那热望在黄泉之下，百年之后，依然灼灼燃烧。

太史慈的家学渊源是修史，但枝叶离散，传承多断，唯独他这薄弱的一脉一直固执地保持着。从童蒙时开始，无论是家徒四壁，还是犯法以后亡命他乡，他都不曾放下过史书。

所以在他看来，这座墓就是刘贺给自己修的史——他身为废帝，注定要身死名灭，湮没于汗青之上，或者晦暗莫名，只留下虚假和被篡改过的字句。他不甘于此，所以将自己生前所有东西都带进地宫当中，千万枚器物，就是他留给后人的千万枚句读，拼合成一卷不可磨灭的史册。

确实，太史慈看见了当卢上的预言，星象轮回，大星重新显现，可他从没有期待过那些浅薄的、荒诞的东西——大墓洞开，墓主依然鲜活，墓中杵立着一支兵甲严整的阴兵鬼卒，只等着挥师北上，夺回长安……那是人们最爱读的故事，他却从不相信那样的东西。

他看着墓中所有的东西，到最后，眼中读出的只有恐惧。

和自己心中的恐惧交相辉映。

那是一种对于在世上彻底消失的不甘心。

无人知晓的绝望。时日无多的恐慌。千百年寂杳空宕的孤独。永被曲解和定性的悲歌。

这世上一万个人当中，九千九百九十九人都只关注生活里眼前的东西，也许唯有一个人看见了身后身，从此便转不开眼睛。

太史慈读出了一个和自己相似的人，所以恍惚之间，仿佛刘贺正在自己的身上重生。

而且，他陵园中所有的东西，正是太史慈当下所需，几乎是天造地设。

金石器物，可以换取巨量军费，可以勾起蠢蠢欲动者心底的欲望，可以联结潜在的盟友；大量实用兵器，还有武库内极为精美的宝剑，不仅能武装军队，还能给将校们强烈的精神鼓舞。

海昏侯墓中还有巨量的铜钱。在西北角衣笥库旁紧挨着的钱库，数以亿万计的铜钱分别以木匣装好，叠起数十层之高，一眼看过去，就像无数条朝着同一方向整齐沉睡的大蛇，深陷在亘古的冬眠里，冒出波浪似的耀眼鳞光。这在当年也足够一国支用，能让豫章一地钱货状况发生翻天覆地的变化，甚至能纠集起数量庞大的私人军队，可它们就这么原封不动地被放在地底。每一千钱为一缗，五缗包裹一个封泥匣，封泥匣上的泥印并无丝毫破损，还能看见清晰的四个字：昌邑令印。

太史慈看着印章上的字，只觉得脑中嗡嗡作响。那是因为他知道这个人：昌邑国郎中令，也就是龚瑛的先祖，他替昌邑王积攒了这么多钱财，到头来没用上，全进了这墓穴当中。

有了这些铜钱，太史慈就有机会撬动实际上掌握着江东命脉的那群人——世家豪族。整个江东法度废弛，那些人表面上拿着汉俸世代为官，私底下大造钱币肆意敛财，无论是孙氏还是平民，平日里用的私钱反而比官钱还要多。私钱又有很多手法，磨边五铢、剪边五铢、綖环五铢，说白了就是把一枚钱币做成两枚。这墓中都是武帝时期的五铢钱，足斤足秤，到了他们手里，平白还能再生出一倍的钱来，所以无论给谁，都会令其垂涎三尺。

而世家造钱也不能大摇大摆地在城里造，还得是依靠隐遁山中的越民,所以三吴之地的豪族和豫章、鄱阳、庐陵的山越连成一线,一旦拎起线头,顷刻间便能动摇江东。

棺木里还一定会有印玺。

大争之世,一枚大汉正统玺绶的号召力超乎寻常。当年孙坚便是在洛阳井中淘得一枚玉玺,便能堂而皇之地宣告天下,引发了同时期其他势力的猜忌。在孙坚殁后,孙策也能凭借玉玺从袁术处借兵。

孙权继位后,孙氏宗室里虽然只冒头了一个会稽的孙暠,但其实各地全在蠢蠢欲动。有准备独立的,有勾连曹操的,只差一个好的由头。这时候,一枚"刘"字的印玺就像龚瑛那个"大刘"名号一样,随时可能起到野火燎原的效果。

这样一来,孙家必将陷入混乱,从而发现不了太史慈真正的目标。

那是只有他太史慈才能做的事……却也是孙权永远也不会给他机会、给他条件去完成的事业。

大星如月,如当空滴血,正像铜当卢所昭示的那样。

一切本该如此顺利。

可太史慈还没能看见任何印玺。

海昏侯墓仍然没有完全向他敞开。

这怎么可能?

王祐乌青着两只眼睛,沉沉说道:"我下过大大小小没一百也有几十个墓穴,从未见过像这样的。"

太史慈声音如刀,一下切断他后头所有的彷徨,冷峻道:"从头说。"

"最早只觉得这外藏椁厚实得惊人。"王祐咽一口唾沫,瞠着眼睛说,"它一个身份敏感的废帝之墓,也用不上黄肠题凑,哪里来这么厚的木墙?我们知道,黄肠题凑是把黄柏木一根根头朝外堆叠放置,成千上万,密不透风。从外头看,只能看见一个个四方的榫头,跟蜂窝似的,但往里劈锯,木头有多长,墙就有多厚,深不见底。而海昏侯这外藏椁,用的是橡木、楠木,也不是题凑样式,但厚度竟也和那不相上下。"

他把一根手臂往已经锯出来的洞口里伸,几乎把整根手臂都放了进去,还到不了墙壁的另一边。

"我就想,其实还有法子,横着进不去,我们就从上头往下钻。因为它顶部虽然也坚固,但绝不能太重——要想留存千秋万世,就不可能太重,所以顶部一定会比四周的椁木要薄些。我们于是搭了个脚架,将上头的填土刨空,掏出整个外藏椁的顶面来,然后从正中央的位置往下钻。按照一般墓制,从这位置打下去,直接就能见着墓主的棺木。"

说完,王祐就领着太史慈攀到椁室上方,偌大的漆绘巨木外藏椁,像是在脚下展开的一幅包罗万象的四方天神图,烛光一照,朱漆墨线勾画的全是星斗、神兽、羽人。但这幅画的正中央已然被锯开了一个洞,堪堪能容一人进入,洞内无灯无火,幽幽的,仿佛深不见底。

刘基此时也跪坐在这个洞口边上,呆呆的,两眼黑漆漆地凝在那儿,全无平日的神采。自从进了这墓穴以来,他确实有点儿恍惚,仿佛在不知不觉间越过了某条界线。原本一直觉得挖祖宗坟墓,大逆不道,必损阳寿,但慢慢地就不这样想了,他手上动作不停,声音不停,只觉得外藏椁里头有人在呼唤。直至满手都已起了血泡,脏污一片,竟也没有发觉。

可到他们终于打开内室,才忽然觉得如坠冰窟,一切都轰然往下崩塌而去。

太史慈没理会他们二人的眼神,自顾自地持着灯,伸手往椁室里探。洞里的黑暗仿佛有形,将灯火压缩成豆,只虚悬在半空,照不亮四壁地面。他说:"外头都有长明灯,里面是墓主起居之所,怎么反而是黑的?"

王祐打了一哆嗦,半晌,才回答:"里头不是没有灯。是什么也没有啊。"

王祐做这寻龙摸金的事情这么多年,各种玄乎的事情都碰见过,什么墓穴机关,真假疑冢,巨石压顶,用血书、毒虫、厌胜之物做成的诅咒……当然也见过身边同僚成片死去的,什么七窍流血、化骨成水,有些他慢慢地就明白了其中道理,有些则无论如何也没法解释。有灾厄自然也有禁忌,什么下墓点香,开棺拜主,动金动银不动玉,各有门道,不胜枚举。

在这整个大汉朝,唯独有一件事是几乎所有人公认的,那就是墓室里要是啥都有,唯独墓主不见了,那就必须撒手、磕头、原路退回去。那是因为墓主已经肉身不存,羽化登仙,谁敢动大罗金仙的东西?当然总有些胆子肥的人,生死不顾,可在王祐听说过的人里面,没一个落得了好下场。

不过,当王祐自己真碰上了这种情况,却只感到脑海一片空白——他当初听说的也不是这样啊！一般前辈们侃侃而谈，都说是开棺视尸，发现棺里只留个人印儿，七窍玉璧好好放着，毛发骨肉尽皆不存，可从没说过整个外藏椁里头全是空的。

不仅没有随葬品，连棺木也看不见！

一进入内室，他们就发现这座墓的形制殊异于寻常：洞口打下去的位置，正好在一堵内墙旁边，内墙将整个椁室分成东西两室，西室稍小，东室稍大，但相差无几。也就是说，内棺的位置不可能在椁室的正中央。按常理推测，西室面客，东室安居，寝棺当在东室之内。

当他们跳进椁室，感觉就像掉进了一丛香雾当中。此前弥漫在整座墓穴当中的、变幻不定的异香，似乎全都从这椁室里散发出去，在灯火之中，丝丝缕缕，像有生命一样，缓缓爬上他们的手臂和衣服。除了椁室墙壁所使用的千年橡木、楠木散发出香气，在室内四角，他们还发现了四个精致的博山炉，填满香料，星火慢熏，两百余年萦绕不散，才形成了如此复杂的香味。

可除此以外，整座椁室里，竟然再无任何东西。

没有棺木，没有床榻、几案，没有漆木屏风，没有耳杯、染炉，也没有金银珠宝玉石首饰。

太史慈的脚步声在椁室内闷闷回响，他本就身型长大，那偌大的椁室，他几步便能横穿，抬手便能到顶，重踏在地便能激起尘土一片。于是忽急忽缓，仿佛猛兽在笼，找不到出路，只吐出黏稠浓重的呼吸。

他最终停了下来，因为刘基俯身在洞口，往下幽幽地说了一句话："你应该已经看见了吧，只是之前不敢接受。"

太史慈从椁室内抬头往上看,两只眼睛在黑暗中,烫穿两个孔。他怒吼道:"那不可能是真的!不可能!"

"上面的星象是多久以后?"

椁室里没了声音。太史慈闭上眼睛,那四张图画便在他脑海中变得纤毫毕现。他其实只看过一眼——在穿过金车和鼓车之前,在长明灯的幽火之中,光似乎是蓝的,又似乎是绿的,浓浓地涂抹在木马偶的马头上,几乎已经把那四枚黄金叶子四神当卢盖了过去。他目光扫过,毫不停留,但其实心里早已刻画下了那一切。

那是第三轮的东西南北四象二十八星宿星图。

他怎么可能看不见?

在车马库的八十枚当卢上,他发现了两组四季星象——一组记录的是元平元年,刘贺入长安称帝,夏月,朱雀星宫,大星现世;另一组预示的正是这一年,建安六年,秋月,白虎腾空,大星再现。

他想,这分明就是一种预兆,预示着刘贺留下的所有东西,都将在这一个时代重现于世,帮助他完成未竟的心愿。那必然也是刘贺的心愿——湮没于世的废帝之名,将重新为大汉所知,他的三尺之剑,也将重新登上天子之阶!

可在大墓中,他竟然看见了第三组星象。

太史慈不知道那预兆的是什么时间。可他看见了那个熟悉的金色三角形,而凭借太史家学,他能非常轻易地判断:

下一次再出现同一颗大星如月,至少还要一百年。

一百年后会发生什么?

刘贺到底藏在了哪里?难道要到一百年后才重新现身?

太史慈忽然吹灭了手中的灯，黑暗将他吞噬，因为他不想让人看见自己的模样——他忽然觉得自己又病了，身上汗出如浆，但汗水冷若冰霜。

下墓以来，他一直觉得到处都有刘贺的身影。那位年少的废帝，形单影只，半隐半现，总想说一些什么话。可直到现在，他才终于听见那单薄的、狂悖的、阴恻恻的话音。

他说："我等的不是你啊。"

重新站到阳光下的时候，刘基第一次感觉光线是有锋刃的，几乎把他的身体削得薄了一些。他和王祐都不知道过了多长时间——两天？三天？抬头去看，漫天阴云，彗星早已没了影子。两人把身上厚厚的泥污洗净，又猛吃了一顿肉食：炀豚、鱼脍，还有大雁熬煮的汤羹。看见盛在鼎里炖得酥烂的雁肉，刘基就想起那肥胖的雁鱼灯，烧着鲛人的脂肪，燃亮幽然长明的灯火。但那并不妨碍他囫囵吞下一整根长长的腿肉。

两人吃饭的时候，很难不聊起那墓中的物件。王祐说起那些钱币：封泥匣上的印章"昌邑令印"，昌邑令他也知道，当年王家的先祖和他一起劫后余生，后来各自在宣帝朝重新任职，仍有往来。在墓中的书简库，还有王氏编著的《齐论》……那是王祐小时候捏着鼻子死记硬背的家学，后来却入了歧途，偷鸡摸狗、鸡鸣狗盗，什么都干，最终进了这个行当。一年前，这件事被人捅到了族里，族中长老清理门户，一把火没把王祐烧死，却害了他的妻儿。所以他在北方已经待不下去了，正巧这时候，见到了太史慈的使者，这才有了种种后事。如今在这墓里忽然重遇旧典，王祐不觉得怀念，只觉得邪门，仿佛它早已放在那儿，故意等着他来似的。

饱食以后，刘基睡了不知道多长的时间。

当他挣扎着醒来的时候，只觉得自己从最深的水底浮起，差点儿分不清哪里是虚幻，哪里是现实。已是日暮时分，刘基反应了好一会儿，才发现是王祐在敲他的门。开门一看，王祐闪身入内，身上带了个小包袱，两眼底下深如墨渍。刘基一看便知道他是要走的样子，王祐也开门见山，和他说："狡兔死，走狗烹，太史慈不是曹操，摸金的事情他最多也就干一次。现在不管奇怪不奇怪，墓已经开完，赶紧全身而退。"

刘基问他："怕了？"

"谁也该怕。"王祐老老实实地说，"我从未见过这么邪门的墓，你呢，也赶紧逃。我其实完全可以自己走，特意来，就是给你说这一句。"

刘基扫视他全身上下，虽然看不出端倪，却知道王祐浑身都像开了孔似的，能塞能藏。他尖刻地说："怕你还带走东西？"

"白干才是对墓主最大的不敬！你想，他睡了几百年被人吵醒，要只是晃晃荡荡，空手走了，岂不是拿他来寻开心？"王祐手一缩，一张，不知怎么地掏出一只周代的提梁卣来，阴蚀纹细腻繁复。他说："当初你看出我带了只前朝的灯，我就觉得你目力超常，如今终归是一起下过穴，见识过，以后再也别碰这事了。这只提梁卣盛过你的血，祭过祖先，真龙宝器，你自己收着吧。"

他把提梁卣"咣"一声放在席上，刘基缩着手没去碰。

王祐沉默半晌，最后说："你还不准备走，是吗？"

刘基没回答，只问了一句："你准备怎么逃出去？"

"整座陵园里南北一线开了三口井,远远比墓穴要深。那不仅仅是取水用的,井中有器物、有梁架,一定彼此相连,通往地下河道,以汇流积水,让深埋地下的墓穴免于水患。上缭壁所在的山丘林间,多有水道,这些地表流水一定也与地下河串丝成网。换言之,就有可能从井底一路潜行出城。"

"听起来相当冒险。"

王祐虚弱地笑道:"如果苍天有眼,我早已经死很多回了。"

他走到门口,又回过头来,补上一句:"井底的路,我会在墙上留记号,你如果要出去,就顺着箭头走;如果让别人进来,就逆着走。"

阴篇

公元前 63 年·元康三年

刘贺从山阳郡出发,第一次来到海昏,花了三个月时间。虽然没有昼夜急行,但二百余人隆隆而往,尘烟漫漫,车马相属于道,还是让他恍惚间生了些回忆。

山阳郡就是原本的昌邑国。自他回去,昌邑国便遭到国除,改制为山阳郡,而他到后来才知道,自己既非平民,也无封位,朝中偶有提起,都以"故王"为称。人无名而不立,他的名号没头没尾,人也变得若有似无,夹在时间的缝里,人们有时会忘记他活在何年何月。

在他离开长安以后,霍光迅速找到了一位新皇帝——曾经流落民间的武帝曾孙刘病已。他躲过了戾太子的灭门之祸,白龙鱼服,成长于寒微,形成了既谨慎又有为的性格。同是龙种,年纪差相仿佛,他和刘贺却没有半点儿相同。

他于元平元年登基称帝,谒高庙,继续尊上官为皇太后。即位六年之内,政由霍氏,垂拱而治。又不断给霍光加封进赏,恩宠尊荣,古今无匹。六年后,也就是如今的五年前,霍光溘然长逝,皇帝赐他本来只供皇室使用的黄肠题凑,又以之陪葬武帝的茂陵。但又过了短短两年,他便将从前赐予霍家的权力一一收回,最终以谋反罪名,将霍家满门抄斩,长安城数千户被牵连族灭。这实际上历经四代皇帝成长起来的参天巨木,一旦之间,就被夷为平地。

但这一切并未真正影响到霍光,他依然拥有了一座位极人臣的恢宏大墓,在茂陵享受四时祭祀,成了全族最后一位得以善终之人。

如此想来,霍光反倒在最后,完成了刘贺本来预想的人生道路。

可他听到消息以后,心里却没有一点儿感觉,他甚至没去想那黄肠题凑。

十年之间,刘贺几乎没再想起过墓葬的事。

他完全不知道一位"故王"将以何种方式进行下葬。虽然,上官将他为王期间、称帝期间拥有的所有器物都返还给了他,完全足以打造出他曾经在《筑墓赋》里千万回浅吟低唱的地下宫殿,可是,他以及绝大部分的侍臣都没有办法离开王府半步:王府的外墙全都被加高、垒厚,朱门锁死,仿佛一座碉堡,只留一面四方的天空,以及一孔供仆人进出的窄门。

当他长久地在屋内徘徊,身边全是金碧辉煌、雕龙画凤的器物,凝滞的空气,全点上了好像还是不够亮的灯,就好像人还活着,就已经住进了墓里。他曾经日思夜想、梦寐以求的生活,想象中壮阔无垠的身后身,在十年时间里,慢慢变得逼仄而陌生。

在极少数的梦里,他曾经回到了自己在金山已经修好的大墓之外。攀缘上山,钻进山缝,四周全是苍莽葳蕤的植物,遮天蔽日,蛮荒难行。每一次直到醒来,他都不曾找到过大墓的入口。

海昏的样子,就有点儿像他梦里的金山。除了一点,就是它苍苍莽莽的景象没有耸立而起,全是铺平的,哪怕偶有起伏,也遮挡不住多少视线,只是让色彩叠卷出不同的层次。

从昌邑国或者山阳郡的眼光来看,整个海昏侯国里没有郡城,只有村庄。

刘贺南下时,因为昌邑国已不存在,所以他带走了上官皇太后赐返的所有东西,包括以前的一些王国礼器。虽然沉重,但一来,留在山阳郡也无从处置,只能被销毁重铸;二来,他被封为海昏侯时,诏书专门提到"不宜得奉宗庙朝聘之礼"——如果他再也不能祭祀宗庙,那先不说高祖先帝,就连父亲刘髆也无法祭拜。所以他带了一些昌邑王国传下来的器物,比如籍田仪式用到的铜鼎、豆灯,虽然算不上什么珍品,却是父亲和他都曾用过的东西。

为了收藏所有的器物,也为了安置海昏侯国的食邑四千户,刘贺倒是做了他人生中非常少有的一件"正事"——筑城。

他把城筑在缭水边上。南方地势低卑,丈夫早夭,这类名声他早已听说过,所以在筑城时尽可能往高地和丘陵去靠。筑城、修路的用料,他早在修墓时便烂熟于胸;又因为多年沉溺于工匠营造,通晓水火之事,所以能自然地把湖泊、河道考虑进去,便于坊市用水、原材交通。所以往他这座新城池里聚居而来的,除了原本划入侯国的食邑户民,倒还有不少的百越各族、远近流民。

在那期间,他时常往城边的山丘上跑。

出生时就落下的不便于行的毛病,在被关了十年后,已经变得愈发严重。这时候他才刚到而立之年,但从背后看,走起路时几乎像个老人，身子斜斜歪着，深一脚浅一脚，仿佛随时能朝一侧倒下来。

他曾经就因为腿疾而滑下山坡，差点儿遭逢大厄，却被一个上山的瓜农给救了。

瓜农名唤孙钟，年纪其实比刘贺大不了几岁，但四肢颀长，双目巨大，满脸横髯。他见刘贺多少有一点儿行动不便，二话不说，几乎一手扛起他就往山下走，直如猛虎一般。

原来他的瓜地就在刘贺经常走的这座山的南坡，面阳，隐蔽，水源充足，且无积水之患。到了瓜地，他把刘贺往房子边上一放，留了些草药茶水，便让他自便，自己埋首去伺候瓜果。在刘贺看来，这人仿佛一心只有这些瓜，其实刘贺穿得不说华贵，至少也和平民有所不同，他却一副看不见的样子，也不问他身份和名姓。但清风朗日，翠海瓜田，他也懒得多言，只静静坐到了日暮。

到日暮时，孙钟才总算端着两颗瓜过来，也不多言，便分与他吃。刘贺心中嘀咕，还没到瓜熟时节呢，没想到他这两颗显然是费了些心思，刚好触到了熟的边儿，水灵瓷实，吃起来满嘴甘饴。

两个人边吃边聊，孙钟吐了一地的瓜子，还给他说起一段往事：

原来他从前种瓜的地方不在这里，还得沿河往下走，在一片河边的砂地上。年份好时，河水安分，长出的瓜一只只像碧玉似的，连县吏也抢着要；年份不好时，河水漫涨，可能一夜之间就冲得什么也不剩，连带着周边村庄散户全都哀号一片。

但那倒不是他要说的事情。他想说的是有一年，还是涨水，鱼虾横行，死猪漂在田边。他遇见三个少年，三人都长得怪模怪样，一个长得比玉还白,一个比炭还黑,还有一个肤色倒只是蜡黄,但两只眼睛圆得像十五的月亮。三个人齐齐向他讨瓜吃。

那一年倒是有意思,有天傍晚,他看见天上一只赤狗在跑,前头追着一颗长了尾巴的大星,这景象刺在心里,总让他惴惴不安,所以也不等瓜熟透就全给收了。后来犯了水害,才知道,五里八乡就只剩他这儿有瓜。

刘贺就插话问他:"难道是十一年前?"他说,哪还记得那么清楚。

继续前话。那三人讨瓜吃,他也不藏私,把瓜切出来分了,三个少年吃得不成样子,满嘴飞涎,那模样他倒还记得。等迅速把瓜吃完了,他们忽然神秘兮兮地问:"你是想让子孙后代都活得长,还是想只有一个人寿祚绵长,但能当上天子啊?"

他说,哪里听过这么奇怪的问题?就瞎回答了一句:"那还是当天子吧。"

那三个少年就说:"我们给你指一片福地,你死后葬在那里,就能得偿所愿了。"如此才发现了这么一片地方。

孙钟还说,虽然他们说的是死后下葬,可也没说活着的时候不能用啊,就干脆用这地方来种瓜了。结果很惊人,大水淹不着——不管多大的水冲到这儿,咕噜噜全渗进地下去了,仿佛这山底下敞着一张填不饱的嘴。

他当一件趣事来讲,刘贺也将信将疑地听,到最后,只问了一句:"所以那三个少年是什么人?"

孙钟说:"他们自称是鸮神。对,就是那夜猫子变成的神。"

刘贺听得咋舌,过了一会儿才琢磨过来,说:"不论他们是谁,你当时选的那个回答,不是咒了自家后代吗?"

孙钟倒是大笑,不以为然地说:"这哪能算咒呢!这天下就跟河水似的,别看现在有点儿太平,可能改年就是洪水滔天,从来都没有定数。所以别看我只是个瓜农,我一直觉得,光求长命是没什么意思的,还得让人记得。所以如果后来真出了一个天子,连带着多少代都有可能被记住。每多一代人惦记,就是多活了一辈子,那才是长久的事!"

他还咧嘴笑,拿起吃剩的瓜皮,翻过来一看,上头歪歪扭扭,竟用小刀刻了"孙钟"的名字。他说:"天底下这么多瓜农,你记住过几个?你听了我的故事,看过这名字,今天以后,是不是会记着山脚下有一个瓜农,叫孙钟?"

那天回去以后,刘贺就莫名其妙地留心着,然后就发现:原来这豫章郡真的漫山漫林都有鸮鸟的叫声。这让他感觉非常奇怪,因为他也想起了一件往事。

当年还在山阳郡的时候,皇帝派了一名叫张敞的臣子来察检他的情况。那时候龚遂和王吉都已经重返朝廷为官,王吉作为谏大夫,更能接触中央消息,费尽心思给他传了信。所以张敞的问题和应对之法他都了解。

唯独有一个问题,可能是张敞自己临时问的,与前言殊异。他说了四个字:"昌邑多鸮"。

鸮鸟不祥,说一个地方多鸮,无异于骂它穷山恶水出刁民。其实昌邑的鸮鸟并不比其他地方多,可刘贺既然要应对,便死心塌地地陪他游戏,立即便说昌邑确实很多鸮,还说以前在长安城的时候从来没见过，直到回了昌邑，才发现鸮声不断。这道理无非是装疯卖傻，自贬以娱人，这种事刘贺早在做昌邑王时就已经无所畏惧，到了那个时候更是信手拈来。

倒是直到来了豫章，才真正知道什么叫多鸮之地。

他也才知道原来这地方的百越之民不厌恶鸮鸟。那些中原人嗤之以鼻的"不孝鸟""哀鸟"之说，他们从来没有听过，相反，还有人把鸮画在墙上、养在家里，觉得它们就像长了羽毛的狸儿一样可爱。

刘贺想到这里，心中一动，再难安息，在夜里也睁着眼睛。到了最后，他久违地差人去找了两块上好的白玉籽料，自己动刀，历经几夜，雕成了两枚印章。

一枚是龟钮玉印，玉质龟钮，和朝廷官制不符，表明这是一枚私印，上面用小篆阴文刻了四个字："大刘记印"。从那天以后，除了本来就知道他身份的人，他对外只称"大刘"，不论侯爵，不提名字。

另一枚，是一种世间其他地方从未有过的钮式。一只匍身禽鸟，短尾疏翅，瞠目钩喙——分明是一只鸮鸟。在鸮钮玉印之下，他倒是阴刻了自己的本名：刘贺。

橘生淮南则为橘，生于淮北则为枳。一只鸮鸟何尝不是这样？要是生在长安，那就是人人喊打，受尽恶名；要是生在豫章，倒有可能被娃儿捧在手心里。他刘贺当过王、皇帝、故王，如今为侯，由北至南，有谁能知道他的本貌？春秋倏忽，又有谁能记得他的本名？

他刘贺，又何尝不是一只鸮呢？

又过了一段时间，刘贺还到那瓜地边坐着，孙钟给他说起一桩怪事：

原来海昏城里慢慢流传开了一位新的鹀神。

这次倒不是三个少年了，就是一个人，脸上涂了油彩，有羽有鳞，活灵活现，从来只在夜里出没。据说，远看的时候，真像一只大号的、成了人的鹀鸟。

刘贺问："那他都干些什么？"

孙钟说："这才是莫名其妙的地方啊。据说他别的不做，就做两件事：一件是在城里置办了一座宅子，里面啥都不放，就放书简，山积海堆，垒到天上去，随便让人去看。听说他有时晚上也出现，在那念书、讲故事，只给娃儿讲，讲完还赏钱，一贯钱一贯钱地赏。另一件是大半夜的，强占了别人的炉子——不是炉灶，是那冶炼用的高炉——在那儿炼金。矿石、朱砂、煤炭，全是他自己准备的，火也自己烧，风也自己扇。据说炼出来的黄金，比太阳还亮，公鸡见了都打鸣不止。最奇怪的事情是，他做出来的金饼子，过两天就到了穷苦人家的家里。那儿女多的、品行好的，就多一些，比如一角；那品行恶劣但吃不上饭的，就撒点儿金末儿。当然也有例外，反正谁也说不准……可能他看谁的心更诚，也可能他就是胡来。"

刘贺说："他夜里做这些事，官府不管啊？"

"这也是稀奇了，官府就是不管，反正也没人告状。有人就说，这鹀神是神仙显灵，尤其是那些百越，信得五体投地，已经开始学他在自己脸上画画……上次进城，我看着满城上下，到处都是鸟人。也有人说，那个不是别人，就是新来的侯爷，所以谁都管不着。毕竟我们只见他修了座城,从未见过他的真容。大刘,你也是国姓,你说呢?"

刘贺只笑笑不回答。

孙钟不以为意,倒是苦笑着说:"自从出了这件事,我再说起那三个鸮神的故事,反倒被人说成是假的了。难道要换个说法?给他们安个别的身份?"

刘贺没回答,安静了片刻,倒是问他:"如果这座山上还有其他人做墓,你会不会感觉被抢占了?"

孙钟说没事儿,他只要瓜地这一片,要是在附近埋了个大人物,倒是更容易被人记得。

那天刘贺请他带着,再一次上了山顶。从山顶看下去,天阔云低,满目苍郁,东西北三侧都勾连着其他山峰,串珠成线,只南面一路俯瞰缭水如练。缭水是蓝的,自南而来的赣江水色清黄,双色混流,牵出一条长长的分界线,北入彭蠡大泽。

不需要仔细思考,只是凭借曾经十多年的日思夜想,他便能想象到在这座山上建一座陵园的样子。

但现在看过去,又忽然有了些不同。

孙钟一边大口大口啃着瓜,一边说:"怎么,你也想有个后代当上天子?"

刘贺笑笑,说:"一点儿也不想。"

"那你想做什么?"

"写赋。"刘贺说,"写一篇还没写完的赋。"

第十四章 玉具鎏金青铜三尺剑

海昏侯随身佩剑,是春秋晚期至西汉流行的无格扁茎长条式剑。中脊隆起,双道血槽,通体鎏金,红白玛瑙剑格。

阳篇上

孙权曾经读过一卷《筑墓赋》。

孙家本是个瓜农出身的寒微家族,就是不知道从什么时候开始,流传下来一个要"当天子"的说法,所以一代代人都不大正常,醉心于聚众凶杀、以武犯禁。父亲一辈三人取字,取了三个"台",所谓"在人曰三公,在天曰三台",明晃晃的野心;到他们一辈则是"符""谋""弼""佐",凑齐了一套军队体系。他父亲在十几岁的时候,面对十艘海盗大船、百来把明晃晃的大刀,就敢独立船头,凭空指挥,吹出万马千军,吓得海盗四散奔逃。在这样的家学影响下,叔父弟兄当中,从来就没几个能沉下心来读书。也只有孙权,从小对故纸堆有情愫,除了《尚书》《春秋》《史记》,还把家中那些尘封已久、从来没被正眼看待过的书简都扒拉出来,读了一遍。

所以他还记得那篇奇怪的赋。

那分明是一个人在谋划自己的大墓。可是字字情深,又多有隐语,有时讲的是墓,有时讲的分明是城,有时又成了记事,读得他莫名其妙,一头雾水。但也正是这样,才让它从诸多"之乎者也"当中跳脱出来,被孙权牢牢记在心里。

从那时候开始,他就隐隐怀疑,这座记述中的大墓和他们家"当天子"的奇怪传闻有所关联。只是不论怎么研读,他也没办法发现那座墓到底在哪里,属于谁,只知道它厚费巨万,落到谁的手上,都能腾蛟起凤,紫气东来。

他还知道,那座墓有一个小小的关窍——仿佛是留给后人的一则把戏。

所以当吕蒙把他了解到的情况细细汇报完以后,他捻着胡髯,脑海中忽然嗡嗡作响。

吕蒙看着眼前这位年少的江东新主,心中也起伏不定。

所有人都以为他还在吴郡,万万没想到他轻车简从,亲兵也带得不多,悄无声息地就来到了豫章。

孙权才及弱冠,长相与孙策殊异,钟鼻厚唇,掌心有肉,任何方士看了,都说他能活很久很久。他喜欢用自己调制的染料,把胡子染成紫色,三日之内水洗不掉。鲁朝奉曾经问吕蒙,知不知道他为什么要染紫色?吕蒙不知。鲁朝奉说,周朝、秦朝、大汉,火德、水德、土德,人们看见紫色,还是会想起帝皇。

此刻他正抚着那浓密的紫髯,问:"再说一次,你怎么获得的消息?"

吕蒙答:"在上缭壁内有一个我找来的帮手,几经波折,阴差阳错,如今倒成了盗墓的一员。他从城里把消息传了出来。"

"如何能传?"

"这要感谢一位妇女。她知道城里的暗道,又悄悄给了那帮手一只骨哨,骨哨驱鸟,就能内外送信。只是帮手在城里行动多有限制,骨哨也用得半生不熟,尚不能说得一清二楚。"

"他替谁在盗墓?"

吕蒙垂下眼帘,"按目前收集来的情报,是建昌都尉。"

自从上一次试图进入上缭壁而无果之后,吕蒙并没有完全撤离,而是自己带着一小支人马,仍潜伏在上缭壁周边。太史慈军队防守严密,但吕蒙有同僚之便,熟知军号,又特别擅长别队潜行,所以才能一直扎在他眼皮底下。苦守多日,终于等到了刘基的传信。

孙权沉吟片刻,缓缓道:"你找的那个人,是刘繇之后,身份特殊,本不该让他牵涉进来。等事情结束,你把他送到吴郡去,好生照拂,要是安分,将来还能为朝廷做事。"

吕蒙见他别的话都没说,先说起这件事,心下"咯噔"一响。但依然面如平镜,先应允下来,然后硬邦邦地说:"是鲁朝奉禀告的?"

孙权点点头:"他眼下虽无官职,做事情却比你周全,你要多学习。"

吕蒙一拱手,声音朗朗:"刘基这次发挥的价值,比我原本想的要大得多。他不是一个能轻易当作傀儡的人……"

"那你再给他传一句话。"孙权不置可否,但又不容分说,"就告诉他,拖住太史慈——那座大墓,另有主人。"

刘基只能找到机会传信,却没办法阻止太史慈。

只是,在海昏侯主墓开启之后,他似乎暂时缓了下来,至少没再动主墓。但在刘充国墓、附葬墓当中,已经有寻常将士十辈子也见不着的财宝,仍然在秘密地流出城外。

他们没有逼迫刘基做更多的事情,只是让他凭借对古物的一点儿认识,对已经搜刮出来的宝物做一些分拣类别、评定高低的工作。没有人打算放他离开。

太史慈也是几日没有露面。

没想到,再次见到太史慈的时候,他正站在庭院里——整个人白得像雪。还是那座星巫留下来的房子,壁上、廊柱上依然挂着些晒干的草木花果、龟甲骨架,正堂屋顶上的天窗依然晶莹剔透。

连日阴云,直到这天夜里才重展天幕,天上散落着碎星,要是仔细对照铜当卢,还能找到相应的星象。

刘基见过多次潘四娘倒酒,从未见过她端药,这回终于见到了。当年她两只手同时端五六碗酒,犹自健步如飞,一滴不洒,可现在端一只药碗的时候,反倒小心翼翼,双手捧着、呵着,从后厨走到庭院,那碗中的明月没起过一丝皱褶。太史慈不肯进屋,站着把药喝了,像把热汤浇进雪里,化出一额头的汗珠。

"说了喝药没有用,你也不听。"太史慈对潘四娘说,他的语气和平常都不太一样。

潘四娘瞥他一眼:"没用没用,在这儿舞剑就有用了?知道你是心病,这药我特意去求方士开的,百治百灵。你去摸金掘坟,干大事业,哪怕把黄泉掏空,我都听你的,但病就是病,就得治!"

太史慈也不答她,只是苦笑,把那药里的符渣都默默喝了下去。潘四娘还在刀子嘴说个不休,把空碗接过,又走去拍拍刘基的肩膀说:"当初你的心病就是公子给点拨开的,现在你一五一十跟他说清楚,不说明白了,谁也不许走。"又在耳旁给他补了一句,

"上回对不住了,但还是请你帮忙。"

到最后,潘四娘抛下一句:"说完赶紧把公子放回去,你再把他关着,就把我休了吧!"然后大门一闭,震得满院风响。

这倒是刘基从来没想到过的情形。

两人静静站在院里,一时间都没有话。但是潘四娘话语中提及的往事,两人显然都记得,只是这次相见以来,一切事情都和想象中大相径庭,才始终没有谈起。

到最后,太史慈摇摇头,问他:"如果回到当日,你还会劝我投降孙策吗?"

那是发生在刘繇即将败退豫章时的事情,太史慈已决定留下断后。就在刘繇携家眷兵丁离去的前一夜,刘基单独找到太史慈,和他说:"如果有机会,便向孙策投降吧。"

投降的话太史慈其实已经听过不少。孙策暴烈,破了胆、失了魄的将士比比皆是,但他们说投降,和刘基说出来又不一样。更不同的是,刘基补了一句:

"要是死在这里,骨成土,春草生,就没人再记得有太史慈了。"

当时,在所有人当中,只有刘基最早看穿了太史慈的心思。自他和孙策决斗以后,很长时间里,他总有一点儿神不守舍,脑海中总想起那神亭。以前太史慈视大义高于一切,忠义也是义,所以不论刘繇怎么待他,他只肝脑涂地、死不旋踵。但以刘基的身份说出这么一句话,就像在太史慈心里撕开了一道口子。他脑海中影影幢幢、浮光掠影,一段段辛辣而诡秘的梦境,忽然苏醒。

他曾梦见太史公的手，柔软、干燥，手里的刀笔缓缓起落，墨迹流淌成河。

他曾梦见自己手里拿着剑，踩着长阶，把堂上的文武百官一个个都阉割了，看他们一个个长成司马迁。

而刘繇，会让他死得寂寂无名。

太史慈说："如果不是你，我可能到死才知道自己恐惧的是什么。"

他说的这些，刘基都记得清楚。他甚至记得自己当初说出那句话的心境。忤逆父亲，劝太史慈走，就像是亲手斩断自己羡慕但不可及的东西。他出身宗室，跟着父亲随波逐流，从来没想明白过自己想要什么，但在与太史慈喝过几次酒以后，他越看越觉得刺痛，觉得太史慈就像一条追逐不朽的河流，让旁边的水滴都显得渺小。他当时一方面是忍不住想要帮他一把，另一方面却也想将他推开，好像推开以后就能静下心来，接受自己终究是个庸常的人，从来不想名垂青史，只想保一亩三分地平安。

也许正是在那之后，他才选择了遣散部曲，埋名隐居。也是在那以后，他才在这整个事件当中越陷越深，但依然没有抽身离开。

怯懦也好，平凡也罢，这就是他的生存之道。

刘基说："如果不是你，我也不会知道自己想要什么。"

他又说道："你问我会不会劝你投降孙策，我依然会。但到了今天，我也依然会想要阻止你。"

太史慈大汗淋漓，头发从发髻上滑下几缕，和眉毛粘在一起。他抿紧嘴唇，从地上拔起长剑，剑出如风，但是比风慢；剑落如雷，但是比雷缓。

他说："我见过长江以北最好的武人。如果我用这种剑术去和关羽打，活不过半炷香的时间。"

他剑尖一指："我这么出剑，他会绕左边，透左胸。"剑锋转动，摆向另一边，"这么出剑，他会从剑根格挡，刺下盘。"剑刃再动，意如龙蛇，慢似凝浆，"这么出剑，他会站在原地不动，等我的剑慢慢、慢慢刺到脖子前。他手一抬，我头颅飞起，血溅五步。"

他把剑一挥，剑刃超过所有斧子，深深嵌进旁边的一根柱子里，整座房子晃了一晃，发出簌簌的声响。

"这是我最后的时间了。伯符曾经焚膏继晷，吃睡都在一张地图上，心中记住了全天下的州、郡、县。如果他没死，会大举制造攻打广陵陈元龙的假象，实则兵出庐江，越淮南，横切豫州，就能直抵曹操的腹心。这件事没有发生，但是现在，袁绍败而不僵，曹操还没有全据北方，要是周瑜入江，我领步骑，伯符所想的一切都将实现。"

刘基一怔，这是他第一次知道太史慈的计划。

"北上？这就是你做这一切的目的？"

太史慈说："孙策从他父亲手里接过一枚传国玉玺，后来给了袁术，用以借兵东向。袁术已死，他藏玉玺的地方，孙策曾详细地告诉过我。按照他的路线，我会掘地三尺取回至宝，进宫觐见天子，让玉玺重归大汉。无论曹操如何、孙家如何，无论能否全据中原，千载之下，人们都会记得太史慈。

"我已经解读出了第三组星象的含义——一百年后，大星再现，地龙翻身，山崩水出，黄泉将漫流人间。他似乎想以这样的方式来重生，为什么？是想对大汉复仇吗？是想让百年后的盗墓贼一起陪葬吗？还是想往仙界开路？不重要了。我会将他墓里的器物尽数运出，还会掘开他夫人的墓、儿子的墓，王祐虽然走了，但我的亲兵已经学过一次，虽然粗暴、没有章法，但他们一样可以找到新的地宫。"

太史慈的声音停了一段时间，像在休息，又像在犹豫。到最后，他声音喑哑地说：

"我可以有大量金银、表里部曲，但是，还没归顺的刘繇旧部再也不会依附于我。如果无人接管，孙权会一直将他们看作心头大患，会对他们轮番进行屠戮，甚至更糟。但龚瑛没有死。如果你去劝他，他会将旧部全都聚拢到你的麾下，你正式朝孙家低头，这些人就保住了，只要你不反，他不会轻易对一位宗室后人下手。"

刘基一怔，忍不住问："你想让我去孙家仕官？"

"无论我是成是败，如果你要保护他们，这是最好的做法。但你就再也回不去隐居生活了。"太史慈淡淡说道，"过了今天，你就离开这里吧。"

刘基愣住了，他没想到太史慈会留住龚瑛的性命，更想不到他竟没有强行吞并掉旧部军队。攻拔上缭壁后，那些人都已经成为他的俘虏，哪怕全部贬作军奴，也是一支庞大的劳力。但听他的话，似乎要拱手让出这些部曲，还想保护他们。

刘基悄声说："可是来不及了……"

没过多久，他们便听见潘四娘在外说话的声音，夹杂争论、喧闹，最终，院落大门还是被轰然推开。一名士兵飞快奔到太史慈面前，跪地汇报道："紧急军情！"他侧眼瞥了瞥刘基，太史慈让他直接说。

鲁朝奉又来了。

但鲁朝奉只是个商人，够不上军情。军情来自他带来的人——一支军队。

"一支吴军已经压到海昏县边界处，前哨多番警戒无效，对方坚称是机密军务，要借地彭蠡泽排布水军。兵员数量……非常庞大。"

"谁是统领？"

士兵喉结滚动："是中护军周将军。"

阳篇 中

公元 201 年·建安六年

整座上缭壁瞬间沸腾起来。小拨士兵登上城头严防死守，大批军队以十二路分拨出山。三色旌旗，各级部曲，雷霆雨骤，以正奇之兵，掎角之势，倚山据河，陈兵海昏县境。太史慈亲自领兵去了，他脸上没有显露过多情绪，但在士兵牵来战马的时候，他大步流星，手一拽缰绳，整匹马踉跄了一下，仿佛被蛮牛撞了一把。上马之后他还深深看了刘基一眼，但没来得及说话，便拍马而去。

江东任何人率领的军队到来，太史慈都不一定要立即赶去，唯有周瑜例外。

因为太史慈亲眼见过孙策下江东。寻常将领调兵一次的时间，他们可以折返两地，转战三次，比曹操的虎豹骑还快，比溃败回家的逃兵还快。在那转斗千里的奔袭中，只有周瑜始终和他一起用兵。如果太史慈不去，周瑜的军队会在转瞬间洒进彭蠡泽，第二天让海昏所有防线都瞎了眼，第三天来到他们鼻子底下。

太史慈料到周瑜早晚会来，但以为这会是孙家留到最后的一手，没想到这么快使了出来。

在他走了以后，刘基特意与潘四娘交代了几句。主要是告诉她，伤兵营里有一个叫刘肖的越人，神志不清，请她帮忙多加照拂，还说无论自己未来如何，都请帮助刘肖和他的妻子严黎团聚。潘四娘听得不明就里，最后还是答应下来，再想留他叙旧，但刘基心里揣着事情，找些理由拒绝了。

从潘四娘处走后，刘基重新回到了陵园。

陵园里的三口井，平常都是封着盖子的，刘基确认过四周无人，便把盖子全都掀开，又将每一口井上辘轳的绳子一直放到尽头，也不知道到底放了有多深，只知道井底深不可测。

做完这些，他从屋里拿了些吃的喝的出来，坐在海昏侯墓前的石庙里，静静等待。

过了一个时辰——也许更长——忽然有一人进了石庙，朝外面打了个手势，那人身后又鱼贯涌进七八个人，都是白衣轻甲，身上干一块湿一块，走路没有声音。

这些人都向左右散开，吕蒙从中间走进来。

他朝刘基笑了笑，但没有说话，显得比平常拘谨一些。刘基觉得奇怪，刚想问，就看见吕蒙侧身侍立，又引进一个人，低声说："这就是刘基。"然后又转过来朝他字正腔圆地宣布，"大汉讨虏将军领会稽太守孙将军到此。"

这是刘基第一次见到孙权。他眼里的是个钟鼻紫髯、不苟言笑的年轻人，配虎纹玉佩、八方汉剑，重阳气，镇鬼神。孙权没正眼看刘基，他鼻翼微微翕动，径直走向那摆放了食物的案桌，提起桌上的酒器，说："器具不错。"

那正是王祐留下来的周代提梁卣，刘基没怎么珍惜，当寻常酒器用了。吕蒙连连打眼色，刘基从来没见过他这种样子，心里暗笑，便过去双手接过酒器，给孙权恭恭敬敬倒了一杯。孙权一饮而尽，说："酒也好。以前只知子义治军严整，却不知道他军中还有这么好的享受。"

刘基细细看过，孙权虽然受部曲保护，但脸上有脏污，衣服湿得滴水，呼吸也有点儿急促，显然经受了不少波折。

当时他给吕蒙传信，给的正是王祐的路线，也就是通过水道穿行地下，依记号寻路，直至找到竖井。他仔细标注了：这条路能不能走通，他也不知道，只能尝试。没想到吕蒙不仅这么快就找到了路，还把江东之主也带了进来。

吕蒙像是又读懂了他的心思，摇摇头，悄声说了三个字："硬来的。"

刘基听明白了，吕蒙本来没打算带孙权涉险，反而是孙权强行跟着他们来的——孙家人还是有不惜命的传统啊！

孙权似乎为了遮挡疲态，背对其余众人，一遍遍端起杯子，刘基连连倒酒，他就像喝水似的一杯接着一杯，没一会儿就把铜卣喝尽，只余手上的最后一杯。他站了一会儿，轻轻打了一个嗝，转回身时，呼吸已经完全顺畅，气色饱满，稳定如钟。

他把最后一杯酒递给吕蒙，缓缓说："辛苦子明了。"

刘基忽然有种明白了的感觉。他发现，孙权内外就像是两个人。也许是因为仓促即位，危机四伏，他不得不装出一副年少老成的样子来，连一丝破绽都不敢显露。可在内心里，他可能比任何人都更离经叛道。

吕蒙朝主公深深作揖，把酒接过来一口咽了，说道："此地不宜久留。"

孙权点点头，可是刘基忽然拦住他们："等一等。"

"草民冒犯，但我必须先确认一些事情。我帮助你们入城，是为了阻止子义兄盗墓，但并不想因此而引起一场战争。这时候把他们从城里引出去的那支军队，是调虎离山，还是真的要内斗？"

吕蒙看出刘基的紧张，没等孙权回答，就说："周郎有分寸，只会陈兵威慑，不会正面冲突，不然整个江东都会大乱。"

刘基相信他的话，又问："现在城里大部分士兵都已经出去了，但还有一部分留守，你们只有几个人，准备怎么夺城？"

吕蒙笑了笑，说："你多虑了，本来我也想过这个问题，但现在孙将军本人就在这里，谁敢不听令？接管这里后，我们拿着上缭壁口令入海昏城，进驻官府，建昌都尉下辖其余五县皆可传檄而定，这样就能和平掌控整个局面。"

吕蒙说完，就等着孙权点头，可他没想到，孙权面无表情，不置可否。

刘基继续问："在那之后，你们要怎么做？就在你们来之前，我和子义兄深入谈过，他其实并不是真有二心，而是希望能得到孙将军重用，有机会完成讨逆将军的遗愿……"

"我们……"吕蒙刚要回答，忽然被孙权挥手打断。

孙权问："你说，兄长的遗愿？"

"那是一个北上进军许都的军事计划，讨逆将军生前已经谋定，子义兄想用同样的路线北上中原。我不了解细节，但无论如何，他的矛头并不指向江东，更没有想要对孙将军不利。所以我只请求一件事，那就是在掌控局势以后，请千万不要进行无谓的战争，也不要伤害子义兄的性命,只要好好谈一谈,这件事一定能圆满解决!"

孙权听罢,缓缓问他:"你凭什么这么认为?"

"虽然我一度觉得,过去认识的那个太史子义已经消失了,但现在,我发现他仍然是那个一心追求不朽的人。只是他盯着那无尽的时间看了太久,心中越来越着急,越来越看不见眼前的、真实的东西,可他的本心并没有改变……我相信太史慈。"

那一瞬间,刘基怀疑自己说错了话,因为他分明看见,孙权的两只瞳仁里燃起了绿火。它们不再是黑色的,变得很淡、很浅,宛如翡翠。碧眼紫髯,让他看起来不像是刘基认识的任何一个人,甚至不像同一个种类。在这一瞬间,刘基觉得他也能视万物如刍狗,拔剑杀人,不需要想任何理由。

孙权问:"大墓在什么地方?"

刘基一愣,不知道他为什么问这件事。他说:"不是要先夺城吗?"

孙权不再看他,转头向吕蒙下令:"不要再说多余的话,让他带路。"

吕蒙一时间也没有反应过来,可他毕竟是个军人,孙权对他更有着无可比拟的知遇之恩。他没有犹豫,扶着剑柄,对刘基说:"请吧。"身后的部曲也在刹那之间转变了阵型,把刘基所有的退路封死。

"吕司马……"

"刘公子,别让我难做。"

"我可以带你们去。"刘基说,"但墓里,可能不全是你们想象中的样子。"

孙权闻言，没有一丝疑惑，反倒第一次咧着嘴笑。他摆摆手，吕蒙的部曲左右合围，几乎是押着刘基走了出去。

孙权终于知道了那篇《筑墓赋》的主人是谁——那竟是一位皇帝。废帝也是皇帝，他摸着自己的紫髯，满心舒畅，觉得天命有归，不为人力左右。太史慈大费周章，做了不知道多少事情，辛苦至极，最后都给他做了嫁衣。

事死如事生，整个墓室就是刘贺的家。孙权看遍了回廊，车马库、乐器库、酒具库，每看一处，心中便自然浮现起器物放在富春家中的样子。孙策曾经被册封为吴侯，虽然爵位没有传承，但孙权也把自己当作侯爷看待。《周礼》记载，天子用乐四堵，诸侯三堵，意思就是诸侯要用两堵编钟、一堵编磬，围合东西北三面，这是符合他身份的礼乐，以前没有机会获得，现在在刘贺墓里看到了。

刘贺的编磬不同凡品，一般的磬体都是石质的，它却是铁质，与编钟合奏时，从金石之声，变成了二金交织，锵锵然有军争之象，也和他们孙家的崛起隐隐呼应。编磬漆架上竖有三面三角形的漆画，每面中心都嵌有一枚碧绿的圆形琉璃。

孙权想：父亲、兄长、他自己的眼睛，看久了都是绿色的，但他的颜色最深。当这座编磬敲响雅乐时，也只有他能坐在上座聆听。

趁着孙权在看的时候，吕蒙悄悄和刘基说起了一桩秘辛。

这件事虽然难辨真假，但在如今的孙家，却成了一个绝对不能提起的话题。

吕蒙说，那是发生在孙策临终前一夜的事。到最后陪在他卧榻边上的，不是孙权，也不是另外两个弟弟孙翊、孙匡。他让医师把药都撤了，将绷带一把火烧了，拿一把刀守在门口，把宗室子弟尽数挡在门外，也把室内的人封在门内。那是孙坚当年亲用的古锭刀，相当于孙家的假节钺，哪怕医师手无缚鸡之力，用那把刀也能杀死任何人。

房间里只有孙策和周瑜。孙策想把太史慈叫来，可他来不及了。

孙策殁时仅二十六岁，儿子年幼，只能兄终弟及。可是他的弟弟们和他完全不同。孙权攻打陈登两次，大败两次，没有人知道他能不能守住江东。

孙策问周瑜："你能全心辅佐孙权吗？"周瑜说："能。"孙策以前和孙权相交不深，周瑜给他们设计了两句话：第一句说的是孙策经常手指众臣对孙权说"这些以后都是你的臣子"，第二句是"举江东之众，决机于两阵之间，与天下争衡，卿不如我；举贤任能，各尽其心，以保江东，我不如卿"。这两句话得到吴夫人、张昭、周瑜的认可，便是真的了。孙权继位后，周瑜亲手把他扶上马，把亲兵献出来加强孙家近卫，再带他去巡行各军。

孙策默默接受了周瑜的安排，但他说，巡军不必入建昌了。

周瑜知道这意味着什么：孙策想让太史慈独立出去。

孙策说，父亲一辈子打过董卓、吕布，入过洛阳，得过玉玺，虽然短暂，但如大星璀璨。他横扫江东，风行草偃，但背后是跳梁小丑袁术，面前是许贡、王朗、严白虎。孙权心机深沉，能让人舍身忘命，但他最多只能割据东南。孙策说，如果太史慈带着部曲、建昌兵马、百越之民北上，就有机会切入中原，有可能觐见天子。

周瑜说："我知道你把太史慈当作异姓兄弟，如果是我要这么做，你一样会支持。但这会给江东带来巨大的不稳定，甚至可能危及孙家。"

孙策说："我相信太史慈。"

"暗中告诉我这个故事的人说，孙策只有两个真正的兄弟，他让一个继承功业，另一个继承梦想。"

吕蒙停顿片刻，四周安静得能听见魂灵的脚步声。他继续说："如果这些事情是真的，那讨逆将军的话最终没有实现，却成了禁忌。少主公继位后，拜周郎为中护军，巡军江东，确实没有到豫章，但那与其说是放任，倒不如说是不信任。他始终没有放松过对建昌的警惕，派出过不少人，也包括我——这就是我最早来调查金饼的原因。"

他的眼神里闪过一丝抱歉："自那以后，军中也不再有人提起北上，我们现在唯一的目标，只有江夏黄祖。没想到公子会在这时候突然提起，所以他才变了脸色。"

刘基没想到背后还有这么一段幽微往事，他喃喃道："如果当初子义兄去见了讨逆将军，或者孙将军来豫章和他谈一谈，或许这一切都不会发生……现在时过境迁，但他的想法和讨逆将军仍然是一样的，他还想北上，还想登天子之阶。我甚至觉得，他已经下定了决心，就像古代的刺客一样，无论生死成败，他都不会回到江东……"

"如果你这么说，我可以相信你。"吕蒙眉头紧锁，"问题是，现在就连我也不知道少主公想做什么。"

两个人还在暗地里聊着，忽然发现孙权爬到了外藏椁之上，拿着灯照向那中央的盗洞。他没回头，远远地对吕蒙说："子明，带两个人上来。他也一起来。"

阳篇下

公元 201 年·建安六年

从顶部进入椁室，几人手上的烛火燎亮四周，但只是照出一片空荡。博山炉仍在散发着迷人的香气。孙权四处看了看，眼睛晶莹得像宝石，他一边观察，一边微微点头。刘基发现他总是看地上，心中生疑，也仔细看了一下：地上都是他们踩出的鞋印。

他忽然发现了一个盲区。

因为之前下墓的时候，他们掘地挖土，遍身泥污，加上整座大墓已经在地下埋了二百多年，所以他看见地上的尘土也不觉异常。可正因为这样，他才没意识到一件事：

外面就算了，但这椁室是完整封闭的，密不透风，里面也没东西，怎么地面有这么多土？

他一抬头，发现孙权正看着他，眼角是掩不住的笑意，显然心情大好。他说："我是第一次来到上缭壁，也是第一次进这个墓室，可这墓室里的所有器物的数量、摆放，你们随便问，我一定知道；它的东西广度、南北纵深，不需要测量，我也了然于胸。"

在黑沉沉的椁室里说出这么一段话，不仅刘基，其余几个人都感觉后背发凉。

刘基问："在我介绍之前，孙将军甚至不知道墓主是谁，又怎么可能得知这些细节？"

孙权享受着他们的疑惑，继续说："我还知道，这座大墓里器物俱全，但却没有一些很重要、几乎是我朝大小墓冢皆有的东西，那就是厌胜之物——整座墓里，你找不到一枚镇墓瓶、镇墓文、镇墓符箓，甚至没有一只像样的镇墓兽。墓主人不驱灾，不辟邪，黄泉泺泺，神鬼横行，那是因为在他心里，阴间阳界已经没了区别，他不惧怕地下的魂灵，也不羡慕天上的长生，仅仅把这里当作一座能跨越春秋的大宅，把一生当中所有重要的东西都封存于此，等着有人来开启。"

刘基越听越觉得奇怪，他心里有了一个猜测，于是哑着声音问道："海昏侯的内棺，确实在这座墓里？"

"就在我们脚下。"孙权的声音仿佛耳语，"他把真正的椁室藏在了下层。"

这其实是一个并不复杂的机关：外藏椁密不透风，香雾弥漫，又没有点灯，所以人们难以发现它比椁室之外要低矮——其实不是低矮，而是中间隔了一层，他们只发现了上层。中间的隔断是用夯土修筑，所以刘基才觉得满地尘土。当他们把土层挖穿，便发现底下别有洞天。

那是一间几乎称得上"温馨"的房间。

仍是分成东西二室，西室面客，东室起居。在西室，他们发现了床榻、坐席、席镇、宫灯、漆案、食具、耳杯，还有陈列出来的马蹄金、麟趾金，不像是在炫耀奢华，反倒像是在安安静静地等待客人到来。灯光明黄，香炉清幽，刘基忍不住伸手摸了摸坐席，他有种奇妙的感觉——席上仿佛留有余温。

在西室左边的床榻旁边，展开放置了一张漆器屏风——漆色鲜红靓丽，像是新近才完成。屏风分为独立的两扇，分别放置于床榻靠墙一侧以及床头处。两扇表面均绘有彩色人像，左右写满对应的传记文字。靠墙的一扇上，共有六人，两两一组左右站立，分别是孔子和他的五位贤徒：颜回、子贡、子路、堂驺子羽和子夏。

刘基久久凝视这幅漆画，觉得上面的圣贤与从前看到、学到的都有所不同，显得个性鲜明、活灵活现。孔圣人身材高挑、瘦削，脖子微微前伸，谦恭儒雅，像个会追着人不停念叨的老师。与众不同的一个是子路，他怒发冲冠，宽袖飞扬，一看就是个刚猛好勇的性子。

最重要的是位于右上角、与孔子相对的"复圣"颜回——右为尊，按这个屏风的设计，颜回是最重要的人物，他的传记也是为首的一篇。画像上的颜回深衣长袍、清秀无须，在他身旁的记载里，写着："颜回曰：用之则行，舍之则藏。"

刘基还在读两侧的文字，忽然看见孙权绕到了屏风的背后。吕蒙跟着他，发现屏风背后还有玄机：原来整个背面都是一个可开闭的镜柜，柜门及四周绘有四象、白鹤图案。孙权打开柜门，里面是一面半人高的衣镜。

这绝不是单纯为了墓葬而造的，而是墓主生前就一直在用的实用之物。

"果然是这样。"孙权一边笑着，一边说。

吕蒙问:"少主,什么意思?"

"跟着我。"

孙权接着走向床头方向,即第二扇屏风背后。那里没有镜子,只有一幅钟子期听琴图,图的上侧书有一篇《衣镜赋》,华丽地记载了镜屏正反两面绘画的内容。在屏风底下并排放着两只漆箱,孙权说:"你相信吗?子义把椁室以外的整座墓室搬空,也比不上这两只箱子。"

刘基悄悄留意着他们的动向,心里一直疑惑:怎么孙权好像早就了解这座椁室?听见孙权的话,便也把灯凑近箱子。孙权俯下身亲自解开铜锁,推开箱盖,三枚灯火照映下,他们同时眯了眯眼睛,又忍不住睁开。

箱子里全是柿子金饼。

一样大小,一样规格,码得整整齐齐,一眼数不清有多少。

刘基和吕蒙同时互相看了看,他们都想起最初时,吕蒙把一枚小金饼抛到刘基手上——他们从洒着月光的密林来到这幽深的墓穴,短短时间,恍如隔世。当时吕蒙手里的金饼只有一两大小,和铜钱差不多,如今躺在箱子里的却全是一汉斤的大货,别说拿在手里,光是用目光盛着都能感受到重量。

有权动手的人当然是孙权。他的手掌又大又厚,没法挤进金饼间细密的缝隙里,只能伸进去一搅,把原本整齐的结构搅得乱七八糟,然后捞起一手金灿灿的收获。虽然是三代经营、江东新主,但这也是他第一次听见大量黄金碰撞的声音,清的,脆的,像是马上就要碎掉,听得人紧张冒汗,又悦耳得心头发颤。

他深吸一口气,捏起金饼,在灯里看,在黑里看。他说:"你们知道酎金吗?以前每年正月朝廷作酒,八月酒成,各王侯从封国来到都城祭拜宗祠,祭祀奉酒,进献贡金,送的黄金就是酎金。要是黄金成色不足、缺斤少两,就削县、除国、夺爵、下狱。那是皇帝用来治理诸侯王的手段,所以酎金,既是他们的催命符,又是他们的买命钱。"

"这就是酎金。"他用指尖轻轻弹响一枚金饼,"我从前看不懂的那些文句,现在全都通了。他是废帝啊,废帝怎么能进京呢?他甚至没有进奉酎金的权力。这么多金饼,别说一年、两年,已经足够他祭拜二三十年了,但他再也没有机会使用,只能放在这里,就在屏风下面,就在衣镜旁边,每天看着,想着。想什么?当然想要把它们带到都城去,到宗庙去,到天子的宝座上去。他自己已经没希望了,所以才给孙家留下了那卷书简啊!"

他说完就笑出声来,笑得紫髯根根乱颤,笑得脱下了伪装。他说:"跪下!"吕蒙愣了一下,屈膝跪下,孙权就伸手摸着他的头盔,又轻轻拍打了几下,像祖父对着孩子做的。完了将手里的一枚金饼抛到吕蒙怀里。吕蒙拿起金饼,这奖赏超过他整支部曲一年的开支,可他感觉浑身不自在。

吕蒙问:"少主,我们真要用这样的冥货?"

孙权说:"曹孟德能用,我怎么不能用?"

"曹操暴虐!而且江东人心浮动,一旦消息走漏出去,很难说是好事还是坏事。"

"酎金、马蹄金、麟趾金,全是奉天敬神、象征祥瑞的器物,哪有坏事?"孙权有些不耐,"吕子明,你不读书就少说话!"

吕蒙眯起眼睛，一下子住了嘴。他是个自尊极强的人，平时自己拿粗人身份来搪塞、伪装，都没问题，但要是被别人这么评说，那就是另一回事。孙权最擅人心，以前绝不会提起他这个痛处，今天却变了个样子。

孙权也不管吕蒙的情绪变化，视线转向刘基。刘基没跪，也没看金饼，他还在想孙权之前说的最后一句话。

刘基问："将军是不是拿到了一篇《筑墓赋》？海昏侯写过无数卷《筑墓赋》，但其实还有最终的一个版本，落到了将军手上？"

孙权眼里闪过一丝惊讶。

"你的意思是，那篇赋文有很多份？"

"不仅有很多份，还有很多个版本。"刘基说，"每份都不一样，像是从一棵树上长出来的无数枝条，又像是一座迷宫。子义兄在迷宫里徘徊甚久，才摸清了整座陵园的结构，找到这座墓穴的位置。"

孙权的表情凝住了。他能把自己看过的《筑墓赋》一字不差地背出来，却没法从中得出大墓在哪里。他再问："怎么知道的结构和位置？"

刘基就把陵园和长安城的形制关系、宫阙和墓宫关联，都粗略说了一遍，但没有提铜当卢上星象的事情。

他越说，孙权的一双碧眼就越是阴沉——并不是他没有解读出赋中的句子，而是他读过的一份里，根本就没有提及这些内容。

这就像本以为进了一处私家园林，忽然发现原来是座庞大的宫殿，有很多把钥匙，只是因为其他人已经把外面的重重大门都开启了，他才能姗姗来迟、登堂入室。诚然，金饼在他手上，最珍贵的马蹄金、麟趾金，都在这里，可在他眼里，那金光忽然就暗了半分。自下墓以来一直充盈的、肿胀的自满感,突然泄了气,瘪了。

就像江东大位明明已经到了手上,可他始终觉得孙策是因为没有别的办法,才选择了他。如果周瑜姓孙、太史慈姓孙,那无论如何,也轮不到他这里。

但这种泄气的感受没持续太久,他丢下金饼,大步横穿房间,走进东室。

东室即是寝室,其中最重要的一件器物位于东北角,也是正常家中卧榻所在的地方——正是一座长逾丈半、高近一人的大型漆棺木。

孙权喊了一声,吕蒙没有进来,只有两名部曲士兵小步跑来。孙权一甩袖子,也不想理会,只命令两个士兵打开棺木盖板。

这是整个下墓过程里阴气最重的一步,两个人虽然都是精锐,却也难免踟蹰。孙权扶着腰间剑柄,说:"黄金,你们都看见了;剑,你们也看见了。"两个士兵在幽暗里互相看看,四只眼都白森森的,最后还是放了光,一前一后,同时发力,将庞大的盖板缓缓推开。他们不敢摔坏棺木,便挪放到旁边地上。

孙权却不忌讳,踩上棺盖板往里看,发现他们开启的只是外棺,里面的内棺用丝绢包裹,轻薄的丝绢底下透出精美繁复的漆画。在内棺四周,填满了大量金器、漆器、玉器。孙权打开漆箱,里面不仅有麟趾金、马蹄金、柿子金,还有长方形一片朴素无造型的金板,整整齐齐垒成一摞,是熔铸更多金器的原料。

他把一枚柿子金抛给士兵,让他们继续撬开内棺。内棺基本上已经是一人大小,开棺便是尸首,两名士兵都有些惧怕。又看着上面缠绕的金线蚕丝，一时间无从下手。孙权冷冷看着，又喊一声："吕子明！"声音回荡，却依然没有响应。

在墓中喊人，阴气深重，总有叫魂的感觉。孙权舔舔嘴唇，心中恼火，一把拔出他那厚重的八方汉剑，挥手一斫，将棺上丝绢一刀两断。又回过头看向两名士兵，眼里绿火大盛。两人立即过去搬开棺盖，但又不敢仔细看，都别开了眼睛。

只有孙权紧紧盯着，所以看见尸身，看见尸身上完整铺放的九窍玉、身下的包金丝缕琉璃席。他弃了自己手上的剑，拿起刘贺腰间的玉具鎏金青铜三尺剑，金丝寒芒，比传说中越王勾践的湛卢更好，比高祖斩白蛇用的赤霄更好。

他执了剑，又抓起刘贺腰间另一侧的布袋。袋里是些墓主钟爱、常用之物，比如书刀、鞢形玉佩、水晶珠链、血珀老虎。这些都不是孙权想要的，他拈起绶带，绶带带出一枚印玺——佩剑、持印，刘贺便活在他的身上了，刘贺当不完的天子、享不到的紫气，都会来到他的身上。

他只觉得奇怪：这印玺上的动物是什么东西？大汉官职他了如指掌，从没有这样的印钮。他翻来倒去，只觉得那越看越像一只鸮鸟，卧着，叫着，四周都回荡起不吉的鸣音。汉人说，鸮鸟子食父肉，亲属相残。孙权觉得眼里刺痛，想把它丢回去，又觉得它粘在了指尖上，让人舍不得放开。

他推开两名士兵，忽然发现门的另一边似乎没了灯光，黑沉沉的一片。他身上微微颤抖，大步回到西室，举火四视，发现吕蒙和刘基两人都没了影子。

时间回到孙权刚走进东室的时候。

短短几句话时间，吕蒙已经把情绪隐藏起来。他给刘基使了个眼色，想和他一起跟过去东室，却看见刘基愣愣地呆立原地。吕蒙问他："怎么了？"刘基没回答，嘴唇微微翕动，但听不见说了什么。这时候东室里的孙权喊吕蒙进去，吕蒙刚走出一步，刘基忽然如梦初醒，拉住他的手臂，说："我好像明白他想做什么了，但是不明白为什么。"

吕蒙听得云里雾里："他是谁？"

"刘贺！他的《筑墓赋》、铜当卢、椁室分成两层的奇怪结构，都可以连成一种解释，很奇怪，但我有种莫名的信心，这就是刘贺想要的结果。"刘基飞快地回答。

"他做这么多，不就是想让别人找到他吗？"

"可这就解释不了我们头上的隔层。"刘基说，"他如果只想被找到，为什么要藏起来？"

吕蒙哑然："他都殁了二百年了，这谁能知道？"

"不是的。用之则行，舍之则藏……"刘基怔怔地说，"他说的不仅是颜回，也不仅是他自己，还有这座墓。他做的事情全是矛盾的，留了记载，但又加了暗语；载了两轮星象，又藏起第三轮星象；指出墓室，但又藏起椁室……这一切甚至都不是为了设置疑冢迷惑盗墓者，因为墓一直在这里，只有这一座。但是它最终会变成什么样子？这不取决于刘贺自己，端看后来的人。他把'行'和'藏'的选择都已经准备好了……"

吕蒙手里还握着那枚金饼，听着听着，脸色就有点儿发青。"刘公子，你说得像是这墓主知道有人要进来，他不想着防盗，反而从从容容在给你做游戏？再奇怪的人也不会这样。再说了，人不在，墓敞开，难道还能重新藏起来？"

"如果这是真的呢？"刘基深深看进吕蒙的眼睛，"你是要用，还是藏？"

这时候，两个人都听见东室里发出的声音——棺盖已经被打开。

吕蒙没有着急回应，他说："你得先证明有藏的法子。"

"如果我说了出来，"刘基说，"你就既可以帮我，也可以阻止我。这座墓的未来就全放在你的手里了。"

"你没有办法一个人完成吧？只能相信我。"

"不，只要一个人就足够了。但是，你得让我到椁室外面去。"

刘基很冷静也很坦诚地说，但其实他的大腿在微微颤抖。吕蒙有剑、有士兵，无论刘基想明白了什么，只要吕蒙不放人，他都无计可施。最大的问题是：他完全想不出吕蒙要帮助他的理由。

吕蒙也是这么想的。虽然干盗墓确实有损阴德，虽然他对刘基有一定的亏欠，虽然刘基已经称得上是朋友——但是要为了他而背叛少主？

这完全是另一回事。

刘基见他不回答，也没有纠结，现在也只能走一步看一步。他说："我可以告诉你。外面是不是还有士兵在看守？你让他们找个东西……"

这时候东室里的孙权又喊了吕蒙一声，但吕蒙置若罔闻，只是眼睛忽然睁大，嘴巴微张，额上甚至突然冒出一粒汗珠。

刘基不知道孙权那句呼喊有什么特别，正要问他，却见吕蒙猛地打出一个嘘声的手势。东室里还有些吵闹，但西室和椁室之外的地方，都没有任何声音传出。

吕蒙用几不可闻的声音说:"外头没了定时的联络……"

在这墓穴里,外头的精锐部曲怎么可能消失?

要不是有鬼,那就是有人。

吕蒙夺了刘基的灯,和自己的一起吹灭,然后从黑暗中盯视着头顶的盗洞。这是最糟糕的地形。如果敌人埋伏在洞口,一旦贸然跳出去,那几乎没有防备的可能。

可这对于敌人来说也是一样的。在他从洞口跳下来的一瞬间,吕蒙有信心可以一击必杀。他没有去提醒孙权,因为要是孙权那边的动静突然停了,对方一定会意识到不妥,所以虽然不忠,他也只能暂且把主公当作一个诱饵来使用。

在黑暗中,他拉了拉刘基的胳膊,两个人分别隐藏到两扇屏风的背后。整个西室能躲藏的地方就只有这里,两人屏息凝神,都盯着盗洞方向。

盗洞上是有微光的,可分不清是长明灯的光,还是手里的油灯。光影微微晃动,也不知道是火苗无风自动,还是有人守在外面缓缓呼吸。

孙权出来了,一手拿着灯火,一手拿着剑,满脸紫云飘荡,在一片幽暗里,明显得像一条光龙。

椁室里砸出"咚"的响声。

阴篇上

公元前 59 年·神爵三年

孙钟抬头看见有两个人站在田垄上的时候，阳光很烈，压得人睁不开眼，只能看见事物的轮廓。其中一个人拄着拐杖，摇摇晃晃地往前两步，扯着苍老的嗓音问他："你们的侯爷——府上在哪儿啊——"

孙钟也迈开长腿，跨过一地熟透的甜瓜，往他们靠近。周围五里八乡的人孙钟都能认个大概，逆着光，两人的眉眼渐渐清晰了，他确信这俩人都不是本地的。他边走边问："老先生，你说哪个侯爷啊——"

孙钟年轻力壮，声如洪钟，一下子把两位老人家吓了一跳。前面问话的一位把两腿抻了抻，稳稳站定，又用一只手在腹部压了压，气沉丹田，喊着回答他："问得好笑——你们有几个……有几个……"话没说完，声音像是堵住了，然后就被一连串爆栗似的咳嗽声取代。后面一个人看得连连摇头，过去拍了拍他的背，又指着孙钟说了点儿什么，两个人终于不再勉强，站在原地，好整以暇，等待孙钟过来。

孙钟走到他们跟前，手里还不忘拿了一只瓜。他问："老先生，你们找侯爷是有什么事情？"

两位老人中，问话的要矮些、胖些，年纪看起来也更大，头顶的银丝几乎都掉光了。后面一位则高高瘦瘦，面白如脂，眉间挤满了刀削似的深皱纹。两人都是精神矍铄的样子。

"我们都是侯爷的旧识。"前一位老人露出憨厚的笑容，"是他邀请我们来的，只有个大致方位，我们没报官府，雇了辆牛车直接到了这附近，牛车上不了山，我们两个人紧走慢走，却找不到路了。"

孙钟平日是个开朗的人，今天却不笑，他抬头看看山上，又问他们："二位这时候来，难道是因为那件事？"

老人看他神色凝重，也不笑了，说："我们本来只想来叙旧，都已经在路上，却收到了侯爷的书信——这次，我们都是来赴丧的。这事情，你也知道？"

"二位不要见笑，我今日把瓜田上的事情忙完，也是要去的。还差一点儿了，如果二位不怕耽误，就坐下来歇歇脚、吃个瓜，我马上就来。"

二人相互看了看，显然没有想到会是这样。后面一位老人点点头："既然这样，就麻烦你了。"又把瓜田称赞了一番。盛夏时分，艳阳高照，满地碧玉，瓜田的规模不小，远远近近还有好些隶农在忙碌料理。

孙钟说："还挺气派吧？有时候我自己看着，也不相信哩。要不是得侯爷抬举，我再忙活两辈子，也没有这样的成果，所以他出了那样的事，我是一定要去的。前面那个小房子，看见了吗？侯爷也在那儿坐过,你们歇一歇,瓜拿好,桌上还有蜂蜜水,我赶紧去忙了。"

两人在屋檐下坐下,擦了汗,连喝几杯水,没有吃瓜。龚遂不知不觉已经年到耳顺,现在头发已经不再珍惜了,最重要的是一口牙。王吉问他要不要甜瓜,他说:"不吃了,怕把牙齿咬没了。"王吉说:"怕什么,我都掉了一颗了,你的还完完整整。"龚遂说:"我有种感觉,只要它们还在,我就能活到古稀之年。"王吉笑笑:"你说要当圣人,别的都当不成了,就剩寿数还有机会了。"

瓜田畔清风徐来,两人都散了暑气,便想起一路见闻。龚遂低声说:"这么多年了,皇上看来依然放心不下……这海昏城里的百姓,居然有很多人不知道他们侯爷的大名,更没见过他的样子。他到这儿来也有四年了,这四年,到底是怎么过的?也多亏你留了个心眼,一路没有惊动官府,不然,我们可能已经被郡太守监视起来了……"

"你在渤海当太守,对中朝的事情自然没有我了解。这儿州郡县里都有专门的官员,每月上报盗贼缉防情况,其实皇上不在乎盗贼,只看里面监察的成果。所以我说,牛车也不能开进来,宁愿多走几步。"王吉边说边揉着膝盖,他在被罚城旦期间落下了旧患,走路时间一长就疼。

龚遂看着瓜田出了会儿神,又说:"这么多年,小王爷还是爱和小人来往。"

"你说瓜农?"

龚遂点点头,又指了指桌上的香瓜:"你看他,还在瓜上留名。"

王吉没留意，把瓜转过来看，才大笑出声。他说："我当过千石官，做过刑奴，现在又重新有了几分薄名，浮浮沉沉，都是为了留个名声，倒不如他这样来得实在。"

龚遂也笑了："其实我现在慢慢也看开了，渤海多盗贼，我就喜欢去和盗贼待在一起，后来发现，其实盗贼和良民没什么两样，区别只在于他们手里的是锄头还是刀枪。"

他停顿了一下，又缓缓说："直到现在，我有时候还是会想起当时那些从昌邑国跟过去的臣子，我当时真是恨他们啊，总觉得只要把他们赶跑了，小王爷就能改一个样子。但后来我发现，可能他们就是普通人，天底下只要有人的地方，就有贪婪、愚蠢和狂妄，就有人想进长安。"

"你也别把话说太满。"王吉还是笑，"皇上动了心思想把你调回中朝，可能很快我们就要在未央宫见面了。"

"我这把年纪，还能做什么？"

"做你擅长的事情，管钱。你以前给两位昌邑王积累了大笔私财，看来是被皇上知道了，也想请你如法炮制。"

"那些钱……"龚遂哑然失笑，"那可是给小王爷修墓用的。要是不加以节制，他能把王国国库搬空了去造墓。"

王吉回忆起以前种种荒唐，点点头："也不知道现在会不会还是这样。"

"我们很快就知道了。"龚遂站起身，远远地，孙钟正背着一包袱甜瓜走来。

刘贺修的陵园，就在孙钟瓜田北面的山顶上，但左右盘龙似的有好几座小山峰,要是没有人带路,也不好找。孙钟说,本地人称这座山为埠墩山。

豫章郡本就因樟木繁多而得名,埠墩山上更是有很多参天的树木,天然适合修筑地宫。他们一路上看见了好些树桩,断面大得能让人躺上去,年轮细密得数不清楚,还散发着隐隐的幽香。

等七拐八绕走出树林,来到一片比较空阔的台地上,远远便能看见陵园门前耸立的两阙。从两阙中间穿过,陵园大门是敞开的,也没有守卫。进去以后,能看见几座封土堆,高高低低,都还没有种上树。有一些祭祀用的庙宇已经修好了,另一部分则还没有完工,青砖木榫都暴露在阳光下。远远正对着大门的是一座石庙,没有庙名。

龚遂默默看一遍,然后吁了口气。他拍拍王吉,低声说:"我一直担心小王爷逾制,别说天子礼,哪怕只是用了王国礼制,都会落人话柄。现在看来,他却是非常守规矩,看来终于是有了改变。"

"是吗?我觉得他只是换了个不同的方法。"王吉也在看,但他关注到的是将陵园包裹其中的夯土外墙,"五陵原上的帝陵,墙壁都是四方形制,这里却不是。你看出来了吗?这是长安城的形状。"

"这……还真是。"龚遂看了一周,惊讶地承认道,"不过礼制里没有写过不得模仿都城样式,所以这也算不上是罪名。"

"很多时候人们并不需要罪名,只是要一个疑点。"王吉说完自己又摇摇头,"其实这倒不是我关心的问题,欲加之罪,何患无辞?我只是想,原本以为他对长安城是毫无留恋的。"

"小王爷确实不在乎长安。也许,他只是想记录往事。"

孙钟见他们两人走得缓慢,走回来说:"怎么一点儿动静也没有？寻常葬礼不说吹拉弹唱，挽歌、祝祭总是要有的，这儿好像没有声音也没有人。"

三人面面相觑，最后还是龚遂说："这位侯爷行事，每次都和他人不一样，我们也不用瞎琢磨。你看那座封土堆后面，有香烟冒起，我们先过去看看。"

沿路转过陵园里最高的土堆，在另一座小庙前，他们终于找到了刘贺。他一个人站在烧香弥漫出的青烟里，四周看不见妻儿和其他亲属，也没有太史、太祝，只有他和面前停着的一只棺木。

龚遂、王吉虽然都与刘贺有秘密的书信来往，但要说见面，这是十五年来的第一次。

这一瞬间，两人忽然都有点儿踟蹰，倒是孙钟大踏步走了过去，先向刘贺行礼，然后取了香在炉里点燃，对棺木跪拜了一番。他不会复杂的祝祷词，说了两句便罢了，余下时间都只是闷声完成。倒是在插完香之后，他折返回来把一包袱甜瓜提过去，说："小公子生前最喜欢吃我的瓜，这些都给他了，以后每年仲夏，我都来。"

包袱落地张开，滚出几颗饱满圆润的大瓜，看见它们，刘贺好像才如梦初醒，先是对孙钟点点头，然后看向龚遂、王吉。烈日之下，他显得胖了一些，反倒不再像从前那般女相，加上本就高大的身材，变成了从前在昌邑国常见的男青年的模样。

他的声音倒是没有变化，清清朗朗："龚老，王老，你们过来吧。"

两人过去，下意识便要取香，刘贺却摆摆手，说："先和我一起把这些瓜烧了。去年夏天，充国还抱着瓜睡觉呢，说这样凉快。"

庙前的香炉本就是个庞大的石炉，四个人清掉残余的烛根香灰，捡了木料，直接在里面燃起大火，将甜瓜一个个丢进去。瓜被大火烧得爆开，发出啪啪的声响，四个人的额上都热出淋漓汗水。

后来刘贺还是没有叫祭官，只是把几名儿女喊来，和龚遂、王吉、孙钟几个人一起扶着灵下墓宫。祝词和挽歌他都烂熟于心，自己领头念完了，没有假手于人。在下墓之前，最后的时间里，刘贺再次推开了棺盖，将尸身上裹着的丝绸掖紧了，又在上面放了一只玲珑小巧的青铜山羊、一只更小的铜野猪、一只四足下有轮子的青铜小老虎。

刘充国经常拿一根小红绳牵着铜老虎骨碌骨碌跑，刘贺常说，因为有了这么个玩具，充国学走、学跑都比别人要早半年。他还说，小时候自己因为腿疾没怎么跑过，现在好像全让这小子跑完了，按也按不住。

没想到这么有活力的小孩，离去的时候也倏忽如风。

入墓仪式简短平静，与刘贺十多年前的重视和靡费大相径庭。龚遂、王吉两人心里都觉得奇怪，又想，毕竟十五年过去了，每个人都会发生改变。

棺木在地宫里安置完成后，墓道和大门还没有封闭，刘贺将其他人再次送了出去，将一只漆箱推到龚遂三人的面前。箱子里沉甸甸的，全是木简，新旧不一，跨越漫长岁月、各地沧桑。龚遂很快认了出来："小王爷，这都是你写的《筑墓赋》。"

另外两个人都不了解，所以他简单解释了一番，大家啧啧称奇，每人各自拿了一卷来看。龚遂则从箱底找出最早的一卷，里面写的还是当年关于金山大墓的想法，想悬棺于千仞之上，享石髓金泉，学西王母长生之法。现在看来，竹片边沿都已经破齿，绳子也饱经磨损。

刘贺从龚遂手上接过书简，稍看两眼，然后手上突然使劲，老化的绳子"啪"一声断裂，竹片洒落于地。

龚遂愣住了，问他："这是什么意思？"

刘贺的表情看起来不悲也不喜，只有平静。他说："再劳烦大家帮我一个忙，把这里的竹简都拆了，随意折断，再丢回箱子里。"

"哎，我都没怎么看过书，没想到要拆书……这些都没用了吗？"孙钟问。

王吉也问："我看这里面除了陵园，更多是关于墓室的。侯爷的墓已经修好了吗？"

"已经全部建成了。"

"里面还记载了随葬器物。这些都准备好了？"

刘贺也点点头。

龚遂和王吉飞快地交换了一下眼神——这似乎准备得太早了。一种不祥的感受悄悄弥漫，可是两人都不知道该怎么问。

"这毕竟是小王爷多年积累的心血。"龚遂狐疑地问，"这样毁掉真的好吗？"

"不是毁掉，只是都结束了，让它们陪着充国一起埋藏罢了。"刘贺说。

既然刘贺坚持，且刘充国墓的大门还敞着，等待他们完成后才能关闭，所以三人都不再问话，只是默默地摧毁书简。其实说毁掉，也不完全，刘贺不过让他们一分为二或者三，所以如果仔细拼凑，还是能还原出来。

龚遂和王吉都看得出其中的古怪之处，边拆边读，只是想不出个所以然。而一旁的孙钟却没什么可想的，他力气也大，运手如风，一卷卷拆得飞快。他们就以这样的方式将一箱竹简变成了一箱破碎的带字竹片，如同凌乱的线索和密语。

做完这些以后，箱子就留在刘充国的墓里。刘贺看了棺椁最后一眼，便叫来二十个人，分在左右，拉动麻绳，把沉重的墓室石门隆隆关闭，又听见门里机关石球撞击的震响，再去推门，已经纹丝不动，彻底封死了。

阴篇中

公元前59年·神爵三年

刘充国的事虽然悲伤,但故人相聚,终是有聊不完的话。沧海桑田,现在他们之间已经没有了君臣之分,刘贺在身份上说不清高低,龚、王二人也足够年老,所以人生中第一次,三个人都能把话敞明了说。酒越喝越少,话越说越长,刘贺有大型的青铜蒸馏酒器,又有一只上面写着"常斟满"的酒壶,几日时间里,空了满,满了空,昏天黑地,不舍昼夜。

当然,刘贺可以不守礼制,龚遂、王吉却不敢,所以服丧时期还是滴酒不沾。

他们在侯府里的时间少,到瓜田里的时间长。龚遂、王吉也觉得孙钟是个妙人,话不多,问题更少,对他们二人来历并不打听,只是一个劲地请他们吃瓜。又把瓜瓤研磨成汁,和入蜂蜜,在清泉水里泡凉了再取出来喝。

三童吃瓜的玄妙故事自然也说了,又说了䴖神在本地的活动,龚遂听罢大笑,说:"你要是觉得被这个䴖神抢了故事里的名号,就改一改,说他们是三司,数量上也是对的。三司就是司命、司中、司禄,对应天上的三台、地上的三公,也符合你说的福运。"孙钟听得云里雾里,也不多想,从此便这么说去了。

仲夏夜,瓜田旁,最好的时间是夜里。夜凉如水,满天星斗。

刘贺问:"龚老最近还观星吗?"

龚遂笑着摇摇头,说:"老了,眼睛不好使,想观也观不成。"

"我是在龚老身边耳濡目染学得了观星,就是龚老的弟子了。弟子跨越南北,几年所见,有了一些观察和想法。班门弄斧了,我说,老师听,看看推演得对不对。"

刘贺的话是轻的、飘的,泡在酒里,但是计算清晰,环环相扣,如果龚遂亲自做这个推演,也会得出一样的结果。他推出了未来两次大星降临的时间、天象,推出了它们关联的国运和命数,当然,命数部分都是模糊的、玄幽的、方向性的。

龚遂听得入迷,和他聊了很久,最后长吁一口气,喃喃道:"你算得没错。"

刘贺的声音里有些得意:"我把这些星象都刻在了当卢上,将来与马匹一起随葬。如果有同道中人发现,也许就能解读出年岁、日期,能寻回大星出现时的一些往事。"

唯有一件事情,让龚遂听得瞪大了眼睛。龚遂说:"按照你的推演,三百多年后,海昏这片地方要有大灾……甚至可能被湖水淹没。"

刘贺大笑,说:"谁知道呢?如果真是这样,我陵园里的墓室可能都会被泡进水里,就真的不知道何年何月才有人能发现了。"

王吉不懂观星,可是他听了这么久,却有一个疑惑久久不散。他咳嗽几声,然后说道:"一般人只有在诅咒里、噩梦里,才会想到自己的大墓被侵扰。可是我总觉得你在提起它的时候，仿佛在等着有人到来。"

关于星术的对话戛然而止。刘贺仍是微笑，只是低下头，说："在拆书简的时候，二老已经有疑问了吧。"

"那是第一件事。那种方式不是毁书，倒像是故意留下碎片让人了解。充国的魂灵想必没有需要去了解筑墓过程，可是地宫里又有谁呢？第二件事，是整座陵墙仿照长安城模样兴建，甚至封土位置都与长安各宫城相对应，这要是落在有心人眼里，可以解读出太多信息了。还有第三件事，则是你们刚才说的星象、当卢，我是庸人思想，我觉得那就像一个给后来者的暗示——至于怎么理解，可能会有千百种不同的理解。"

刘贺深深地把头点下去，又抬起来，说："确实是这样。"

王吉皱起眉头："可是……"

刘贺摆摆手，"让我先问一个问题吧。刚才说的最后一件事，仔细想想，王老是否会感到特别熟悉？"

王吉没想到会被反客为主，思忖片刻，没明白他的意思。

"王老是以什么身份名扬天下？"刘贺笑笑，"一定不是昌邑中尉，也不是如今的谏大夫。"

这话王吉不好意思接，所以龚遂一抚疏须，替他回答："琅琊王子阳，当世经学巨擘，《齐论语》一派宗师！不过小王爷，你要是把修墓和治经混为一谈，子阳可不会当作醉话轻易放过的。"

"你们都已经习惯我离经叛道了，要不然，也不会放任我这样喝酒……"

刘贺又提起"常斟满"小抿一口，"我在山阳郡十一年间，形同囚徒，每日无事，确实反复读了经书。孔圣人的《论语》，不是圣人亲为，而是由他的弟子编撰，已经不是原话。被秦朝一把火烧过，到我们大汉时，又变成了鲁人一个版本、齐人一个版本、孔家宅壁挖出来的又一个版本。虽然王老就是《齐论》方面的大家，但说实话……这里面哪一个才是真的？没有人说得清楚。甚至在道家、法家、墨家眼里，还有更多的孔子。但这并不妨碍圣人之说大行于世，甚至正因为它有疑点、有阐发，有好多方势力在相互攻讦，它才能历经四百年而依然不朽。"

他摸出怀中一枚小小的玉印："从这点来看，圣人也像一只鸮——吉鸟、凶鸟，谁都不知道它的真面目，可它已经活过了多少代王朝。"

龚遂听得哈哈大笑，原以为王吉会生气，没想到他只是陷入了沉思，一时间甚至无法自拔。

片刻以后，王吉才说："我教的版本，虽然比较贴近本意，但也不能说全然揣摩出了圣人的意思……其他人说的，或正或误，都有他们的道理。四百年前的古人、今人、四百年后的来者，眼中都是不一样的《论语》，流水不腐，户枢不蠹，说的就是这个意思。侯爷说的，我并不反对。不过，这和墓室有什么关系？"

"十多年以前，我为了登仙、长生和不朽，夜夜无眠，想着只要我把陵冢筑得完美无缺，就可跨越岁月漫长。其实我现在主要的想法，和那时并没有太大的区别。"

刘贺说着，又慢慢喝下一口酒，像是要用酒液来酝酿勇气。他向往着身后身，连死也不曾畏惧过，但聊到自己的大墓却依然有些紧张。多年以来，无论妻子儿女，都不可能和他谈这些。

"那时候我自以为清醒,看所有人都觉得庸庸碌碌。所以最大的问题,就是不知道人力有尽头,没有任何一件事情能做到完美……我只想着谋划一场圆满的弑君大礼,让我死得其所,朝堂也能再换个模样,可到了很久以后,我才终于意识到,那二百多名臣属就是因此而死。我给不了他们大陵,如今他们的漆甲都埋葬在这里,陵园是他们回不去的长安。"

他苦笑一声,摇摇头:"远了,说回来,我现在觉得不论是充国的墓、我的墓,甚至昭帝的平陵、武帝的茂陵,早晚都会被人挖开。就连孔圣人墓而不坟,后世弟子也还是给他种成了一片树林。所以,与其想着永远留存,倒不如把后来者考虑进来。我希望他们看到这些……整座陵园、地宫、器物,都是我。也许有人能从中看到财宝、金银,也许有人看见的是功业、天命,也许有人看见的就是历史。到最后,如果要用,也许能把我这个废帝的名字重新带回人间;如果不用,就让我沉进水底,再等个千百年。"

三人都沉默了一段时间,只有田里蛙鸣不断。

王吉说:"所以侯爷衣镜上颜回说的话,用之则行,舍之则藏,也是这个意思。"

"确实挺奇怪的。"刘贺笑得有些落寞,"到这次造墓的时候,我才发现,想说的话越来越多,像是嘴巴合不拢了一样。"

龚遂和王吉两人都有官职在身,休沐有期,加上路途遥远,总归是待不了多少天。离开的那天,刘贺孤身一人送他们出城,又一路送了很远。龚遂说:"小王爷再送下去,郡太守就要怀疑是潜逃了。"三人都笑,笑声里却都是酸楚。刘贺走时,龚遂、王吉又回过头送了他一程，刘贺也说："再送下去，郡太守监视的人又得回来当值了。"

在刘贺回去以后，龚遂和王吉分别骑驴默默走着，王吉说："侯爷一壶'常斟满'喝酒，一只'五禁汤'喝药，酒药不停，却几乎没吃过东西。侯爷原来食邑四千户，被皇上一次削裁了三千户，他对此只字不提。"

龚遂说："小王爷心里有事，有想法，没和我们说。这和从前在长安的时候是相似的。"

"我们都老了，山高路长，也许再也来不了这里。"

"豫章郡挺好的，青天白鹭，清水肥鱼，我已经让二儿子留下来了。他也许不能弄清楚小王爷的心思，甚至帮不上什么忙，但至少能及时告诉我们一些消息。"

王吉白眉一挑，"你忍心让孩子到这么远的地方？"

"别提了，这儿子生性最是不定，多大的人了，还不肯娶亲！在长安的时候总是去找什么胡姬、乐女，在豫章没几日，还认识了个越娘，我有什么办法？以前小王爷给过我一枚熊形玉佩，说是训人'听话'的意思，他自小带在身上，没有一点儿用处——"

两头驴缓缓踏过石板桥，河水激荡，泠泠作响，更远处是重峦叠翠，不久便听不见二人的声音。

阴篇下

公元前59年·神爵三年

在龚遂和王吉离开后,刘贺换上一身诸侯礼服,在一枚书卷上用鸮钮玉印盖上"刘贺"二字,安放在身侧,又将一把玉具鎏金青铜三尺剑横放在身前案上,然后遣人到塿墩山去请瓜农孙钟入府相见。

他鲜少像这般正式,甚至孙钟有时都忘了他是侯爷,所以当孙钟一步步走上台阶的时候,心里莫名起了一些忐忑,长满茧子的掌心里沁出汗来。入了正殿,看见刘贺沉静如水,前几日脸上一直洋溢的舒适和欢快都褪去了,醉意也消散了,只盯着眼前的剑不动,殿上一个奴仆都没有。孙钟站定,问他:"侯爷,有什么吩咐?"

刘贺没有抬头,回答:"没什么,问你一件事情。"

"多少件都可以,随便问。"

"你是不是有个族兄叫孙万世?"

孙钟把两只手掌在屁股上擦了擦,"是我的一位堂兄,曾在豫章太守府里干事,太守调任后就赋闲在家,我也有一阵子没见了。"

"他前段时间来找过我,说是你的亲戚,又是挚友,想在我这里谋点儿事情做。"

孙钟吓得张开了嘴:"啊呀,侯爷没答应他吧?我族里这些人,说实话,都喜欢钻营,我和他们格格不入,所以才一个人出来种瓜。万世他做事情是有些手段,可是……可是就是心眼子比较多。"

刘贺无声地笑笑,说:"他有所图,我也能看出来。可是谁都知道我这侯府和别的地方不一样,到这里来的人,都是被排挤、使绊子、沦落到朝政边缘的人,不太可能在官场上再有起色。他来这里,图什么呢?"

"侯爷的意思是……"

"看来州刺史、郡太守看我过得太安生,想刺探一点儿把柄,好向上邀功啊。"

孙钟虽然质朴,可终究听出来刘贺语气中的不对劲,立即跪下来,说:"无论万世想说什么、想做什么,我都不知情!"

刘贺冷冷说道:"真的?我看他一口一句'钟弟',不仅对我这么说,想必对着其他官员也是如此。他和我不熟,可你却是我的朋友,有你做证,他说的话便都是真的了。"

孙钟满头汗珠,看着刘贺的样子,忽然觉得陌生。其实他自从知道刘贺的身份以后就一直隐隐劝自己,不能深交,担心有一天会碰到这样的事情,可不知不觉四年过去,两个身份、地位悬殊的人,还是处成了难得的好友。

就算是友谊,门不当户不对,也很容易出问题。

就像是现在,当地位高的一方突然起了疑心,低的一方就变得百口莫辩。

孙钟语塞,到最后,只问出一句话:"他说有我做证,具体说了什么?"

刘贺给他抛去一卷展开的竹简。

孙钟捡起来看,那是一份政府公文,将事件前后相关的案牍串联到一起,能清晰看见整件事的来龙去脉:

首先是由地方上呈中央的奏书,由扬州刺史石柯署名,引用孙万世揭发话语,声称海昏侯有大逆不道的言论。言论是说,在当初被废之时,本来有机会留住印玺、拿下霍光;还说自己有机会升任海昏王。

然后是皇帝收到奏书后,下令公卿廷议,廷议形成结论:证据属实,请缉拿海昏侯入狱待罪。

最后则是皇帝批复:奏不可。引用了一番家族和睦、兄友弟恭的论述,并给出诏令:削邑户三千。

刘贺知道他看得一知半解,缓缓解释道:"皇上真是演了好大的一出戏……召集百官,你来我往,连篇累牍,最后不仅保留了仁德名声,还成功把侯国削掉四分之三。也难怪刺史这么卖力,他既多出了三千户民,还给皇上分了忧。你那位堂兄立此大功,想必也能拿到不少好处。"

孙钟听得汗流浃背,但他还是往下看了,因为他发现公文末端还有怪异之处。

大汉朝廷诏书下发地方,每级官府都要留下行移公文,便于追踪,这些公文也会缀连在简牍尾部。它们用的牍片比正文要短,不留天头,以示区别。豫章太守府由太守廖、都尉丞霸签发,经手佐吏各有留名;海昏侯国也留下了记录,签发者为守国相宜春县长千秋,经手人为守令史万世——这个万世,不是孙万世又是谁?

而"守令史"上的"守"一字，代表的是试用。很显然，在写这份文书时，孙万世才刚刚当上这个职位不久。

孙钟愣愣地说："侯爷……侯爷明明觉得万世可疑，为什么还让他当了侯国令史？当了令史，在府里经手各种文书，岂不是更容易污蔑构陷吗！"

刘贺没回答他，反而一拍桌子站起身来，抄起长剑，问他："这一切，你到底知不知情！"

"绝不知情！"孙钟毫不犹豫地说。

"你虽是瓜农，却编造故事，说什么神仙下凡、当为天子的话，现在这么好的机会就放在你面前，你为什么不争取？为刺史办妥这一件事，孙家从此不用当什么贱吏走卒，更不用种地贩瓜，我怎么相信你和这一点儿关系也没有？"

孙钟几乎要把牙齿咬碎，他忽然站起身来，大步流星，径直走向刘贺。

"你杀了我吧！只要把我葬在那个地方，我死而无憾！"

"你真的相信那个故事？"

"我信！"孙钟大喊，"不是信什么当天子，而是信在百年后，千年后，还有零星一些人记得有个瓜农叫孙钟。侯爷你造墓，金银财宝、绫罗绸缎，还相信不会被人盗掘一空，我相信一个故事，又有什么奇怪的？侯爷自知生平难存于世，晚上涂成鸮神相貌在城中布施，让很多人造起木像、泥塑，在家里贡拜，以这种方式来隐隐流传。侯爷的执念，可比我厉害多了。"

刘贺摇摇头："原来你是知道的。"

"甜瓜只要有杆子，就会往上爬；人只要饭吃饱了，女人抱够了，想的都是那一档子事！难道每个人都得用那腌臜的手段？"

孙钟气得满脸通红——刘贺想，上一个被他气成这个样子的人，还是十多年前的龚遂。他大喜大悲，大哭大怒，却能一直活这么久，说不定比他和王吉活得还长，真是让人想不明白。

刘贺又想，也许不是龚遂，而是上官皇太后。他虽然没有看见上官写信时的表情，没法求证，可是从字里行间来看，这个不知不觉已经接近三十岁的皇太后，是真的被他气得奋笔疾书。

来到豫章以后，刘贺和上官之间常有信件往来，在公而言，是作为诸侯，需要不断汇报侯国的治理情况，重大决策要请示批复，每逢节日还要遥请安康。于私而言，刘贺不断上书恳求皇上及皇太后恢复他拜谒宗庙的权利。这项请求，皇帝从来没有答应过，甚至没有批复，而是原书退回。

只是在给皇太后的书信中，刘贺可以藏一些别的话，上官总能读得明白。这一年墓园修好的时候，刘贺首先就和她说了，上官回信说，原以为他会建个十年八载。刘贺说了自己唯一的担忧，那就是，皇上一直不允许他拜谒宗庙，相当于否认他的刘氏身份，这样一来，可能不会允许他以列侯礼下葬。

陵园建好了也没有用，最终下葬的礼制，必须有皇上批复，才能作准。而如果皇上决心要让他湮灭于世，最好的方法，就是让他离去以后不留痕迹。

刘贺说，海昏侯国，大概是留不下来的。而海昏侯墓能不能留，就要看刘贺愿意付出怎样的代价。

一如既往，上官看明白了他的意思，所以在回信里指桑骂槐，言辞激烈，句句都锤到他的心里去。可其实是没有办法的，刘贺能感觉到，皇上对他的容忍程度正在收紧，他自己的身体也在变差。他再不可能见到上官，在见过最后两位故人以后，他所拥有的一切都在陵里，必须确保它如计划般留存下去。

只能是现在，也只能用他仅存的手段。

所以他长长地吁了一口气，掷剑于地，差点儿把精美的玉具剑格都摔碎了。

可他一点儿也没心疼，满目愧疚，对孙钟说："对不起，我只是必须确定你的想法。孙万世的事情，是我故意做的。"

"我没明白，为什么要让他举报你？"

"为了让皇上安心，就像当年张敞来检察，我装疯卖傻一样。"

"但安心有什么用？朝廷给的惩罚不小。"

"大墓修讫，我其实已经不需要那么多封邑了。不如让他宣泄一下焦虑。"

"当年装傻，侯爷是为了不再被软禁在家，现在呢，这样做有什么好处？"

"我们皇上是个仁义的人，他已经罚了我一回，短时间里，就不会对我再下狠手。所以如果这时候我殁了，就能以列侯礼入殓。"

"侯爷，你太奇怪了，先是来这么一出大戏，现在又说这种话。到底怎么回事啊？"

"没什么，我相信你了，这个你拿着，一定要传给后代。"

刘贺把盖了泥印的书简交给孙钟。

孙钟还是发愣，在手里掂着，说："这是什么？看起来有点儿像我们那天拆的书。"

他又说:"这泥印可留不了很多年啊。"

"等印子没了,就拆开来看。至于那是什么时候,最终是谁会得到它,未来的人会怎么想、怎么做……那就不是你我所能决定的了。"

"我还是不明白你说的话,怎么突然说死的事?侯爷身体有恙吗?……"

刘贺拍拍孙钟的肩膀,说了些天气暑热、瘴毒流行之类的话敷衍过去,又说:"那个孙万世任务已成,怕遭报复,早晚会离开这里。离开前,会给你好处,不管他找什么借口,你收下便是。以后子女要入仕、为官,不要清高,去找他,会有帮助的。"

孙钟如梦初醒,说:"难怪万世昨日还给我来信,说他们准备搬到会稽郡去,要约个时间见面……"

"会稽不错。"刘贺淡淡地说,"以后你就葬在这里陪我,但孙家真正兴旺之地,也许就在会稽……"

在孙钟回去的路上,碰见了好几个侯国的臣子,他们都在去往刘贺那里。刘贺召集了很多人,听了奏报,做过答复,又东拉西扯谈了些风土人情的事情。官员们听得不知要领,又不好打断,只能耐着性子陪他过了一个多时辰。刘贺似乎意兴未尽,却忽然咳嗽,大咳不止。

官员们把医师叫来,喝水、灌药,只是稍稍平缓。刘贺便让官员散去,又说:"这都是暑毒引起的,从库房多拿些瓜来,我消一消火。"

海昏侯国其实没什么重要事情,官员们都是得过且过,回家便把这次朝堂给忘了。

可是当天深夜,三更以后,突然又有人把他们从睡梦中吵醒,让他们紧急从四面八方回到侯府。有官员气得大骂:"他真以为自己是侯爷吗?不过被朝廷丢在这里,等死而已!"

等各路官员骂骂咧咧地赶到府上,便看见刘氏妻儿已经哭成一团,他们抒发出强烈的凄惶,除了悲伤,更多是对未知的不安。原本这侯国已经如履薄冰,这样一来,更像是有一种大厦将倾的幻象,笼罩在所有人头上。

医师说,海昏侯走得很急,侍女更换果盘,一来一回,就已经没了气息。

医师说,海昏侯是吃着瓜去世的,但问题应该不在于瓜,因为他在朝上时已有不适,众官都看见了。

医师说,海昏侯这事,纯属意外,虽然不幸,但恐怕只有上天要负这个责任。

只有那个最早发现他的侍女悄悄说,侯爷回到寝室后就没有咳,他吃甜瓜吃得很慢很慢,从艳阳高照,直到日暮西斜。发现他的时候,书柜最明显处就放了两封信笺,一封是给上官皇太后的,另一封就是遗书。

海昏侯刘贺骤亡一事,传过千里,引发了都城长安的轩然大波。

刘贺本来的嗣子是刘充国,但刘充国已夭,次子也亡故,侯位继承成了问题。趁着这个空当,豫章太守率先进奏,上书名为《奏绝昌邑王后》,其中最重要的一段为:"舜封象于有鼻,死不为置后，以为暴乱废绝之人不宜为大祖。陛下恩德宜独施于贺身而已，不当嗣后……大鸿胪初上子充国，疾死，复上子奉亲，复疾死，是天绝之。"给皇上留了充足的台阶，又把处理手段写得决绝。

皇上收到诏书后，命丞相、公卿、博士、中二千石，集体廷议，结果没有什么悬念，都认为应当除国。

廷议也需要大臣署名，除了前述重臣，还出现了上官皇太后的属官长信少府夏侯胜。据说，皇上在一次朝请皇太后的时候，屏退众人，聊了不短的时间。其结果是，皇太后认可了除国的决定，并请夏侯胜代为执笔，这代表了内廷禁宫最高等级的首肯。

刘病已心里一块大石稳稳落定，所以没有过于在意皇太后提出的丧仪要求。他想，陵园就陵园吧，在那样偏远的南方，它很快就会湮没于森林、河流与灾异。

于是，皇上亲下《除海昏侯国诏》，意见为"奏可，以列侯礼葬贺"。

丧礼那天，孙钟去了。他虽无位阶，也非亲属，但还是觍着脸强行跟着扶灵下墓室。没有人拦他，一是因为女弱子幼，刘家已经没有能管事的；二是出于他实在哭得涕泗横流，声嘶力竭，连亲人都比不过。他进了椁室，发现一切都布置得如日常起居一般，恍惚间，只觉得人可能还在，不过是去去便回。

龚遂的二儿子也去了。他顾着和越女抵死缠绵，全没有想到事情来得这么快，加上朝廷有意封锁消息，所以直到丧礼才知道这件事。这样一来，两位老人家是不可能赶回来见最后一面了。怀着愧疚心情，他也进了地宫，里面一切都让他久久不能忘怀，就像是筑进了他的梦里，每每逡巡其间，如庄周梦蝶。

尤其是他在地宫里发现了那张熟悉且丑陋的熊脸，而且不在玉上，也不在壶上，竟在墙上。他从小讨厌父亲给的这枚玉佩，但那一瞬间，他忽然觉得通了灵，从此洗心革面，回去就和越女正式定了亲。作为北人和南人、汉人和越人通婚的代表，饱受了一番议论，也遭遇种种意料不到的文化差异，在百般忙碌中，他又想起，自己还没有把海昏侯的事告知父亲。

后来他想，算了，反正全天下都知道了。可是愧疚之情又起，他在写信之余突发奇想，不如给他们寄一幅画像过去，聊以慰藉？

他其实没怎么见过海昏侯，印象已经淡薄得不成轮廓，便去问了问妻子。妻子说，她从来没见过侯爷。他后来又去问了邻舍、老人、小吏，没有一个人知道刘贺的样子。山顶的陵园朱门紧闭，有士兵把守，不容靠近。烈日洒满长街，刘贺这个人就像蒸发了一样，眨眨眼就消失了。

第十五章

埄墩山

南昌大塘萍乡观西村,
那儿祖祖辈辈都认识这个小山包。
他们在那里祭祖、种地、撒欢,
直到一天,
所有人都知道了,
它名为埄墩山。

公元 201 年·建安六年

一个黑影猛地坠落到孙权旁边,吕蒙应声而起,从隐匿处飞身刺出。

这时候,樟室里唯一的光源只有孙权手上的灯,孙权手一动,光就像水一样满室晃动,让一切都沦于影绰之中。偏偏孙权受到惊吓,连着后退,让吕蒙完全看不清黑影的模样,只能把剑笔直一刺。剑尖在硬物上稍稍停顿,发出"哐"的一声尖响,随即穿透甲片,撕裂血肉。

对方一声不吭地倒下,沉得像一个装满砂石的布袋,肌肉锁住剑刃,直把吕蒙的剑压得往下坠。

吕蒙立即意识到中计——掉下来的不是个活人,而是他手下亲兵的尸体。

他没有犹豫,猛地一腿把尸体从剑上踹开,同时后撤。

但是已经晚了。

第二道黑影像鹰隼飞降到他的面前,吕蒙还没有回剑,就已经感觉腹部被重锤敲了一下,五脏六腑尽皆翻滚。他下意识地护住头颈，却被一只长臂伸到脑后，从后脑勺上狠狠一推，差一点儿以头抢地，只能堪堪用双臂挡住。旋即腰上又遭重踏，整个人趴在地上。

浑身剧痛之余，他脑海中只有一件事：对方甚至没有用剑。

他翻身跃起，却发现对方已经越过自己，去到孙权面前，手一抓、一甩，玉具剑便脱手飞了出去。

但寒光并没有落地，而是在半空中被对方接住，对方顺势闪身转到孙权背后。孙权还没来得及回身，就听见身后一阵裂帛似的风声刺到脑后，一股恶寒在脊梁上炸开，他甚至分不清自己到底有没有被刺中。

那人说："不要回头。"

这时候，另外两名亲兵也已经从东室跑出来，他们发现墓室中忽然多了鬼魅似的一个人，手上俱是一颤，一枚金饼脆生生落地，在地上滚出很远。他们慌张地拔剑，却发现那人已经把剑悬在主公的颈后，他们根本没有动手的余地。

而吕蒙正站在房间另一侧，剧烈喘气，满眼怒火，但是无可奈何。

明明是三个人把对方围在正中心，却有一种被他一个人包围了的感觉。

孙权说："我不需要回头，子义，我视你如兄长，你的声音我记得很清楚。"

"孙将军，你还是这么懂得掌控人心。"太史慈缓缓说，"你想得很对，只要周瑜前来，我一定要亲自去迎。但我又转念一想，周瑜和我的情况是一样的，虽然外为股肱，内为兄长，但天下无事，他统兵不过万；天下有事，他统兵不过半。所以，就算他真的来了，你也一定会亲自过来，而且只会把最重要的事情留给自己。"

孙权像被人刺痛了一下，眯了眯眼睛。

"就算你猜对了，公瑾的军队也已经到达彭蠡泽，难道你要眼睁睁看着他们杀进来？"

太史慈反问他："没有孙将军下令，他们真的会动手吗？"

吕蒙和刘基心里都一惊：他们都知道周瑜只是威慑，不会真正进军。

可是孙权沉默片刻，却说："当然会。"

"周瑜接到的军令是怎样的？"

"豫章郡海昏六县刘繇旧部及山越叛乱，屠之。"

话音一落，寒意四起。

太史慈摇摇头："还有。"

孙权两只眼里绿火大盛，缓缓说："太史军若有抵抗，以同罪论处。"

"周瑜什么时候开始进军？"

"已经开始了！"

太史慈语带怒火，沉沉说道："你即位首年，庐江太守李术擅收逃兵，言辞不逊，你发兵围城，妇女饿得啃食泥丸，苟活下来的人十不余一，最后也没逃过屠城。活下来的只有部曲，被你尽收麾下。现在你把相似的军令用在这里，是想一举除掉扬州旧部、吞并我的部队、彻底掌控豫章。"

孙权的脸色变得很难看。

吕蒙的眼神渐渐从愤怒转为疑惑。他看向孙权，却发现，孙权根本不与他对视。

但他还是不信，于是断言："你说的都是无稽之谈。少主只不过是派人来追查金银，确认你是否忠诚，哪里有你说的这么复杂？"

太史慈在阴影里看着吕蒙，忽然笑笑："你还是不够了解我们的少主。那我就再说一件事。"

"为什么当初龚瑛突然决定把王祐抢走，自己盗墓？他不肯说话，心腹都已经赴死，我也以为不过是被财宝蒙蔽，所以此事差点就成了一个谜。可是你为了进城找刘基，把鲁朝奉这个人暴露了出来……我顺着调查，发现上缭壁几乎所有明线和暗线的交易，都涉及这个人。龚瑛以前想回北方，后来却说，这里的器物能让他们活得像人，这想法是从哪里来的？器物没有合适的销路，价值便难以发挥，而龚瑛的信心，只可能来自鲁朝奉。甚至我一直没想明白——龚瑛的人怎么能从建昌城里抢走王祐，还进出自如？后来才知道，那些刺客是鲁朝奉找来的，他们手里，拿着孙家的符节。"

吕蒙铁青着脸："如果鲁朝奉真像你说的，参与到了这种深度，那根本就没有必要让我来调查！"

"确实不需要。你只是用来刺激我的，就像其他很多人一样。孙将军手下从来不缺想要建功的年轻将领。"太史慈声音平平，"我以前一直没想到的是，孙将军原来是在双手互搏，一手胁迫我，一手煽动龚瑛，只想着让我们打起来……甚至我攻打上缭壁一仗，是不是也在孙将军预料当中？因为这样一来，我就和其他吴军将领一样了，和州牧旧部，和山越，全都有了血海深仇。下一步无论要对谁动手,都不用担心另外一方。"

他转眼看向阴影处,冷冷地说:"刘基,这就是你带进来的人。"

刘基从镜屏背后走出,浑身都在微微颤抖。

他问:"就在这个时候,战争已经开始了?"

孙权点点头。

"这和你承诺的不一样!"

"那是吕蒙和你说的。我没有回答过。"

听见孙权亲口承认,吕蒙的脸色顿时变得苍白。

刘基咬紧牙关,两腮都因愤怒而抖动:"你从一开始就没打算让这件事和平结束?"

孙权冷漠地笑笑:"不可能的。我不是伯符,伯符想要天下,而我要做的是剿灭黄祖,进讨刘表,横据长江。只要这样,就可能封王、称帝。豫章是北抵荆州的要道,容不下第二种想法。"

刘基转头看向太史慈:"而子义你已经知道周瑜正在进军,但还是抛下那边,回到这里?"

太史慈也不带一点儿情绪:"周瑜仁慈,会先对山越、流民动手,再围城威慑,最后才和我麾下的吴军同室操戈。这时间足够我抓住孙权。以他为质,公瑾只能停兵,甚至要亲自送我北上,替我挡住江夏的水军……至于这座墓室的真相,确实是个意外之喜。你到底为什么拥有一卷《筑墓赋》?不重要了。有了这些器物,再多的兵员我都能补充回来。"

他们两个人的声音,听起来忽然没什么不同。

刘基大喊:"现在是说这些话的时候吗!"

"你别天真了。"太史慈忽然抛出一些物件,所有人顿时屏息凝神,墓中空气为之一窒,等落地时,却发现不过是一些木牍。

"这是你寄给家人的信,没寄到,因为人已经不在了。孙权继位以后,其中一个要求就是把你交出去,我没答应。你问问孙将军,是不是已经把他们接到了吴郡?你说要阻止盗墓、阻止战争,到头来,就连家人也保护不了!"

"什……"刘基突然感到口干舌燥,问不出话来。

"少主!"吕蒙突然插话,"是我的部曲?他们知道准确位置,你瞒着我,让他们带了路?"

孙权静静盯着他们二人。

眼底却有了笑意。

孙权的剑被夺走了,但还有一把短刀。

如果他是孙策,有了这把短刀,就有无数种逃脱方法,甚至能和其他人一起杀死太史慈。但他不是孙策,如果转身向太史慈突刺,就和送刀子没什么区别。所以他一直没碰刀,一直在等待。

他没想到机会就在眼前。

刚才突然有一瞬间,他发现,太史慈的声音里出现了一丝破绽。破绽来自眼前这个平民——不知道为什么,太史慈和吕蒙似乎都关注着这个人,一个胸无大志、注定要成为傀儡的家伙。这让他感到特别不愉快,可是他不需要知道原因,只要洞察到这一层关系,就足够了。

他用几近耳语的声音说道:"我可以让子义北上……"

刘基向前一步:"什么?"

眼前的光影突然大幅度摇晃。

孙权没有回答，把灯盘猛地一甩，同时抽出短刀，向刘基激射而出。

"小心！"

替刘基挡刀的人却是吕蒙。他下意识以最快速度挥剑，却只能让短刀稍稍偏移，"噗"一声脆响，短刀仍然刺进刘基的左手。

太史慈也在一瞬间失了神。他眼前火光一闪，是灯盘飞近，他轻轻躲过，但眼前被短暂的黑雾遮挡。

抓住这一点儿空隙，孙权从剑下脱身，疾步奔向盗洞方向。带着逃脱的快感，在跳上洞口之前，他回头看了一眼。

灯火终于照亮了太史慈。在昏黄的光线里，他长身挺立，浑身上下布满血迹，衣甲破裂，满目疮痍。

他们明白了那句"不要回头"。虽然一个人杀穿了吕蒙一整队精兵，但太史慈确实是有疾在身，确实已经不是当年的水平。甚至连拄着三尺玉具剑的手，都在微微颤抖。

孙权咧开嘴笑了。

他说："杀了他。"

太史慈身后两名士兵大喊一声，先后突刺。太史慈躲开了其中一剑，另一剑却发出尖锐的金铁之声，不知道有没有刺穿盔甲，只知道他身形一顿，跟跄两步。但这并没有影响他的动作，玉具剑寒芒一闪，同时在对方身上撕出一扇血光。

孙权没有再看，盗洞离地面有些高度，他召唤吕蒙过去，准备跃起时，却突然被吕蒙伸手按住了肩膀。

吕蒙回头大喊："刘基！做你说过的事情吧！"

刘基捂着手臂上的伤，感觉全身血液都挤在伤口上，想要喷涌而出。但他没有犹豫，朝声音方向快步奔跑，踩在吕蒙弯曲的腿上，一跃而起，从盗洞里钻了上去。

在之前下墓的时候，刘基累得恍惚，有时会感觉自己置身于水底，甚至忽然不敢呼吸。但仔细回想，他们在墓里确实碰到过水，那就是在找漆甲的时候，他们挖出了一只奇怪的漆壶，然后就听见地底水管传出的声音。

王祐也曾经说过，这个陵园的三口水井深不见底，和地下水道相连。整座小山底下都是复杂的排水系统，就是为了确保几座大墓不被水淹没。

刘充国墓、刘贺墓，都在竖井旁边。

可是也有奇怪之处：刘充国墓在地下不足五丈，加上排水，确实能避免水害之虞；刘贺墓却深在地下十余丈，在洞底抬头看不见洞口，如果黄泉上涌，它很可能会被泡在水平面下。

虽然把墓挖得越深越显尊贵，可刘贺这么做，还是显得自相矛盾。

除非他是故意的。

刘基沿着椒道跑了一周，把每间储藏室都看了一遍，最后是在车马库尽头的墙上找到了那个熟悉的图案：

一只歪嘴咧笑的熊形怪兽。

王祐说过，这是"听"的暗示。所以刘基把耳朵靠过去，闭起眼睛，穿过土层，他觉得自己掉进了水里。再伸手去摸——那一面墙的温度，比其他地方都要低一些。

他返回墓室，快速找到掘墓时用过的大锤。左手经过简易包扎，但布已经全红了，小臂以下没有知觉，他就用右手把锤子拖过去，一路把车驾和盛放车驾组件的漆箱敲得梆梆乱响，最终来到墙壁前站定。

他抡起大锤往墙上砸去。

墙壁发出巨大的震响，在地宫里回荡，久久不绝，但墙壁并没有倒塌。

椁室里的人一定都听见了这骇人的声音。

刘基咬咬牙，不顾左手的伤，双手握紧锤柄再砸，先是砸在墙上，后来是直直对准熊形石雕。锤子正好落在石雕的脸上，将那张怪笑的脸砸得变形、粉碎，但他没有停，继续将锤子挥向同一个位置。血液迸出创口，手臂痛得彻底麻木，满头汗珠飞舞，直到墙壁突然颤抖起来。

整个地宫都发出怪异的响声。

水柱从墙壁里喷涌而出，冲开刘基手上的锤子，扯脱绷带，在水流里炸开一片血花。

并不只是一面墙里有大水喷出。四面墙壁、头顶、地下，全都回荡着夸张的、龙吟似的轰鸣。

整个墓都在摇晃，夯土墙震出满室黄尘，椁室巨木吱吱作响。千万条水流如蛇鼠群出，地面迅速漫起一层积水。

刘基爬到椁室顶部，他感到头顶的夯土摇摇欲坠，那不仅是厚达十丈的土地，还有地面上一整座封土山。千钧压顶的真实感，让他全身剧震，心腔跳动得几乎爆裂，但他还是趴在地上，对里面喊：

"快跑！！"

孙权是第一个跳出来的人。他面如死灰，直接撞开刘基，跳下椁室，一瞬间就没了人影。吕蒙第二个出来，他满脸苍白，身上几道血痕，盯着刘基说："我这辈子要是短命，就他妈的是你给害的。"他抓着刘基，扫视一眼地上横陈的亲卫尸体，见无一可救，就要拉刘基走。

刘基不动，问他："太史慈呢？"

吕蒙断喝："他没死，会出来的！别等了！"

头顶又传来一声地动似的巨响。

刘基拍拍吕蒙的手，然后挣脱开，重新跳进盗洞里。

太史慈杀死最后两名亲兵之后，手上已经完全没了力气，但还是握紧玉具剑不放。

他还捡到了孙权丢下的刘贺的玉印，小小的，像一粒温润的白雪。

"真奇怪啊。我之前一直觉得海昏侯处处在提供暗示，让我找到他。等我真拿着他这两件器物，却听不见他的话了。"

"也许他没有和任何人说话。我们每个人听见的，都不过是自己的声音。"

太史慈走到棺木旁，把剑和玉印都重新放回尸首两侧，把地上的金饼也收归原位。到最后，他使出身体里仅存的一丝力气，把棺盖重新放了上去。他再次抬起头时，眼里的光熄灭了，只留疲惫与愧疚。

"直到刚才，我才仔细看了看这个房间，感觉就像是他真的在这里住过……作为葬身之地，倒是挺不错的选择。"

"不。"

四周樟木发出更强烈的异响，无孔不入的水流，开始从外面渗进来。

刘基脸色不变，说："不，你必须活着出去，为了帮我。"

"帮你做什么？"

"救旧部、救山越、救你保不住的部曲。你要说服他们所有人归到我的名义下，拧成一股力量。你从前能做到这件事，现在也依然能做到。"

"然后呢？你做了这样的事情，不可能投靠孙家了。"

"不是不能，只是要换个方式。"刘基坚定地说，"我会入孙家为质。"

太史慈愣了，他不知道该用什么表情，最后只说："这会是无比艰难的一条路。就算真能保住这些人，但终你一生，可能都无法从中摆脱。更重要的是，你的身份过于特殊、这桩交易过于隐秘……你所做的一切，都不会被书于史册，没有人会记得！"

"我不在乎。"

四周一阵剧震，灯火摇曳，几明几灭。

刘基再不能等下去，他拼命拽着太史慈往外走。遍地都是流水，漫过坐席，浮起席镇，即将吞没所有熠熠生辉的马蹄金、麟趾金、柿子金。无数泥沙木屑落在头上，四周吵得听不清自己的声音。他发现，出水处早已不止一处，就连椁室之上也有水柱喷出。水从盗洞汹涌而入，冲刷着椁室内的隔层地板。

他们顶着水流，从盗洞爬出椁室。

刘基低头再看了一眼。

他一直想：那隔层为什么是土做的？

在水的冲击下，它化为砂土，轰然崩塌。无论是棺木、漆箱、还是孔子镜屏，都在转眼间失去踪影。

在海昏城，至少三代人都记得那一天。

那些乱世年间，一年比一年冷得更早，而那天正好是一场初雪。

城里突然就乱了。有人说，绿色盔甲的军队已经闯入县界，他们在山里屠杀，在密林里屠杀，把任何手上拿着工具的人当作猪狗屠尽。有人说，可是绿甲不就是吴军吗？我们难道不是吴军的臣民吗？持不同意见的人在城里闹成一团，自相倾轧。而急着逃亡的人拖家带口、挟卷货物，被堵在城门，城门没有收到命令，不敢贸然开城，于是引发更巨大的恐慌。

更多的人则是躲在家里，闭门不出，把一切能上身的东西裹到身上，和同样冰冷的家人挤在一起，以此抵御严寒和恐惧。

后来，几乎所有人都说，自己听见了山在叫。

据实际听过的人说，其实也没有那么大的声响——只是因为他们正好在墭墩山的山间，或者山脚下，四周飘着雪，万籁俱寂，才能隐隐约约听见一种没听过的叫声。那声音不受风雪和林木遮挡，好像是从山肚子里传出来的。

可在那样人心惶惶的日子里，这事经过一传十、十传百，便成为一种祥瑞、一种吉兆，于是谁也不甘人后，很快，所有人都说自己亲耳听见了。声音的来由五花八门，声音本身也变得越来越丰富、复杂、高亢、圣洁。

而且它还有一项非常实用的效果——

据说，那些入侵的军队听完山鸣以后，就退军了。甚至有人说，他们不是撤退，而是原地消失，因为没有任何军队能走得那么快，不留痕迹，而且秋毫无犯。对此，官府始终三缄其口，而吴军更是从未承认过这件事。

但他们已然杀死了很多人。没有理由，没有记录，没有名字，尸首转眼就被白雪掩盖，就连乌鸦也找不到、吃不着，一直等到第二年开春，才化为泥土重现。

尾声

在整个东汉末年的历史里,建安六年没留下太多的字句,一眨眼就看过去了。在那之后,建安八年到建安十二年,也都是如此。但在这些年间,孙权亲自指挥,不断攻伐黄祖,直到即位后的第八年,仍然没能报杀父之仇。

这些战争,太史慈都没有参与过。他一直在建昌都尉任上,没事做的时候,就筑城,一直筑到彭蠡泽边上。彭蠡泽畔有吴山,他在吴山上建起一方孤城,水波浮沉,日影闪烁,就像蜃景。

人们不明白他把城筑到那里有什么意义。有人说,也许他自己也不明白。

他病死于建安十一年。死前说:"丈夫生世,当带七尺之剑,升天子之阶。今所志未从,奈何而死乎!"

终其一生,他始终想着同一件事情。

这些战争,周瑜也没有参与。直到太史慈死后两年,建安十三年春,孙权才终于任命周瑜为前部大督,程、黄、韩、蒋、吕、甘等诸将如臂使指,一战使黄祖枭首。孙权筑起三丈高坛,焚香祭天,告慰先祖。

那是他们剿灭黄祖的最后时限。仅半年以后,秋水初生,秋风西向,刘表正好病死,曹操沿江南下。周郎一炬,千古留名。

这些战争,吕蒙全都活跃在前线。他每次都被派到最艰险的位置,亲率前锋,身先战阵,身边亲兵部曲十不余一,偏偏他活了下来。后来,孙权把他召到身边,花一天时间,亲自给他讲书。在那以后,他重新成为孙家的心腹将领。

他们都和刘基有着截然不同的道路。

在海昏城的事件以后,太史慈带龚瑛去见了刘基。龚瑛其实并不相信刘基,但没有别的办法,只能答应让刘基成为一面新的旗帜。他将在暗中聚拢各类流散的、脆弱的、北方和南方交融的群体,依附在刘基的名义下;作为交换,太史慈让他们重新拥有了上缭壁以及别的屯堡,而刘基则亲自到吴郡去,成为孙家的人质。

在太史慈死后,孙权撤去"建昌都尉"一职,治区先后由程普、潘璋、蒋钦等将领管制,但在刘基不断的斡旋之下,上缭壁艰难存活了下来。

那些以龚瑛为代表的、存在于历史夹缝里的小人和草芥,慢慢都归入一个极度模糊的名字——"山越",随着孙吴浮沉几十年,最终如河入海,失去踪影。

同样地,后世几乎没有人会记得"刘基"这个名字。他作为宗室之后,与东吴政权格格不入,却曾一路做到大司农、郎中令的位置,最后官至光禄勋,与丞相顾雍分平尚书奏事。但他做过的决定、有过的贡献、困境、立场、人格、追求,全都不存于世。

埠墩山也有后续。

在建安六年以后一百一十七年,即东晋大兴元年,司马睿在孙权当年称帝的建业城里再次称帝。许是这件事特别可喜可贺,所以当年四月,西平地震;十二月,庐陵、豫章、武昌、西陵,连发地震,山陵崩,涌水出。

大星如月。

埠墩山里的海昏侯墓,至此彻底坍塌。

但里面饱满的水保护了几乎所有东西,包括金器、铜器、漆器、乐器、兵器、书简、钱币、车马具,甚至是粮食与种子。它们将以惊人的完整性和丰富性,再静静等待一千多年。

而消失的除了织物,就只有人。

从汉代人的观点来说,墓主身形不现,意味着羽化登仙。他远离尘世,却也永远存在于墓室当中。

地震不仅影响了大墓,就连埠墩山下的海昏城,也从此消失于水底。

但这事引发了一个意外的连带效果。

从海昏城里逃亡出去的人,四处寻找没被淹没的地方,最后跑到了吴山上。吴山的故堡已经坍塌,却有庙留下来。有庙就有灵,有灵就有香火和安定,于是人们慢慢聚集在吴山上,建起一座滨水的码头城镇,名为吴城。

吴城的历史远远超出了东晋。它在后世一直兴旺,历经唐宋元明清。清代时,它号称"装不尽的吴城,卸不完的汉口",与汉口并称;到民国时,它成为鄱阳湖畔第一个亮起电灯的地方。

无数的商人、船工、官员、水客来到这里,都曾问起这里的历史。不同时代、不同口音、不同的人说起,起首的,总是同样四句话:

"孙钟种瓜,太史筑城,海昏淹没,吴城镇兴……"

番外

"谷莠？"

王玉芝的声音在房间里空荡荡地飘，无人回应，她便自己下了床，曳着鞋子往外走。掀开布帘，就看见婢女谷莠确实是靠墙站着的，只是没回答她，反倒无辜地瞪着一双杏眼。王玉芝感觉慵慵懒懒的，也没心思责罚，只是好奇，张开嘴想问，突然又合上了。转头往房间另一边看，果然有个人坐在她的镜柜前，正笑意吟吟地看着她。

王玉芝不慌不忙，反倒是轻轻叹了口气。

"娘子睡得好生畅快。'如何如何，忘我实多！'"男子打趣着念了句《诗经》。

王玉芝叉起腰，"'未见君子，忧心如醉'，好你个恶人先告状！又是彻夜不归，夫君你当这个京兆尹，当得却是比那更夫还要累。"

京兆尹张敞一听，登时委屈起来，"怎么也不能和那服役的做对比吧……"

可是王玉芝丝毫没理会他浮夸的表演，只是朝谷莠使了个眼色，婢女如蒙大赦，连忙小跑着进了内室。她自己也施施然转身入内。

张敞连忙叫住她:"就这么把人晾在这儿?"

"不洗漱更衣,怎么面见郎君?妾可不似郎这么目无规矩。"王玉芝一口气呛回去,便消失在帘子背后。只是她口硬心软,帘子一掩,立刻催促着谷莠给她梳洗盘发、穿衣着履,忙得脚不沾地。张敞在外面虽然看不见,可是听着步音,窸窸窣窣,轻飘如燕,也是心了然,心欢喜。

于是开了镜柜,熟稔地取出眉笔石黛,研黛成粉,和水成墨。等眉笔上挂起七分烟雨翠色,王玉芝正好出现在窗底晨光里。

张敞说:"春分已过,清明将至,今日便画远山。"

在张敞给王玉芝细细画眉的时候,那笔下的眉心却微微蹙了起来。

"郎不是不知道,这长安城里都在说'京兆眉妩',有人学,还有人教。郎这名姓,现在都成一种画法了。"

张敞笑道:"竟如此闻名?有意思。"

"我说它是为了有趣吗?"王玉芝的眉头皱得更深了,"郎再这样亲自做这闺阁之事,恐怕好事之人又该挑刺,圣上又要过问。"

"圣上可没工夫一天到晚管我的闲事。"

"上次不是才问过?当着朝堂那么多人的面,郎还答得那么大胆……"

张敞不用低眼就知道,那眉下的双眸里没什么秋水了,全是刀枪剑戟。毕竟他当时确实没羞没臊地回了皇上一句:"那闺房之内,夫妇之私,比画眉更亲密的事情可多的是啦。"惹得所有人一片哗然。可真要说起来,那朝堂上满目的大丈夫、大家翁,难道连这点常理都不明白?每天上下朝都路过章台街,难道不知道那亭台楼阁是为什么让那么多人流连忘返？

为什么非得板起一张脸，下了床，眉头一紧，就把自家女眷视作豺狼猛兽？

张敞越想越觉得无稽，忍不住抬起一边眉，冷冷道："言语就是风，随他们说去。大不了就不升官，也不能陪他们演这出蠢戏。"

"你就是眼里容不得沙子，见不得蠢恶，才总是把一家人全推到别人刀尖上。想想过去这么多年，犯颜直谏，裁减军费，除盗贼，当耳目，件件是招人恨的事情。每次抓到个什么人了，非得把他往根里治，治得一干二净、片甲不留才罢休。就这样还不收敛，还在这画眉、画眉……"

"哎哎你别乱动，马上就好了。"见夫人越说越来气，张敞赶紧停了笔，又仔细查看有没有画岔的地方。完了捏着她的嘴，把笔尖微微蘸水，晕开黛色，在眉底补上一层浅青水影。远山眉最重要就是这点变化，没它就是硬山、枯山，有它才是山远路长。

大功告成，张敞撂了笔，熟视眼前的王玉芝，感觉景象突然就远了，这双眉在多年前也见过，在千百里外也见过。

他便说，自己其实也不是每次都不死不休，还是放跑过一些人的。

王玉芝没怎么见过他这个样子，问："这说的是？"

"海昏侯。"

"谁？"

张敞压低了声音："就是废帝。"

王玉芝反应过来，当即把谷莠支开，又回来问："怎么突然提起……"

"无他。前日豫章郡上疏说，海昏侯已经崩了。"

"啊？他不是正值壮年……"王玉芝自然是没听说过这件事。

"生死有命，情况未明，此事不宜多言。朝堂已经在着手后事了。"张敞握了握她的手，"不过娘子今日这道远山眉，我倒是突然想起，在山阳郡时也曾见过……"

张敞出任山阳郡太守时，心里知道，自己干的不是太守的活儿。

因为山阳郡就是昌邑国，而昌邑王在京即位期间，行为举止、处事法度，样样都叫他看不下去，最终没忍住，一纸上书直接告进了未央宫。这件事超出了大多数人的意料，首先是"新官上任三把火"，更何况是新天子，任谁也不敢在这时候带头挑事；其次是他的官职，太仆丞，千石官，职责是协掌宫廷车舆马政，谁也想不到会是他跳出来率先发难。

只有张敞自己知道，昌邑王进京短短时日，给太仆诸府厩造成了多么巨大的混乱。他干的每一件出人意表的事情，都得用到车马调度；他带来的昌邑侍臣，天天在宫廷里头南驰北骋；还有数不清的人挤进了张敞的手底下，可他撵不走也调不动。

更可怕的是昌邑王还懂。关于车马，关于礼制，关于用度，张敞连钻空子阻挠他都做不到。符节印绶全乱了套，承明殿、温室殿、东宫、白昼、夜晚，都成了没有墙的坦途，本该他们管辖的车驾来去自如，而且他们还懵然不知。

张敞没有明明白白地写出这些事情，不然太仆的脸上也挂不住。可是，他确凿无疑地上了一封谏书，矛头直指大位上的继承人。

刘贺自然没搭理他。

不过也没关系。回过头来看，能在那么短的时间里犯颜直谏的人，确实极少，但也正因如此，才显得弥足珍贵。昌邑国的龚、王两位臣子就因此而免死，而张敞也无疑是因为这件事，才被新帝指定为新的山阳太守。

他的工作就是防盗。不是他后来在胶东、渤海抓的贼寇，也不是在长安城当京兆尹治的强盗，而是真正的天下大盗、窃国之贼——差一点就把天子六玺据为己有的人。

光是这件事本身，就足以让张敞无比兴奋。

他是什么人啊，没有私仇，没有旧怨，只要看不惯，就要除恶务尽。如今天底下最大的威胁就是这半拉子皇帝，他自然是摩拳擦掌，以身为壁，绝不能让那人再有一点出头之日。

他没想到，不等他来，刘贺自己就已经垒了足够高的墙壁，几乎是给自己造了一座鸟飞不过的牢笼。

张敞经常花时间看昌邑故王府。这件事当然不会记录在太守的例行上疏里，也不会大张旗鼓、车马跟随。他就穿着便衣，拿把便面，自己在故王府外走动。看久了，他有时会觉得自己像个怪人，像个守陵的老叟，或者像个身怀奇冤的孤儿。

那是因为故王府看着已经荒废很久了。它的大门经年未开，漆迹斑驳，蜘蛛与燕雀来去自如。外墙上任何曾经通透的地方，都已经被木板封住、钉死了，包括窗棂和狗洞，而且很多地方已长出爬藤。没有任何访客往来。只有狸儿偶尔光顾，在无人修剪且溢出墙顶的枝丫间上下漫步。

盯守这么一个地方，会让人产生一种抓鬼的错觉。荒烟蔓草，寂静无声，除了亡魂还能期待看见什么？可他有时也想，"故王"……可不就是已经故去的意思？定下这一称呼的臣子，有大学问。一个似是而非的名号，就把一个活生生的人悬起、吊高，天地不接。朝廷只字不提，郡县讳莫如深，传到老百姓这里，是真的无人能说清楚那位曾经的王是活是死。

几乎只有像张敞这样紧盯的人才知道，在整座故王府里，还有一扇门是通的。每天只开两次，同一个人，一次出，一次进，无论身上背着多大的包裹，总是健步如飞。这一名吏员负责了整个故王府的对外粮货采买。有时东西确实不少，板车一辆辆停在巷外，多是米面杂粮、新鲜鱼肉，可无论阵仗如何，只有廉吏一人可以踩进那一方小门，其余人等均在十步之外候着，任谁千劝万劝，他就是一点儿援手也不接受。

但既然有这样的时间，他人就可以乘虚一窥门里的景象。张敞也没按捺住，半掩着脸，混进商贩之间往里看。让他们感到可惜的是，那门实在太小，门内还有影壁，壁上彩绘残落，和外墙给人的感觉差不多，都是岁月萧条。因为乏善可陈，结果他们都只记得一颗大大的黑痣——这颗黑痣长在另一位吏的嘴唇底下，乌黑浑圆，大得离谱，改变了一颗头的重量分布。他站得像一根杆子，上头的两只眼睛凝滞不动，但一有风吹草动，他将下巴一拧，那痣就动得活灵活现，像极了他在下巴中间又开了一只眼睛。

每日一进一出小门洞开时，这督盗总站在那扇影壁前，除了影子的方向会变,其余一切不变。他就像是墙的一部分,那颗痣就是墙的目。

张敞知道皇帝猜忌,既猜忌里头,也猜忌外头。所以在诏书上有所暗示之前,他只适宜在外头盯着,不能妄自入内。可他看得越久,就越想亲自踹开那扇小门,戳瞎督盗的眼睛,把故王府里的所有阴暗、所有罪证、所有密谋全都掀翻开来,让里面的鬼魂都曝光在太阳底下。

有时故王府里会飘出浓烟,不是做饭的烟火,而是更加漆黑的、浓烈的燃烧的痕迹。以火事为由,张敞可以命人光明正大地冲进去,可他不能那么做。他只能看着烟云一柱而上,尔后被风搅散,而刘贺的面目依然无人知晓。

"那你不找人翻进去看看?"王玉芝也很少听见丈夫聊这件事,饶有兴味地问道,"招揽盗贼,打暗桩,黑吃黑,郎君做这些可是得心应手。"

"怎么说话。"张敞驳她一句,可是轻飘飘的,打在脸上也没感觉。

王玉芝不松口:"找没找?"

"找了。"张敞认栽,"可是没有一点用处,全部失手。要么是被督盗逮住,五花大绑,第二天由廉吏拎到官府门口;要么翻过墙就像掉进了无底深潭,再也没有回音。直到最后,我竟然连第三个人的影子都没摸到。"

王玉芝笑出了声:"那可把郎给气坏了。"

"没那回事。"张敞使劲搓揉自己的胡子,"我当时就是好奇,故王府里没什么人了,难道他一位王爷,还能对翻宫墙的事特别了解?"

听他这么说,王玉芝倒是不回应了,只微笑着看他。

张敞被看得毛毛的,问她:"怎么了?"

"你总想弄明白那个人。从在长安的时候开始,到山阳时,你一直忍不住琢磨他。这事儿很少见——比起理解别人的想法,你会选择劈头盖脸地把别人拧过来,或者就随他去。说白了,在故王府外蹲守那么久,是圣上的要求,还是你自己的想法?"

很多话在一瞬间涌到嘴边,可是都好像没什么来由,张敞只能沉默。他想,确实是自己要去。一种自相矛盾的情绪抓着自己,把他按在那儿,盯着那人。一边是忠君之心,他得给天下防盗,把隐患摁死在源头;那另一边呢?一种奇妙的、私人的恨意堵在喉头,恼怒,迫切,当时的他无论如何也弄不明白。

王玉芝拍拍他的腿。

"继续吧,说半天还没到眉毛,你还得上朝呢。"

张敞愣了一下,眼前夫人的眉眼一动,突然就直勾勾地盯着他。

在进故王府后不久,他就留意到那双眼睛了。

廉吏本来带着张敞往正厅走,他说先四处看看,廉吏也没说什么,就带他参观。王府不小,五脏俱全,但亭台楼阁不多,倒是有些仆人奴婢自己打理的菜地,还有工坊。张敞看见冶金的炉子,终于知道之前的烟柱来自哪里。

就在从乌黑的炉灰上抬起目光时,他意识到有人正从窗缝里偷看。

不过，这也没有什么稀奇的，张敞不动声色，继续跟着廉吏游览。路上询问日货采买事宜，还让他请示故王，把子女名籍、奴婢财物簿册各抄录一份，交予郡府留案，廉吏一一应允，没有露出任何破绽。倒是后面如影随形的那道目光，让他感觉有点奇怪。那人似乎动作很快，脚步很轻，一双眼总从低视角盯人，像把钩子拴在他的衣袍上。只是对方在技巧上还有点笨拙，不难被发现。

后来，张敞终于见到了刘贺，他就把这目光的事情给忘了。

张敞针锋相对地问，刘贺装疯卖傻地答，到最后，张敞也没能探出到底刘贺的疯相有几分虚实。他有些挫败，但也淡然，毕竟他有着近乎无限的时间。从当时的情形来看，只要他想，故王的余生都会待在这座王府。

二人都已无话，刘贺却忽然朝门外说："进来吧，让太守看看你。"

话语在室内飘了片刻，一个身影推门进来，小步走到刘贺身边，贴着他，伏身下拜。那身形让人想到羽翼未丰的雏鸟。抬起头，是个小女孩。

张敞便知道，这是看了他一路的那双眼睛。

她其实没有画远山眉。女孩看着最多不过十岁，不加修饰，脸上也是粉扑扑的。眉色浅，眉形好，是座天然的终南远黛。三月出长安往城南走，栉风沐雨，看云上若隐若现的山峦，就是这般颜色。但那眉下的眸子并不悠远。两人对视着，女孩目光寸步不让，是一种毫不掩饰的倔，像是正在噼啪生长的大竹子，哪怕上面盖着房，也得掀出去。

她说："你看见我了。"

张敞干笑两声，问刘贺："她是……"

"小女持辔。"刘贺说，"她的母亲就是严长孙的女儿。"

张敞不以为然地摇摇头："我当时心里就在冷笑。严长孙就是严延年，故王知道我与这老匹夫相识甚久，当年故王和他女儿完婚，我还和你一同去贺喜来着。他是想用这层关系来拉拢人心，呵，却不知道我看不惯那姓严的。"

"真看不惯？"

"当然。"

"郎这叫什么？文人相轻，同类相害。严大人就是一个比你更绝的你，你是除恶务尽，他是宁可杀错、不可放过；你是打板子还拿本圣贤书垫着，他是一把屠刀挥到底。你哪是讨厌他，你是害怕，怕自己变成他。"王玉芝毫不留情地戳穿丈夫，又笑道，"说来有趣，他对故王可是喜欢得不行，虽然后来不敢提了。"

张敞被她的几句话噎住，要反驳，又似乎无以反驳。

王玉芝继续问道："所以他让持辔出来，是为了让你心软？"

"我原本认定了是这样，可他却没有说话。后来我才明白——找我的人，是小女孩自己。"

"你是从外面来的。"

"自当如此。"张敞试图别开眼睛，但刘持辔还是盯着他不放，说话也不得体。不过张敞也理解，上梁不正下梁歪，故王举止轻狂不惠，小女儿自然跟着遭殃。他提起耐心慢慢说："吾乃山阳郡太守，自太守府来。"

"太守府是哪里？"

"城东，距此骑马不过半个时辰。"

"那里的天，是方的还是圆的？"

"啊？"张敞笑了，想想，"府墙是方的，所以它大抵是方的。"

"这里也是方的。"刘持辔认真地说，"但是，天该是圆的，才对。"

"啊，天圆而地方，小儿见识不错……"张敞忽然停了话，算算年岁，才明白，眼前这小孩一出生就已经在故王府里了，自然没有机会出去，更不可能见过野外的天空。

女孩还在继续一边比划一边说："如果我的天是方的，你的天也是方的，里面、外面的天都是方的，那就拼不成一个圆，对不对？它不能是圆的，而是一齿一齿……"

张敞想，故王府根本进不来外人，难怪持辔那么好奇，一直跟着他不走。但平心而论，世间像这样的事情从不少见，一生比她更加坎坷的比比皆是。更何况是女子，十来岁开始相夫教子，很多人一辈子所见，与这小儿相比也差了不多少。张敞不至于为此动什么感情。他瞥一瞥刘贺，发现对方脸上也没什么特别的情绪，只是斜坐在席上静静听着。

张敞把思绪拉回来。

"天广袤无垠，你、我以及所有人看见的方天，都只是它微不足道的一小块。我们远没有看见它的边缘。"

"它有边？"

"该有。"

"所以它还是圆的?"

"是。"

持罄的眼神更亮了:"但他说不对!他说,如果天圆地方,地上就有四个角是天盖不到的。那四个角角是怎样的,是不是谁也找不到?是不是连皇上也管不着?因为皇上管着天下,但那里不是'天下'……"

张敞脸色微变,又知道不必和这样一个小孩计较,便缓缓问:"你说的'他'是谁?"

"曾子,他是这么写的。"刘持罄说,"你可以在外面问问他,是不是这个意思。"

张敞愣了一下:"他已经不在……"

"你以前也不在。"持罄的声音稚嫩而流利,"你到外面,就找到他了。也可以找到我阿娘,不过她爱安静,你还是不要去打扰她。"

张敞心里隐隐明白了,再多问几句,便确认下来——持罄对"里外"和"生死"的概念全是混乱的。对她而言,只有这故王府里的人是活着的,而"外面"的人不仅包括张敞这样的,还包括所有她知道但看不见的人,比如曾子、孔子,比如大汉历代所有的皇上,还有她过世的娘亲。

她把所有的时间都拉平了,还有各种想象、故事、传说,全都铺在这方府院之外。今天张敞进来了,十年以后,下一个进来的人可能会是项羽。上次有个盗贼翻墙入内,身上带了把极薄的匕首,督盗给她看了,她认定那人就是荆轲。

对她而言，没有过去，没有虚假，只有"进来"和"出去"。

张敞先是惊讶，尔后想笑，最后变得愤怒起来。

他看向刘贺，刘贺却浑然不觉。这人十年前把未央宫和大汉朝堂扰乱成一锅粥，如今躲起来了，缩在时间的缝里，但他依然肆意妄为，搅乱这一方小院，不顾他人死活，往小孩心里注入无稽的、毫无章法的思想。

他突然理解了自己对刘贺的恨意，那就是恨他凭什么能拥有践踏规矩的自由。这情绪里几乎不可能不混杂有嫉妒。是，他出身贵胄，但王爷不是这样的，王太后也不是，张敞谏过、骂过，甚至杀过形形色色的人，他发现这世上谁都活得战战兢兢、如履薄冰。更别说像他自己这样的小人，哪怕只是多说一句话，也得赌上项上人头。唯独刘贺，只有刘贺，能这样的肆无忌惮，直到最后依然活了下来，甚至在这里，硬生生在持辔的脑子里捏造出一个光怪陆离的世界。

他原本还在疑惑：持辔应该很久没有见过外人了，关于外面的世界，她怎么不问问男女百姓、珍馐美味、妆发衣服、城池山野，反而问那最不着地的天？她怎么不识一点礼数？净懂得些经典、掌故、古人，哪怕从这里出去，将来要如何自处？

荒谬！

何其荒谬！

更何况——

这小孩还和他说，如果太守能帮忙，她想出去看看圆形的天，然后去找天盖之外的角角。那儿不是里面也不是外面，谁也管不着谁，皇帝讨厌的人都可以自由地生活，比如荆轲，比如韩信，比如她的爹爹。

她说这些时，不仅没有一点求人的语气，甚至看不出伤心，只让人觉得这是她认定了要做的事。这在张敞眼里没有半点意义和价值，甚至违背了常理性的目标，被她抱在怀里，敝帚自珍，照得她满脸满眼都是光亮。

明明出生以来不曾逾越藩篱，但她的眉上就有远山。

张敞感到有些窒息，腾地站起来，跑到院子，那儿的侍女宫人全都惊讶地看着他。

他突然产生了一个从未有过的念头。

关于故王府的事情，张敞很少上疏，说也是说些基本物事，人口、财物之类，让朝廷知道他盯着就可以了。但那次回去以后，他特意书请丞相、御史，内容不是与刘贺直接相关的大事，而是请求罢去哀王的十个旧歌舞乐人。她们是良人而非奴婢，曾经侍奉刘贺的父亲昌邑哀王，哀王死后本该遣归，却留了下来守陵至今，于礼不合。十年过去，没人为她们说过一句话，现在张敞请求把她们放了，还附上了刘贺残酷无情的话语。

刘贺说，守陵人就该速死，怎么还想着放了呢？

这本不过是一段插曲，但因为事情敏感，一字一句都会牵连深远，尤其是用刘贺本人的话，就得格外小心。所以张敞也会犹豫：那些狂悖的话，到底是刘贺真心所想，还是故意为之？这还不是关键，重点在于说和不说。这事情的悖反之处就在于，刘贺的言行越是讳莫如深，上面就越不可能放他；相反，越是暴露出他的愚蠢、狂悖、荒诞不经，就越让人觉得他没有威胁，就有可能把他推向自由。

关着不会有错。一旦放了，任何时候，都可能变成罪过。

也就是说，任何理智的官，都会把他们一直关到死。

张敞自然深谙其中关窍，但还是要这么写，因为不这样，就无法把人放出去。

十年以来，只有尸体才能真正地从王府离开。那是长着黑痣的督盗唯一出门的时候，他在三更夜里拖着板车，在郡府吏员的监视下，把人拖走。为了防止蒙混，尸体还得敞着，不能盖一张布。

而张敞上书里的这十个无关紧要的人，不仅可以离开那座荒芜的王府，更能与之切断关系，恢复良人身份。收到这封奏书，也许丞相、御史都愣了一下，也许他们都觉得张敞另有所指，觉得这是他和皇上之间的暗语。也许年轻的皇上也重新想了想：再把那人关在那里，非生死，不可说，到底有没有意义？到底是他这个人的问题比较大，还是他这个状态导致的人们视而不见、指鹿为马、不说人话，这样产生的问题更大？

王玉芝听得入神，到这时候终于忍不住问："你的意思是，她走了？"

张敞点点头，"歌舞者一事是真的，领班名为张修，女孩易姓更名，和她一起。在她们走后不久，我自请到胶东治盗贼，圣上许可，朝中纷纷猜测其中含义。到第二年春，果然诏封故王为海昏侯。府中人就此千里南迁。就好像我从那王府的墙上拔出了一枚砖，一转眼，它就轰然塌了。"

"那她们去哪儿了？"

"无从知晓，兴许还在哪里找天的边沿吧。"

"听起来不像真的。"

"和海昏侯有关的事情，入耳听来，似乎都有胡编乱造的意思。"

王玉芝咯咯笑了半天，"可别告诉我，是因为他的这些事，你后来说话才更加无所忌讳？离开山阳郡后，你是越来越不管不顾了。"

张敞摇头："哈哈，怨我自己。反正以后不论谁当面犯蠢，或者对我们的闺房生活指手画脚，我一概不给好脸色看。由此带来的后果……也请夫人多担待了。"

王玉芝双手交握放在膝上，平平道："二人之事，担着就担着。"

但过了一会儿，她又问："其实，海昏侯会不会是故意让持嫽出来，与你说那一番话？虽然看似无稽，但也正因如此，才让你动了念头……"

张敞本来已经起身准备走了，又驻了足，坦诚道："我不知道。但她们走那天，我听见海昏侯和女儿说的话。很远，也许我听错了。"

"说的什么？"

那天刘贺即将告别刘持嫽，持嫽已经走到小门前，天被门框截成两段，变成了她从未见过的样子，但仍在伸展，没有尽头。

刘贺没有摸她头拍她肩膀，半瘸腿站直了，瘦瘦长长。他说，这一步之外就是一个庸俗的世界，你会发现我说的话全是假的，那些人都不在，你想见的人也找不到。到处都有比这更高更厚的墙，很多人要困住你。记住，你也能从那里出去。

【全文完】

后记

写下后记的时间是 2024 年立春当天。

本来想在 30 岁的这一年里写完第一本长篇小说,后来没赶上公历生日,再后来,连农历也倏忽而过。其实这岁数对我有着特殊的含义,因为早在多年以前,我坐在大学宿舍里,痛感自己将来一定会苦于挣钱、耽于享乐,一定很难坚持写作,所以就写了篇小文,编造了一个 30 岁的自己,狠狠地自我埋汰了一番,最后让他辞职写小说去。

果不其然,等到进入社会,我在很长时间里再没有写过什么完整作品。直到 30 岁警钟敲响,当年的自我嘲讽每每在耳边回响,我才终于下决心、熬大夜,在第二年的春节之前,堪堪把本书磨了出来。

所以说,人果然还是自己了解自己。

至于本书的故事,其实也起源于将近十年前我写下的一篇短篇小说,仅仅一万字,完全关于太史慈。在《三国志》里,他和刘繇在一个传记,比起孙家将领,更像是半独立的势力。我对他这个人,他敏感的政治地位,他的生平、志向、遗言,都很感兴趣,所以写了一个发生在孙策传位给孙权期间的小故事。

后来，就是搁下笔很多年。

重新捡起这个故事蓝本，其实就是因为标题这两个字："海昏"。说来惭愧，我知道太史慈都督海昏，比知道海昏侯还要早。后来是在一次工作场合，翻找南昌的资料，突然看见"海昏"两个字，然后是海昏侯、海昏侯博物馆，莫名其妙，如遭雷击。

我就胆大妄为地想：要是把这两个人串在一起写，那该多酷啊。

在海昏这个地方，这两个特殊的人，他们命运应该是对照的，故事应该是双生的。

这也是出于一种小小的固执，那就是我认为小说作为一种艺术形式，它能不被影视所全面压制，一定不全在于讲故事的能力。影视的故事表现力，其信息量、丰富度、厚度，包括其覆盖面的广度，必然超越纯文字。但文字还有阵地，我认为，那就是只有小说体裁才能表达出来的结构性、对称性，甚至是适度的模糊。换言之，就是文字游戏。

我绝不敢说这本书做到了，但从选材上、从发心上，我确实是这么希望的。

而到了具体写作的时候，因为这是第一本，我自感浅薄，所以借力了很多东西。首先便是海昏侯博物馆的各种现实文物，现实自有力量，希望通过本文传达出来；其次，各种研究成果与专著也给了我很多启发和乐趣；第三就是史籍原文。因为有了这些支撑，我才能勉力把书写完。

所以这是一部非常贴合个人趣味的作品。

每一位愿意在这儿花上一点儿时间的读者，无论您喜欢与否，我都衷心感谢。

事实上，我觉得我在连载过程中碰见的，简直是世界上最好的读者，他们为本书提供了无私的支持和反馈。在文后我们以"特别鸣谢"的方式表达了对部分读者的感谢，但篇幅有限，挂一漏万，请相信我的感激之情不止于此。

同时非常感谢本书的编辑老师，以及豆瓣平台的编辑老师。这本书看着不长，可要是没有平台老师多次建议，也写不到这个篇幅。

我还想分享写作过程中两个特别快乐的时刻。

第一个是发现上缭壁的时候。本来我只是记得有这个地方，想要开个脑洞，让它和刘贺墓产生一点儿关联，所以就去查资料。查了后才惊觉，它能发挥的空间太多了，孙策的计谋、和山越的关系、地理位置、后世记载的错乱，甚至它和现代客家人的关系……它好像本就该存在于这个故事里。

第二件事是龚遂、王吉的官职，和汉文帝手下关键人物官职的巧合。我不是历史专业，对西汉历史也远远不够了解。选择龚遂和王吉作为主要角色，本只想戏作一把，但后来从刘贺继位查到汉文帝继位，查到过程细节，才发现这里面种种镜像之处，而且这相似不是只有后世知道，他们和霍光一定都知道。这两个角色都是糟老头子，又缺少历史光环，但我确实越写越喜欢，好像真的认识过这两个人似的。

最后，简单谈谈本书中的"不朽"。

为不朽而活看似特别奢侈，但细想，好像也没那么遥远。把一句名台词倒过来说,只要多一年,一个月,一天,一个时辰,都算短暂的不朽。

我们都希望在生命之后,能被亲人和朋友记住。我觉得,那就是"不朽"最原始的状态。功、言、德、墓,都是其后的延伸。书中的刘基不求名留青史,可他这么做了,身边朋友想必忘不掉这么一个人,这也挺好。

这个时代,对大部分人来说,写作都是特别低性价比的事。吭哧吭哧写完了,可能总阅读时间,还没有写作的时间长。

可是如果作品里能有一些部分,能让一部分读者朋友记住,那它就"活"了,这事情就有特殊的价值。

期待有这样的一天。

雷克斯

海昏

作者_雷克斯

编辑_段冶　　装帧设计_张一一　　技术编辑_丁占旭
责任印制_梁拥军　　出品人_李静

鸣谢（排名不分先后）

大鹅　Lawliet　豆瓣编辑雁南　安迪斯晨风　玉斐　莫滕　平300
叶子图　乔飞　长弓难鸣　串小串　透明　虞美人与大麦
泽文　三猫亭长　根号根号六
豆友锤子　云狩　春雯_asura　鱼秒MIAO　刘小南瓜　白日梦想熊　曦微轻暖
万年柠檬姜　春日洋水仙　现在爱喝草莓牛奶　雾中散步

封面及部分内文插图
参考南昌汉代海昏侯国遗址博物馆所供图文资料
特此致谢

果麦
www.goldmye.com

以 微 小 的 力 量 推 动 文 明

图书在版编目（CIP）数据

海昏 / 雷克斯著. -- 西安：太白文艺出版社，2025.1(2025.4重印). -- ISBN 978-7-5513-2880-7

Ⅰ．I247.5

中国国家版本馆CIP数据核字第2024UQ3861号

海昏
HAIHUN

编　　著	雷克斯
责任编辑	张　笛
装帧设计	张一一
出版发行	太白文艺出版社
经　　销	新华书店
印　　刷	河北鹏润印刷有限公司
开　　本	880mm×1230mm　1/32
字　　数	345千字
印　　张	15.5
版　　次	2025年1月第1版
印　　次	2025年4月第8次印刷
印　　数	53,401-58,400
书　　号	ISBN 978-7-5513-2880-7
定　　价	69.80元

版权所有 翻印必究
如有印装质量问题，可寄出版社印制部调换
联系电话：029-81206800
出版社地址：西安市曲江新区登高路1388号（邮编：710061）
营销中心电话：029-87277748　029-87217872